O Sangue do Olimpo

RICK RIORDAN

O Sangue do Olimpo

OS HERÓIS DO OLIMPO – LIVRO CINCO

Tradução de Edmundo Barreiros

Copyright © 2014 by Rick Riordan
Edição em português negociada por intermédio de Gallt and Zacker
Literary Agency LLC e Sandra Bruna Agencia Literaria, SL.

TÍTULO ORIGINAL
The Blood of Olympus

REVISÃO
Carolina Rodrigues
Eduardo Carneiro

DIAGRAMAÇÃO
Editoriarte

ADAPTAÇÃO DE CAPA
Julio Moreira

CIP-BRASIL. CATALOGAÇÃO NA PUBLICAÇÃO
SINDICATO NACIONAL DOS EDITORES DE LIVROS, RJ

R452s

Riordan, Rick, 1964-
    O sangue do Olimpo / Rick Riordan ; tradução Edmundo Barreiros.
    – 1. ed. – Rio de Janeiro : Intrínseca, 2014.

    432p. : 23 cm. (Os heróis do Olimpo ; 5)

    Tradução de: The blood of Olympus
    ISBN 978-85-8057-595-8

1. Ficção infantojuvenil americana. I. Barreiros, Edmundo.
II. Título. III. Série.

14-14678

CDD: 028.5
CDU: 087.5

[2014]

Todos os direitos desta edição reservados à

EDITORA INTRÍNSECA LTDA.
Av. das Américas, 500, bloco 12, sala 303
22640-904 – Barra da Tijuca
Rio de Janeiro – RJ
Tel./Fax: (21) 3206-7400
www.intrinseca.com.br

Para meus maravilhosos leitores.
Perdão pelas desculpas por aquele último suspense na história.
Vou tentar evitar suspenses neste livro.
Bem, talvez eu mantenha alguns…
Porque eu amo vocês.

Sete meios-sangues responderão ao chamado.
Em tempestade ou fogo, o mundo terá acabado.
Um juramento a manter com um alento final,
E inimigos com armas às Portas da Morte afinal.

I

JASON

JASON DETESTAVA SER VELHO.

Suas juntas doíam. Suas pernas tremiam. Enquanto ele tentava subir a colina, seus pulmões chiavam como um motor velho.

Ele não podia ver o próprio rosto, mas os dedos estavam retorcidos e ossudos. Veias azuis e inchadas formavam teias nas costas de suas mãos.

Ele tinha até aquele cheiro de velho: naftalina e canja de galinha. Como isso era possível? Ele tinha ido dos dezesseis aos setenta anos em questão de segundos, mas o cheiro de velho chegara em um instante, tipo *bum*. Parabéns! Você fede!

— Estamos quase lá. — Piper sorriu para ele. — Você está indo muito bem.

Era fácil falar. Piper e Annabeth estavam disfarçadas de lindas jovens criadas gregas. Mesmo com o vestido branco sem mangas e as sandálias estilo gladiador, elas não tinham problemas em seguir pela trilha rochosa.

O cabelo cor de mogno de Piper estava trançado e preso em um coque. Braceletes de prata enfeitavam seus braços. Ela parecia uma estátua antiga de sua mãe, Afrodite, que Jason achava um pouco intimidadora.

Namorar uma garota bonita já era bem estressante. Namorar uma garota que era filha da deusa do amor... Bem, Jason sempre ficava com medo de cometer algum deslize que deixasse a mãe de Piper com raiva a ponto de, do alto do Monte Olimpo, transformá-lo em um porco selvagem.

Jason olhou para o alto da colina. Ainda faltavam uns cem metros até o cume.

— Isso foi uma péssima ideia. — Ele se apoiou no tronco de um cedro e enxugou o suor da testa. — A magia de Hazel é boa demais. Se precisarmos lutar, não vou servir para nada.

— Não vai chegar a esse ponto — prometeu Annabeth.

Ela parecia desconfortável em seu traje de criada. Não parava de levantar os ombros para evitar que o vestido escorregasse. O coque no alto de sua cabeça tinha se desfeito, e seu cabelo louro caía por suas costas como compridas pernas de aranha. Sabendo de seu ódio pelos aracnídeos, Jason achou melhor não comentar isso.

— Vamos nos infiltrar no palácio — disse ela —, conseguir a informação que queremos e cair fora.

Piper pôs no chão sua ânfora, o grande jarro de vinho de cerâmica em que sua espada estava escondida.

— Podemos descansar um segundo. Recupere o fôlego, Jason.

Sua cornucópia, o chifre mágico da fartura, estava presa à cintura; sua adaga, Katoptris, enfiada em algum lugar entre as dobras de sua roupa. Piper não parecia perigosa, mas, em caso de necessidade, poderia lutar com duas lâminas de bronze celestial ou atirar mangas maduras na cara de seus inimigos.

Annabeth tirou sua ânfora dos ombros. Ela também levava uma espada escondida; mas, mesmo sem ter uma arma visível, parecia mortal. Seus olhos cinzentos e tempestuosos examinavam o local, alertas a qualquer ameaça. Se algum sujeito convidasse Annabeth para sair, Jason achava mais provável que levasse um chute no *bifurcum*.

Ele tentou controlar a respiração.

Lá embaixo, a Baía de Afales brilhava, a água tão azul que parecia tingida de corante. Lá estava o *Argo II*, ancorado a algumas centenas de metros da orla. De longe, suas velas brancas pareciam selos; seus noventa remos, palitos de dente. Jason imaginou os amigos no convés acompanhando seu progresso, se revezando com a luneta de Leo, tentando não rir ao ver o vovô Jason se arrastando colina acima.

— Ítaca idiota — murmurou ele.

Aquele lugar devia ser muito bonito. Havia uma serra com picos cobertos de florestas que serpenteava pelo meio da ilha. Penhascos de calcário mergulhavam no mar. Pequenas baías formavam praias rochosas e enseadas onde casas de telhados vermelhos e igrejas de estuque branco se aninhavam à beira-mar.

As encostas eram pontilhadas de papoulas, açafrão e cerejeiras silvestres. A brisa tinha o cheiro de murtas em flor. Tudo muito lindo... exceto a temperatura de quase quarenta graus e o ar úmido como o de uma casa de banho romana.

Teria sido fácil para Jason controlar os ventos e subir a colina voando, mas *nãããão*. Para evitar chamar atenção, tinha que se arrastar como um velho com joelhos fracos e fedor de canja de galinha.

Ele pensou sobre sua última escalada, duas semanas antes, quando ele e Hazel tinham enfrentado o vilão Círon nos penhascos da Croácia. Pelo menos na época Jason contava com toda a sua força. O que estavam prestes a enfrentar seria muito pior que um bandido.

— Tem certeza de que esta é a colina certa? — perguntou ele. — Parece tudo meio... não sei... *quieto.*

Piper observou o cume. Havia uma pena de harpia azul-clara trançada em seu cabelo, uma lembrança do ataque da noite anterior. A pena não combinava muito com seu disfarce, mas Piper a havia conquistado ao derrotar sozinha um bando inteiro de senhoras-galinhas demoníacas durante seu turno de guarda. Piper minimizara o feito, mas Jason sabia que ela estava orgulhosa do que fizera. A pena era um lembrete de que ela não era a mesma garota do inverno anterior, quando eles chegaram pela primeira vez ao Acampamento Meio-Sangue.

— As ruínas estão lá em cima. Eu vi na lâmina da Katoptris. E vocês ouviram o que Hazel disse: "A maior..."

— "A maior reunião de espíritos malignos que eu já senti" — completou Jason. — É. Parece bem legal.

Depois de tudo por que tinham passado para atravessar o templo subterrâneo de Hades, a última coisa que Jason queria era lidar com mais espíritos malignos. Mas a missão estava em risco. A tripulação do *Argo II* precisava tomar uma decisão muito importante. Se tomassem a decisão errada, iriam fracassar, e o mundo inteiro seria destruído.

A adaga de Piper, os sentidos mágicos de Hazel e os instintos de Annabeth concordavam: a resposta estava ali em Ítaca, no antigo palácio de Odisseu, onde uma horda de espíritos malignos tinha se reunido para aguardar as ordens de Gaia. O plano era se infiltrar entre eles, descobrir o que estava acontecendo e decidir o que fariam a seguir. Depois sair dali, de preferência vivos.

Annabeth reajustou seu cinto dourado.

— Espero que nossos disfarces funcionem. Os pretendentes eram figuras asquerosas quando estavam vivos. Se descobrirem que somos semideuses...

— A magia de Hazel vai funcionar — afirmou Piper.

Jason tentava acreditar.

Os pretendentes: cem dos homens mais perversos, cruéis e gananciosos que já existiram. Quando Odisseu, rei de Ítaca, desapareceu após a Guerra de Troia, esse bando de príncipes de segunda classe invadiu seu palácio e se recusou a sair. Todos eles tinham esperanças de se casar com a rainha Penélope e assumir o reino. Odisseu conseguiu regressar em segredo e matar todos eles — uma festa básica de boas-vindas. Mas, se as visões de Piper estivessem certas, os pretendentes estavam de volta, assombrando o palácio onde haviam morrido.

Jason não podia acreditar que estava prestes a visitar o verdadeiro palácio de Odisseu, um dos heróis gregos mais famosos de todos os tempos. Mas, afinal, toda aquela missão consistia em um acontecimento extraordinário atrás do outro. Annabeth tinha acabado de voltar das profundezas do Tártaro. Levando isso em conta, Jason achou que deveria parar de reclamar por ser um velho.

— Bem... — Ele se firmou com seu cajado. — Se eu estiver *parecendo* tão velho quanto me sinto, meu disfarce deve estar perfeito. Vamos continuar.

Enquanto subiam, o suor escorria por seu pescoço. Suas panturrilhas latejavam. Apesar do calor, ele começou a tremer. E por mais que tentasse, não conseguia parar de pensar em seus sonhos recentes.

Desde a Casa de Hades, os sonhos haviam se tornado mais vívidos.

Às vezes Jason estava parado no templo subterrâneo em Épiro, com o gigante Clítio assomando sobre ele, falando em um coral de vozes: *Foi preciso todos vocês juntos para me derrotar. O que farão quando a Mãe Terra despertar?*

Outras vezes Jason estava no cume da Colina Meio-Sangue e Gaia se erguia do solo, uma figura formada por um turbilhão de terra, folhas e pedras.

Pobre criança. A voz dela ressoava ao longe, fazendo trepidar o chão. *Seu pai é o primeiro entre os deuses, mas mesmo assim você está sempre em segundo lugar — em relação aos seus camaradas romanos, aos seus amigos gregos e até mesmo em sua família. Como pretende provar seu valor?*

Seu pior sonho começava no pátio da Casa dos Lobos, em Sonoma. Juno estava parada diante dele, reluzindo com o brilho de prata derretida.

Você me pertence, trovejou a voz da deusa. *Um presente de Zeus.*

Jason sabia que não deveria olhar, mas não conseguia fechar os olhos enquanto Juno virava uma supernova, revelando sua verdadeira forma divina. A dor cauterizava a mente de Jason. Seu corpo ia se desintegrando em camadas, como se fosse uma cebola.

A cena mudava. Jason ainda estava na Casa dos Lobos, mas era um garotinho de no máximo dois anos. Havia uma mulher ajoelhada a sua frente e um perfume de limão familiar. Seus traços eram indefinidos, mas ele reconhecia sua voz: clara e delicada, como a mais fina camada de gelo sobre um riacho.

Vou voltar para buscar você, querido, dizia ela. *Logo, logo estaremos juntos.*

Sempre que Jason despertava desse pesadelo, seu rosto estava coberto de suor. E lágrimas ardiam em seus olhos.

Nico di Angelo tinha avisado: a Casa de Hades iria fazê-los reviver suas piores lembranças, os faria ver e ouvir coisas do passado. Seus fantamas ficariam inquietos.

Jason tinha esperado que aquele fantasma em especial permanecesse escondido, mas a cada noite o sonho ficava pior. Agora ele estava subindo até as ruínas de um palácio onde um exército de fantasmas havia se reunido.

Isso não significa que ela *estará lá*, disse Jason a si mesmo. Mas suas mãos não paravam de tremer. Cada passo parecia mais difícil que o anterior.

— Estamos quase lá — disse Annabeth. — Vamos...

BUM! A encosta tremeu. Em algum lugar além do cume, uma multidão comemorou, como espectadores em um coliseu. O som fez a pele de Jason se arrepiar. Não fazia muito tempo que ele havia lutado pela própria vida em um coliseu romano diante de uma empolgada plateia fantasmagórica. Ele não tinha a menor vontade de repetir a experiência.

— O que foi essa explosão?

— Não sei — disse Piper. — Mas parece que eles estão se divertindo. Vamos lá fazer amizade com alguns mortos.

II

JASON

Naturalmente, a situação era pior do que Jason havia esperado.

Do contrário, não teria graça.

Espiando através de oliveiras, no alto da colina, ele viu o que parecia uma festa muito louca de uma fraternidade de zumbis.

As ruínas em si não eram muito impressionantes: alguns muros de pedra, um pátio interno coberto de mato, uma escadaria escavada na rocha e que não levava a lugar algum. Tábuas de compensado cobriam um poço e um andaime de metal sustentava um arco com uma rachadura.

Mas sobreposta às ruínas havia outra camada de realidade: uma miragem espectral do palácio tal como devia ter sido em seu auge. Paredes brancas de estuque, com sacadas em toda a sua extensão, erguiam-se a uma altura equivalente a três andares. Pórticos com colunas cercavam o átrio central, que tinha uma fonte enorme e braseiros de bronze. Em doze mesas de banquete, *ghouls* riam, comiam e provocavam uns aos outros.

Jason esperava cerca de cem espíritos, mas havia o dobro ali, todos dando em cima das criadas espectrais que serviam às mesas, quebrando pratos e taças e basicamente fazendo uma grande bagunça.

A maioria se parecia com os Lares do Acampamento Júpiter — espectros transparentes roxos, de túnica e sandálias —, mas alguns tinham corpos em decomposição com carne cinzenta, chumaços emaranhados de cabelo e feridas horríveis. Outros pareciam mortais comuns, em togas, ternos bem-cortados ou uniformes militares. Jason chegou a ver um vestindo a camiseta roxa do Acampamento Júpiter e uma armadura de legionário romano.

No centro do átrio, um *ghoul* de pele cinza vestindo uma túnica grega esfarrapada desfilava pelo grupo segurando um busto de mármore acima da cabeça como se fosse o troféu de uma competição esportiva. Os outros fantasmas aplaudiam e lhe davam tapinhas nas costas. À medida que o *ghoul* se aproximava, Jason percebeu que ele tinha uma flecha na garganta — a haste com penas projetava-se de seu pomo de adão. Havia algo ainda mais perturbador: o busto que ele carregava... aquele era *Zeus*?

Era difícil ter certeza. A maioria das estátuas de deuses gregos era parecida. Mas o rosto barbado e rabugento lembrava demais o Zeus hippie gigante do chalé 1 do Acampamento Meio-Sangue.

— Nossa próxima oferenda! — gritou o *ghoul*, sua voz saindo aguda por causa da flecha em sua garganta. — Vamos alimentar a Mãe Terra!

Os outros gritaram e bateram suas taças na mesa. O *ghoul* abriu caminho até a fonte central. A multidão lhe deu passagem, e Jason percebeu que a fonte não estava cheia de água. Do pedestal de um metro de altura jorrava para o alto um gêiser de areia, que se abria em arco e caía como uma cortina de partículas brancas na base circular.

O *ghoul* jogou o busto de mármore na fonte. Assim que a cabeça de Zeus atravessou a ducha de areia, a rocha se desintegrou como se estivesse passando por um triturador. A areia brilhou como ouro, a cor do icor, o sangue divino. Então a montanha inteira trovejou com um *BUM* abafado, como se estivesse arrotando após uma refeição.

Os mortos vibraram em aprovação.

— Sobrou alguma estátua? — gritou o *ghoul* para os outros. — Não? Então acho que vamos ter que esperar chegarem deuses *de verdade* para sacrificarmos!

Seus camaradas riram e aplaudiram enquanto o *ghoul* se sentava à mesa à mais próxima.

Jason apertou seu cajado.

— Esse cara acabou de desintegrar meu pai. Quem ele *pensa* que é?

— Se eu fosse chutar, diria que é Antínoo — disse Annabeth. — Um dos líderes dos pretendentes. Se me lembro bem, foi Odisseu quem acertou aquela flecha no pescoço dele.

Piper estremeceu.

— E a gente achando que esse tipo de coisa mata. E os outros? Por que são tantos?

— Não sei — admitiu Annabeth. — Talvez sejam novos recrutas de Gaia. Devem ter conseguido voltar à vida antes que fechássemos as Portas da Morte. Alguns são apenas espíritos.

— Alguns são *ghouls* — disse Jason. — Os que têm feridas abertas e pele cinzenta, como Antínoo... Já lutei contra outros como ele.

Piper deu um leve puxão em sua pena de harpia.

— Eles podem ser mortos?

Jason se lembrou de uma missão que ele tinha cumprido para o Acampamento Júpiter anos antes, em San Bernardino.

— Não com facilidade. Eles são fortes, rápidos e inteligentes. E comem carne humana.

— Fantástico — murmurou Annabeth. — Não vejo opção além de seguirmos o plano. Vamos nos separar, nos infiltrar e descobrir por que eles estão aqui. Se as coisas não correrem bem...

— Recorremos ao plano B — completou Piper.

Jason odiava o plano B.

Antes de deixarem o barco, Leo tinha dado a cada um deles um sinalizador do tamanho de uma vela de aniversário. Supostamente, se os jogassem para cima, os sinalizadores subiriam no ar em um facho de luz branca que alertaria o *Argo II* de que o grupo estava com problemas. Naquele instante, Jason e as garotas teriam alguns segundos para se abrigar antes que as catapultas do navio abrissem fogo sobre o palácio, envolvendo tudo em fogo grego e estilhaços de bronze celestial.

Não era um plano muito tranquilo, mas pelo menos Jason sentia satisfação em saber que podia convocar um ataque aéreo sobre aquele grupinho de mortos barulhentos se a situação ficasse complicada. Claro, isso se os três conseguissem escapar a tempo. E supondo que as velas do juízo final de Leo não disparassem acidentalmente — isso às vezes acontecia com as invenções dele —, o que faria o clima esquentar bastante, com noventa por cento de risco de um apocalipse calcinante.

— Cuidado lá embaixo — disse ele a Piper e Annabeth.

Piper seguiu pelo lado esquerdo do cume. Annabeth foi pelo direito. Jason se levantou com seu cajado e saiu mancando na direção das ruínas.

Ele se lembrou da última vez em que mergulhara em uma multidão de espíritos malignos, na Casa de Hades. Se não tivesse sido por Frank Zhang e Nico di Angelo...

Pelos deuses... Nico.

Durante os últimos dias, sempre que Jason sacrificava uma porção de sua refeição para Júpiter, rezava ao pai para que ajudasse Nico. Aquele garoto tinha passado por muita coisa, e mesmo assim se oferecera para o trabalho mais difícil: transportar a Atena Partenos até o Acampamento Meio-Sangue. Se ele não conseguisse, os semideuses romanos e gregos entrariam em guerra. Aí, independentemente do que acontecesse na Grécia, o *Argo II* não teria um lar para o qual voltar.

Jason passou pelo fantasmagórico pórtico do palácio. Percebeu bem a tempo que uma seção do piso de mosaico à sua frente era apenas uma ilusão que cobria um poço de escavação de três metros de profundidade. Ele desviou e chegou ao pátio.

Os dois níveis de realidade lhe lembravam a fortaleza dos titãs no Monte Otris, um labirinto de mármore negro com paredes que se transformavam aleatoriamente em sombras para então se solidificarem outra vez. Mas durante aquela luta Jason estava com cem legionários. Agora, tudo o que tinha era o corpo de um velho, um cajado e duas amigas em vestidos provocantes.

Quinze metros à frente dele, Piper se movia em meio à multidão, sorrindo e enchendo taças de vinho para os convivas fantasmagóricos. Se ela estava com medo, não demonstrava. Até aquele momento, os fantasmas não estavam prestando muita atenção nela. A magia de Hazel devia estar funcionando.

À direita dele, Annabeth recolhia pratos e taças vazios. Ela não estava sorrindo.

Jason se lembrou da conversa que tivera com Percy antes de deixar o navio.

Percy permanecera no *Argo II* para protegê-los de ameaças vindas do mar, mas não tinha gostado da ideia de Annabeth participar daquela expedição sem ele, ainda mais porque seria a primeira vez que iriam se separar desde que tinham voltado do Tártaro.

Ele tinha puxado Jason para um canto.

— Ei, cara… Annabeth ia me matar se eu sugerisse que ela precisa da proteção de alguém.

Jason rira.

— É, ia mesmo.

— Mas tome conta dela, está bem?

Jason apertara o ombro do amigo.

— Vou cuidar para que ela volte sã e salva para você.

Jason agora se perguntava se conseguiria manter essa promessa.

Ele se aproximou da multidão.

Uma voz rouca gritou:

— IRO! — Antínoo, o *ghoul* com a flecha na garganta, olhava diretamente para ele. — É você, seu mendigo velho?

A magia de Hazel estava fazendo seu trabalho. Uma brisa fria ondulou pelo rosto de Jason conforme a Névoa alterava sutilmente sua aparência, mostrando aos pretendentes o que eles esperavam ver.

— Eu mesmo! — disse Jason. — Iro!

Doze fantasmas se viraram para ele. Alguns fecharam a cara e levaram a mão ao cabo de suas roxas e reluzentes espadas. Só então Jason se perguntou se Iro era inimigo deles, mas agora ele já havia assumido o papel.

Ele avançou com dificuldade, fazendo sua melhor expressão de velho mal-humorado.

— Acho que estou atrasado para a festa. Espero que tenham guardado um pouco de comida para mim.

Um dos fantasmas olhou para ele com desprezo.

— Mendigo ingrato. Posso matá-lo, Antínoo?

Os músculos do pescoço de Jason se retesaram.

Antínoo olhou para ele por alguns segundos, depois riu.

— Hoje estou de bom humor. Venha, Iro, junte-se a nós.

Jason não tinha muita escolha. Sentou-se de frente para Antínoo, enquanto mais fantasmas se aglomeravam ao redor deles, observando-os como se esperassem ver uma disputa bem violenta de queda de braço.

De perto, os olhos de Antínoo eram amarelos. Seus lábios, finos como papel, se abriam sobre dentes afiados. De início, Jason achou que o cabelo negro encaracolado do *ghoul* estava se decompondo. Então percebeu que um fluxo permanente de terra escorria do couro cabeludo de Antínoo, caindo sobre seus ombros. Placas de lama enchiam feridas antigas na pele cinzenta do *ghoul*. Mais terra escorria da base da ferida de flecha em sua garganta.

O poder de Gaia, pensou Jason. A terra é o que está mantendo esse cara em pé.

Antínoo colocou uma taça dourada e um prato cheio de comida na frente de Jason.

— Eu não esperava vê-lo aqui, Iro. Mas até um mendigo pode querer sua vingança. Beba. Coma.

Um líquido vermelho espesso balançava no interior da taça. No prato havia um pedaço fumegante de carne de origem duvidosa.

O estômago de Jason se embrulhou. Mesmo que a comida dos *ghouls* não o matasse, sua namorada vegetariana ficaria um mês sem beijá-lo.

Ele se lembrou do que Noto, o Vento Sul, lhe dissera: *Um vento que sopra à toa não serve para nada.*

Toda a carreira de Jason no Acampamento Júpiter tinha sido construída com base em escolhas cuidadosas. Ele mediava brigas entre semideuses, ouvia todos os lados de uma discussão, firmava acordos. Até quando contrariava as tradições romanas, pensava antes de agir. Não era do tipo impulsivo.

Noto o avisara que essa hesitação acabaria por matá-lo. Jason tinha que parar de ponderar e começar a tomar atitudes.

Se ele era um mendigo ingrato, tinha que *agir* como um.

Ele arrancou um naco de carne com os dedos e o enfiou na boca. Bebeu avidamente o líquido vermelho, que felizmente tinha sabor de vinho aguado, não era sangue nem veneno. Jason lutou contra a ânsia de vômito, mas não morreu nem explodiu.

— Hummm! — Ele esfregou a boca. — Agora me contem sobre essa... como vocês chamaram mesmo? Vingança? Onde eu me inscrevo?

Os fantasmas riram. Um lhe deu um empurrão no ombro, e Jason ficou alarmado por poder realmente *senti-lo*.

No Acampamento Júpiter, Lares não tinham substância física. Aparentemente, aqueles espíritos *tinham*, o que significava mais inimigos que podiam golpeá-lo, esfaqueá-lo ou decapitá-lo.

Antínoo debruçou-se para a frente.

— Conte-me, Iro, o que você tem a oferecer? Não precisamos mais de você para enviar nossas mensagens, como nos velhos tempos. Com certeza você não é um guerreiro. Pelo que me lembro, Odisseu quebrou seu maxilar e o jogou no chiqueiro junto com os porcos.

Os neurônios de Jason se incendiaram. *Iro...* o velho que levava mensagens para os pretendentes em troca de restos de comida. Iro tinha sido uma espécie de sem-teto de estimação. Quando Odisseu voltou para casa, disfarçado de mendigo, Iro achou que ele estava invadindo seu território. Os dois começaram a discutir...

— Você fez Iro... — Jason hesitou. — Você *me* fez lutar contra Odisseu. Apostou dinheiro nisso. Mesmo quando Odisseu tirou a camisa e você viu como ele era musculoso... mesmo assim você me fez lutar com ele. Não se importava se eu ia viver ou morrer!

Antínoo exibiu os dentes pontudos.

— É claro que eu não me importava. E continuo sem me importar! Mas você está aqui, então Gaia deve ter tido uma razão para permitir que você voltasse ao mundo mortal. Conte-me, Iro, por que acha que merece uma parte de nosso espólio?

— Que espólio?

Antínoo abriu os braços.

— O mundo inteiro, meu amigo. Quando nos conhecemos, queríamos apenas as terras, o dinheiro e a esposa de Odisseu.

— Principalmente a esposa dele! — Um fantasma careca vestindo roupas esfarrapadas cutucou Jason nas costelas com o cotovelo. — Aquela Penélope era muito gostosa, um piteuzinho!

Jason viu Piper servindo bebidas na mesa ao lado. Ela levou discretamente o dedo à boca, como se fosse vomitar, depois voltou a flertar com os homens mortos.

Antínoo soltou um riso de escárnio.

— Eurímaco, seu covarde chorão. Você não tinha a *menor* chance com Penélope. Eu me lembro de você se debulhando em lágrimas e implorando a Odisseu por sua vida, botando a culpa de tudo em mim!

— Como se isso tivesse ajudado. — Eurímaco levantou a camisa esfarrapada, revelando um buraco espectral de uns três centímetros de diâmetro no meio do peito. — Odisseu me acertou no coração, só porque eu queria me casar com a mulher dele!

— De qualquer modo... — Antínoo se virou para Jason — ...agora estamos visando a um prêmio muito maior. Quando Gaia destruir os deuses, vamos dividir entre nós os restos do mundo mortal!

— Eu quero Londres! — berrou um *ghoul* sentado à mesa ao lado.

— Montreal! — gritou outro.

— Duluth! — berrou um terceiro, o que interrompeu a conversa por um momento, pois os fantasmas olhavam confusos para ele.

A carne e o vinho se transformaram em chumbo no estômago de Jason.

— E o resto desses... convidados? Contei pelo menos duzentos. Metade deles eu não reconheço.

Os olhos amarelos de Antínoo brilharam.

— Todos desejam os favores de Gaia. Todos têm reclamações e ressentimentos contra os deuses ou seus heróis de estimação. Aquele patife ali é Hípias, antigo tirano de Atenas. Foi deposto e se aliou com os persas para atacar o próprio povo. Não tem nenhum princípio moral. Faria qualquer coisa por poder.

— Obrigado! — retrucou Hípias.

— Aquele canalha com a coxa de peru na boca — prosseguiu Antínoo — é Asdrúbal de Cartago. Ele tem contas a acertar com Roma.

— Aham — concordou o cartaginês.

— E Michael Varus...

Jason engasgou.

— *Quem?*

Do outro lado da fonte de areia, o cara de cabelo negro com camiseta e armadura de legionário se virou a fim de olhar para eles. Seus traços estavam borrados, esfumaçados e indefinidos, então Jason achou que ele fosse algum tipo de espírito, mas a tatuagem da legião em seu antebraço era bem nítida: SPQR, a cabeça com duas faces do deus Jano e seis marcas por anos de serviço. Sobre o peitoral pendiam a medalha de pretor e o emblema da Quinta Coorte.

Jason não chegara a conhecer Michael Varus; o pretor infame havia morrido nos anos oitenta. Mesmo assim, Jason se arrepiou todo quando seu olhar cruzou com o de Varus. Aqueles olhos sombrios pareciam penetrar pelo disfarce de Jason.

Antínoo fez um gesto desdenhoso.

— É um semideus romano. Perdeu a águia de sua legião no... Alasca, não foi? Não importa. Gaia deixa que ele fique por aqui. O garoto insiste em dizer que sabe como derrotar o Acampamento Júpiter. Mas você, Iro, ainda não respondeu a minha pergunta. Por que devemos aceitá-lo em nosso grupo?

Os olhos mortos de Varus tinham deixado Jason nervoso. Ele podia sentir a Névoa se dissipando a sua volta, como consequência de sua incerteza.

De repente, Annabeth surgiu junto ao ombro de Antínoo.

— Mais vinho, meu senhor? Ops!

Ela derramou o conteúdo de um jarro de prata na nuca dele.

— Argh! — O *ghoul* arqueou as costas. — Garota tola! Quem a deixou voltar do Tártaro?

— Um titã, meu senhor. — Annabeth baixou a cabeça em um gesto de desculpas. — Posso lhe trazer algumas toalhas úmidas? Sua flecha está pingando.

— Suma daqui!

Annabeth encarou Jason, em uma mensagem silenciosa de apoio, e em seguida desapareceu na multidão.

O *ghoul* se secou, o que deu a Jason a oportunidade de organizar seus pensamentos.

Ele era Iro... ex-mensageiro dos pretendentes. Por que deveria estar ali? Por que eles deveriam recebê-lo?

Jason pegou a faca mais próxima e a fincou na mesa, dando um susto nos fantasmas a sua volta.

— Por que devem me aceitar? — resmungou ele. — Porque eu ainda levo mensagens, suas criaturas estúpidas! Acabei de vir da Casa de Hades para ver o que vocês estão tramando!

Essa última parte era verdade, e pareceu fazer Antínoo hesitar. O *ghoul* olhou para ele, o vinho ainda escorrendo da haste da flecha cravada em sua garganta.

— Quer que eu acredite que Gaia mandou logo você, um mendigo, para nos espionar?

Jason riu.

— Eu fui um dos últimos a deixar Épiro antes que as Portas da Morte se fechassem! Vi a sala onde Clítio mantinha guarda sob um teto abobadado revestido de lápides. Caminhei pelo chão de joias e ossos do *Necromanteion*!

Isso também era verdade. Em torno da mesa, os fantasmas se agitaram e murmuraram.

— Então, Antínoo... — Jason cutucou o *ghoul* com o indicador. — Talvez *você* devesse me explicar por que é digno dos favores de Gaia. Tudo o que vejo é um bando de gente morta preguiçosa que não faz nada além de se divertir, sem ajudar no esforço de guerra. O que devo dizer à Mãe Terra?

Pelo canto do olho, Jason viu Piper abrir um sorriso de aprovação. Depois ela voltou sua atenção para um sujeito grego roxo reluzente que tentava fazê-la sentar em seu colo.

Antínoo segurou a faca que Jason cravara na mesa. Ele a arrancou e observou a lâmina.

— Se você é enviado de Gaia, deve saber que estamos aqui cumprindo ordens. Fomos mandados por Porfírion. — Antínoo passou a faca na palma da própria mão. Em vez de sangue, escorreu terra do corte. — Você conhece Porfírion, não?

Jason lutou para manter a náusea sob controle. Ele se lembrava muito bem de Porfírion e da batalha na Casa dos Lobos.

— O rei dos gigantes... pele verde, mais de dez metros de altura, olhos brancos, armas trançadas nos cabelos. É claro que eu o conheço. Ele impressiona muito mais que *você*.

Ele achou melhor não mencionar que na última vez que vira o rei dos gigantes, arrebentara sua cabeça com um raio.

Pela primeira vez Antínoo pareceu não saber o que dizer, mas seu amigo fantasma careca passou o braço ao redor dos ombros de Jason.

— Ora, ora, amigo! — Eurímaco cheirava a vinho azedo e a fios elétricos queimados. Seu toque fantasmagórico fez as costelas de Jason formigarem. —

Tenha certeza de que não era nossa intenção questionar suas credenciais! É só que, bem, se você falou com Porfírion em Atenas, *sabe* por que estamos aqui. Garanto que estamos fazendo exatamente o que ele mandou!

Jason tentou esconder a surpresa. *Porfírion em Atenas.*

Gaia prometera acabar com os deuses destruindo suas raízes. Para Quíron, mentor de Jason no Acampamento Meio-Sangue, isso significava que os gigantes iriam tentar despertá-la da terra no Monte Olimpo original. Mas agora…

— A Acrópole — disse Jason. — Os mais antigos templos dedicados aos deuses ficam lá, no meio de Atenas. É onde Gaia vai despertar.

— É claro! — disse Eurímaco, rindo. A ferida em seu peito soltou um estalo, como o respiradouro de um golfinho. — E, para chegar lá, aqueles semideuses intrometidos vão ter que viajar pelo mar, certo? Eles sabem que é perigoso voar sobre a terra.

— O que significa que vão ter que passar por esta ilha — concluiu Jason.

Eurímaco assentiu com ansiedade. Ele tirou o braço dos ombros de Jason e enfiou o dedo em sua taça de vinho.

— Nesse momento, eles terão que fazer uma escolha, certo?

Em cima da mesa, o fantasma traçou a linha de uma costa, o vinho tinto brilhando de forma destacada sobre a madeira. Ele desenhou a Grécia como uma ampulheta deformada — uma bolha grande e tremida para a parte norte do continente, depois outra bolha abaixo, quase do mesmo tamanho, para a região conhecida como Peloponeso. As duas eram divididas por uma linha estreita de mar, o Canal de Corinto.

Jason não precisava do desenho. Ele e o restante da tripulação haviam passado o dia anterior estudando mapas.

— A rota mais direta — disse Eurímaco — seria rumar para o leste a partir daqui, pelo Canal de Corinto. Mas se eles tentarem ir por lá…

— Chega — interrompeu Antínoo. — Você fala demais, Eurímaco.

O fantasma fez um ar de ofendido.

— Eu não ia contar tudo a ele! Só sobre os exércitos de ciclopes estacionados nas duas margens. E os espíritos da tempestade furiosos no ar. E aqueles monstros marinhos terríveis que Ceto mandou para infestar as águas. E, é claro, se o navio conseguir chegar a Delfos…

— Idiota!

Antínoo se esticou por cima da mesa e agarrou o pulso do fantasma. Uma crosta fina de terra se espalhou a partir da mão do *ghoul* e subiu pelo braço espectral de Eurímaco.

— Não! — exclamou Eurímaco. — Por favor! Eu... eu só queria...

O fantasma gritava enquanto a terra cobria seu corpo como uma carapaça, que depois se despedaçou, não deixando nada além de um montinho de poeira. Eurímaco havia desaparecido.

Antínoo se recostou em seu assento e esfregou as mãos para limpá-las. Os outros pretendentes à mesa o observavam em um silêncio apreensivo.

— Desculpe, Iro. — O *ghoul* deu um sorriso frio. — O que você precisa saber é que os caminhos para Atenas estão bem protegidos, como prometemos. Os semideuses terão que se arriscar no canal, que é intransponível, ou navegar em torno do Peloponeso, o que também não é lá muito seguro. De qualquer modo, é improvável que eles sobrevivam por tempo suficiente para *fazer* essa escolha. Assim que chegarem a Ítaca, nós saberemos. Vamos detê-los aqui, e Gaia vai ver nosso valor. Pode levar essa mensagem de volta para Atenas.

O coração de Jason martelava no peito. Ele nunca havia visto nada como a carapaça de terra que Antínoo invocara para destruir Eurímaco. E não queria descobrir se aquele poder funcionava em semideuses.

Além disso, o *ghoul* parecia confiante em sua capacidade de detectar o *Argo II*. A magia de Hazel estava, pelo visto, escondendo o navio, mas não havia como dizer quanto tempo isso ia durar.

Jason tinha a informação que eles haviam ido buscar. O objetivo era chegarem a Atenas. A rota mais segura, ou pelo menos a rota *menos impossível*, era dar a volta pela costa sul da Grécia. Era dia vinte de julho. Eles só tinham doze dias até o planejado despertar de Gaia: em primeiro de agosto, no antigo Banquete da Esperança.

Jason e as garotas precisavam partir enquanto tinham chance.

Havia, porém, mais alguma coisa que o incomodava, uma sensação gelada de mau pressentimento, como se ele ainda não tivesse ouvido as piores notícias.

Eurímaco mencionara Delfos. Jason tinha a esperança de visitar o antigo local do oráculo de Apolo e talvez conseguir alguma informação sobre seu futuro, mas se o lugar fora tomado por monstros...

Ele empurrou o prato de comida fria para o lado.

— Parece que está tudo sob controle aqui. Para o seu bem, Antínoo, espero que esteja mesmo. Esses semideuses são muito sagazes. Eles fecharam as Portas da Morte. Não íamos querer que eles passassem despercebidos por vocês, talvez com a ajuda de Delfos.

Antínoo gargalhou.

— Não tem como. Delfos não está mais sob o controle de Apolo.

— E-eu entendo. Mas e se os semideuses fizerem o caminho mais longo e derem a volta no Peloponeso?

— Você se preocupa demais. Essa viagem *nunca* foi segura para semideuses, e é muito longa. Além disso, Vitória está fora de controle em Olímpia. Enquanto isso continuar, não há como os semideuses vencerem esta guerra.

Jason também não entendeu o que ele queria dizer com isso, mas assentiu.

— Muito bom. Vou relatar tudo ao rei Porfírion. Obrigado pela... hum, pela refeição.

Mas Michael Varus, junto à fonte, disse:

— Espere.

Jason engoliu um palavrão. Ele estava tentando ignorar o pretor morto, mas naquele momento Varus se aproximou, envolto por uma aura branca enevoada. Seus olhos sombrios pareciam poços. Ele trazia pendurado na cintura um gládio de ouro imperial.

— Você precisa ficar — disse Varus.

Antínoo lançou um olhar irritado para o fantasma.

— Qual o problema, legionário? Se Iro quer ir embora, deixe que vá. Ele fede!

Os outros fantasmas deram risadas nervosas. Do outro lado do pátio, Piper olhou preocupada para Jason. Um pouco mais longe, Annabeth discretamente pegou uma faca da travessa de carne mais próxima.

Varus levou a mão ao cabo de sua espada. Apesar do calor, seu peitoral estava coberto de gelo.

— Perdi minha coorte *duas vezes* no Alasca, uma vez em vida, uma na morte para um *graecus* chamado Percy Jackson. Mesmo assim, vim aqui atender ao chamado de Gaia. Sabe por quê?

Jason engoliu em seco.

— Teimosia?

— Este é um lugar de desejos — disse Varus. — Todos nós fomos atraídos para cá, sustentados não só pelo poder de Gaia, mas também pelos nossos maiores anseios. A ambição de Eurímaco. A crueldade de Antínoo...

— Você me lisonjeia — murmurou o *ghoul*.

— O ódio de Asdrúbal — prosseguiu Varus. — A amargura de Hípias. Minha ambição. E você, *Iro*? O que o trouxe até aqui? O que um mendigo mais deseja? Seria uma casa?

Um formigamento desconfortável surgiu na nuca de Jason, a mesma sensação que ele tinha quando uma grande tempestade elétrica estava prestes a começar.

— Eu preciso ir — disse ele. — Tenho mensagens para entregar.

Michael Varus sacou a espada.

— Meu pai é Jano, o deus de duas faces. Estou acostumado a ver através de máscaras e ilusões. Sabe, Iro, por que temos tanta certeza de que os semideuses não vão passar por nossa ilha sem serem notados?

Jason repassou mentalmente todo o seu repertório de palavrões em latim. Tentou calcular quanto tempo levaria para pegar seu sinalizador de emergência e dispará-lo. Com sorte, conseguiria ganhar tempo suficiente para que as garotas encontrassem abrigo antes que aquele bando de caras mortos o matasse.

Ele se virou para Antínoo.

— Você está no comando aqui ou não? Talvez deva amordaçar seu romano.

O *ghoul* respirou fundo. A flecha vibrou em sua garganta.

— Ah, mas isso pode ser divertido. Continue, Varus.

O pretor morto levantou a espada.

— Nossos desejos nos revelam. Eles mostram quem realmente somos. Alguém está aqui por sua causa, Jason Grace.

A multidão atrás de Varus se afastou. O fantasma tremeluzente de uma mulher se aproximou, e Jason achou que seus ossos estavam virando gelatina.

— Querido — disse o fantasma de sua mãe. — Você voltou para casa.

III

JASON

DE ALGUM MODO ELE A conhecia. Reconheceu seu vestido — um vestido transpassado florido, todo em verde e vermelho, como toalhas de ceia de Natal. Ele reconheceu os braceletes de plástico coloridos em seus pulsos, que se afundaram nas costas de Jason quando ela o abraçara para se despedir na Casa dos Lobos. Reconheceu seu cabelo, os cachos pintados de louro e o penteado volumoso, e seu aroma de limão e laquê.

Os olhos eram azuis como os de Jason, mas brilhavam com uma luz refratada estranha, como se ela tivesse acabado de sair de um abrigo após uma guerra nuclear — avidamente em busca de detalhes familiares em um mundo mudado.

— Querido.

Ela estendeu os braços.

O restante do mundo desapareceu. Os fantasmas e *ghouls* não importavam mais.

O disfarce de Névoa se esvaiu. Ele voltou a ter uma postura ereta. As juntas pararam de doer. O cajado se transformou novamente em um gládio de ouro imperial.

A sensação de queimação não parou. Ele sentia como se camadas de sua vida estivessem sendo queimadas, seus meses no Acampamento Meio-Sangue, seus anos no Acampamento Júpiter. Ele era novamente um garotinho de dois anos assustado e vulnerável. Até a cicatriz em seu lábio, de quando ele tentara comer um grampeador quando bebê, doía como uma ferida recente.

— Mãe?

— Sim, querido. — A imagem dela tremeluzia. — Venha. Venha me dar um abraço.

— Você... você não é real.

— É claro que ela é real. — A voz de Michael Varus soava distante. — Você acha que Gaia ia deixar um espírito tão importante se deteriorar no Mundo Inferior? É sua mãe, Beryl Grace, estrela da tevê, namorada do rei do Olimpo, que a rejeitou não apenas uma, mas duas vezes, tanto sob o aspecto romano quanto o grego. Ela merece justiça tanto quanto qualquer um de nós.

O coração de Jason vacilou. Os pretendentes se aglomeravam a sua volta, assistindo a tudo.

Sou a diversão deles, percebeu Jason. Os fantasmas provavelmente achavam aquilo ainda mais interessante do que dois mendigos brigando até a morte.

A voz de Piper surgiu em meio ao zunido em sua cabeça:

— Jason, olhe para mim.

Ela se encontrava a pouco mais de cinco metros de distância, segurando sua ânfora de cerâmica. Não estava mais sorrindo. Seu olhar era duro e autoritário, tão impossível de ignorar quanto a pena azul de harpia em seu cabelo.

— Essa não é sua mãe. A voz dela está lançando alguma magia sobre você, como o charme, só que mais perigoso. Não está sentindo?

— Ela tem razão. — Annabeth subiu na mesa mais próxima e chutou uma travessa, chamando a atenção de uma dezena de fantasmas. — Jason, isso é só um resquício da sua mãe, como uma *ara*, talvez, ou...

— Um resquício! — O fantasma de Beryl Grace começou a chorar. — Sim, veja a que eu me reduzi. É tudo culpa de Júpiter. Ele nos abandonou. Ele não me ajudou! Eu não queria deixá-lo em Sonoma, querido, mas Juno e Júpiter não me deram escolha. Eles não iam permitir que ficássemos juntos. Por que lutar por eles agora? Junte-se aos pretendentes. Lidere-os. Podemos voltar a ser uma família!

Jason sentia centenas de olhos sobre si.

Essa é a história da minha vida, pensou Jason com amargura. Todo mundo sempre o observando, esperando que ele os liderasse. Desde o momento em que chegara ao Acampamento Júpiter, os semideuses romanos o trataram como um príncipe. Apesar de suas tentativas de alterar seu destino, se juntar à pior coorte, tentar mudar as tradições do acampamento, assumir as missões menos glamorosas e fazer amizade com os semideuses menos populares, ainda assim ele se tornara pretor. Como filho de Júpiter, seu futuro tinha sido garantido.

Ele se lembrou do que Hércules lhe dissera no Estreito de Gibraltar: *Não é fácil ser filho de Zeus. É muita pressão. Isso pode fazer um cara surtar.*

Agora Jason estava ali, tenso como a corda de um arco.

— Você me abandonou — disse ele à mãe. — Isso não foi Júpiter nem Juno. Foi *você*.

Beryl Grace deu um passo à frente. As rugas de preocupação em torno de seus olhos e a rigidez aflitiva em sua boca lembraram a Jason sua irmã, Thalia.

— Querido, eu disse que ia voltar. Foram minhas últimas palavras para você. Não se lembra?

Jason estremeceu. Nas ruínas da Casa dos Lobos, sua mãe o havia abraçado pela última vez, sorrindo, mas com os olhos cheios de lágrimas.

Está tudo bem, garantira ela. Mas mesmo muito pequeno Jason soubera que nada estava bem. *Espere aqui. Vou voltar para buscar você. Logo, logo estaremos juntos.*

Ela não voltou. Em vez disso, Jason ficou andando sem rumo pelas ruínas, chorando, sozinho, chamando pela mãe e por Thalia, até que os lobos foram buscá-lo.

A promessa não cumprida de sua mãe estava no âmago de quem ele era. Jason construíra toda a sua vida em torno da inflamação gerada por aquelas palavras, como o grão de areia no centro de uma pérola.

As pessoas mentem. Promessas são quebradas.

Era por essa razão, por mais que isso o aborrecesse, que Jason seguia as regras. Ele cumpria suas promessas. Não desejava abandonar ninguém, repetir o que haviam feito a ele: mentido e o abandonado.

Agora sua mãe estava de volta, apagando a única certeza que Jason tinha sobre ela: que havia partido para sempre.

Do outro lado da mesa, Antínoo ergueu sua taça.

— É um grande prazer conhecê-lo, filho de Júpiter. Escute sua mãe. Os deuses cometeram muitas injustiças contra você. Por que não se junta a nós? Imagino que essas duas criadas sejam suas amigas. Vamos poupá-las. Quer que sua mãe permaneça neste mundo? Podemos fazer isso. Você deseja ser um rei...

31 / Jason

— Não. — A mente de Jason girava. — Não, meu lugar não é com vocês.

Michael Varus o encarou com olhos frios.

— Tem certeza, meu colega pretor? Mesmo que derrote os gigantes e Gaia, você voltaria para casa, como fez Odisseu? Onde é seu lar agora? Com os gregos? Com os romanos? Ninguém vai aceitá-lo. E, *se* você conseguir voltar, quem garante que não vai encontrar ruínas como estas?

Jason observou o pátio do palácio. Sem as varandas e colunatas, não havia nada além de uma pilha de pedras no alto de uma montanha estéril. Só a fonte parecia real, jorrando areia como um lembrete do poder ilimitado de Gaia.

— Você era um oficial da legião — disse ele a Varus. — Um líder de Roma.

— Você também era — retrucou Varus. — Nossas lealdades mudam.

— Você acha que eu pertenço a *este* grupo? — perguntou Jason. — Um bando de perdedores mortos esperando alguma esmola de Gaia e choramingando que o mundo deve alguma coisa a eles?

Por todo o pátio, fantasmas e *ghouls* ficaram de pé e sacaram suas armas.

— Cuidado! — berrou Piper para a multidão. — Os homens neste palácio são seus inimigos. Cada um deles os esfaquearia pelas costas na primeira oportunidade!

Nas semanas anteriores, o charme de Piper tinha ficado ainda mais poderoso. Ela agora tinha falado a verdade, e a multidão acreditava. Todos olharam de soslaio uns para os outros, as mãos ainda no cabo de suas espadas.

A mãe de Jason se aproximou dele.

— Querido, pense bem. Desista da missão. O *Argo II* nunca vai conseguir fazer a viagem até Atenas. E mesmo que consiga, há o problema da Atena Partenos.

Seu corpo estremeceu.

— O que quer dizer com isso?

— Não finja ignorância, querido. Gaia sabe sobre sua amiga Reyna, sobre o filho de Hades, Nico, e o sátiro Hedge. Para matá-los, a Mãe Terra enviou seu filho mais perigoso: o caçador que nunca descansa. Mas você não precisa morrer.

Os *ghouls* e fantasmas se aproximaram, todos os duzentos encarando Jason com expectativa, como se ele fosse puxar um coro do hino nacional a qualquer momento.

O caçador que nunca descansa.

Jason não sabia quem era esse caçador, mas precisava alertar Reyna e Nico.

Ou seja: tinha que sair dali vivo.

Ele olhou para Annabeth e Piper. As duas estavam prontas, à espera de seu sinal.

Ele se obrigou a encarar os olhos da mãe. Ela parecia a mesma mulher que o havia abandonado nas florestas de Sonoma catorze anos antes. Mas Jason não era mais uma criancinha. Era um veterano de guerra, um semideus que tinha enfrentado a morte inúmeras vezes.

E o que ele viu diante de si não era sua mãe, pelo menos não o que ela *era*: amorosa, carinhosa, protetora.

Um resquício, foi como Annabeth a chamou.

Michael Varus dissera que os espíritos ali eram sustentados pelos seus maiores desejos. O espírito de Beryl Grace literalmente *brilhava* de necessidade. Os olhos dela imploravam pela atenção de Jason. Ela estendeu os braços, desesperada para possuí-lo.

— O que você quer? — perguntou ele. — O que a trouxe até aqui?

— Eu quero viver! — exclamou ela. — Juventude! Beleza! Seu pai poderia ter me tornado imortal. Poderia ter me levado para o Olimpo, mas me abandonou. Você pode consertar isso, Jason. Você é meu valente guerreiro!

O aroma de limão amargou, como se ela estivesse começando a queimar.

Jason se lembrou de uma coisa que Thalia dissera: que a mãe deles fora ficando cada vez mais instável, até que seu desespero a levara à loucura. Ela havia morrido em um acidente de carro por dirigir embriagada.

O vinho aguado no estômago de Jason se revirou. Ele decidiu que, se sobrevivesse àquele dia, nunca mais beberia álcool de novo.

— Você é uma *mania* — concluiu Jason. A palavra lhe vinha à mente de seus estudos no Acampamento Júpiter, muito tempo antes. — Um espírito da insanidade. Você foi reduzida a isso.

— Sim — concordou Beryl Grace. A imagem dela cintilou através de um espectro de cores. — Me abrace, filho. Sou tudo o que restou a você.

A voz do Vento Sul surgiu em sua mente: *Você não pode controlar a sua ascendência, mas pode escolher sua herança.*

Jason sentiu como se estivesse sendo remontado, uma camada de cada vez. Seu coração se acalmou. O frio deixou seus ossos. Sua pele se aqueceu ao sol da tarde.

— Não — declarou ele, e olhou para Annabeth e Piper. — Minhas lealdades não mudaram. Minha família apenas aumentou. Sou filho da Grécia e de Roma. — Ele encarou a mãe pela última vez. — Não sou seu filho.

Ele fez um sinal antigo para afastar o mal, três dedos partindo do coração, ao que o fantasma de Beryl Grace desapareceu com um chiado suave, como um suspiro de alívio.

O *ghoul* Antínoo jogou sua taça para o lado, avaliando Jason com uma expressão de nojo preguiçoso.

— Bem... — disse ele. — Acho que está na hora de matar vocês.

Os inimigos se aproximaram por todos os lados.

IV

JASON

E ESTAVA INDO TUDO MUITO bem, até ele ser apunhalado.

Jason desenhou um grande arco com sua espada, vaporizando os pretendentes mais próximos, depois pulou para cima da mesa e dali saltou sobre a cabeça de Antínoo. Em pleno ar, desejou que sua espada se transformasse em uma lança, um truque que nunca havia tentado com aquela arma mas que por algum motivo ele sabia que iria funcionar.

Caiu de pé com um *pilum* de quase dois metros de comprimento nas mãos. Quando Antínoo se virou para enfrentá-lo, Jason enfiou a ponta de ouro imperial no peito do *ghoul*.

Antínoo olhou para baixo sem poder acreditar.

— Você…

— Divirta-se nos Campos de Punição.

Quando Jason puxou o *pilum*, Antínoo se desfez em terra. Jason então continuou a lutar, girando sua lança, fazendo-a atravessar fantasmas, derrubando *ghouls*.

Do outro lado do pátio, Annabeth lutava como um demônio. Sua espada de osso de drakon cortava e derrubava qualquer pretendente burro o bastante para enfrentá-la.

Perto da fonte de areia, Piper também havia sacado sua espada, a lâmina denteada de bronze celestial que ela roubara do Boreada Zetes. Ela golpeava e se defendia com a mão direita e de vez em quando atirava tomates da cornucópia com a esquerda, gritando para os pretendentes:

— Salvem-se! Eu sou perigosa demais!

Isso devia ser exatamente o que eles queriam ouvir, porque todos saíam correndo para logo depois pararem, confusos, alguns metros morro abaixo, e voltarem para a luta.

O tirano grego Hípias avançou sobre Piper com sua adaga erguida, mas ela o acertou em cheio no peito com uma bela carne assada. Ele caiu de costas na fonte e gritou enquanto se desintegrava.

Uma flecha foi zunindo na direção do rosto de Jason. Ele a desviou com um sopro de vento, depois atravessou uma linha de *ghouls* armados com espadas e percebeu uma dezena de pretendentes se reagrupando perto da fonte para atacar Annabeth. Ele levantou a lança para o céu. Um raio ricocheteou da ponta e explodiu os fantasmas em íons, deixando uma cratera fumegante onde antes ficava a fonte.

Durante os últimos meses, Jason tinha lutado muitas batalhas, mas havia se esquecido de como era se sentir *bem* durante o combate. Claro que ele ainda tinha medo, mas um peso enorme fora tirado de seus ombros. Pela primeira vez desde que acordara no Arizona sem suas lembranças, Jason se sentia *completo*. Ele sabia quem era. Escolhera sua família, e ela nada tinha a ver com Beryl Grace nem mesmo com Júpiter. Incluía todos os semideuses que lutavam ao seu lado, romanos e gregos, amigos novos e velhos. Ele não ia deixar ninguém destruir sua família.

Jason invocou os ventos e arremessou três *ghouls* encosta abaixo como se fossem bonecos de pano. Ele perfurou um quarto, depois desejou que a arma encolhesse e se transformasse outra vez em espada e golpeou através de outro grupo de espíritos.

De repente, não havia mais inimigos. Os fantasmas remanescentes começaram a desaparecer sozinhos. Annabeth acertou Asdrúbal, o cartaginês, e Jason cometeu o erro de embainhar sua espada.

Uma dor queimou na base de suas costas, tão forte e gelada que ele achou que a deusa da neve, Quíone, o havia tocado.

Perto de seu ouvido, Michael Varus disse com raiva:

— Nasceu como romano, morra como romano.

A ponta de uma espada de ouro surgia pela frente da camisa de Jason, logo abaixo de suas costelas.

Jason caiu de joelhos. O grito de Piper parecia soar a quilômetros de distância. Ele sentiu como se tivesse sido mergulhado em água salgada: o corpo sem peso, a cabeça balançando.

Piper correu em sua direção. Ele viu como que anestesiado a espada dela passar por cima de sua cabeça e atravessar a armadura de Michael Varus com um som metálico.

Uma brisa fria balançou o cabelo de Jason. Pó caiu a sua volta, e um capacete vazio de legionário rolou sobre as pedras. O semideus do mal estava acabado, mas tinha deixado uma última impressão antes de partir.

— Jason!

Piper o segurou pelos ombros quando ele começou a tombar para o lado. Ele soltou um gemido de dor quando ela puxou a espada de suas costas. Então ela o deitou no chão e apoiou sua cabeça em uma pedra.

Annabeth vinha correndo para perto deles. Ela tinha um corte feio na lateral do pescoço.

— Pelos deuses. — Annabeth não tirava os olhos da ferida na barriga de Jason. — Ah, meus deuses.

— Obrigado — disse Jason, com a voz fraca. — Eu estava com medo de que a coisa fosse feia.

Os braços e pernas dele começaram a formigar enquanto seu corpo entrava em "modo crise", concentrando o sangue em seu tronco. A dor era entorpecente, o que o surpreendeu, mas sua camisa estava ensopada de sangue. A ferida fumegava. Ele tinha quase certeza de que ferimentos de espada não soltavam fumaça.

— Você vai ficar bem. — Piper pronunciou as palavras como se fosse uma ordem. Seu tom de voz normalizou a respiração dele. — Annabeth, ambrosia!

A garota pareceu despertar de seu torpor.

— É. É. Eu tenho.

Annabeth abriu sua bolsa de suprimentos e desembrulhou um pedaço do alimento dos deuses.

37 / Jason

— Precisamos estancar o sangramento.

Piper usou a adaga para cortar um pedaço da barra de seu vestido. Ela rasgou o tecido e fez ataduras. Jason se perguntou vagamente onde ela tinha aprendido tanto sobre primeiros socorros. Ela envolveu os ferimentos nas costas e na barriga de Jason enquanto Annabeth botava pedacinhos de ambrosia na boca dele.

Os dedos de Annabeth tremiam. Depois de tudo pelo que havia passado, Jason achava estranho que ela fosse surtar naquele momento, quando Piper parecia tão calma. Então ele entendeu: Annabeth podia *se dar ao luxo* de ficar preocupada com ele. Piper, não. Ela estava completamente concentrada em salvá-lo.

Annabeth deu outro pedaço de ambrosia para ele comer.

— Jason, eu... eu sinto muito. Pela sua mãe. Mas o jeito como você lidou com a situação... foi tão corajoso.

Jason tentava não fechar os olhos. Sempre que fazia isso, via o espírito da mãe se desintegrando.

— Não era ela — disse ele. — Pelo menos, nenhuma parte dela que eu pudesse salvar. Não havia escolha.

Annabeth respirou fundo, abalada.

— Nenhuma escolha *certa*, talvez, mas... Um amigo meu, Luke. A mãe dele... teve um problema parecido. Ele não lidou tão bem com a situação.

A voz dela estava embargada. Jason não conhecia muito do passado de Annabeth, mas Piper olhou preocupada para ela.

— Já fiz o que podia pelo ferimento — disse Piper. — Mas ainda está sangrando. E não entendo o porquê da fumaça.

— Ouro imperial — disse Annabeth, com a voz trêmula. — É mortal para semideuses. É só questão de tempo até que...

— Ele vai ficar bem — insistiu Piper. — Precisamos levá-lo de volta ao navio.

— Não me sinto tão mal — disse Jason. E era verdade. A ambrosia tinha clareado seus pensamentos. O calor aos poucos voltava para seus membros. — Talvez eu possa voar...

Ele se sentou. Sua visão ganhou um tom pálido de verde.

— Ou talvez não...

Piper o segurou pelos ombros quando ele ameaçou tombar.

— Eita, espertinho. Precisamos entrar em contato com o *Argo II* e conseguir ajuda.

— Você não me chama de espertinho faz muito tempo.

Piper o beijou na testa.

— Fique comigo que ofendo você quanto quiser.

Annabeth examinou as ruínas. A realidade mágica tinha desaparecido, deixando apenas paredes destruídas e poços de escavação.

— Podíamos usar os sinalizadores de emergência, mas...

— Não — disse Jason. — Leo iria destruir o cume da montanha com fogo grego. Talvez se vocês duas me ajudarem, eu consiga andar...

— De jeito nenhum — opôs-se Piper. — Ia levar tempo demais. — Ela abriu a bolsa presa a seu cinto e tirou de lá um espelhinho. — Annabeth, você sabe código Morse?

— É claro.

— Leo também. — Piper entregou o espelho a ela. — Ele estará vendo do navio. Vá até o cume...

— E saio piscando para ele! — Annabeth corou. — Não era bem isso o que eu queria dizer. Mas entendi a ideia.

Ela correu até a extremidade das ruínas.

Piper pegou um frasquinho de néctar e o ofereceu a Jason.

— Aguente firme. Você *não* vai morrer por causa de uma apunhaladinha qualquer.

Jason conseguiu dar um leve sorriso.

— Pelo menos dessa vez não foi na cabeça. Fiquei consciente durante a luta inteira.

— Você derrotou, tipo, uns duzentos inimigos — disse Piper. — Isso foi *assustadoramente* fantástico.

— Vocês ajudaram.

— Pode ser, mas... Ei, não durma...

A cabeça de Jason começou a cair para a frente. As rachaduras nas pedras ficaram mais nítidas.

— Estou um pouco tonto — murmurou ele.

— Tome mais néctar — ordenou Piper. — Está gostoso?

— Está. Está, sim.

Na verdade, o néctar estava com gosto de serragem líquida. Desde a Casa de Hades, quando ele renunciara à sua pretoria, a ambrosia e o néctar não tinham mais o gosto de seus pratos favoritos do Acampamento Júpiter. Era como se a lembrança de sua velha casa não tivesse mais o poder de curá-lo.

Nasceu como romano, morra como romano, dissera Michael Varus.

Ele olhou para a fumaça que subia do curativo. Tinha coisas piores com que se preocupar do que perda de sangue. Annabeth estava certa sobre o ouro imperial. Aquilo era mortal tanto para semideuses quanto para monstros. A ferida de Varus faria o possível para drenar a força vital de Jason.

Ele já vira um semideus morrer daquela forma antes. Não tinha sido rápido nem bonito.

Não posso morrer, disse para si mesmo. *Meus amigos dependem de mim.*

As palavras de Antínoo ecoavam em seus ouvidos: sobre os gigantes em Atenas, a viagem impossível que aguardava o *Argo II*, o caçador misterioso que Gaia enviara para interceptar a Atena Partenos.

— Reyna, Nico e o treinador Hedge estão em perigo — disse ele. — Precisamos avisá-los.

— Vamos cuidar disso quando voltarmos para o barco — prometeu Piper. — O que você tem que fazer agora é descansar. — O tom de voz dela era leve e confiante, mas seus olhos estavam cheios de lágrimas. — Além disso, eles são um grupo cascudo. Vão ficar bem.

Jason torceu para que ela estivesse certa. Reyna havia arriscado muito para ajudá-los. O treinador Hedge às vezes era chato, mas tinha sido um protetor leal para toda a tripulação. E Nico… Jason estava especialmente preocupado com ele.

Piper passou o polegar pela cicatriz no lábio dele.

— Quando a guerra terminar… vai dar tudo certo para Nico. Você já está ajudando como pode sendo amigo dele.

Jason não sabia bem o que dizer. Ele não havia contado nada a Piper sobre sua conversa com Nico. Tinha guardado o segredo de Di Ângelo.

Mesmo assim… Piper parecia sentir que algo estava errado. Como filha de Afrodite, talvez ela conseguisse perceber quando alguém estava sofrendo por amor. Mas ela não tinha forçado Jason a falar sobre o assunto. Ele gostou disso.

Outra onda de dor; Jason fez uma careta.

— Concentre-se em minha voz. — Piper beijou sua testa. — Pense em alguma coisa boa. Bolo de aniversário no parque em Roma...

— Aquilo foi bom.

— No inverno passado — sugeriu ela —, a guerra de marshmallows em volta da fogueira.

— Eu venci.

— Você ficou com marshmallows no cabelo por dias!

— Mentira.

A mente de Jason viajou para épocas melhores.

Ele só queria ficar ali, conversando com Piper, segurando a mão dela, sem se preocupar com gigantes, Gaia ou a loucura de sua mãe.

Jason sabia que eles tinham que voltar direto para o navio. Ele estava muito mal. Eles tinham a informação que tinham ido buscar. Mas, deitado ali nas pedras frias, Jason sentiu que eles estavam se esquecendo de alguma coisa. A história dos pretendentes e da rainha Penélope... seus pensamentos sobre família... seus sonhos recentes. Tudo isso girava em sua cabeça. Havia algo mais naquele lugar... alguma coisa que ele não percebera.

Annabeth voltou mancando da beira da colina.

— Você está ferida? — perguntou Jason a ela.

Annabeth olhou para o tornozelo.

— Tudo bem. Só uma fratura antiga de quando eu estava nas cavernas romanas. Às vezes, quando estou estressada... Isso não é importante. Avisei Leo. Frank vai mudar de forma, voar até aqui e levar você de volta ao navio. Preciso fazer uma maca para mantê-lo estável.

Jason teve uma visão aterrorizante de si mesmo em uma rede balançando entre as garras de Frank, a águia gigante, mas achou que aquilo era melhor que morrer.

Annabeth começou a trabalhar. Recolheu restos deixados para trás pelos pretendentes (um cinto de couro, uma túnica rasgada, tiras de sandálias, uma manta vermelha e algumas hastes de lança quebradas). As mãos dela trabalhavam rapidamente com esse material, rasgando, tecendo, amarrando e trançando.

— Como você está fazendo isso? — perguntou Jason, impressionado.

— Aprendi durante minha missão no subterrâneo de Roma. — Annabeth não tirava os olhos do trabalho. — Nunca tive razão para aprender tecelagem antes, mas é útil para certas coisas, como escapar de aranhas...

Ela deu um nó no último pedaço de couro e *voilà*: uma maca grande o suficiente para Jason, que podia ser carregada pelas hastes das lanças e com amarras de segurança no centro.

Piper deu um assovio de aprovação.

— Na próxima vez que eu precisar ajustar um vestido, vou pedir sua ajuda.

— Cale a boca, McLean — disse Annabeth, mas seus olhos brilhavam de satisfação. — Agora vamos colocá-lo com cuidado...

— Esperem — interrompeu Jason.

O coração dele batia acelerado. Ver Annabeth tecer o leito improvisado fizera Jason se lembrar da história de Penélope, que havia resistido aos avanços dos pretendentes por vinte anos enquanto aguardava a volta do marido, Odisseu.

— Uma cama — disse Jason. — Havia uma cama especial neste palácio.

Piper pareceu preocupada.

— Jason, você perdeu muito sangue.

— Não estou delirando — insistiu ele. — O leito nupcial era sagrado. Se houvesse *algum* lugar onde você pudesse conversar com Juno... — Ele respirou fundo e chamou: — Juno!

Silêncio.

Talvez Piper tivesse razão. Ele não estava pensando com clareza.

Então, a cerca de dois metros de distância, o chão rachou. Ramos abriram caminho através da terra, crescendo a uma velocidade espantosa até que uma oliveira adulta surgiu no pátio. Sob um dossel de folhas verde-acinzentadas estava uma mulher de vestido branco, com um manto de pele de cabra jogado sobre os ombros. Na ponta de seu bastão havia uma flor de lótus branca. A expressão dela era tranquila e nobre.

— Meus heróis — disse a deusa.

— Hera — falou Piper.

— Juno — corrigiu Jason.

— Tanto faz — resmungou Annabeth. — O que está fazendo aqui, Sua Majestade bovina?

Os olhos de Juno cintilaram perigosamente.

— Annabeth Chase. Simpática como sempre.

— É, bem... — disse Annabeth. — Acabei de voltar do *Tártaro*, então minhas maneiras estão um pouco enferrujadas, ainda mais quando falo com deusas que apagaram a memória do meu namorado, o fizeram desaparecer por meses e depois...

— Sério, criança. Vai começar com isso outra vez?

— Não era para você estar sofrendo de dupla personalidade? — perguntou Annabeth. — Quer dizer... mais que o normal?

— Calma — interveio Jason. Ele tinha muitas razões para odiar Juno, mas havia outros problemas com que se preocupar. — Juno, precisamos de sua ajuda. Nós...

Jason tentou sentar, mas se arrependeu imediatamente. Suas entranhas pareciam estar sendo revolvidas por um garfo de espaguete gigante.

Piper impediu que ele caísse.

— Depois pensamos nisso — disse ela. — Jason está ferido. Cure-o!

A deusa franziu as sobrancelhas. Sua forma tremeluziu, vacilante.

— Há coisas que nem os deuses podem curar — disse ela. — Essa ferida atinge tanto a alma quanto o corpo. Você tem que lutar contra ela, Jason Grace... Você *precisa* sobreviver.

— É, valeu — disse ele, com a boca seca. — Estou tentando.

— O que quer dizer com isso? A ferida atingiu a alma dele? — perguntou Piper. — Por que você não pode...

— Meus heróis, temos pouco tempo juntos — disse Juno. — Estou grata por terem me chamado. Passei semanas em estado de dor e confusão... meus aspectos grego e romano lutando um contra o outro. Pior, fui obrigada a me esconder de Júpiter, que está furioso sem razão e procurando por mim, pois acredita que *eu* provoquei essa guerra com Gaia.

— Nossa — disse Annabeth, irônica. — Por que ele acharia isso?

Juno olhou irritada para ela.

— Felizmente este local é sagrado para mim. Ao expulsar aqueles fantasmas, vocês o purificaram e me deram um momento de clareza. Poderei conversar com vocês, mesmo que por pouco tempo.

— Por que este lugar é sagrado? — Piper arregalou os olhos. — Ah, o leito nupcial!

— Leito nupcial? Onde? — perguntou Annabeth. — Não estou vendo nenhum...

— A cama de Penélope e Odisseu — explicou Piper. — Um dos pés da cama era o tronco de uma oliveira viva, para que ela nunca pudesse ser movida.

— É verdade. — Juno passou a mão pelo tronco da oliveira. — Um leito nupcial imóvel. Que símbolo lindo! Como Penélope, a mais fiel das esposas, resistindo, dispensando cem pretendentes arrogantes por anos porque sabia que o marido ia voltar. Odisseu e Penélope... o epítome do casamento perfeito!

Mesmo atordoado, Jason se lembrava muito bem de histórias sobre Odisseu se encantando por outras mulheres durante suas viagens, mas resolveu não tocar no assunto.

— A senhora pode pelo menos nos aconselhar? — perguntou ele. — Nos dizer o que fazer?

— Deem a volta no Peloponeso — respondeu a deusa. — Como já devem desconfiar, é a única rota possível. Quando estiverem a caminho, procurem a deusa da vitória em Olímpia. Ela está fora de controle. A menos que consigam detê-la, as diferenças entre gregos e romanos jamais serão resolvidas.

— Está falando de Nice? — perguntou Annabeth. — Como assim, ela está fora de controle?

Um trovão ribombou no céu, fazendo a montanha tremer.

— Explicar ia demorar demais — disse Juno. — Preciso ir antes que Júpiter me encontre. Quando eu partir, não vou poder ajudar vocês de novo.

Jason segurou uma resposta atravessada: *E quando você ajudou a gente?*

— O que mais precisamos saber? — perguntou ele.

— Como souberam, os gigantes se reuniram em Atenas. Alguns deuses vão poder ajudar vocês em sua viagem, mas eu não sou a única olimpiana que não está nas graças de Júpiter. Os gêmeos também são vítimas de sua ira.

— Ártemis e Apolo? — perguntou Piper. — Por quê?

A imagem de Juno começou a desaparecer.

— Se alcançarem a ilha de Delos, eles podem estar ávidos em ajudá-los. Estão desesperados o suficiente para tentar o que for para consertar as coisas.

Agora, vão. Talvez tornemos a nos encontrar em Atenas, se vocês conseguirem chegar lá. Senão...

A deusa desapareceu, ou talvez os olhos de Jason tenham simplesmente falhado. A dor o tomava por inteiro. Sua cabeça pendeu para trás. Ele viu uma águia gigante voando em círculos no céu. Então tudo ficou negro, e Jason não viu mais nada.

V

REYNA

Mergulhar de cabeça em um vulcão *não* estava na lista de tarefas de Reyna para aquele dia.

Ela se encontrava a mil e quinhentos metros de altura quando avistou pela primeira vez o sul da Itália. A leste, acompanhando a meia-lua do Golfo de Nápoles, as luzes das cidades adormecidas cintilavam na escuridão que antecedia o amanhecer. A trezentos metros abaixo de Reyna, uma caldeira de quase um quilômetro de diâmetro bocejava no alto de uma montanha, uma coluna de vapor branco subindo de sua boca escancarada.

A desorientação levou um momento para se dissipar. As viagens nas sombras sempre a deixavam tonta e enjoada, como se ela tivesse sido retirada das águas geladas de um frigidário e levada direto para a sauna de uma casa de banhos romana.

Só então ela se deu conta de que estava suspensa em pleno ar. A gravidade entrou em ação, e ela começou a cair.

— Nico! — gritou Reyna.

— Pelas flautas de Pã! — exclamou Gleeson Hedge.

Nico se sacudia todo a ponto de quase se soltar de Reyna.

— Uáááááááá! — fez ele.

Mas ela o segurou firme.

Reyna pegou o treinador Hedge pelo colarinho da camisa quando o impulso da queda começou a levá-lo para longe. Se eles se separassem naquele momento, estariam mortos.

Os três despencavam a toda, direto para o vulcão. Atrás deles vinha a maior bagagem que traziam: a Atena Partenos de doze metros de altura, presa por correias às costas de Nico como um paraquedas nem um pouco eficiente.

— Vejam lá embaixo, o Vesúvio! — gritou Reyna, mais alto que o ruído do vento. — Nico, nos transporte daqui!

Os olhos dele estavam arregalados e desfocados de pavor. Seu cabelo negro bagunçado estapeava todo o seu rosto como um corvo surgido do nada no céu.

— Eu… eu não consigo! Não tenho força!

O treinador Hedge gritou:

— Saiba de uma coisa, garoto: bodes não voam! Então tire a gente daqui ou vamos virar omelete de Atena Partenos!

Reyna tentou pensar. Ela podia aceitar a morte se necessário, mas, se a Atena Partenos fosse destruída, seria o fracasso da missão. Isso ela *não podia* aceitar.

— Nico, faça a viagem — ordenou ela. — Eu empresto minha força a você. Ele a olhou sem entender.

— Como…?

— *Agora!*

Ela apertou a mão dele com ainda mais força. O símbolo de Belona tatuado em seu antebraço ficou dolorosamente quente, como se estivesse sendo marcado em sua pele naquele momento.

Nico arfou. A cor voltou ao seu rosto. Quando estavam prestes a alcançar a coluna de vapor que se erguia do vulcão, mergulharam nas sombras.

O ar ficou gélido. O ruído do vento foi substituído por uma cacofonia de vozes sussurrando em mil línguas. Reyna sentiu como se suas entranhas fossem uma raspadinha doce: xarope de fruta sobre gelo triturado, sua sobremesa preferida quando era criança em Viejo San Juan.

Por que aquela lembrança tinha ressurgido justo naquele momento, quando estava à beira da morte? Então sua visão clareou: seus pés estavam firmes no chão.

O céu a leste tinha começado a clarear. Por um instante Reyna achou que estivesse de volta a Nova Roma: colunas dóricas circundavam um átrio do tamanho de um campo de beisebol; à frente dela, um fauno de bronze erguia-se no meio de uma fonte d'água rebaixada e decorada com mosaicos.

Delicadas murtas e roseiras floresciam em um jardim ali perto. Palmeiras e pinheiros projetavam-se em direção ao céu. Caminhos calçados com pedras levavam dali do pátio em várias direções; vias retas e regulares de boa construção romana, ao longo das quais se viam casas baixas de pedra com pórticos sustentados por colunatas.

Reyna se virou. Atrás dela estava a Atena Partenos, intacta e imponente e enorme, como um enfeite de jardim ridiculamente grande. O pequeno fauno de bronze na fonte tinha os dois braços levantados e estava de frente para Atena, de forma que parecia estar recuando de medo dos recém-chegados.

O Monte Vesúvio assomava no horizonte, uma forma escura e encurvada como um corcunda, agora a quilômetros de distância. Colunas espessas de vapor subiam do cume.

— Estamos em Pompeia — reconheceu Reyna.

— Hum, isso não é bom... — disse Nico, para logo em seguida desmaiar.

— Epa! — exclamou o treinador Hedge, pegando-o antes que ele caísse no chão.

O sátiro então o colocou apoiado nos pés de Atena e soltou as correias que prendiam o menino à estátua.

Reyna também sentia as pernas bambas. Já esperava alguma reação adversa. Acontecia sempre que ela transmitia força. Mas ela não imaginava que Nico di Angelo carregasse uma angústia assim tão brutal. Reyna se sentou pesadamente, mal conseguindo se manter consciente.

Pelos deuses de Roma. Se aquilo era apenas uma parte da dor de Nico... como ele conseguia suportar?

Ela tentou recuperar o fôlego enquanto o treinador Hedge verificava suas provisões. As pedras rachavam em torno das botas de Nico. A escuridão parecia irradiar dele como uma rajada de tinta, como se o corpo de Nico estivesse tentando expelir todas as sombras através das quais ele tinha viajado.

No dia anterior tinha sido pior: um campo inteiro murchando, esqueletos se erguendo da terra. Reyna não fazia a menor questão de que aquilo tornasse a acontecer.

— Beba alguma coisa.

Ela ofereceu a Nico um cantil de poção de unicórnio: pó de chifre com água santificada do Pequeno Tibre. Haviam descoberto que a mistura funcionava com Nico melhor que néctar, ajudando a limpar a fadiga e a escuridão de seu organismo com menos risco de combustão espontânea.

Nico bebeu com avidez. Ainda parecia péssimo. Sua pele tinha uma coloração azulada, suas bochechas estavam encovadas. Preso ao cinto do menino, o cetro de Diocleciano brilhava em um furioso roxo, como um hematoma radioativo.

Ele olhou para Reyna intrigado.

— Como você fez isso... essa onda de energia?

Reyna virou o antebraço. A tatuagem ainda queimava como cera quente: o símbolo de Belona, spqr, com quatro linhas por seus anos de serviço.

— Não gosto de falar sobre isso. Mas é um poder que vem da minha mãe. Posso transmitir parte da minha força, compartilhá-la.

O treinador Hedge ergueu os olhos de sua mochila.

— Sério? E por que não fez isso comigo, garota romana? Eu quero supermúsculos!

Reyna fez uma cara feia.

— Não funciona assim, treinador. Só posso fazer isso em casos de vida ou morte, e é mais útil em grupos grandes. Quando estou no comando em uma batalha, posso transmitir qualquer atributo que eu tenha, seja força, coragem ou resistência, multiplicado pelo tamanho das minhas tropas.

Nico ergueu uma sobrancelha.

— Bem útil para uma pretora romana.

Reyna não respondeu. Ela preferia não mencionar seu poder exatamente por essa razão. Não queria que semideuses sob seu comando achassem que ela os estava controlando, ou que ela havia se tornado líder porque tinha algum poder mágico especial. Na verdade, ela só podia transmitir, ou "emprestar", qualidades que já possuísse e não podia ajudar ninguém que não fosse digno de ser um herói.

O treinador Hedge resmungou:

— Que pena. Seria legal ter supermúsculos.

E voltou a remexer em sua mochila, que parecia conter uma infinidade de utensílios de cozinha, itens de sobrevivência e equipamentos esportivos diversos.

Nico tomou mais um gole da poção de unicórnio. Seus olhos estavam pesados de cansaço, mas Reyna percebia que ele se esforçava para permanecer acordado.

— Você quase caiu agora há pouco — observou ele. — Quando usa esse seu poder, você recebe algum... hã... retorno de mim?

— Não é como ler mentes — explicou ela. — Ou uma ligação empática. É só... uma onda temporária de exaustão. Emoções primais. Sou inundada pela sua dor. Tomo para mim uma parte do seu fardo.

Nico assumiu uma expressão receosa.

Ele girou o anel de caveira de prata no dedo, do mesmo modo que Reyna fazia com o próprio anel de prata quando estava pensando. Ter o mesmo hábito que o filho de Hades a deixou desconfortável.

Ela havia sofrido mais por Nico durante a breve conexão entre eles do que por toda a sua legião durante a batalha contra o gigante Polibotes. Aquilo a havia exaurido mais do que a *última* vez em que ela havia usado o poder, para sustentar seu pégaso, Cipião, durante sua viagem através do Atlântico.

Ela tentou afastar a lembrança. Seu corajoso amigo alado, morrendo envenenado, com o focinho em seu colo, olhando para ela com confiança enquanto ela erguia a adaga para acabar com seu sofrimento... Pelos deuses, não. Não podia ficar remoendo a situação, ou isso a destruiria.

Mas a dor que havia sentido por causa de Nico era mais forte.

— Você precisa descansar — disse Reyna a ele. — Depois de dois saltos seguidos, mesmo com uma ajudinha... você tem sorte de estar vivo. Vamos precisar que esteja pronto de novo antes do anoitecer.

Ela se sentiu mal por pedir a ele algo impossível. Infelizmente, no entanto, ela tinha muita prática em forçar semideuses além de seus limites.

Nico cerrou os dentes e assentiu.

— Estamos presos aqui. — Ele observou as ruínas a sua volta. — Pompeia é o *último* lugar que eu teria escolhido para aterrissar. Este lugar está cheio de *lemures*.

— Lêmures? — O treinador Hedge parecia estar fazendo uma espécie de armadilha com linha de pipa, uma raquete de tênis e uma faca de caça. — Está se referindo àquelas criaturinhas peludas?

— *Não.* — Nico respondeu com um tom aborrecido, como se lhe fizessem aquela pergunta muitas vezes. — *Lemures.* Fantasmas raivosos. Eles existem em todas as cidades romanas, mas em Pompeia…

— A cidade inteira foi arrasada — lembrou Reyna. — Em 79 EC. O Vesúvio entrou em erupção e cobriu a cidade de cinzas.

— Uma tragédia como essa cria *muitos* espíritos raivosos.

O treinador Hedge lançou um olhar desconfiado para o vulcão a distância.

— Está soltando fumaça. Isso é um mau sinal?

— Humm… não sei. — Nico mexia distraidamente em um furo de sua calça jeans preta, na altura do joelho. — Os deuses da montanha, os *ourae*, sentem quando há algum filho de Hades por perto. Talvez tenha sido por isso que fomos desviados do curso. O espírito do Vesúvio podia estar intencionalmente tentando nos matar. Mas duvido que a montanha possa nos fazer algum mal dessa distância. Produzir uma erupção completa demoraria demais. A ameaça imediata está à nossa volta.

Reyna sentiu a nuca formigar.

Ela se acostumara aos Lares, os espíritos amistosos do Acampamento Júpiter, mas até eles a deixavam desconfortável. Não tinham muita noção de espaço pessoal. Às vezes passavam direto através dela, deixando-a com vertigem. Estar em Pompeia dava a Reyna a mesma sensação, como se a cidade inteira fosse um grande fantasma que a tivesse engolido inteira.

Ela não podia contar aos amigos quanto temia os fantasmas nem por que tinha medo deles. Todo o motivo que levara Reyna e sua irmã a fugir de San Juan, tantos anos antes… Ela precisava manter esse segredo.

— Você consegue impedir que eles nos alcancem? — perguntou ela.

Nico virou as palmas das mãos para cima.

— Já enviei a mensagem: *fiquem longe.* Mas é só eu dormir que isso não vai mais adiantar muito.

O treinador Hedge deu umas batidinhas com seu equipamento improvisado a partir de uma faca com raquete de tênis.

— Não se preocupe, garoto. Vou cercar este lugar com alarmes e armadilhas. E vou estar de vigia com meu taco de beisebol, cuidando de você o tempo todo.

Isso não foi suficiente para tranquilizar Nico, mas o menino já estava fechando os olhos.

— Está bem. Mas... vá com calma, hein. Não queremos repetir o episódio da Albânia.

— Não mesmo — concordou Reyna.

A primeira experiência dos três juntos viajando nas sombras, dois dias antes, tinha sido um fiasco completo, possivelmente o episódio mais humilhante na longa carreira de Reyna. Talvez um dia, se sobrevivessem, eles dessem boas risadas ao se lembrar da situação, mas não agora. Os três tinham concordado em nunca falar no assunto. O que tinha acontecido na Albânia era para *ficar* na Albânia.

O treinador Hedge pareceu magoado.

— Está bem, como quiserem. Só descanse, garoto. Estamos lhe dando cobertura.

— Tudo bem. Talvez um pouco... — disse Nico e chegou a tirar a jaqueta de aviador e dobrá-la para servir de travesseiro, justo antes de se virar para o lado e já começar a roncar.

Como ele parecia em paz, observou Reyna, impressionada. As rugas de preocupação sumiram. Seu rosto se tornou estranhamente angelical... como seu sobrenome, *di Angelo*. Ela quase podia acreditar que ele era um garoto normal de catorze anos, não um filho de Hades que tinha sido arrancado dos anos quarenta e obrigado a encarar mais tragédias e perigos do que a maioria dos semideuses enfrentaria em toda uma vida.

Reyna não confiava em Nico no início, logo que ele chegara ao Acampamento Júpiter. Tinha sentido que a história dele não se resumia a atuar como embaixador do pai, Plutão. Agora, é claro, ela sabia a verdade. Ele era um semideus *grego*, o único dos últimos tempos (e talvez o único que já existira) a transitar entre os acampamentos grego e romano sem contar a um grupo da existência do outro.

Estranhamente, isso só fazia com que Reyna confiasse mais em Nico.

Claro, ele não era romano. Nunca havia caçado com Lupa nem passara pelo brutal treinamento na legião. Mas Nico tinha provado seu valor de outras maneiras. Ele havia mantido em segredo a existência dos acampamentos pela melhor das razões: por temer uma guerra. Tinha mergulhado sozinho no Tártaro, *voluntariamente*, para encontrar as Portas da Morte. Tinha sido capturado e preso por gigantes. Tinha comandado a tripulação do *Argo II* até a Casa de Hades... e agora tinha aceitado mais uma missão terrível: arriscar a própria vida para levar a Atena Partenos de volta ao Acampamento Meio-Sangue.

O ritmo da jornada era de uma lentidão enlouquecedora. Eles só podiam viajar nas sombras algumas centenas de quilômetros por noite e precisavam descansar durante o dia, para que Nico se recuperasse. E mesmo nesse ritmo lento, a viagem exigia uma energia de Nico que Reyna imaginava impossível.

Ele carregava tamanha tristeza e solidão, tanto sofrimento, mas mesmo assim a missão era sua prioridade. Ele perseverava. Reyna respeitava isso. Entendia isso.

Ela nunca tinha sido do tipo sensível e sentimental, mas agora teve o estranhíssimo impulso de tirar o próprio manto para cobrir Nico. Reprovou-se mentalmente pela ideia. Ele era um companheiro de batalhas, não seu irmão mais novo. Nico não iria gostar do gesto.

— Ei! — exclamou o treinador Hedge, interrompendo seus pensamentos. — Você também precisa dormir. Vou assumir o posto de vigia e depois vocês revezam comigo. Enquanto isso, preparo alguma coisa para a gente comer. Aqueles fantasmas não devem ser tão perigosos agora que o sol está nascendo.

Reyna não havia percebido que estava clareando. Nuvens em tons de cor-de-rosa e turquesa riscavam o horizonte a leste. A sombra do pequeno fauno de bronze se projetava sobre a fonte seca.

— Já li sobre este palácio — lembrou-se Reyna. — É uma das *villas* mais bem-preservadas de Pompeia. É chamada de A Casa do Fauno.

Gleeson lançou um olhar de repulsa para a estátua.

— Bem, hoje vai ser a Casa do *Sátiro*.

Reyna se permitiu um sorriso. Estava começando a apreciar as diferenças entre sátiros e faunos. Se ela dormisse enquanto um *fauno* ficasse de vigia, acordaria com toda a sua comida roubada, um bigode desenhado na cara e o fauno já muito longe. O treinador Hedge era diferente; em quase tudo, diferente para o *bem*, apesar de sua obsessão doentia por artes marciais e tacos de beisebol.

— Muito bem — concordou ela. — Você é o primeiro a ficar de vigia. Vou botar Aurum e Argentum de guarda com você.

Hedge fez menção de protestar, mas Reyna logo deu um assovio curto e alto. Seus cães metálicos se materializaram no meio das ruínas e foram correndo até ela, de diferentes direções. Mesmo depois de tantos anos, Reyna ainda não sabia de onde eles vinham nem para onde iam quando ela os dispensava, mas era reanimador vê-los.

Hedge pigarreou.

— Tem *certeza* de que não são dálmatas? Eles parecem dálmatas.

— São apenas galgos, treinador. — Reyna não fazia ideia do porquê de Hedge ter medo de dálmatas, mas estava cansada demais para perguntar. — Aurum e Argentum, fiquem de guarda enquanto eu durmo. Obedeçam a Gleeson Hedge.

Os cães deram a volta no pátio, mantendo distância da Atena Partenos, que irradiava hostilidade por tudo que era romano.

A própria Reyna só agora estava se acostumando à presença da estátua, que, ela tinha quase certeza, não devia ter gostado nem um pouco de ter sido levada para uma antiga cidade romana.

Ela deitou e se cobriu com o manto roxo. Levou a mão à bolsa presa no cinto, na qual guardava a moeda de prata que Annabeth lhe dera antes de se separarem em Épiro.

É um sinal de que as coisas podem mudar, tinha dito Annabeth. *A Marca de Atena agora é sua. Talvez a moeda lhe traga sorte.*

Reyna não tinha tanta certeza.

Ela deu uma última olhada no fauno de bronze se encolhendo diante do amanhecer e na Atena Partenos. Então fechou os olhos e deixou-se mergulhar nos sonhos.

VI

REYNA

REYNA QUASE SEMPRE CONSEGUIA CONTROLAR seus pesadelos.

Tinha treinado a mente para começar todos os sonhos em seu lugar preferido: o Jardim de Baco, localizado na colina mais alta de Nova Roma. Lá, Reyna sentia-se em segurança e tranquila. Quando visões invadiam seu sono, como sempre acontecia com semideuses, ela as continha imaginando serem apenas reflexos na fonte do jardim. Assim conseguia dormir em paz e evitava despertar suando frio.

Naquela noite, entretanto, não teve a mesma sorte.

O sonho começou muito bem. Ela estava no jardim, em uma tarde quente, sob o caramanchão coberto de madressilvas em flor. Na fonte central, a pequena estátua de Baco cuspia água na bacia.

À sua frente ela via as cúpulas douradas e os telhados vermelhos de Nova Roma; menos de um quilômetro a oeste, as fortificações do Acampamento Júpiter. Mais além, o Pequeno Tibre fazia uma curva suave em torno do vale, traçando os limites de uma enevoada e dourada Berkeley Hills sob a luz do verão.

Reyna segurava uma xícara de chocolate quente, sua bebida preferida. Soltou um suspiro de satisfação. Valia a pena defender aquele lugar, por ela, por seus amigos, por todos os semideuses. Os quatro anos no Acampamento Júpiter não tinham sido fáceis, mas foram a melhor época em sua vida.

De repente, o horizonte escurecia. Reyna pensava que talvez fosse uma tempestade, mas logo percebia que uma enorme onda de terra preta varria as colinas, virando do avesso a pele da terra, sem deixar nada para trás.

Reyna via, horrorizada, a enxurrada de terra alcançar o topo do vale. A barreira mágica que o deus Término mantinha em torno do acampamento apenas reduzia por um instante a destruição. Uma luz roxa jorrava para o alto como vidro estilhaçado, e então a onda de terra prosseguia, destroçando árvores, destruindo estradas, varrendo do mapa o Pequeno Tibre.

É uma visão, pensava Reyna. Eu posso controlar isso.

Ela tentava mudar o sonho. Imaginava que a destruição fosse apenas um reflexo na fonte, uma imagem de vídeo inofensiva, mas o pesadelo continuava, de maneira completamente real.

A terra engolia o Campo de Marte. Destruía todo traço de fortes e trincheiras dos jogos de guerra. O aqueduto da cidade desmoronava como peças de dominó. O próprio Acampamento Júpiter caía: torres de vigia desabavam, muros e barreiras se desintegravam. Os gritos dos semideuses eram silenciados, e a terra seguia em frente.

Então um soluço se formava na garganta de Reyna. Os reluzentes santuários e monumentos da Colina dos Templos desmoronavam. O coliseu e o hipódromo eram completamente arrasados. A onda de terra alcançava a Linha Pomeriana e atravessava brutalmente a cidade. Famílias corriam pelo fórum. Crianças gritavam de pavor.

O Senado implodia. *Villas* e jardins desapareciam como plantações sendo ceifadas por uma máquina. A onda crescia e subia a colina na direção do Jardim de Baco, o último remanescente do mundo de Reyna.

Você os deixou indefesos, Reyna Ramírez-Arellano, dizia uma voz de mulher, vinda do terreno negro. *Seu acampamento será destruído. Sua missão é uma busca infrutífera. Meu caçador está atrás de você.*

Reyna se soltava da murada do jardim. Corria até a fonte, agarrava a beirada e ficava olhando fixamente para a água, em desespero. Ali, ela desejava que o pesadelo se transformasse em um reflexo inofensivo.

TUM.

Então a bacia da fonte se quebrava ao meio, fendida por uma flecha do tamanho de um ancinho. Reyna olhava chocada para as penas de corvo na extremidade do cabo pintado de vermelho, amarelo e preto, como uma cobra-coral. A ponta de ferro estígio estava cravada em suas entranhas.

Ela erguia os olhos em meio a uma névoa de dor. Vindo da outra extremidade do jardim, uma figura sombria se aproximava, a silhueta de um homem cujos olhos brilhavam como faróis em miniatura, cegando Reyna. Ela ouvia o som de ferro contra couro quando ele pegava mais uma flecha da aljava.

Então seu sonho mudava.

O jardim e o caçador desapareciam, assim como a flecha na barriga de Reyna.

Ela se via em um vinhedo abandonado. Diante dela estendiam-se hectares e mais hectares de parreiras mortas, pendendo, em fileiras, de treliças de madeira, como minúsculos esqueletos retorcidos. Na extremidade mais distante dos campos havia uma casa de fazenda, com um pátio no centro circundado por colunas. Mais além, a terra mergulhava no mar.

Reyna reconhecia o lugar: a Adega Goldsmith, na margem norte de Long Island. Seus grupos de batedores o haviam assegurado como base avançada para o ataque da legião ao Acampamento Meio-Sangue.

Ela havia ordenado que a maior parte da legião ficasse em Manhattan até segunda ordem, mas, obviamente, Octavian lhe havia desobedecido.

Toda a Décima Segunda Legião estava acampada no campo mais ao norte. Eles haviam escavado com sua precisão militar habitual: fossos de três metros de profundidade, paredes de terra com pontas de madeira em torno do perímetro e uma torre de vigia em cada canto armada com uma balista. No interior, as tendas estavam dispostas em bem-organizadas fileiras brancas e vermelhas. Os estandartes de todas as cinco coortes tremulavam ao vento.

Reyna deveria ter se animado ao ver a legião. Embora fosse uma força pequena, mal chegando a duzentos semideuses, eram todos bem-treinados e bem-organizados. Se Júlio César voltasse dos mortos, não teria dificuldades para reconhecer as tropas de Reyna como soldados valorosos de Roma.

Mas eles não tinham o que fazer ali tão perto do Acampamento Meio-Sangue. A insubordinação de Octavian fazia Reyna cerrar os punhos de raiva. Ele provocava os gregos intencionalmente, querendo dar início a uma batalha.

No sonho, sua visão dava um zoom até o pórtico da casa da fazenda, onde Octavian estava sentado em uma cadeira dourada que, suspeitosamente, parecia um trono. Além de sua habitual toga de senador com ornamentos roxos, da medalha de centurião e da adaga de áugure, ele havia adotado para si uma nova honraria: um manto com capuz branco sobre a cabeça, que o identificava como *pontifex maximus*, sumo sacerdote dos deuses.

Reyna tinha vontade de estrangulá-lo. Nenhum semideus de que se tinha lembrança havia assumido o título de *pontifex maximus*. Ao fazer isso, Octavian se elevava quase ao nível de imperador.

À direita dele, viam-se relatórios e mapas espalhados sobre uma mesa baixa. À esquerda, um altar de mármore estava carregado de frutas e oferendas de ouro, sem dúvida para os deuses, mas para Reyna parecia um altar para o próprio Octavian.

Ao lado de Octavian estava o portador da águia da legião, Jacob, parado em posição de sentido, suando em sua capa de pele de leão e segurando o mastro com o estandarte da águia dourada da Décima Segunda Legião.

Octavian estava no centro de uma plateia. No pé da escada estava ajoelhado um garoto de calça jeans com um moletom de capuz amarfanhado. Mais para o lado de Octavian estava Mike Kahale, um dos centuriões da Primeira Coorte, parado de braços cruzados com uma expressão de evidente descontentamento.

— Muito bem — dizia Octavian, dando uma olhada em um pergaminho. — Vejo aqui que você é um legado, descendente de Orco.

O garoto de moletom levantava a cabeça, e Reyna arfava de susto. *Bryce Lawrence*. Ela reconhecia sua cabeleira castanha, o nariz quebrado, os olhos cruéis e o sorriso presunçoso e mau.

— Sim, meu senhor — confirmava Bryce.

— Ora, eu não sou um *senhor*. — Octavian apertava os olhos. — Apenas um centurião, um áugure e um humilde sacerdote servindo aos deuses o melhor que pode. Sei que você foi dispensado da legião por... bem, questões disciplinares.

Reyna tentava gritar, mas não conseguia emitir nenhum som. Octavian sabia muito bem por que Bryce tinha sido expulso. Tal qual seu antepassado divino, Orco, o deus das punições do Mundo Inferior, Bryce não tinha remorso algum. O pequeno psicopata tinha sobrevivido a suas provas com Lupa muito bem, mas, assim que chegara ao Acampamento Júpiter, tornara-se evidente que era impossível treiná-lo. Ele tinha tentado atear fogo a um gato por pura diversão. Esfaqueara um cavalo e o mandara a galope pelo meio do fórum. Desconfiava-se até de que tinha sabotado um equipamento de cerco e matado seu próprio centurião durante os jogos de guerra.

Se Reyna tivesse conseguido provar isso, a punição de Bryce teria sido a morte. Mas, como as provas eram circunstanciais, e como a família de Bryce era rica e poderosa, com muita influência em Nova Roma, ele havia escapado com uma sentença mais leve: exílio.

— Sim, *pontifex* — dizia Bryce, devagar. — Mas, se me permite, aquelas acusações nunca foram provadas. Sou um romano leal.

Mike Kahale parecia estar fazendo um grande esforço para não vomitar.

Octavian sorria.

— Acredito em segundas chances. Você atendeu a meu chamado por recrutas. Tem as credenciais e cartas de recomendação certas. Jura se submeter a minhas ordens e servir à legião?

— Plenamente — respondia Bryce.

— Então você está reintegrado, *in probatio* — dizia Octavian. — Até que possa se provar em combate.

Ele então fazia um gesto para Mike, que enfiava a mão em sua bolsa e pegava lá de dentro um cordão de ouro com uma placa de identificação de *probatio*. Então colocava o cordão no pescoço de Bryce.

— Apresente-se à Quinta Coorte — dizia Octavian. — Eles podem precisar de um pouco de sangue novo, alguma perspectiva nova. Se Dakota, seu centurião, tiver algum problema com isso, diga a ele para vir falar comigo.

Bryce sorria como se tivesse acabado de ganhar uma faca afiada.

— É um grande prazer.

— E, Bryce... — O rosto de Octavian parecia quase fantasmagórico sob seu capuz branco: olhos penetrantes demais, faces magras demais, os lábios muito finos e sem cor. — Por mais que a família Lawrence tenha dinheiro, poder e prestígio entre a legião, lembre-se de que *minha* família tem mais. Sou seu patrono *pessoal*, como sou patrono de todos os outros recrutas novos. Siga as minhas ordens, e você subirá rápido. Logo posso ter um trabalhinho para você, uma oportunidade para provar seu valor. Mas se me trair não serei tão leniente quanto Reyna. Entendeu?

O sorriso de Bryce desaparecia. Ele parecia querer dizer algo, mas então mudava de ideia. Apenas assentia.

— Ótimo — completava Octavian.— Ah, e corte esse cabelo. Mais parece um maldito *graecus*. Está dispensado.

Depois que Bryce saía, Mike Kahale reclamava:

— Agora, com ele, já são duas dúzias.

— Isso é ótimo, meu amigo — garantia Octavian. — Nós precisamos da força extra desses homens.

— Assassinos. Ladrões. Traidores.

— Semideuses leais — retrucava Octavian. — Que devem sua posição a *mim*.

Mike franzia a testa, contrariado. Tinha bíceps tão grossos quanto canos de bazuca, traços largos, pele cor de amêndoa torrada, cabelo de ônix e imponentes olhos escuros, como os antigos reis havaianos. Reyna não sabia como um jogador de futebol americano de Hilo podia ser filho de Vênus, mas ninguém na legião lhe criava problema por causa disso, não depois que o tinham visto esmagar rochas apenas com as mãos.

Reyna sempre gostara de Mike Kahale. Infelizmente, porém, Mike era *muito* leal a seu patrono. E seu patrono era Octavian.

O *pontifex* se levantou e se espreguiçou.

— Não se preocupe, meu velho amigo. Nossas tropas já cercaram o acampamento grego. Nossas águias têm superioridade total no ar. Os gregos não vão a lugar algum até que estejamos prontos para atacar. Em onze dias, todas as minhas forças estarão em posição. Minhas surpresinhas estarão prontas. Em primeiro de agosto, na Festa de Spes, o acampamento grego vai cair.

— Mas Reyna disse que...

— Já discutimos isso. — Ao dizer isso, Octavian puxava a adaga de ferro do cinto e a arremessava na mesa, onde a lâmina empalava um mapa do Acampamento Meio-Sangue. — Reyna abriu mão de sua posição. Foi para as terras antigas, o que é contra a *lei*.

— Mas a Mãe Terra...

— Anda agitada *por causa* da guerra entre os acampamentos grego e romano, certo? Os deuses estão incapacitados, certo? E como resolvemos esse problema, Mike? Eliminamos a divisão. Acabamos com os gregos. Fazemos os deuses retomarem seu devido aspecto, como *romanos*. Assim que todo o poder dos deuses for restaurado, Gaia não vai ousar se erguer. Vai cair novamente no sono. Nós, semideuses, ficaremos fortes e unidos, como nos velhos tempos do império. Além disso, o primeiro dia de agosto é muito auspicioso, o mês em homenagem a meu ancestral Augusto. E você sabia que ele uniu os romanos?

— Ele tomou o poder e se tornou imperador — resmungava Mike em resposta.

— Bobagem — dizia Octavian, desdenhando o comentário com um aceno. — Ele salvou Roma ao se tornar o *Primeiro Cidadão*. Augusto queria paz e prosperidade, não poder! Acredite em mim, Mike. Pretendo seguir o exemplo dele. Vou salvar Nova Roma, e, quando fizer isso, vou me lembrar de meus amigos.

Mike transferia seu peso considerável de uma perna para outra.

— Você parece ter tanta certeza. O seu dom de profetizar…

Octavian erguia a mão em alerta e olhava para Jacob, o portador da águia, que continuava ali parado em posição de sentido atrás dele.

— Jacob, está dispensado. Por que não vai polir a águia ou alguma coisa assim? Ao ouvir isso, Jacob deixava os ombros caírem em alívio.

— Sim, áugure. Quer dizer, centurião! Quer dizer, *pontifex*! Quer dizer…

— Vá.

— Já estou indo.

Assim que Jacob saiu, o rosto de Octavian se fechou.

— Mike, já lhe avisei para não falar do meu… hã… problema. Mas respondendo a sua pergunta: não. Parece que o dom habitual que recebo de Apolo continua sofrendo alguma *interferência*. — Ele olhou com ressentimento para uma pilha de bichos de pelúcia mutilados e amontoados no canto do pórtico. — Não consigo ver o futuro. Talvez aquele oráculo falso do Acampamento Meio-Sangue esteja fazendo alguma espécie de feitiçaria. Mas, como eu já lhe expliquei antes, em segredo absoluto, Apolo falou comigo *claramente* no ano passado, no Acampamento Júpiter! Abençoou minhas iniciativas. Prometeu que eu seria lembrado como o salvador dos romanos.

Octavian estendia os braços, revelando a tatuagem de harpa, símbolo de seu antepassado divino. Sete riscos representavam seus anos de serviço, mais que qualquer outro oficial, mais até mesmo que Reyna.

— Nunca tema, Mike. Vamos esmagar os gregos. Vamos deter Gaia e seus servos. Depois vamos pegar aquela harpia que os gregos estão criando, a que memorizou nossos livros sibilinos, e vamos forçá-la a nos dar a sabedoria de nossos ancestrais. Quando isso acontecer, tenho certeza de que Apolo vai restaurar meu dom de profetizar. O Acampamento Júpiter será mais forte que nunca. Vamos *governar* o futuro.

A expressão de preocupação de Mike não diminuía, mas ele erguia o punho em saudação.

— Você é o chefe.

— Sim, sou. — Octavian arrancava a adaga da mesa. — Agora vá dar uma olhada naqueles dois anões que você capturou. Quero eles devidamente aterrorizados quando eu for interrogá-los outra vez e mandá-los para o Tártaro.

Nesse ponto, o sonho se desfez.

— Ei, acorde. — Os olhos de Reyna se abriram lentamente. Gleeson Hedge estava debruçado sobre ela, sacudindo seu ombro. — Temos problemas.

O tom grave da voz dele fez o sangue de Reyna se agitar.

— O que houve? — Ela ergueu o corpo com dificuldade, colocando-se sentada. — Fantasmas? Monstros?

Hedge fechou a cara.

— Pior: *turistas*.

VII

REYNA

As hordas tinham chegado.

Em grupos de vinte ou trinta, turistas andavam por toda parte nas ruínas, perambulando pelas *villas*, caminhando pelas ruas de calçamento de pedra, contemplando com fascínio os afrescos e mosaicos cheios de cores.

Reyna tinha ficado tensa, imaginando como os turistas reagiriam a uma estátua de doze metros de altura no meio do pátio, mas a Névoa devia estar fazendo hora extra para obscurecer a visão dos mortais.

Toda vez que um grupo se aproximava, os turistas paravam na entrada do pátio e olhavam desapontados na direção da estátua. Um guia de turismo britânico anunciou:

— Ah, andaimes. Parece que esta área está em restauração. Que pena. Vamos em frente.

E lá se foram eles.

Pelo menos a estátua não rugia "MORRAM, INFIÉIS!" nem transformava mortais em pó. Reyna uma vez tivera que lidar com uma estátua de Diana que fazia esse tipo de coisa. Não tinha sido um dia muito relaxante.

Ela se lembrou do que Annabeth tinha lhe dito sobre a Atena Partenos: sua aura mágica tanto atraía monstros quanto os mantinha afastados. Reyna agora comprovava isso por si mesma, pois vez ou outra avistava, pelo canto do olho, reluzentes espíritos brancos em trajes romanos flutuando em meio às ruínas, fechando a cara para a estátua, consternados.

— Isto aqui está cheio de *lemures* — murmurou Gleeson. — Agora estão mantendo distância, mas, quando cair a noite, é melhor estarmos prontos para dar o fora. Fantasmas são sempre piores à noite.

Reyna não precisava que a lembrassem disso.

Um casal de idade, ambos vestindo camisa em tom pastel e bermudas, passeava lentamente por um jardim próximo. Ela ficou aliviada por eles não se aproximarem mais que isso. O treinador Hedge tinha armado, em torno do acampamento, todo tipo de armadilhas com arames e cordas e ratoeiras gigantes. Artefatos incapazes de deter monstros com o mínimo de respeito próprio, mas que podiam muito bem derrubar um idoso.

Apesar do clima quente aquela manhã, Reyna tremia, por conta dos sonhos que tivera. Ela não saberia dizer o que era mais assustador: a destruição iminente de Nova Roma ou o fato de Octavian estar envenenando a legião por dentro.

Sua missão é uma busca infrutífera.

O Acampamento Júpiter precisava dela. A Décima Segunda Legião precisava dela. E no entanto ali estava Reyna, do outro lado do mundo, vendo um sátiro espetar waffles congelados em um galho para assá-los em uma fogueira.

Ela queria falar sobre os pesadelos que tivera aquela noite, mas achou melhor esperar que Nico acordasse. Não sabia se teria coragem de descrevê-los duas vezes.

Nico continuava aos roncos. Reyna tinha descoberto que, depois que ele pegava no sono, era *muito* difícil acordá-lo. O treinador podia sapatear com seus cascos de bode em torno da cabeça de Nico que ele nem se mexia.

— Tome.

Hedge estava oferecendo a ela um prato de waffles assados na fogueira, com rodelas de kiwis e abacaxis frescos. Tudo parecia surpreendentemente bom.

— Onde você consegue tudo isso? — perguntou Reyna, maravilhada.

— Ha! Eu sou um sátiro. E sátiros são *ótimos* em se preparar para viagens. — Ele deu uma mordida em um waffle. — Também sabemos explorar os frutos da terra como ninguém!

Enquanto Reyna comia, o treinador Hedge pegou um bloco de papel e começou a escrever. Quando terminou, dobrou o papel e fez um aviãozinho que lançou no ar. Uma brisa o levou embora.

— Uma carta para sua esposa? — perguntou Reyna.

Ela notou que, por baixo da viseira do boné de beisebol, os olhos de Hedge estavam vermelhos.

— Mellie é uma ninfa das nuvens. Espíritos do ar costumam mandar coisas por aviõezinhos de papel o tempo todo. Com sorte, seus primos vão fazer a carta atravessar o oceano e chegar até ela. Não é tão rápido quanto uma mensagem de Íris, mas, bem, quero que nosso filho tenha alguma lembrança minha, caso eu... vocês sabem...

— Vamos levá-lo para casa — prometeu Reyna. — Você vai ver seu garoto.

Hedge cerrou os dentes e não disse nada.

Reyna era muito boa em fazer as pessoas falarem. Considerava essencial conhecer seus companheiros de armas. Mas tivera muita dificuldade em convencer Hedge a se abrir sobre sua esposa, Mellie, que estava prestes a dar à luz no Acampamento Meio-Sangue. Reyna não conseguia imaginar o treinador como pai, mas entendia como era crescer sem pais. E não ia deixar que isso acontecesse com o filho de Hedge.

— É, bem... — O sátiro deu mais uma mordida no waffle, mastigando junto um pedaço do galho em que o tinha espetado. — Eu só queria que fosse possível avançarmos mais rápido. — Ele apontou para Nico com o queixo. — Esse menino não tem condições de fazer nem mais um salto. E quantos mais serão necessários para voltarmos?

Reyna tinha a mesma preocupação. Os gigantes planejavam despertar Gaia dali a apenas onze dias. Octavian planejava atacar o Acampamento Meio-Sangue no mesmo dia. Isso não podia ser coincidência. Talvez Gaia estivesse sussurrando no ouvido de Octavian, influenciando inconscientemente suas decisões. Ou pior: Octavian podia estar ativamente aliado à deusa da terra. Mesmo sendo Octavian, Reyna não queria acreditar que ele trairia a legião de propósito, mas, depois do que tinha visto nos sonhos, já não sabia mais o que pensar.

Ela terminou de comer enquanto um grupo de turistas chineses passava tranquilamente pelo pátio. Estava acordada fazia menos de uma hora e já não conseguia mais aguentar a ansiedade para continuar logo a jornada.

— Obrigada pelo café da manhã, treinador. — Reyna se levantou e se espreguiçou. — Agora, se me der licença... Onde há turistas, há banheiros. Preciso usar a casinha dos pretores.

— Vá lá. — O treinador balançou o apito que carregava pendurado no pescoço. — Se alguma coisa acontecer, eu apito.

Reyna deixou Aurum e Argentum de vigia e foi andando pelo meio da multidão de mortais até encontrar um centro de visitantes com banheiros. Limpou o corpo o melhor que pôde, mas achou irônico estar em uma verdadeira cidade romana e não poder desfrutar um bom banho romano quente. Teve que se contentar com toalhas de papel, uma saboneteira quebrada e um secador de mãos elétrico asmático. Quanto aos vasos sanitários... melhor nem comentar.

Quando estava voltando, passou por um pequeno museu com expositores de vidro, atrás do qual se via uma fileira de figuras de gesso, todas congeladas em seus espasmos de morte. Havia uma menininha encolhida em posição fetal; uma mulher retorcida em agonia, a boca aberta em um grito, os braços jogados para o alto; um homem ajoelhado e de cabeça baixa, como se rendido ao inevitável.

Reyna ficou olhando com uma mistura de horror e repulsa. Já havia lido sobre essas figuras, mas nunca as tinha visto pessoalmente. Com a erupção do Vesúvio, uma massa de cinza vulcânica havia soterrado a cidade, e essa massa, ao endurecer, transformara-se em um casulo de rocha sobre os cadáveres dos habitantes de Pompeia. À medida que os corpos se desintegravam ali, eram produzidas bolsas de ar em formato humano. Os primeiros arqueólogos que exploraram a área após a tragédia derramaram gesso nos buracos e assim fizeram aqueles moldes, réplicas bizarras de romanos ancestrais.

Reyna achava perturbador, *errado*, que o momento da morte daquelas pessoas estivesse em exibição como roupas em uma vitrine, mas não conseguia desviar o olhar.

Por toda a sua vida ela sonhara em ir à Itália. E achava que isso nunca ia acontecer. As terras antigas eram proibidas para semideuses modernos, pois a área era simplesmente perigosa demais. Mesmo assim, ela queria seguir as pegadas de Enéas, filho de Afrodite, o primeiro semideus a se estabelecer ali após a Guerra de Troia. Queria ver o Rio Tibre original, onde Lupa, a deusa-loba, salvara Rômulo e Remo.

Mas Pompeia? Nunca havia tido vontade de conhecer. O cenário da maior tragédia de Roma, uma cidade inteira engolida pela terra... Depois dos seus últimos pesadelos, aquilo era parecido demais com o que estava acontecendo agora em seu mundo.

Até o momento, Reyna tinha visto apenas um lugar das terras antigas que figurava em sua lista de desejos: o palácio de Diocleciano, em Split, e mesmo essa visita tinha sido bem diferente do que havia imaginado. Antes, ela sonhava em ir lá com Jason, para admirarem a casa do imperador preferido deles. Imaginava passeios românticos pela cidade, piqueniques ao pôr do sol no parapeito das tão antigas construções.

Só que Reyna chegara à Croácia não com ele, mas com doze espíritos do vento em seu rastro. Tivera que abrir caminho pelo palácio lutando contra fantasmas. Quando estava saindo, grifos atacaram seu pégaso, causando-lhe a morte. O mais perto que ela chegara de Jason tinha sido um bilhete, escrito por ele, que ela encontrara embaixo de um busto de Diocleciano.

Ela só teria lembranças dolorosas daquele lugar.

Afaste essa amargura, repreendeu a si mesma. *Enéas também sofreu. Assim como Rômulo, Diocleciano e todos os outros. Romanos não são de ficarem se lamentando.*

Ali, contemplando as figuras de gesso na vitrine do museu, ela se perguntou o que teria passado pela mente daquelas pessoas quando se encolheram para morrer sob as cinzas. Duvidava muito que tivesse sido algo como: *Ora, somos romanos! Não devemos reclamar!*

Uma lufada de vento soprou pelas ruínas emitindo um gemido vazio. A luz do sol se refletiu no vidro, cegando-a momentaneamente.

Reyna levou um susto e olhou para o alto. O sol estava diretamente acima dela. Como podia já ser meio-dia? Ela havia deixado a Casa do Fauno logo após o café da manhã. Estava ali parada fazia apenas alguns minutos... ou não?

Forçando-se a afastar-se da vitrine do museu, Reyna saiu correndo, tentando se livrar da sensação de que os mortos de Pompeia sussurravam às suas costas.

O restante da tarde decorreu em uma tranquilidade enervante.

Reyna ficou de vigia enquanto o treinador Hedge dormia, mas não havia muito do que se proteger. Turistas passeavam de um lado para outro. Também harpias e espíritos do vento passavam de vez em quando, voando; sempre que isso acontecia, os cães de Reyna começavam a rosnar em alerta, mas os monstros não paravam para lutar.

Fantasmas ficavam à espreita em torno dos limites do pátio, aparentemente intimidados pela Atena Partenos. Compreensível. Quanto mais a estátua ficava em Pompeia, mais raiva parecia irradiar. Reyna ficava arrepiada, com os nervos à flor da pele.

Finalmente, logo depois que o sol se pôs, Nico acordou. Devorou um sanduíche de queijo com abacate, a primeira vez que demonstrou um apetite decente desde a Casa de Hades.

Reyna odiava ter que arruinar o jantar dele, mas não tinham muito tempo. À medida que a luz do dia se esvaía, os fantasmas começavam a se aproximar e a crescer em número.

Ela contou a Nico sobre os sonhos que tivera aquela noite: a terra engolindo o Acampamento Júpiter, Octavian cercando o Acampamento Meio-Sangue, o caçador de olhos brilhantes que lhe acertara uma flecha na barriga.

Nico ficou encarando o prato vazio.

— Esse caçador... seria um gigante, talvez?

O treinador Hedge resmungou:

— Prefiro não descobrir. É melhor irmos embora.

A boca de Nico se retorceu em zombaria.

— Logo *você*, sugerindo que a gente fuja de uma luta?

— Escute, docinho, gosto de uma boa pancadaria como todo mundo, mas já temos muitos monstros com que nos preocupar, não precisamos de um caçador de recompensas nos seguindo por aí. Não gosto do som dessas flechas grandes.

— Pela primeira vez — disse Reyna — eu concordo com Hedge.

Nico desdobrou sua jaqueta e enfiou o dedo em um furo de flecha na manga.

— Posso pedir alguns conselhos. — Nico parecia relutante. — Talvez Thalia Grace...

— A irmã de Jason — disse Reyna.

Ela não a conhecia. Na verdade, nem sabia que Jason tinha uma irmã até bem pouco tempo. Segundo Jason, Thalia era uma semideusa grega, filha de Zeus.

Liderava um grupo de seguidoras de Diana... quer dizer, de Ártemis. Só a ideia disso tudo fazia a cabeça de Reyna girar.

Nico assentiu.

— As Caçadoras de Ártemis são... bem, *caçadoras*. Se alguém sabe alguma coisa sobre esse tal caçador gigante, esse alguém é Thalia. Eu podia tentar enviar uma mensagem de Íris para ela.

— Você não parece muito empolgado com a ideia — comentou Reyna. — Vocês estão... brigados?

— Está tudo bem entre a gente.

A alguns metros deles, Aurum rosnou baixinho, o que significava que Nico estava mentindo.

Reyna achou melhor não pressioná-lo.

— E eu podia tentar entrar em contato com minha irmã, Hylla — disse ela. — O Acampamento Júpiter não conta com boas defesas. Se Gaia atacar lá, talvez as amazonas possam ajudar.

O treinador Hedge fez cara feia para a ideia.

— Sem querer ofender, mas... hã... o que um exército de amazonas poderia fazer contra uma onda de terra?

Reyna sufocou o pavor que crescia dentro de si. Temia que Hedge tivesse razão. Contra o que ela havia visto em seus sonhos, a única defesa seria evitar que os gigantes despertassem Gaia. Para isso, ela tinha que confiar na tripulação do *Argo II*.

A luz do dia se esgotara quase por completo. Em torno do pátio, os fantasmas começaram a se agrupar, centenas de romanos reluzentes carregando pedras ou clavas espectrais.

— Podemos conversar melhor depois de completarmos o salto — decidiu Reyna. — No momento, precisamos é dar o fora daqui.

— Com certeza. — Nico se levantou. — Acho que desta vez podemos chegar à Espanha se dermos sorte. Só preciso...

A multidão de fantasmas desapareceu, como uma grande quantidade de velinhas de bolo apagadas com um único sopro.

Reyna levou a mão à sua adaga.

— Para onde eles foram?

Os olhos de Nico percorreram rapidamente as ruínas. Sua expressão não era tranquilizadora.

— Eu não... não sei, mas duvido que seja um bom sinal. Fiquem alertas. Vou prender as correias. Um segundo.

Gleeson Hedge ficou na ponta dos cascos.

— *Você não tem um segundo.*

Reyna sentiu o estômago se encolher em um nó pequenininho.

Hedge tinha falado em uma voz de mulher, a mesma que Reyna ouvira em seu pesadelo.

Ela sacou a adaga.

Hedge se virou para ela, o rosto sem expressão. Seus olhos estavam completamente negros.

— *Alegre-se, Reyna Ramírez-Arellano. Você morrerá como uma romana. Logo estará entre os fantasmas de Pompeia.*

O chão tremeu. Por toda a volta, espirais de cinzas foram lançadas no ar, para então se solidificarem em figuras humanas grosseiras, carapaças de terra como as do museu. As figuras encaravam Reyna com olhos que eram buracos rasgados em rostos de rocha.

— *A terra a engolirá* — prosseguiu Hedge na voz de Gaia. — *Assim como engoliu a eles.*

VIII

REYNA

— **Eles são muitos.**

Reyna se perguntou com amargura quantas vezes tinha dito isso em sua carreira de semideusa. Seria mais fácil fazer um button com essa frase e usá-lo por aí. Quando morresse, estas palavras provavelmente estariam gravadas em sua lápide: *Eles eram muitos.*

Ela estava cercada por seus cães, que rosnavam para os fantasmas de terra solidificada. Reyna contou pelo menos vinte, e vinham de todas as direções.

O treinador Hedge continuava falando com voz de mulher:

— *Os mortos estão sempre em maior número que os vivos. Esses espíritos esperaram por séculos, incapazes de expressar sua raiva. Agora eu lhes dei corpos de terra.*

Os fantasmas avançavam lentamente, mas seus passos eram tão pesados que rachavam o calçamento antigo.

— Nico? — chamou Reyna.

— Não consigo controlá-los — disse ele, desemaranhando freneticamente as correias. — Há alguma coisa nessas carapaças de terra. Preciso me concentrar por alguns segundos para fazer o salto nas sombras. Se não, posso acabar nos transportando para outro vulcão.

Reyna xingou baixinho. Sozinha, não tinha como dar conta de tantos e deixar Nico livre para preparar a fuga, ainda mais com Hedge sem poder ajudar.

71 / Reyna

— Use o cetro — disse ela. — Invoque uns zumbis.

— *Não vai adiantar* — avisou a voz que falava através do treinador Hedge. — *Saia do caminho, pretora. Deixe que os fantasmas de Pompeia destruam essa estátua grega. Um verdadeiro romano saberia que é melhor não resistir.*

Os fantasmas de terra avançavam lentamente. Pelo buraco que tinham no lugar da boca, emitiam silvos graves, como alguém soprando no gargalo de garrafas de vidro vazias. Um deles pisou na armadilha que Hedge improvisara com a raquete, deixando-a em pedacinhos.

Nico puxou o cetro de Diocleciano do cinto.

— Reyna, se eu invocar *mais* romanos mortos, quem garante que eles não vão se juntar a esse grupo aí?

— *Eu.* Sou uma pretora. Só preciso que me arranje uns legionários; deixe que eu os controlo.

— *Você há de perecer* — disse o treinador. — *Nunca conseguirá...*

Reyna acertou a cabeça de Hedge com o cabo da adaga. O sátiro desabou no chão.

— Desculpe, treinador — murmurou ela. — Isso estava ficando chato. Nico: zumbis! Depois se concentre em nos tirar daqui.

Nico ergueu o cetro, e o chão começou a tremer.

Naquele momento, os fantasmas de terra resolveram atacar. Aurum saltou no mais próximo e, com suas presas de metal, arrancou-lhe a cabeça. O casulo de terra caiu para trás e se despedaçou.

Argentum não teve a mesma sorte. Ao saltar sobre um outro fantasma, foi atingido na cabeça por um golpe do pesado braço de terra da criatura e foi lançado pelos ares. Com dificuldade, tentou ficar de pé. Sua cabeça estava virada quarenta e cinco graus para a direita e faltava um de seus olhos de rubi.

Reyna sentiu a raiva pulsar no peito como uma estaca quente. Já havia perdido seu pégaso. Ela *não* perderia seus cães também. Cravou a adaga no peito do fantasma, depois sacou o gládio. Estritamente falando, lutar com duas armas não era muito romano, mas, no tempo que havia passado com piratas, Reyna tinha aprendido mais que alguns poucos truques.

As carapaças de terra se desfaziam com facilidade, mas tinham a força de uma marreta. Reyna não entendia como, mas sabia que não podia se dar o luxo de levar nem um só golpe. Ao contrário de Argentum, ela não sobreviveria se sua cabeça fosse deslocada.

— Nico! — Ela se agachou entre dois fantasmas, deixando que um arrebentasse a cabeça do outro. — Agora!

O chão se abriu no centro do pátio. Dezenas de soldados esqueléticos começaram a rastejar para a superfície. Os escudos pareciam velhas moedas de um centavo corroídas. Suas espadas eram mais ferrugem que metal. Mas Reyna nunca se sentira tão aliviada em ver reforços.

— Legião! — gritou ela. — *Ad aciem!*

Em resposta, os zumbis puseram-se a abrir caminho por entre os fantasmas, formando uma linha de batalha. Alguns caíram, esmagados por punhos de terra. Outros conseguiram cerrar fileiras e erguer os escudos.

Atrás de Reyna, Nico soltou um palavrão.

Ela arriscou uma rápida olhada para trás. O cetro de Diocleciano estava fumegando nas mãos de Nico.

— Ele está lutando contra mim! — gritou o garoto. — Acho que ele não gosta de invocar romanos para combater outros romanos!

Reyna sabia que, nos tempos antigos, os romanos passavam pelo menos metade do tempo lutando uns contra os outros, mas achou melhor não comentar nada.

— Então cuide do treinador. E se prepare para o salto! Vou tentar ganhar um tempinho para…

Nesse momento, o menino soltou um gemido alto. O cetro de Diocleciano explodiu em pedaços. Aparentemente, Nico não tinha sido ferido, mas olhava em choque para Reyna.

— Eu não… não sei o que aconteceu. Você tem alguns minutos, no máximo. Nossos zumbis vão desaparecer já, já.

— Legião! — gritou Reyna mais uma vez. — *Orbem formate! Gladium signe!*

Os zumbis cercaram a Atena Partenos, suas espadas prontas para um combate corpo a corpo. Argentum arrastou um inconsciente treinador Hedge para perto de Nico, que prendia as correias ao corpo com uma pressa desesperada. Aurum permanecia de guarda, lançando-se sobre qualquer fantasma de terra que avançasse sobre a linha de batalha.

Reyna lutava lado a lado com seus legionários mortos, transmitindo sua força para eles. Mas ela sabia que aquilo não seria suficiente. Os fantasmas de terra caíam com facilidade, mas outros continuavam a se erguer do solo em redemoinhos de cinza vulcânica. Cada vez que seus punhos de terra acertavam um golpe, mais um zumbi caía.

Enquanto isso, a Atena Partenos erguia-se acima da batalha: majestosa, soberba e indiferente.

Uma ajudinha cairia bem, pensou Reyna. Quem sabe um raio fulminante? Ou um bom e velho soco, à moda antiga mesmo.

A estátua não fazia nada além de irradiar ódio, que parecia dirigido igualmente a Reyna e aos fantasmas que a atacavam.

Quer me arrastar para Long Island, é?, parecia dizer a estátua. *Boa sorte aí, sua escória romana.*

Aquele era o destino de Reyna: morrer defendendo a estátua de uma deusa grega passivo-agressiva.

Reyna lutava sem parar, irradiando mais e mais de sua determinação para suas tropas de mortos-vivos. Em troca, elas a bombardeavam com desespero e ressentimento.

Sua luta é por nada, sussurravam em sua mente. *O império acabou.*

— Por Roma! — gritou Reyna, com a voz rouca. Ela atacou um fantasma de terra com o gládio, ao mesmo tempo em que cravava a adaga no peito de outro. — Décima Segunda Legião Fulminata!

Ao seu redor, os zumbis caíam. Alguns esmagados em batalha, outros se desintegrando sozinhos à medida que a força residual do cetro de Diocleciano finalmente se esvaía.

Os fantasmas de terra fechavam o cerco, um mar de rostos desfigurados com olhos ocos.

— Reyna, agora! — gritou Nico. — Vamos!

Ela olhou para trás: Nico tinha se atrelado à Atena Partenos e levava Gleeson Hedge nos braços, como se o sátiro fosse uma donzela em apuros. Aurum e Argentum tinham desaparecido; talvez tivessem sofrido golpes demais para que continuassem a lutar.

Reyna cambaleou.

Um fantasma de terra tinha acertado um soco em sua caixa torácica. Ela sentiu a lateral do corpo explodir de dor. Sua cabeça girou. Tentou respirar, mas era como inspirar facas.

— Reyna! — insistiu Nico.

A Atena Partenos tremeluziu, prestes a desaparecer.

Um fantasma de terra tentou acertar Reyna na cabeça. Ela conseguiu se abaixar, mas a dor em suas costelas ameaçava fazê-la desmaiar.

Desista, diziam as vozes em sua mente. *O legado de Roma está morto e enterrado, assim como Pompeia.*

— Não — murmurou ela para si mesma. — Não enquanto eu estiver viva.

Nico estendeu a mão enquanto mergulhava nas sombras. Com o que restava de suas forças, Reyna saltou na direção dele.

IX

LEO

LEO NÃO QUERIA SAIR DO casco.

Ele tinha mais três presilhas para fixar, e nenhum dos outros era magro o suficiente para entrar naquele espaço apertado. (Uma das muitas vantagens de ser magrelo.)

Enfiado entre as camadas do casco que protegiam o encanamento e a fiação elétrica, Leo podia ficar sozinho com seus pensamentos. Quando batia a frustração, o que acontecia a cada cinco segundos mais ou menos, ele podia bater nas coisas com seu martelo, e os amigos iam achar que ele estava trabalhando, não tendo um acesso de raiva.

Havia um problema com seu santuário: só cobria até a cintura. Sua bunda e suas pernas ainda podiam ser vistas pelo público em geral, o que tornava difícil ficar escondido.

— Leo! — A voz de Piper veio de algum lugar atrás dele. — Precisamos de você.

A argola de bronze celestial escorregou do alicate de Leo e deslizou para as profundezas do espaço dentro do casco.

Leo soltou um suspiro.

— Fale com as pernas, porque as mãos estão ocupadas!

— Não quero saber. Reunião no refeitório. Estamos quase em Olímpia.

— Tudo bem. Chego lá em um segundo.

— Afinal, o que você está fazendo? Está remexendo aí dentro há dias.

Leo passou a lanterna pelas placas e pistões de bronze celestial que ele havia instalado ao longo dos dias.

— Manutenção de rotina.

Silêncio. Piper era boa demais em saber quando ele estava mentindo.

— Leo...

— Ei, enquanto você está aí fora, me faz um favor? Estou com uma coceira bem embaixo do meu...

— Está bem, eu vou embora!

Leo precisou de mais alguns minutos para ajustar a presilha. Seu trabalho não tinha terminado — nem perto disso —, mas estava progredindo.

Claro, ele estabelecera as diretrizes do projeto secreto desde que construíra o *Argo II*, mas não o tinha revelado a ninguém. Leo mal tinha sido honesto consigo mesmo sobre o que estava fazendo.

Nada dura para sempre, seu pai tinha lhe dito uma vez. *Nem mesmo as melhores máquinas.*

É, tudo bem, talvez isso fosse verdade. Mas Hefesto concluíra: *Tudo pode ser reciclado*. Leo pretendia testar essa teoria.

Era extremamente arriscado. Se desse errado, ele seria esmagado. E não só emocionalmente. Seria *fisicamente* esmagado.

Essa ideia o deixou claustrofóbico.

Ele se agitou para sair de dentro do casco e voltou para sua cabine.

Bem... *tecnicamente* era sua cabine, mas ele não dormia lá. A cama estava coberta de fios, pregos e mecanismos de várias máquinas de bronze desmontadas. Seus três enormes armários de ferramentas com rodinhas — Chico, Harpo e Groucho — ocupavam a maior parte do quarto. Havia dezenas de ferramentas elétricas penduradas nas paredes. A bancada de trabalho estava repleta de fotocópias dos projetos detalhados em *Sobre a construção de esferas*, o livro perdido de Arquimedes que Leo encontrara em uma oficina no subsolo de Roma.

Mesmo que quisesse dormir em sua cabine, ela era atulhada e perigosa demais. Ele preferia ficar na casa de máquinas, onde o zunido constante o ajudava a dormir. Além disso, desde que passara um tempo na ilha de Ogígia, ele tinha pegado gosto por acampar ao ar livre. Um saco de dormir no chão era tudo de que precisava.

Sua cabine servia apenas para guardar coisas... e trabalhar em seus projetos mais complexos.

Ele pegou um chaveiro do cinto de ferramentas. Na verdade, não tinha tempo, mas destrancou a gaveta do meio de Groucho e olhou para os dois objetos preciosos em seu interior: um astrolábio de bronze que pegara em Bolonha e um pedaço de cristal de Ogígia do tamanho de seu punho. Leo ainda não havia descoberto um modo de juntar as duas coisas, e isso o estava deixando louco.

Ele esperava conseguir algumas respostas quando visitassem Ítaca. Afinal de contas, era o lar de Odisseu, o sujeito que construíra aquele astrolábio. Mas, a julgar pelo que Jason dissera, aquelas ruínas não ofereciam nenhuma resposta para ele, só um bando de fantasmas e *ghouls* mal-humorados.

Enfim, Odisseu nunca conseguira fazer o astrolábio funcionar. Mas ele não tinha um cristal para usar como guia. Leo tinha. Ele teria que triunfar onde o semideus mais inteligente de todos os tempos havia falhado.

Era a típica sorte de Leo. Uma garota imortal supergostosa estava esperando por ele em Ogígia, mas Leo não conseguia descobrir como conectar um pedaço idiota de pedra ao instrumento de navegação de três mil anos. Alguns problemas não podiam ser solucionados com fita adesiva.

Leo fechou e trancou a gaveta.

Seus olhos se dirigiram para um mural acima de sua bancada de trabalho, na qual havia duas folhas fixadas lado a lado. A primeira era o velho desenho a lápis de cera que fizera aos sete anos — um diagrama de um navio voador que ele vira em sonhos. A segunda era um desenho a carvão que Hazel fizera recentemente para ele.

Hazel Levesque... aquela garota era demais. Assim que Leo se reuniu com a tripulação em Malta, ela soube imediatamente que o garoto estava sofrendo por dentro. Na primeira chance que teve, depois de toda a confusão na Casa de Hades, ela foi até a cabine dele e disse:

— Desembucha.

Hazel era uma boa ouvinte. Leo contou toda a história. Na mesma noite, mais tarde, Hazel voltou com seu bloco de desenho e um lápis.

— Descreva como ela é — insistiu ela. — Cada detalhe.

Parecia um pouco estranho, ajudar Hazel a fazer um retrato de Calipso, como se ele estivesse falando com um desenhista da polícia: *Sim, policial, essa é a garota que roubou meu coração!* Parecia letra de música sertaneja.

Mas descrever Calipso fora fácil. Leo não conseguia fechar os olhos sem vê-la.

Agora a imagem dela o encarava do mural, seus olhos amendoados, o biquinho dos lábios, o cabelo comprido e liso jogado sobre um ombro do vestido sem mangas. Ele quase podia sentir seu aroma de canela. O cenho franzido e o canto da boca virado para baixo pareciam dizer: *Leo Valdez, você é um fanfarrão.*

Droga, ele amava aquela mulher.

Leo prendera o retrato dela ao lado do desenho do *Argo II* para se lembrar de que às vezes as visões *se realizam*. Quando era pequeno, ele sonhava com um navio voador. Com o tempo, acabou por construí-lo. Agora ele ia encontrar um meio de voltar para Calipso.

O zunido dos motores do navio mudou para um tom mais grave. Pelo alto-falante da cabine, a voz de Festus estalou e guinchou.

— É, obrigado, parceiro — disse Leo. — Já estou indo.

O navio estava descendo, o que significava que os projetos de Leo teriam que ficar para depois.

— Espere por mim, querida — disse ele para o retrato de Calipso. — Vou voltar para você, exatamente como prometi.

Leo podia imaginar a resposta dela: *Não vou esperar você, Leo Valdez. Eu não estou apaixonada por você. E não acredito nem um pouco em suas promessas tolas!*

O pensamento o fez sorrir. Ele guardou as chaves de volta no cinto de ferramentas e foi para o refeitório.

Os outros seis semideuses tomavam café da manhã.

Algum tempo antes, Leo teria se preocupado por todos eles estarem sob o convés, deixando o timão sem ninguém, mas desde que Piper despertara Festus permanentemente com o charme, um feito que Leo *ainda* não entendia direito, a figura de proa tornara-se mais do que capaz de controlar o *Argo II* sozinha. Festus podia navegar, checar o radar, fazer uma vitamina de mirtilo e lançar jatos de fogo branco nos invasores — tudo simultaneamente — sem queimar nem um circuito.

Além disso, eles tinham Buford, a Mesa Maravilhosa, de reserva.

Depois que o treinador Hedge partira em sua expedição de viagem nas sombras, Leo havia decidido que aquela mesa de três pernas podia fazer um trabalho tão bom quanto o "acompanhante adulto" do navio. Ele forrara o tampo de Buford com um pergaminho que projetava uma simulação holográfica em miniatura do treinador Hedge. O mini-Hedge andava de um lado para outro no tampo, gritando aleatoriamente coisas como: "CALE ESSA BOCA!", "VOU MATAR VOCÊ" e o sempre popular "VISTA ALGUMA COISA!".

Naquele momento, Buford estava ao timão. Se as chamas de Festus não espantassem os monstros, o Hedge holográfico de Buford dava conta disso.

Leo parou à porta do refeitório, examinando a cena que se desenrolava na mesa. Não era sempre que ele conseguia ver todos os seus amigos juntos.

Percy estava comendo uma pilha enorme de panquecas azuis (qual o problema dele com comidas azuis?), enquanto Annabeth o repreendia por botar calda demais.

— Você vai afogá-las! — reclamou ela.

— Ei, eu sou filho de Poseidon — retrucou ele. — Não posso me afogar, nem minhas panquecas.

À esquerda deles, Frank e Hazel usavam suas tigelas de cereal para manter aberto um mapa da Grécia, que os dois observavam com as cabeças juntas. De vez em quando a mão de Frank cobria a dela de forma tão natural e carinhosa que eles pareciam ser casados fazia muito tempo, e Hazel nem corava, o que era um progresso para uma garota dos anos quarenta. Até recentemente, se alguém dissesse *merda* perto dela, ela quase desmaiava.

Jason estava sentado à cabeceira da mesa com a camiseta enrolada até a altura do peito e parecia bem desconfortável enquanto a Enfermeira Piper trocava seus curativos.

— Fique parado — disse ela. — Eu sei que dói.

— É só frio.

Leo ouvia a dor na voz dele. Jason tinha sido atravessado de um lado a outro por aquela lâmina estúpida de ouro imperial. O ferimento de entrada nas suas costas estava com uma tonalidade feia de roxo e soltava fumaça. Isso provavelmente não era bom sinal.

Piper se esforçava para manter o otimismo, mas em particular tinha dito a Leo quanto estava preocupada. Não havia mais nada que ambrosia, néctar e medicina mortal pudessem fazer. Um corte profundo de bronze celestial ou ouro imperial podia literalmente dissolver a essência de um semideus de dentro para fora. Era possível que Jason melhorasse. Ele *dizia* estar se sentindo melhor. Mas Piper não tinha tanta certeza.

Infelizmente seu melhor amigo não era um autômato de metal. Aí, pelo menos ele teria alguma ideia de como ajudá-lo. Mas com humanos... Leo se sentia impotente. Eles quebravam com *muita* facilidade.

Ele amava os amigos. Faria qualquer coisa por eles. Mas ao olhar para aqueles seis, três casais, cada um concentrado no próprio mundinho, ele pensou sobre o alerta de Nêmesis, a deusa da vingança: *Você não encontrará um lugar entre seus irmãos. Você sempre será a sétima vela.*

Ele estava começando a achar que Nêmesis estava certa. Supondo que Leo vivesse tempo suficiente, supondo que seu plano secreto maluco funcionasse, o destino dele era com outra pessoa, em uma ilha que nenhum homem jamais havia encontrado duas vezes.

Mas, por enquanto, o melhor que ele podia fazer era seguir sua velha regra: *Não pare nunca.* Não fique empacado. Não pense nas coisas ruins. Sorria e faça piadas mesmo sem ter vontade. *Principalmente* quando não tiver vontade.

— E aí, gente? — Ele entrou no refeitório. — Ah, que bom, brownies!

Ele pegou o último, feito com uma receita especial com sal marinho que eles pegaram com Afros, o peixe-centauro, nas profundezas do Atlântico.

Os alto-falantes emitiram um chiado. Então o mini-Hedge de Buford gritou:

— VISTA ALGUMA COISA!

Todo mundo pulou de susto. Hazel foi parar a um metro e meio de Frank. Percy derramou calda em seu suco de laranja. Jason se contorceu todo para vestir a camiseta e Frank virou um buldogue.

— Achei que você fosse se livrar desse holograma idiota — disse Piper.

— Ei, Buford só está dando bom-dia. Ele adora seu holograma! Além disso, todos nós sentimos saudades do treinador. E Frank virou um buldogue fofo.

Frank se transformou de volta em um sino-canadense forte e mal-humorado.

— Leo, sente-se. Temos uns assuntos para discutir.

Leo se espremeu entre Jason e Hazel. Achou que aqueles dois seriam menos propensos a lhe dar um tapa se ele fizesse piadas ruins. Deu uma mordida no brownie e apanhou um pacote de salgadinhos italianos — Fonzies — para completar seu café da manhã balanceado. Ele tinha ficado viciado naquele troço desde a primeira vez que provara alguns, em Bolonha. Eram sabor queijo e vagabundos, duas de suas qualidades favoritas.

— Então... — Jason fez uma careta ao se debruçar para a frente. — Vamos permanecer no ar e descer o mais perto possível de Olímpia. É mais para o interior do que eu gostaria, cerca de dez quilômetros, mas não temos escolha. Segundo Juno, temos que encontrar a deusa da vitória e, hum... detê-la.

Fez-se um silêncio desconfortável em torno da mesa.

Com cortinas cobrindo as paredes holográficas, o refeitório estava mais escuro e sombrio do que deveria, mas eles não podiam fazer nada. Desde que os anões gêmeos cêrcopes deram curto-circuito nas paredes, as imagens em tempo real do Acampamento Meio-Sangue costumavam sair do ar e mudar para fotos de closes muito próximos dos anões: suíças ruivas, narinas e dentes maltratados. Não era muito agradável quando se estava tentando comer ou ter uma conversa séria sobre o destino do mundo.

Percy bebeu seu suco de laranja adoçado com calda. Ele pareceu gostar.

— Não tenho problemas em combater uma deusa de vez em quando, mas Nice não é uma das deusas legais? Quer dizer, eu, pessoalmente, *gosto* da vitória. Para mim ela nunca é demais.

Annabeth tamborilou os dedos na mesa.

— Isso é estranho. Eu entendo por que Nice está em Olímpia, berço dos Jogos Olímpicos e tudo o mais. Os competidores faziam sacrifícios para ela. Gregos e romanos a cultuaram ali por uns mil e duzentos anos, não é?

— Quase até o fim do Império Romano — concordou Frank. — Os romanos a chamavam de *Vitória*, mas era a mesma coisa. Todo mundo a amava. Quem não gosta de ganhar? Não entendi por que devemos detê-la.

Jason franziu a testa. Um pouco de fumaça saiu da ferida sob sua camiseta.

— O *ghoul* Antínoo disse que "a Vitória está fora de controle em Olímpia". Juno nos alertou que nunca conseguiríamos acabar com a rivalidade entre gregos e romanos a menos que derrotássemos a vitória.

— Como se derrota a vitória? — questionou Piper. — Parece um desses enigmas insolúveis.

— Como fazer pedras voarem — disse Leo. — Ou comer só um salgadinho. Ele jogou um punhado na boca.

Hazel torceu o nariz.

— Esse negócio ainda vai matar você.

— Você acha? Estas coisas têm tantos conservantes que eu vou viver para sempre. Mas, ei, sobre essa deusa da vitória ser poderosa e popular... Vocês não se lembram de como são os filhos dela no Acampamento Meio-Sangue?

Hazel e Frank nunca tinham ido ao Acampamento Meio-Sangue, mas os outros assentiram com pesar.

— É verdade — disse Percy. — Os semideuses do chalé 17... Eles são super-competitivos. Nos jogos de capturar a bandeira, são quase piores do que os filhos de Ares. Quer dizer, com todo o respeito, Frank.

Frank deu de ombros.

— Você está dizendo que Nice tem um lado sombrio?

— Os *filhos* dela com certeza têm — disse Annabeth. — Nunca recusam um desafio. *Têm* que ser os primeiros em tudo. Se a mãe for tão intensa quanto eles...

— Opa. — Piper espalmou as mãos na mesa como se o navio estivesse balançando. — Gente, todos os deuses estão divididos entre seus aspectos grego e romano, certo? Se Nice é assim, e ela é a deusa da *vitória*...

— Deve estar *em grande* conflito — concordou Annabeth. — Ela provavelmente quer que um de seus aspectos vença para que ela possa declarar um campeão. Deve estar literalmente lutando contra si mesma.

Hazel empurrou sua tigela de cereal por cima do mapa da Grécia.

— Mas nós não *queremos* que nenhum dos lados vença. Precisamos que gregos e romanos fiquem do mesmo lado.

— Talvez esse seja o problema — disse Jason. — Se a deusa da vitória está fora de controle, dividida entre gregos e romanos, ela pode tornar impossível a união dos dois acampamentos.

— Como? — perguntou Leo. — Começando uma discussão no Twitter?

Percy espetou o garfo em uma panqueca.

— Talvez ela seja como Ares. Aquele cara consegue provocar uma briga só de entrar em uma sala cheia de gente. Se Nice irradia vibrações competitivas ou algo assim, ela poderia agravar seriamente a rivalidade entre gregos e romanos.

Frank olhou para Percy.

— Lembra-se daquele velho deus do mar em Atlanta, Fórcis? Ele disse que os planos de Gaia têm várias camadas. Isso pode ser parte da estratégia dos gigantes: manter os dois acampamentos divididos, manter os deuses divididos. Se esse for o caso, não podemos deixar que Nice nos jogue uns contra os outros. Deveríamos mandar uma equipe de *quatro* a Olímpia, dois gregos e dois romanos. O equilíbrio pode ajudar a manter também *a ela* equilibrada.

Enquanto ouvia Zhang, Leo não pôde deixar de se espantar. Não conseguia acreditar no quanto o cara tinha mudado em poucas semanas.

Frank não estava apenas mais alto e musculoso. Também parecia mais confiante, mais disposto a assumir o comando. Talvez fosse porque o graveto que controlava sua vida estava guardado em segurança em uma bolsa à prova de fogo, ou talvez porque tinha comandado uma legião de zumbis e sido promovido a pretor. Qualquer que fosse o motivo, Leo tinha dificuldade em vê-lo como o mesmo cara estabanado que uma vez escapara de algemas chinesas se transformando em uma iguana.

— Acho que Frank tem razão — disse Annabeth. — Uma equipe de quatro. Vamos ter que escolher com cuidado quem vai. Não queremos deixar a deusa... hum... ainda mais instável.

— Eu vou — disse Piper. — Posso tentar usar o charme.

Rugas de preocupação ficaram mais proeminentes em volta dos olhos de Annabeth.

— Dessa vez não, Piper. Nice só pensa em competição. E Afrodite... bem, ela também, a seu modo. Acho que Nice pode ver você como uma ameaça.

Se fosse antes, Leo talvez fizesse uma piada com isso. *Piper, uma ameaça?* A garota era como uma irmã, mas, se precisasse de ajuda para bater em uma gangue de bandidos ou subjugar uma deusa da vitória, não seria a primeira pessoa a quem ele pediria ajuda.

Ultimamente, porém... bem, Piper podia não ter mudado de modo tão óbvio quanto Frank, mas *tinha* mudado. Ela apunhalara Quione, a deusa da neve, no peito. Derrotara os Boreadas. Derrotara um bando de harpias selvagens sozinha. E, em relação ao charme, tinha ficado tão poderosa que deixava Leo nervoso. Se Piper o mandasse comer suas verduras, era capaz de ele obedecer.

As palavras de Annabeth não pareceram abalá-la. Piper apenas assentiu e olhou em volta.

— Então quem deveria ir?

— Jason e Percy não devem ir juntos — disse Annabeth. — Júpiter e Poseidon, combinação ruim. Nice poderia facilmente fazê-los começar a brigar.

Percy deu um meio sorriso.

— É, não podemos ter outro incidente como o do Kansas. Eu poderia matar meu parceiro Jason.

— Ou eu poderia matar meu parceiro Percy — comentou Jason amistosamente.

— O que apenas confirma o que eu falei — disse Annabeth. — Eu e Frank também não podemos ir juntos. Marte e Atena... seria ruim do mesmo jeito.

— Está bem — interveio Leo. — Então Percy e eu pelos gregos. Frank e Hazel pelos romanos. Essa é ou não é a equipe menos competitiva de todas?

Annabeth e Frank trocaram olhares dignos de deuses da guerra.

— Pode funcionar — concluiu Frank. — Quer dizer, *nenhuma* combinação vai ser perfeita, mas Poseidon, Hefesto, Plutão e Marte... Não vejo nenhuma grande rivalidade aí.

Hazel traçou uma linha com o dedo pelo mapa da Grécia.

— Ainda preferia que tivéssemos ido pelo Golfo de Corinto. Queria visitar Delfos, talvez receber algum conselho. Além disso, o caminho em torno do Peloponeso é muito longo.

— É. — Leo ficou deprimido quando viu a distância que ainda teriam que percorrer. — Já é dia vinte e dois de julho. A partir de hoje, temos só dez dias até...

— Eu sei — disse Jason. — Mas Juno foi clara. O caminho mais curto teria sido suicídio.

— E em relação a Delfos... — Piper debruçou-se sobre o mapa. A pena azul de harpia em seu cabelo balançou como um pêndulo. — O que está acontecendo por lá? Se Apolo não tem mais seu oráculo...

Percy resmungou:

— Provavelmente tem algo a ver com aquele cretino do Octavian. Talvez ele seja *tão* ruim em prever o futuro que anulou os poderes de Apolo.

Jason conseguiu dar um sorriso, apesar de seus olhos estarem nublados de dor.

— Com sorte vamos achar Apolo e Ártemis. Aí você mesmo pode perguntar a ele. Juno disse que talvez os gêmeos estejam dispostos a nos ajudar.

— Muitas perguntas sem resposta — murmurou Frank. — E muitos quilômetros a navegar até Atenas.

— Vamos começar pelo começo — disse Annabeth. — Vocês têm que encontrar Nice e descobrir como detê-la... Ou seja lá o que Juno quis dizer com isso. Ainda não entendo como se derrota uma deusa que controla a vitória. Parece impossível.

Leo abriu um sorriso. Não conseguiu evitar. Claro, eles só tinham dez dias para impedir que os gigantes despertassem Gaia. Claro, ele podia morrer antes da hora do jantar. Mas ele adorava quando lhe diziam que algo era impossível. Era como se alguém lhe desse uma torta de merengue de limão e lhe dissesse para não jogá-la. Ele simplesmente não conseguia resistir ao desafio.

— Isso a gente vai ver. — Leo ficou de pé. — Vou buscar minha coleção de granadas e encontro vocês no convés!

X

LEO

— Você mandou muito bem — disse Percy — quando escolheu um lugar com ar-condicionado.

Ele e Leo tinham acabado de fazer uma busca no museu. Agora estavam sentados em uma ponte que cruzava o Rio Kladeos, ambos com os pés balançando acima da água enquanto esperavam que Frank e Hazel terminassem de procurar nas ruínas.

À esquerda deles, o vale de Olímpia tremeluzia ao sol da tarde. À direita, o estacionamento de visitantes estava lotado de ônibus de turismo. Ainda bem que eles tinham ancorado o *Argo II* trinta metros acima do chão, porque senão nunca teriam encontrado uma vaga.

Leo jogou uma pedra no rio. Queria que Hazel e Frank voltassem. Ele se sentia meio constrangido andando com Percy.

Um motivo era não saber como puxar conversa com um cara que tinha acabado de voltar do Tártaro. *Viu o último episódio de* Doctor Who? *Ah, verdade. Você estava passeando pelo Poço da Condenação Eterna!*

Percy já era bem intimidante *antes*: invocando furacões, lutando contra piratas, matando gigantes no Coliseu…

Agora… Bem, depois do que havia acontecido no Tártaro, parecia que Percy pertencia a um nível totalmente diferente de herói.

Leo não conseguia nem acreditar que eles faziam parte do mesmo *acampamento*. Os dois nunca haviam estado ao mesmo tempo no Acampamento Meio-Sangue. O colar de couro de Percy tinha quatro contas por quatro verões completos. O colar de couro de Leo tinha exatamente *nenhuma*.

A única coisa que eles tinham em comum era Calipso, e sempre que Leo se lembrava *disso*, tinha vontade de dar um soco na cara de Percy.

Ele não parava de pensar que deveria tocar no assunto, só para esclarecer as coisas, mas nunca parecia o momento certo. E, à medida que os dias passavam, ficava cada vez mais difícil falar sobre isso.

— O que foi? — perguntou Percy.

Leo levou um susto.

— Hã?

— Você estava me encarando, tipo, com *raiva*.

— Estava? — Leo pensou em fazer uma piada, ou pelo menos dar um sorriso, mas não conseguiu. — Hum, desculpe.

Percy olhou para o rio.

— Eu acho que a gente precisa conversar.

Ele abriu a mão, e a pedra que Leo havia jogado saiu voando do rio e foi parar direto na mão de Percy.

Ah, pensou Leo, agora é a hora de se exibir?

Ele teve vontade de lançar uma coluna de fogo no ônibus de turismo mais próximo e explodir o tanque de gasolina, mas achou que isso seria um pouco exagerado demais.

— Talvez a gente *deva* conversar. Mas…

— Ei, vocês!

Frank estava parado na outra extremidade do estacionamento, acenando para eles. Ao seu lado, Hazel estava montada em seu cavalo, Arion, que aparecera sem aviso assim que eles aterrissaram.

Salvo pelo Zhang, pensou Leo.

Ele e Percy foram correndo se juntar aos amigos.

— Este lugar é enorme — explicou Frank. — As ruínas se estendem desde o rio até a base daquela montanha, a cerca de meio quilômetro daqui.

— Quanto dá isso em medidas normais, como milhas? — perguntou Percy. Frank revirou os olhos.

— Essa é uma medida normal no Canadá e no *resto* do mundo. Só vocês, americanos…

— Cerca de cinco ou seis campos de futebol americano — interveio Hazel, alimentando Arion com um grande pedaço de ouro.

Percy abriu os braços.

— Era só você dizer isso.

— Enfim — prosseguiu Frank. — Lá do alto eu não vi nada suspeito.

— Nem eu — disse Hazel. — Dei uma volta completa pelo perímetro com Arion. Muitos turistas, mas nenhuma deusa maluca.

O grande garanhão relinchou e remexeu a cabeça, contraindo os músculos do pescoço sob a pelagem castanha.

— Cara, ele sabe mesmo xingar. — Percy balançou a cabeça. — E não gosta muito de Olímpia.

Pelo menos daquela vez, Leo concordava com o cavalo. Ele não era fã da ideia de caminhar por campos cheios de ruínas sob um sol escaldante, abrindo caminho através de hordas de turistas suados para tentar encontrar uma deusa da vitória com dupla personalidade. Além disso, Frank já sobrevoara todo o vale na forma de águia. Se seus olhos aguçados não haviam visto nada, talvez não houvesse nada para ser visto.

Por outro lado, o cinto de ferramentas de Leo estava cheio de brinquedos perigosos. Ele ia odiar voltar para casa sem explodir alguma coisa.

— Então vamos passear por aí — disse ele. — Esperar que o problema nos encontre. Isso sempre funcionou antes.

Eles procuraram por um tempo, evitando grupos de turistas e pulando de uma faixa de sombra para outra. Leo ficou impressionado, e não pela primeira vez, ao ver como a Grécia era parecida com seu estado natal, o Texas: as colinas baixas, os arbustos, o canto das cigarras e o calor opressivo no verão. Se as colunas e os templos em ruínas fossem trocados por vacas e arame farpado, ele se sentiria em casa.

Frank achou um panfleto turístico (sério, o cara devia ler até os ingredientes no rótulo de uma lata de sopa) e deu a eles uma explicação rápida sobre o que era o quê.

— Aquilo ali é o Propileu. — Ele gesticulou na direção de uma trilha de pedras margeada por colunas desmoronadas. — Um dos principais portões de entrada para o vale olímpico.

— Pedras! — disse Leo.

— E ali... — Frank apontou para uma fundação quadrada que parecia o pátio de um restaurante mexicano — fica o templo de Hera, uma das estruturas mais antigas daqui.

— Mais pedras! — disse Leo.

— E aquele negócio redondo que parece um coreto... é o Filipeu, dedicado a Filipe da Macedônia.

— E ainda *mais* pedras! Pedras de primeira categoria!

Hazel, ainda montada em Arion, deu um chute no braço de Leo.

— Não tem *nada* que impressione você?

Leo olhou para ela. Seu cabelo encaracolado cor de canela e seus olhos mel combinavam tão bem com seu elmo e sua espada que ela parecia ser feita de ouro imperial. Leo duvidava que Hazel considerasse isso um elogio, mas, no que dizia respeito a humanas, Hazel era um produto de primeira qualidade.

Leo se lembrou da travessia que fizeram juntos pela Casa de Hades. Hazel o conduzira por aquele assustador labirinto de ilusões. Ela fizera a feiticeira Pasifae desaparecer através de um buraco imaginário no chão. Lutara contra Clítio enquanto Leo sufocava na massa de trevas do gigante. Havia cortado as correntes que prendiam as Portas da Morte. Enquanto isso, Leo tinha feito... bem, basicamente nada.

Ele não estava mais apaixonado por Hazel. Seu coração estava longe, na ilha de Ogígia. Mas mesmo assim Hazel Levesque o impressionava, até quando estava montada em um cavalo imortal supersônico que cuspia palavrões como um estivador.

Ele não disse nada disso, mas Hazel deve ter percebido algo em sua expressão, porque desviou os olhos, envergonhada.

Alheio a tudo, Frank continuou seu tour guiado:

— E ali... ah. — Ele olhou para Percy. — Hum, aquela depressão semicircular na colina, perto dos nichos... é um ninfeu, construído no período romano.

O rosto de Percy ficou da cor de limonada.

— Tenho uma ideia: não vamos lá.

Leo ouvira tudo sobre a experiência de quase morte de Percy no ninfeu em Roma, com Jason e Piper.

— Adorei essa ideia.

Eles continuaram andando.

De vez em quando, Leo levava a mão ao cinto de ferramentas. Desde que os cércopes o roubaram em Bolonha, ele tinha medo de ser furtado outra vez, apesar de duvidar que houvesse algum monstro capaz de ser um ladrão tão bom quanto aqueles anões. Ele se perguntou como aqueles macaquinhos imundos estavam se saindo em Nova York. Torceu para que ainda estivessem se divertindo perturbando romanos, roubando muitos zíperes brilhantes e fazendo com que as calças dos legionários caíssem.

— Aqui é o Pelopion — disse Frank, apontando para outra fascinante pilha de pedras.

— Ah, por favor, Zhang — disse Leo. — *Pelopion* nem é uma palavra de verdade. O que era isso? Uma homenagem a pessoas peludas?

Frank pareceu ofendido.

— É o túmulo de Pêlops. Toda essa parte da Grécia, o Peloponeso, tem esse nome por causa dele.

Leo segurou a vontade de jogar uma granada na cara de Frank.

— Eu deveria saber quem foi Pêlops?

— Foi um príncipe. Ganhou sua esposa em uma corrida de bigas. Supostamente, ele organizou os primeiros Jogos Olímpicos em homenagem a isso.

Hazel fungou.

— Que romântico. "Que bela esposa você tem, príncipe Pêlops." "Obrigado. Eu a ganhei em uma corrida de bigas."

Leo não conseguia ver como aquilo os ajudaria a encontrar a deusa da vitória. Naquele momento, a única vitória que ele queria era devorar uma bebida supergelada e talvez uns nachos.

Ainda assim... quanto mais eles avançavam nas ruínas, mais desconfortável ele se sentia. Leo relembrou uma de suas recordações mais antigas, sua babá, *Tía* Callida, também conhecida como Hera, o estimulando a cutucar uma cobra venenosa com um galho, quando ele tinha quatro anos. A deusa psicopata dissera a ele que aquele era um bom treinamento para ser herói, e talvez tivesse razão. Ultimamente, Leo passava a maior parte do tempo procurando confusão.

Ele observava as multidões de turistas, se perguntando se eram mortais normais ou monstros disfarçados, como aqueles *eidolons* que os perseguiram em Roma. De vez em quando achava ter visto um rosto familiar — seu primo violento, Raphael; seu professor malvado do terceiro ano, o Sr. Bornquin; sua malvada mãe adotiva, Teresa —, todo tipo de gente que tinha tratado Leo como lixo.

Provavelmente, ele tinha apenas imaginado seus rostos, mas isso o deixou nervoso. Ele pensou em como a deusa Nêmesis havia tomado a forma de sua tia Rosa, a pessoa de quem Leo guardava mais rancor e de quem mais queria se vingar. Ele se perguntou se Nêmesis estaria por ali em algum lugar, observando para ver o que Leo ia fazer. Ele ainda não tinha certeza de ter pagado sua dívida com aquela deusa, e desconfiava que ela quisesse mais sofrimento dele. Talvez aquele fosse o dia.

Os quatro pararam em uma escadaria larga que levava a outra construção em ruínas, o templo de Zeus, segundo Frank.

— Costumava haver uma enorme estátua de Zeus em ouro e marfim no interior — disse Zhang. — Uma das sete maravilhas do mundo antigo. Feita pelo mesmo cara que esculpiu a Atena Partenos.

— Por favor, não me diga que temos que encontrá-la — disse Percy. — Já tive o suficiente de estátuas mágicas para uma viagem.

— Concordo.

Hazel deu um tapinha no lombo de Arion, pois o garanhão estava ficando impaciente.

Leo também sentiu vontade de relinchar e bater os cascos. Estava com calor, agitado e com fome. Parecia que tinham provocado a cobra venenosa ao máximo, e ela estava prestes a contra-atacar. Ele queria encerrar as buscas do dia por ali e voltar para o navio antes que isso acontecesse.

Infelizmente, porém, quando Frank mencionou *templo de Zeus* e *estátua*, o cérebro de Leo fez uma conexão. Contrariando o bom senso, ele a compartilhou com os outros:

— Ei, Percy, se lembra da estátua de Nice no museu? A que estava toda quebrada?

— O quê que tem?

— Ela não ficava *aqui*, no templo de Zeus? Fique à vontade para me dizer que estou errado. Eu adoraria estar errado.

Percy levou a mão ao bolso e pegou sua caneta Contracorrente.

— Você tem razão. Então, se Nice estiver em algum lugar... este é perfeito.

Frank observou os arredores.

— Não estou vendo nada.

— E se começássemos a fazer propaganda de, sei lá, tênis Adidas? — perguntou Percy. — Afinal, a Nike se inspirou em Nice. Será que isso a deixaria com raiva o suficiente para aparecer?

Leo soltou uma risadinha nervosa. Talvez ele e Percy compartilhassem outra coisa: um senso de humor idiota.

— É, aposto que isso seria *totalmente* contra o contrato de patrocínio dela. ESSES NÃO SÃO OS TÊNIS OFICIAIS DOS OLÍMPICOS! VOCÊS VÃO MORRER AGORA!

Hazel revirou os olhos.

— Vocês dois são impossíveis.

Atrás de Leo, uma voz trovejante abalou as ruínas:

— VOCÊS VÃO MORRER AGORA!

Leo quase pulou para fora de seu cinto de ferramentas. Ele se virou... e se repreendeu na hora. Ele *tinha* que invocar Adidas, a deusa dos tênis de segunda opção.

A deusa Nice assomou diante deles em uma biga dourada, e tinha uma lança apontada para o coração dele.

XI

LEO

As asas douradas eram um pouquinho demais.

Leo até que gostou da biga e dos dois cavalos brancos. Achou legal o vestido cintilante sem mangas que Nice usava (Calipso arrasava naquele estilo, mas isso não era relevante) e seu cabelo preto trançado e preso por uma coroa de louros dourados.

Ela tinha os olhos arregalados e cara de maluca, como se tivesse acabado de beber vinte *espressos* e andado de montanha-russa, mas isso também não incomodou Leo. Ele podia aceitar até a lança de ponta de ouro apontada para seu peito.

Mas aquelas *asas*... Eram de ouro polido, até a última pena. Leo podia admirar o trabalho intrincado, mas aquilo era demais — brilhante demais, ofuscante demais. Se as asas dela fossem painéis solares, Nice produziria energia suficiente para abastecer Miami.

— Senhora — disse ele —, poderia, por favor, dobrar suas asas? Sua luz está me queimando.

— O quê? — A cabeça de Nice se virou na direção dele como a de uma galinha assustada. — Ah... minha plumagem brilhante. Está bem. Imagino que você não possa morrer em glória se estiver cego e queimado.

Ela recolheu as asas. A temperatura caiu para os cinquenta graus normais de uma tarde de verão.

Leo olhou para os amigos. Frank estava totalmente imóvel, avaliando a deusa. Sua mochila ainda não havia se transformado em arco e aljava de flechas, o que provavelmente era prudente. Ele não devia ter ficado tão assustado, já que não se transformara em um peixinho dourado gigante.

Hazel estava tendo problemas com Arion. O garanhão castanho relinchou e empinou, evitando contato visual com os cavalos brancos que puxavam a biga de Nice.

Quanto a Percy, ele segurava sua caneta mágica como se estivesse tentando decidir se dava alguns golpes de espada ou autografava o meio de transporte de Nice.

Ninguém tomou a iniciativa de falar com a deusa. Leo meio que sentia falta de Piper e Annabeth com eles. Elas eram boas nisso de *se comunicar*.

Ele achou melhor alguém fazer alguma coisa antes que todos morressem em glória.

— Então! — Ele apontou os indicadores para Nice. — Eu não recebi o memorando e tenho quase certeza de que a informação não constava no folheto de Frank. Pode nos dizer o que está acontecendo aqui?

Os olhos arregalados de Nice deixavam Leo nervoso. Será que seu nariz estava pegando fogo? Isso às vezes acontecia quando ele ficava estressado.

— Nós precisamos da vitória! — gritou a deusa. — É necessário decidir a disputa! Vocês vieram aqui para determinar um vencedor, certo?

Frank pigarreou.

— A senhora é Nice ou Vitória?

— Aaaarghh!

A deusa segurou a cabeça entre as mãos. Seus cavalos empinaram, levando Arion a fazer o mesmo. Ela estremeceu e se dividiu em duas imagens separadas, que lembraram Leo — o que era ridículo — de quando ele ficava deitado no chão de seu apartamento brincando com a mola no rodapé que impedia que a porta batesse na parede. Ele puxava a mola e a soltava: *Sproing!* E ela ia para a frente e para trás tão rápido que parecia se transformar em duas molas.

Era isso o que Nice parecia: uma mola duplicada.

À esquerda estava a primeira versão: o vestido cintilante, o cabelo preto preso por uma coroa de louros, as asas de ouro dobradas às costas. À direita havia uma versão diferente, usando uma armadura romana. Pelas bordas de um elmo alto saía um cabelo curto e castanho-claro. Suas asas eram brancas e emplumadas; o vestido, roxo; e a haste da lança trazia uma insígnia romana do tamanho de um prato: um SPQR dourado dentro de uma coroa de louros.

— Eu sou Nice! — exclamou a imagem da esquerda.

— Eu sou Vitória! — exclamou a da direita.

Pela primeira vez Leo entendeu o velho ditado que seu *abuelo* usava muito: *falar da boca para fora*. A deusa estava literalmente dizendo duas coisas completamente diferentes. Ela não parava de tremer e se dividir, o que deixou Leo tonto. Ele sentiu vontade de pegar suas ferramentas e regular a marcha lenta em seu carburador, porque aquela vibração toda ia fazer o motor dela se desmantelar.

— Sou eu quem decide a vitória! — gritou Nice. — Antigamente eu ficava no templo de Zeus, era venerada por todos! Eu velava pelos jogos de Olímpia. Oferendas de todo o mundo se empilhavam aos meus pés!

— Jogos são irrelevantes! — berrou Vitória. — Eu sou a deusa do sucesso em batalha! Os generais romanos me veneravam! O próprio Augusto ergueu para mim um altar no Senado!

— Aaahhh! — gritaram as duas vozes, em agonia. — Precisamos decidir! Precisamos de uma vitória!

Arion começou a empinar com tamanha violência que Hazel teve que desmontar para não cair. Antes que ela conseguisse acalmá-lo, o cavalo desapareceu, deixando uma trilha de vapor pelas ruínas.

— Nice — disse Hazel, dando um cauteloso passo à frente —, a senhora está confusa, como todos os deuses. Os gregos e romanos estão à beira de uma guerra. Isso está fazendo seus aspectos entrarem em conflito.

— Eu sei! — A deusa sacudiu sua lança, e a extremidade pareceu vibrar. — Não suporto conflitos sem solução! Quem é mais forte? Quem é o vencedor?

— Senhora, ninguém sairá vencedor — disse Leo. — Se essa guerra acontecer, todos vão perder.

— *Ninguém vencerá?* — Nice pareceu tão chocada que Leo teve quase certeza de estar com o nariz em chamas. — Sempre há um vencedor! *Um* vencedor. Todos os outros são perdedores! Do contrário, a vitória não significa nada. Você quer que eu distribua certificados para todos os competidores? Dê um troféu de plástico para cada atleta e soldado, como prêmio de *participação*? Será que devemos todos nos enfileirar, apertar as mãos e dizer uns para os outros: *Bom jogo*? Não! A vitória tem que ser real. Deve ser merecida. Isso significa que precisa ser rara e difícil, contra todas as probabilidades, e a derrota *é* a única alternativa.

Os dois cavalos da deusa começaram a se morder, como se estivessem entrando no espírito da coisa.

— Hum… está bem — disse Leo. — Entendi que a senhora já tem uma opinião formada sobre o assunto. Mas a verdadeira guerra é contra Gaia.

— Ele tem razão — disse Hazel. — Nice, a senhora conduziu a biga de Zeus na última guerra contra os gigantes, não foi?

— É claro!

— Então sabe que Gaia é o verdadeiro inimigo. Precisamos de sua ajuda para derrotá-la. A guerra não é entre gregos e romanos.

— Os gregos devem morrer! — exclamou Vitória.

— Vitória ou morte! — gritou Nice. — Um lado deve prevalecer!

— Eu já estou cheio dessa conversa. É a mesma coisa que meu pai fica gritando na minha cabeça — resmungou Frank.

Vitória olhou para ele.

— Você é filho de Marte, não é? — disse a deusa. — Um pretor de Roma? Nenhum romano verdadeiro pouparia os gregos. Eu não posso tolerar ficar dividida e confusa, não consigo pensar direito! Mate-os! Vença!

— Não vai rolar — disse Frank, apesar de Leo perceber que o olho direito de Zhang tremia.

Leo também estava lutando. Nice emanava ondas de tensão, inflamando seus nervos. Ele sentia como se estivesse agachado e em posição na linha de largada esperando que alguém gritasse: "Vai!" Estava com o desejo irracional de apertar o pescoço de Frank, o que era estupidez, já que suas mãos não conseguiriam nem *envolver* todo o pescoço dele.

— Olhe, dona Vitória… — Percy tentou sorrir. — Não queremos interromper sua loucura. Talvez a senhora possa simplesmente terminar essa conversa consigo mesma, e nós voltamos depois, com… hum… algumas armas maiores e talvez uns sedativos.

A deusa brandiu sua lança.

— Vocês vão resolver essa questão de uma vez por todas! Hoje, *agora*, vocês vão decidir quem será vitorioso! Estão em quatro? Excelente! Faremos duplas. Talvez garotas contra garotos!

Hazel disse:

— Hum... não.

— Com camisa contra sem camisa!

— Não mesmo — disse Hazel.

— Gregos contra romanos! — gritou Nice. — Sim, é claro! Dois e dois. O último semideus de pé será coroado vencedor. Os outros morrerão de maneira gloriosa.

Um desejo de competir pulsava pelo corpo de Leo. Ele teve que se esforçar muito para não pegar um martelo em seu cinto de ferramentas e acertar Frank e Hazel na cabeça.

Então ele entendeu por que Annabeth não quisera mandar ninguém cujos pais tivessem rivalidades inatas. Se Jason estivesse ali, ele e Percy provavelmente já estariam no chão querendo arrancar a cabeça um do outro.

Ele se obrigou a relaxar.

— Olhe, dona, nós não vamos começar os *Jogos vorazes* aqui. Não vai rolar.

— Mas você receberá honrarias fabulosas! — Nice pegou, de uma cesta ao seu lado, uma coroa espessa de folha de louros. — Esta coroa de folhas pode ser sua! Você pode usá-la na cabeça! Pense na glória!

— Leo tem razão — disse Frank, apesar de estar com os olhos fixos na coroa. Tinha uma expressão um pouco cobiçosa demais para o gosto de Leo. — Nós não lutamos uns contra os outros. Nós lutamos contra os gigantes. A senhora deveria nos ajudar.

— Muito bem!

A deusa ergueu a coroa de louros em uma das mãos e a lança na outra.

Percy e Leo se entreolharam.

— Hum... isso significa que a senhora vai nos ajudar? — perguntou Percy. — Vai combater os gigantes?

— Isso será parte do prêmio — disse Nice. — Quem vencer, eu vou considerar meu aliado. Vamos lutar juntos contra os gigantes, e eu vou conceder a vitória a vocês. Mas só pode haver um vencedor. Os outros devem ser derrotados, mortos, totalmente destruídos. Então, o que decidem, semideuses? Vocês terão sucesso em sua missão ou vão se apegar a ideias tolas de amizade e prêmios de participação nos quais todos vencem?

Percy destampou sua caneta. Contracorrente cresceu e se transformou em uma espada de bronze celestial. Leo teve medo de que Percy a usasse contra eles. Era difícil *demais* resistir à aura de Nice.

Em vez disso, porém, Percy apontou sua lâmina para a deusa.

— E se nós a enfrentássemos?

— Há! — Os olhos de Nice brilharam. — Caso se recusem a lutar uns contra os outros, vocês serão persuadidos!

Nice abriu as asas, e quatro penas de metal caíram, rodopiando como ginastas, crescendo e desenvolvendo pernas e braços até tocarem o solo como quatro réplicas metálicas em tamanho humano da deusa, cada uma armada com uma lança de ouro e uma coroa de louros de bronze celestial que se parecia sinistramente com um *frisbee* de arame farpado.

— Para o estádio! — gritou Nice. — Vocês têm cinco minutos para se preparar. Depois teremos derramamento de sangue!

Leo estava prestes a dizer: *E se nos recusarmos a ir para o estádio?*

Ele nem precisou fazer a pergunta.

— Corram! — berrou Nice. — Vão para o estádio, ou minhas Niceias vão matá-los aí onde estão!

As mulheres de metal abriram as mandíbulas e emitiram um som que parecia a torcida do Superbowl com eco. Elas brandiram as lanças e investiram contra os semideuses.

Não foi o melhor momento de Leo. Ele foi tomado pelo pânico e saiu correndo. O único consolo foi que seus amigos fizeram a mesma coisa, e eles não eram nada covardes.

As quatro mulheres de metal os seguiram formando um semicírculo espaçado.

Todos os turistas haviam desaparecido. Talvez tivessem escapado para o conforto do ar-condicionado do museu, ou talvez Nice os tivesse de algum modo forçado a sair dali.

Os semideuses correram, tropeçando em pedras, saltando paredes desmoronadas, desviando de colunas e de placas de informação. Atrás deles, as rodas da biga de Nice faziam um estrondo e seus cavalos relinchavam.

Sempre que Leo pensava em reduzir a velocidade, as mulheres de metal gritavam de novo (do que Nice as havia chamado mesmo? Niceias? Nicetes?), deixando-o apavorado.

Ele odiava ficar apavorado. Era vergonhoso.

— Por aqui! — Frank acelerou na direção de uma espécie de abertura entre dois muros de terra encimados por uma arcada de pedra. Aquilo lembrou Leo dos túneis pelos quais os jogadores de futebol americano entram correndo no campo. — Esta é a entrada do antigo estádio olímpico. É chamada de "A cripta"!

— Não é um bom nome! — berrou Leo.

— Por que estamos indo para lá? — perguntou Percy, arfante. — Se é onde ela nos quer...

As Nicetes gritaram de novo, e todo pensamento racional abandonou Leo. Ele correu para o túnel. Quando chegaram ao arco, Hazel gritou:

— Esperem!

Eles pararam aos solavancos. Percy se inclinou para a frente, com dificuldade para respirar. Leo percebeu que ele parecia estar perdendo o fôlego com mais facilidade do que antes, provavelmente por causa do terrível ar ácido que tinha sido forçado a respirar no Tártaro.

Frank olhou para trás.

— Não as vejo mais. Elas desapareceram.

— Será que desistiram? — perguntou Percy, cheio de esperança.

Leo examinou as ruínas.

— Não. Só nos conduziram até onde queriam que chegássemos. Mas o que, afinal, eram aquelas coisas? As Nicetes...

— Nicetes? — Frank coçou a cabeça. — Acho que eram *Niceias*.

— É. — Hazel parecia mergulhada em pensamentos enquanto passava a mão pelo arco de pedra. — Em algumas lendas, Nice tinha um exército de pequenas vitórias que podia enviar a qualquer lugar do mundo.

— Como os duendes do Papai Noel — disse Percy. — Só que do mal. E de metal. E muito barulhentas.

Hazel pressionou os dedos contra o arco, como se estivesse sentindo sua pulsação. Depois do túnel estreito, as paredes de terra se abriam em um descampado amplo com elevações suaves dos dois lados, como arquibancadas.

Leo achou que, naqueles tempos, o estádio devia ser ao ar livre e grande o suficiente para arremesso de disco, lançamento de dardo, arremesso de peso nu ou o que mais aqueles gregos malucos costumassem fazer para ganhar um monte de folhas.

— Este lugar é assombrado — murmurou Hazel. — As pedras estão embebidas em muito sofrimento.

— Por favor, me diga que você tem um plano — pediu Leo. — De preferência, um que não envolva embeber meu sofrimento nessas pedras.

Os olhos de Hazel estavam tempestuosos e distantes, do jeito que tinham ficado na Casa de Hades, como se ela estivesse olhando para outra realidade.

— Essa era a entrada dos competidores. Nice disse que nós temos cinco minutos para nos preparar. Depois ela espera que passemos pela arcada e comecemos os jogos. Não temos permissão para deixar o campo até que um de nós saia vitorioso.

Percy se apoiou em sua espada.

— Tenho quase certeza de que lutas até a morte não eram um esporte olímpico.

— Bem, hoje são — murmurou Hazel. — Mas posso garantir alguma vantagem para nós. Quando passarmos, vou erguer alguns obstáculos no campo... esconderijos para ganharmos tempo.

Frank franziu a testa.

— Como no Campo de Marte... trincheiras, túneis, esse tipo de coisa? Você consegue fazer isso com a Névoa?

— Acho que sim. Nice provavelmente iria *gostar* de ver uma pista de obstáculos. Posso usar essas expectativas contra ela mesma. Mas seria mais do que isso. Posso utilizar qualquer passagem subterrânea, até mesmo este túnel, para acessar o Labirinto. Posso trazer parte dele para a superfície.

— Ei, ei, ei. — Percy fez um sinal pedindo tempo. — O Labirinto é *do mal.* Já discutimos isso.

— Hazel, ele tem razão. — Leo se lembrava muito bem de como ela o conduzira pelo labirinto ilusório na Casa de Hades. Eles quase morriam a cada dois metros. — Quer dizer, eu sei que você é boa com magia. Mas já temos quatro Nicetes histéricas com que nos preocupar...

— Vocês vão ter que confiar em mim — disse ela. — Agora só temos dois minutos. Quando passarmos pelos arcos, poderei pelo menos manipular o terreno em nosso favor.

Percy soltou um suspiro.

— Já é a segunda vez que sou forçado a lutar em estádios; uma em Roma e, antes disso, *no próprio* Labirinto. Odeio participar de joguinhos para a diversão dos outros.

— Nenhum de nós gosta — afirmou Hazel. — Mas temos que surpreender Nice. Vamos fingir lutar até conseguir neutralizar aquelas Nicetes... Nossa, esse nome é horroroso. Então deteremos Nice, como Juno disse.

— Faz sentido — concordou Frank. — Vocês sentiram como ela estava poderosa, tentando fazer com que pulássemos na garganta um do outro. Se Nice estiver emanando essas vibrações para todos os gregos e romanos, não teremos como impedir uma guerra. Precisamos detê-la.

— E como vamos fazer isso? — perguntou Percy. — Batemos na cabeça dela e a jogamos em um saco?

As engrenagens mentais de Leo começaram a girar.

— Na verdade — disse ele —, é mais ou menos isso. Tio Leo trouxe brinquedos para todos vocês, pequenos semideuses.

XII

LEO

Dois minutos não foram suficientes.

Leo esperava ter dado a todo mundo os equipamentos certos e explicado corretamente o que todos os botões faziam. Do contrário, a coisa ia ficar feia.

Enquanto ele explicava mecânica arquimediana a Frank e Percy, Hazel olhava para a arcada de pedra e murmurava baixinho.

Nada parecia diferente no grande campo gramado adiante, mas Leo estava certo de que Hazel tinha algum belo truque da Névoa guardado na manga.

Ele estava acabando de explicar a Frank como não ser decapitado por sua própria esfera de Arquimedes quando o som de trombetas ecoou pelo estádio. A biga de Nice surgiu no campo, as Nicetes posicionadas em frente, com as lanças e coroas de louros erguidas.

— Comecem! — gritou a deusa.

Percy e Leo passaram correndo pela arcada. Imediatamente o campo tremeluziu e se transformou em um labirinto de muros de tijolos e trincheiras. Eles se agacharam atrás do muro mais próximo e foram para a esquerda. Atrás, nos arcos, Frank gritou:

— Hã... morra, *graecus* nojento!

Uma flecha muito sem mira passou voando por cima da cabeça de Leo.

— Mais violência! — berrou Nice. — Mate com mais vontade!

Leo olhou para Percy.

— Pronto?

Percy pegou uma granada de bronze.

— Espero que você tenha identificado isso direito. — Então ele gritou: — Morram, romanos!

E arremessou a granada por cima do muro.

BUM! Leo não conseguiu ver a explosão, mas o cheiro de pipoca amanteigada encheu o ar.

— Ah, não! — gemeu Hazel. — Pipoca! Nosso ponto fraco!

Frank lançou outra flecha acima da cabeça deles. Leo e Percy correram para a esquerda, desaparecendo em um labirinto de muros que parecia mudar e fazer curvas por conta própria. Leo ainda conseguia ver o céu, mas começou a se sentir claustrofóbico, com a respiração difícil.

De algum lugar atrás deles, Nice gritou:

— Esforcem-se mais! Essa pipoca não era fatal!

Pelo barulho que as rodas da biga faziam, Leo calculou que ela estivesse dando a volta no perímetro do campo. A perfeita volta olímpica em Olímpia.

Outra granada explodiu acima das cabeças dos dois. Eles mergulharam atrás de uma trincheira quando as chamas verdes do fogo grego queimaram as pontas do cabelo de Leo. Felizmente, Frank tinha mirado alto o bastante para que a explosão apenas *impressionasse*.

— Assim é melhor! — exclamou Nice. — Mas onde está sua pontaria? Você não *quer* esta coroa de folhas?

— Queria que o rio fosse mais perto — murmurou Percy. — Eu estou com vontade de afogá-la.

— Seja paciente, garoto da água.

— Não me chame de *garoto da água*.

Leo apontou para o outro lado do estádio. Os muros tinham mudado de posição, revelando uma das Nicetes a cerca de trinta metros de distância, parada de costas para eles. Hazel devia estar fazendo seu trabalho, manipulando o labirinto para isolar seus alvos.

— Eu distraio — disse Leo. — Você ataca. Pronto?

Percy assentiu.

— Vai.

Ele saiu correndo para a esquerda enquanto Leo puxava um martelo de seu cinto de ferramentas e gritava:

— Ei, bundona de bronze!

A Nicete se virou quando Leo arremessou a ferramenta. O martelo bateu inofensivamente no peito de metal da mulher, mas isso deve tê-la aborrecido. Ela foi na direção dele, erguendo sua coroa de louros de arame farpado.

— Ops.

Leo se agachou quando o aro de metal passou girando acima de sua cabeça. A coroa acertou um muro atrás dele, abrindo um buraco nos tijolos, depois fez uma volta em arco e voltou pelo ar como um bumerangue. Quando a Nicete levantou o braço para pegá-la, Percy surgiu da trincheira atrás dela e golpeou com Contracorrente, cortando a Nicete ao meio. A coroa de metal passou por ele e se cravou em uma coluna de mármore.

— Falta! — gritou a deusa. Os muros mudaram de lugar, e Leo a viu correr na direção deles em sua biga. — Não se ataca as Niceias! A menos que você queira morrer!

Uma trincheira surgiu no caminho da deusa, fazendo seus cavalos refugarem. Leo e Percy correram para se abrigar. A uns cinquenta metros de distância, Leo viu pelo canto do olho Frank, o urso-pardo, pular do alto de um muro e esmagar uma Nicete. Duas bundonas de bronze a menos; faltavam duas.

— Não! — gritou Nice, furiosa. — Não, não, não! Vocês estão perdidos! Niceias, ataquem!

Leo e Percy se esconderam atrás de um muro. Ficaram ali por um segundo, tentando recuperar o fôlego.

Leo estava com dificuldade para se localizar, mas ele achava que isso era parte do plano de Hazel. Ela fazia o terreno mudar em torno deles, abrindo novas trincheiras, mudando a inclinação do solo, erguendo novos muros e colunas. Com sorte, ela iria tornar mais difícil para as Nicetes encontrá-los. Avançar apenas dez metros podia custar a elas vários minutos.

Mesmo assim, o garoto odiava ficar desorientado. Isso lhe lembrava sua impotência na Casa de Hades, a forma como Clítio o havia aprisionado na escuridão, apagando seu fogo, tomando posse de sua voz. Lembrava-lhe Quione, arrancando-o do convés do *Argo II* com uma lufada de vento e o lançando do outro lado do Mediterrâneo.

Já era bem ruim ser magro e fraco. Se Leo não pudesse controlar os próprios sentidos, a própria voz, o próprio corpo... não sobrava muita coisa na qual ele pudesse confiar.

— Ei — disse Percy. — Se a gente não conseguir sair dessa...

— Cale a boca, cara. Nós vamos conseguir.

— Se não, eu quero que você saiba... que me sinto mal por causa de Calipso. Eu vacilei com ela.

Leo olhou para ele, pasmo.

— Você sabe sobre mim e...

— O *Argo II* é um barco pequeno. — Percy deu um sorriso sem graça. — As pessoas comentam. Eu só... bem, quando estava no Tártaro, fui lembrado de que não tinha cumprido a promessa que havia feito a Calipso. Eu pedi aos deuses que a libertassem, e então... simplesmente achei que eles *fossem* fazer isso. Aí tive amnésia, fui mandado para o Acampamento Júpiter e tudo o mais, e não pensei muito em Calipso depois de tudo isso. Não estou inventando desculpas. Eu deveria ter garantido que os deuses cumprissem sua promessa. Enfim, fico feliz que você a tenha encontrado. Você prometeu descobrir um modo de voltar para ela, e eu só queria dizer que *se* sobrevivermos a isso tudo, vou fazer o que puder para ajudar você. Esta é uma promessa que eu *vou* cumprir.

Leo ficou sem palavras. Lá estavam os dois, escondidos atrás de um muro no meio de uma zona de guerra mágica, com granadas e ursos-pardos e Nicetes bundonas de bronze com que se preocupar, e lá vinha Percy com *aquela história* para cima dele.

— Cara, qual é o seu *problema*? — resmungou Leo.

Percy ficou mudo por alguns segundos.

— Então... acho que as coisas não estão bem entre nós, não é?

— Claro que não! Você é tão ruim quanto Jason! Estou tentando ficar com raiva de você por ser todo perfeito e heroico e tudo o mais. Aí você vai e faz uma coisa legal. Como eu posso odiar alguém que pede desculpas e promete ajudar e fazer o que puder?

Um sorriso surgiu no canto da boca de Percy.

— Desculpe por isso.

O chão tremeu quando outra granada explodiu, lançando jatos de chantilly no ar.

— É o sinal de Hazel — disse Leo. — Eles pegaram outra Nicete.

Percy espiou do outro lado do muro.

Até aquele momento, Leo não havia percebido quanto rancor ele sentia de Percy. O cara sempre o intimidara. Saber que Calipso tinha sido apaixonada por ele tornava o sentimento dez vezes pior. Mas o nó de raiva em suas entranhas começava a se desfazer. Leo não conseguia não gostar dele. Percy parecia sincero ao se dizer arrependido e disposto a ajudar.

Além disso, Leo finalmente tinha a confirmação de que Percy Jackson estava fora da jogada com Calipso. A área estava limpa. Tudo o que Leo precisava fazer era encontrar o caminho de volta para Ogígia. E ele *ia* fazer isso. Desde que sobrevivesse aos próximos dez dias.

— Só falta uma Nicete — disse Percy. — O que será que...

Em algum lugar próximo, Hazel soltou um grito de dor.

Leo ficou de pé instantaneamente.

— Ei, espere! — gritou Percy, mas Leo saiu pelo labirinto com o coração acelerado.

Muros desmoronavam por todos os lados. Leo se viu em uma faixa de campo aberto. Frank estava na extremidade oposta do estádio, lançando flechas de fogo na biga de Nice enquanto a deusa berrava insultos e tentava encontrar um caminho até ele através da rede móvel de trincheiras.

Hazel estava mais perto, talvez a uns vinte metros de distância. A quarta Nicete obviamente a havia apanhado de surpresa. Hazel estava fugindo mancando de sua agressora, a calça jeans rasgada e a perna esquerda sangrando. Ela se defendia da lança da mulher de metal com sua grande espada de cavalaria, mas estava prestes a ser derrotada. Por toda a sua volta, a Névoa tremeluzia como um estroboscópio se apagando. Hazel estava perdendo o controle sobre o labirinto mágico.

— Eu vou ajudá-la — disse Percy. — Siga o plano. Concentre-se na biga de Nice.

— Mas o plano era eliminar todas as quatro Nicetes primeiro!

— Então mude o plano e *depois* o siga!

— Isso não faz o menor sentido, mas vá! Vá ajudá-la!

Percy correu em defesa de Hazel. Leo correu na direção de Nice, gritando:

— Ei! Eu quero um prêmio de participação!

— Argh! — A deusa puxou as rédeas e virou a biga na direção dele. — Vou destruir você!

— Ótimo! — gritou Leo. — Perder é muito melhor que vencer!

— *O QUÊ?*

Nice arremessou sua lança poderosa, mas errou a pontaria devido ao movimento da biga. A arma caiu sobre a grama. Infelizmente, uma nova lança surgiu em suas mãos.

Ela tocou os cavalos a toda a velocidade. As trincheiras desapareceram, deixando um espaço aberto, perfeito para atropelar pequenos semideuses latinos.

— Ei! — gritou Frank, do outro lado do estádio. — Eu também quero um prêmio de participação! Todo mundo ganha!

Ele lançou uma flecha bem-mirada que acertou a traseira da biga de Nice e começou a queimar. Nice a ignorou. Seus olhos estavam fixos em Leo.

— Percy...?

A voz de Leo soou como o guincho de um hamster. Ele pegou uma esfera de Arquimedes de seu cinto de ferramentas e girou os anéis concêntricos para armá-la.

Percy ainda enfrentava a última mulher de metal. Leo não podia esperar.

Ele lançou a esfera na trajetória da biga. A esfera caiu no chão e se enterrou, mas Leo precisava que Percy disparasse a armadilha. Se Nice havia pressentido qualquer ameaça, não dera muita importância. Ela continuava em rota de colisão com o filho de Hefesto.

A biga estava a uns seis metros da granada. Cinco metros.

— Percy! — gritou Leo. — Operação balão d'água!

Infelizmente, o garoto estava um pouco ocupado levando uma surra. A Nicete o empurrou para trás com a haste da lança. Ela lançou sua coroa com tanta força que arrancou a espada da mão de Percy. Ele tropeçou. A mulher metálica avançou para matá-lo.

Leo gritou. Ele sabia que a distância era muito grande. Sabia que se não saísse do caminho naquele instante, Nice iria atropelá-lo. Mas isso não importava.

Seus amigos estavam prestes a virar espetinho. Ele estendeu a mão e lançou um jato de fogo branco causticante direto na Nicete.

Aquilo literalmente derreteu o rosto da Nicete, que cambaleou com a lança ainda em punho. Antes que ela conseguisse recuperar o equilíbrio, Hazel golpeou com sua *spatha*, enfiando-a no peito da mulher de metal. A Nicete caiu na grama.

Percy se virou para a deusa da vitória. No momento em que os enormes cavalos brancos estavam prestes a atropelar Leo, a biga passou por cima da granada enterrada, que explodiu em um gêiser de alta pressão. Um jato de água jorrou para cima e virou o veículo, com cavalo, deusa e tudo o mais.

Em Houston, Leo morava com a mãe perto de uma saída da Autoestrada Gulf. Ele ouvia acidentes de carro pelo menos uma vez por semana, mas aquele som foi pior: bronze celestial amassando, madeira quebrando, garanhões relinchando e uma deusa gritando em duas vozes distintas, ambas muito surpresas.

Hazel tombou. Percy a segurou. Frank correu na direção deles, vindo lá do outro lado do estádio.

Leo estava por conta própria enquanto a deusa Nice se livrava dos destroços e se levantava para encará-lo. Seu penteado agora parecia um monte de esterco de vaca pisado. Uma coroa de louros estava presa em volta de seu tornozelo esquerdo. Os cavalos se ergueram e fugiram galopando em pânico, arrastando os destroços encharcados e chamuscados da biga atrás deles.

— *VOCÊ!* — Nice encarava Leo com olhos mais quentes e brilhantes que suas asas de metal. — Como *ousa*?

Leo não se sentia muito corajoso, mas forçou um sorriso.

— Eu sei, sou fantástico! Eu ganho um chapéu de folhas agora?

— Você vai morrer!

A deusa levantou a lança.

— Espere um pouco! — Leo apalpou seu cinto de ferramentas à procura de algo. — Você ainda não viu meu melhor truque. Tenho uma arma capaz de vencer *qualquer* disputa!

Nice hesitou.

— Que arma? O que você quer dizer com isso?

— Minha arma de raios automática definitiva! — Ele pegou uma segunda esfera de Arquimedes, a que ele tinha passado trinta segundos modificando antes de entrarem no estádio. — Quantas coroas de louros você tem? Porque eu vou ganhar todas elas.

Ele ajustou os anéis, torcendo para ter feito os cálculos corretamente.

Leo estava fazendo esferas melhores, mas elas ainda não eram completamente confiáveis. Estavam mais para vinte por cento confiáveis.

Seria bom ter a ajuda de Calipso para tecer os filamentos de bronze celestial. Ela tecia *muito* bem. Ou Annabeth. Que também não era nenhuma amadora. Mas Leo fizera o melhor possível, reprogramando a esfera para realizar duas funções completamente diferentes.

— Observe!

Leo acertou o último anel. A esfera se abriu. Um lado se alongou para formar o cabo de um revólver. O outro se desdobrou em uma antena em miniatura feita de espelhos de bronze celestial.

— O que isso aí deveria ser? — perguntou Nice, franzindo o cenho.

— Um raio da morte de Arquimedes! — disse Leo. — Eu finalmente o aperfeiçoei. Agora me dê todos os prêmios.

— Essas coisas não funcionam! — gritou Nice. — Eles testaram na televisão! Além disso, eu sou uma deusa imortal. Você não pode me destruir.

— Preste atenção — disse Leo. — Está vendo?

Nice podia tê-lo desintegrado em uma mancha de gordura ou o perfurado com a lança como se ele fosse uma fatia de queijo, mas sua curiosidade falou mais alto. Ela olhou diretamente para a antena quando Leo girou o botão. Ele sabia que deveria desviar os olhos. Mesmo assim, o raio extremamente forte de luz o deixou vendo pontinhos pretos.

— Argh! — A deusa cambaleou. Ela deixou a lança cair e levou as mãos aos olhos. — Estou cega! Estou cega!

Leo apertou outro botão em seu raio da morte, que voltou a se transformar em uma esfera e começou a emitir um zunido. Leo contou em silêncio até três, então jogou a esfera aos pés da deusa.

PUF! Filamentos de metal foram arremessados para o alto e envolveram Nice em uma rede de bronze. Ela gritou e caiu no chão conforme a rede a esmagava como uma jiboia, juntando à força seus dois aspectos, grego e romano, em uma única forma trêmula e fora de foco.

— Trapaceiro! — Suas vozes duplicadas zumbiam como despertadores abafados. — Seu raio da morte nem mesmo me matou!

— Eu não preciso matá-la — disse Leo. — Eu a derrotei para valer.

— Vou simplesmente mudar de forma! — exclamou ela. — Vou destruir essa sua rede idiota! Vou destruir você!

— É... bem, sabe, você não pode. — Leo torcia para estar certo. — Isso é uma rede de bronze celestial de alta qualidade, e eu sou filho de Hefesto. Ele é meio que especialista em prender deusas em redes.

— Não. Nããããooooo!

Leo a deixou esperneando e xingando e foi ver como estavam seus amigos. Percy parecia bem, só dolorido e cheio de hematomas. Frank levantou Hazel e lhe deu um pouco de ambrosia. O corte na perna dela tinha parado de sangrar, apesar de sua calça jeans estar destruída.

— Eu estou bem — disse ela. — Foi só magia demais.

— Você foi incrível, Levesque. — Leo fez sua melhor imitação da voz de Hazel: — *Pipoca! Nosso ponto fraco!*

Ela deu um sorriso cansado.

Juntos, os quatro foram até Nice, que ainda se contorcia e agitava as asas dentro da rede, como uma galinha dourada.

— O que fazemos com ela? — perguntou Percy.

— Vamos levá-la para o *Argo II* — disse Leo — e enfiá-la em uma das baias.

Hazel arregalou os olhos.

— Você vai prender a deusa da vitória no estábulo?

— Por que não? Quando resolvermos as coisas entre os gregos e romanos, os deuses vão voltar ao normal. Aí poderemos libertá-la, e ela vai poder... vocês sabem... nos conceder a vitória.

— Conceder a vitória a *vocês*? — gritou a deusa. — Nunca! Vocês irão sofrer por esse ultraje! Seu sangue será derramado! Um de vocês quatro está destinado a morrer lutando contra Gaia!

Os intestinos de Leo se enrolaram e deram um nó.

— Como você sabe?

— Eu posso prever vitórias! — exclamou Nice. — Vocês não terão sucesso sem morte! Soltem-me e lutem uns contra os outros! É melhor morrerem aqui do que encarar o que está por vir!

Hazel pressionou a ponta de sua *spatha* no pescoço de Nice.

— Explique. — A voz dela estava mais dura do que Leo jamais havia ouvido. — Quem de nós vai morrer? Como evitamos isso?

— Ah, uma filha de Plutão! Sua magia ajudou a trapacear nesta competição, mas você não pode trapacear o destino. Um de vocês vai morrer. Um de vocês *precisa* morrer!

— Não — insistiu Hazel. — Há outra maneira. *Sempre* há outra maneira.

— Hécate lhe ensinou isso? — Nice riu. — Talvez você também conte com a cura do médico. Mas é impossível. Há muita coisa em seu caminho: o veneno de Pilos, os batimentos do deus acorrentado em Esparta, a maldição de Delos! Não, vocês não podem enganar a morte.

Frank se ajoelhou e puxou a rede na altura do queixo de Nice, aproximando o rosto dela do dele.

— De que você está falando? Como encontramos essas coisas?

— Não vou ajudar vocês — resmungou Nice. — Vou amaldiçoá-los com meu poder, com ou sem rede!

Ela começou a murmurar em grego antigo.

Frank olhou para os outros, sério.

— Ela pode mesmo fazer magia através desta rede?

— Como é que eu vou saber? — respondeu Leo.

Frank largou a deusa. Ele descalçou um de seus sapatos, tirou a meia e a enfiou na boca de Nice.

— Cara — disse Percy —, isso é nojento.

— Hummmmmphhhh! — reclamou Nice. — Hummmmmphhhh!

— Leo — disse Frank, com seriedade —, você tem fita adesiva?

— Nunca saio de casa sem.

Ele tirou um rolo de seu cinto de ferramentas, e na mesma hora Frank enrolou a fita em volta da cabeça de Nice, amordaçando-a com firmeza.

— Bem, não é uma coroa de louros — disse Frank. — Mas é um novo tipo de símbolo da vitória: a mordaça de fita adesiva.

— Zhang — disse Leo —, você tem estilo.

Nice esperneava e grunhia, até que Percy a cutucou com a ponta do pé.

— Ei, cale a boca. Ou se comporta, ou a gente vai trazer Arion de volta e deixar que ele coma as suas asas. Ele adora ouro.

Nice soltou um guincho agudo, depois ficou quieta e imóvel.

— Então... — Hazel pareceu um pouco nervosa. — Temos uma deusa amarrada. E agora?

Frank cruzou os braços.

— Vamos procurar a cura desse médico... seja lá o que for. Porque, pessoalmente, eu gosto de enganar a morte.

Leo sorriu.

— Veneno em Pilos? Os batimentos do deus acorrentado em Esparta? Uma maldição em Delos? Tudo bem. Isso vai ser divertido!

XIII

NICO

A ÚLTIMA COISA QUE NICO ouviu foi o resmungo do treinador Hedge:

— Hum. Isso *não* é bom.

O menino se perguntou o que tinha feito de errado dessa vez. Talvez os houvesse transportado para um antro de ciclopes ou tivessem ido parar trezentos metros acima de outro vulcão. Mas não havia nada que ele pudesse fazer. Tinha perdido a visão. Seus outros sentidos estavam se embotando. Então seus joelhos cederam, e ele desmaiou.

Nico tentou aproveitar ao máximo sua inconsciência.

Sonhos e morte eram velhos amigos. Ele sabia como navegar pela sombria fronteira entre ambos. Assim, enviou seus pensamentos à procura de Thalia Grace.

Passou depressa pelos habituais fragmentos de lembranças dolorosas: a mãe sorrindo para ele, o rosto iluminado pelo sol que se refletia no Grande Canal de Veneza; a irmã Bianca rindo enquanto o arrastava por um shopping de Washington, D.C., com seu chapéu verde cobrindo os olhos e as sardas do nariz. Também viu Percy Jackson em um penhasco coberto de neve em frente à Westover Hall, protegendo Nico e Bianca do manticore, enquanto Nico, segurando a estatueta de Mitomagia, murmurava: *Estou com medo.* Viu Minos, seu antigo mentor fantasma, conduzindo-o pelo Labirinto. O sorriso de Minos era frio e cruel. *Não se preocupe, filho de Hades. Você terá sua vingança.*

Era impossível, para ele, evitar que as recordações aflorassem, que inundassem seus sonhos como os fantasmas de Asfódelos, uma multidão triste e sem destino implorando por atenção. *Salve-me*, pareciam sussurrar eles. *Lembre-se de mim. Ajude-me. Conforte-me.*

Ele não se atrevia a parar e ficar remoendo lembranças, não podia perder tempo. De que lhe serviriam? Só o deixariam arrasado, imerso em desejos e arrependimentos. O melhor a se fazer era manter o foco e seguir em frente.

Sou o filho de Hades, pensou. Vou a qualquer lugar que desejar. As trevas são meu direito inato.

Nico seguiu, penosamente, por um terreno cinza e negro, procurando os sonhos de Thalia Grace, filha de Zeus. Em vez disso, porém, o chão se dissolveu a seus pés e ele caiu em um lugar distante, mas familiar: o chalé de Hipnos, no Acampamento Meio-Sangue.

Semideuses ressonavam nos beliches, debaixo de pilhas de edredons. De um galho escuro posicionado logo acima da cornija da lareira gotejava a água leitosa do Rio Lete, coletada em uma grande bacia. Um fogo agradável crepitava na lareira. Em uma poltrona de couro diante do fogo cochilava o conselheiro-chefe do chalé 15, um sujeito barrigudo com cabelo louro despenteado e rosto apático.

— Clovis — resmungou Nico —, pelo amor dos deuses, pare de sonhar com *tanta* energia!

Clovis abriu os olhos devagar. Virou-se e olhou para Nico, apesar de Nico saber que isso era apenas parte do sonho de Clovis. O verdadeiro Clovis ainda estava roncando em sua poltrona lá no acampamento.

— Ah, oi... — Clovis escancarou a boca em um bocejo. Parecia capaz de engolir um deus menor. — Desculpe. Desviei você do seu caminho de novo?

Nico rangeu os dentes. Não adiantava se aborrecer. O chalé de Hipnos era como a Estação Grand Central das atividades dos sonhos: não dava para viajar a *lugar algum* sem passar por lá de vez em quando.

— Já que estou aqui... — disse Nico. — Transmita uma mensagem minha. Diga a Quíron que estou a caminho com alguns amigos. Estamos levando a Atena Partenos.

Clovis esfregou os olhos.

— Então é verdade? Mas como vocês vão carregá-la? Alugaram uma van ou algo do tipo?

Nico explicou do modo mais conciso possível. Mensagens enviadas por sonhos geralmente apresentavam detalhes difusos, ainda mais quando o interlocutor era Clovis. Quanto mais simples, melhor.

— Estamos sendo seguidos por um caçador — explicou Nico. — Acho que é um dos gigantes de Gaia. Pode transmitir esse recado a Thalia Grace? Você é melhor do que eu em encontrar pessoas nos sonhos. Preciso da ajuda dela.

— Vou tentar. — Clovis tateou a mesinha ao lado da poltrona, à procura de uma caneca de chocolate quente. — Ah, antes que você vá, tem um segundo?

— Clovis, isto é um sonho — lembrou-o Nico. — O tempo é fluido.

Mesmo ao dizer isso, Nico ficou preocupado com o que estaria acontecendo no mundo real. Seu corpo físico talvez estivesse mergulhando em direção à morte ou cercado por monstros. Mas ele não podia se forçar a despertar, não depois da quantidade de energia que havia despendido para viajar nas sombras várias vezes.

Clovis assentiu.

— É verdade... Bem, acho que você deveria ver o que aconteceu hoje no conselho de guerra. Eu dormi durante algumas partes, mas...

— Me mostre — pediu Nico.

A cena mudou. Nico se viu na sala de recreação da Casa Grande, com todos os líderes do acampamento reunidos à mesa de pingue-pongue.

O centauro Quíron estava a uma das cabeceiras, a parte equina de seu corpo encolhida na cadeira de rodas mágica, o que fez com que ele parecesse um humano normal. Sua barba e seu cabelo castanhos e cacheados tinham mais fios brancos do que alguns meses antes, rugas profundas marcavam seu rosto.

— ...coisas que não podemos controlar — dizia ele. — Agora vamos repassar nossas defesas. Qual é a nossa situação?

Clarisse, do chalé de Ares, sentou-se mais para a frente na cadeira. Ela era a única de armadura completa, o que era a cara dela: Clarisse devia dormir de uniforme de combate. Enquanto falava, gesticulava com a adaga, levando os outros conselheiros a se inclinarem para longe dela.

— Nossa linha de defesa é bastante sólida — disse ela. — Os campistas estão prontos para lutar como nunca antes. Nós controlamos a praia. Nossas trirremes não têm rivais no Estreito de Long Island, mas aquelas idiotas daquelas águias gigantes dominam nosso espaço aéreo. No interior, em todas as três direções, os bárbaros nos isolaram completamente.

— Eles são romanos — opinou Rachel Dare, rabiscando com uma caneta pilot na calça jeans —, não bárbaros.

Clarisse apontou a adaga para Rachel.

— E os aliados deles? Você não viu aquela tribo de homens de duas cabeças que chegou ontem? Ou ainda os caras com cabeça de cachorro vermelho-sangue, com uns machados de guerra enormes? Eles me parecem bastante bárbaros. Teria sido bom se você tivesse *previsto* alguma dessas coisas, se o seu poder de oráculo não tivesse falhado quando mais precisávamos!

O rosto de Rachel ficou tão vermelho quanto seu cabelo.

— Não tenho culpa nenhuma nisso. Tem alguma coisa errada com o dom de profecia de Apolo. Se eu soubesse como resolver...

— Ela tem razão. — Will Solace, conselheiro-chefe do chalé de Apolo, pôs a mão com delicadeza no pulso de Clarisse. Poucos membros do acampamento poderiam fazer isso sem ser esfaqueados, mas Will levava jeito para neutralizar a raiva das pessoas. E assim ele a fez baixar a adaga. — Todos do nosso chalé foram afetados. Não foi só Rachel.

O cabelo louro despenteado e os olhos azul-claros de Will lembravam a Nico Jason Grace, mas as semelhanças paravam por aí.

Jason era um lutador. Dava para ver isso na intensidade de seu olhar, seu estado de alerta constante, a energia acumulada em seu corpo. Will Solace parecia mais um gato espreguiçando-se ao sol. Seus movimentos eram relaxados e inofensivos, o olhar tranquilo e distante. Com uma camiseta desbotada em que se lia SURF BARBADOS, uma calça transformada em short e chinelos, ele não parecia nem um pouco agressivo para um semideus, mas Nico sabia que, na hora da verdade, ele era corajoso. Nico o tinha visto em ação durante a Batalha de Manhattan, o melhor curandeiro do acampamento, arriscando a própria vida para salvar campistas feridos.

— Não sabemos o que está acontecendo em Delfos — prosseguiu Will. — Meu pai não atendeu a nenhuma oração nem apareceu em nenhum sonho...

Quer dizer, *todos* os deuses estão em silêncio, mas isso não faz muito o gênero de Apolo. Tem alguma coisa errada.

Do outro lado da mesa, Jake Mason resmungou:

— Aposto que é coisa desse romano imundo que está liderando o ataque. Octavian, acho que é esse o nome dele. Se eu fosse Apolo e meu descendente estivesse agindo desse jeito, morreria de vergonha.

— Concordo — disse Will. — Ah, se eu fosse um arqueiro melhor... Não me importaria em acertar meu parente romano e derrubá-lo do alto daquele cavalo enorme dele. Na verdade, bem que eu queria poder usar *qualquer um* dos dons do meu pai para impedir essa guerra. — Ele baixou os olhos para as mãos, desgostoso. — Mas, infelizmente, sou apenas um curandeiro.

— Seus talentos são essenciais — disse Quíron. — E, infelizmente, acho que em breve serão necessários. Quanto a ver o futuro... e a harpia Ella? Ela não nos deu nenhum conselho dos livros sibilinos?

Rachel balançou a cabeça em negativa.

— A coitada mal se aguenta de tanto medo. Harpias odeiam ficar presas. Desde que os romanos nos cercaram... bem, ela se sente aprisionada. Ela sabe que Octavian quer capturá-la, então Tyson e eu somos obrigados a fazer isso para evitar que ela saia voando.

— O que seria suicídio. — Butch Walker, filho de Íris, cruzou os musculosos braços. — Com essas águias romanas pelo ar, não é seguro voar. Já perdi dois pégasos.

— Pelo menos Tyson trouxe alguns de seus amigos ciclopes para ajudar — disse Rachel. — Já é alguma coisa.

À mesa de comidas e bebidas, Connor Stoll riu. Tinha uma das mãos cheia de biscoitos Ritz e a outra com um naco de queijo.

— Uma dúzia de ciclopes adultos? É uma notícia *muito* boa, isso sim! Além do mais, Lou Ellen e o restante do chalé de Hécate andam armando barreiras mágicas, e o chalé de Hermes inteiro está espalhando pelas colinas todo tipo de arapucas, armadilhas e surpresas para os romanos!

Jake Mason franziu a testa.

— A maioria das quais foi roubada do bunker 9 e do chalé de Hefesto.

Clarisse concordou com um resmungo.

— Eles roubaram até as minas terrestres em volta do chalé de Ares. Como pode, roubar minas terrestres *ativas*?

— Nós as confiscamos em nome do esforço de guerra. — Connor jogou na boca um pedaço do queijo. — Além do mais, vocês têm muitos brinquedos por lá. Precisam dividir com os outros!

Quíron virou-se para a esquerda, onde o sátiro Grover Underwood estava sentado em silêncio, dedilhando sua flauta de Pã.

— Grover? Quais são as notícias dos espíritos da natureza?

Grover deu um suspiro.

— Mesmo em um dia bom, é difícil organizar ninfas e dríades. Com Gaia se movimentando, elas estão quase tão desorientadas quanto os deuses. Katie e Miranda, do chalé de Deméter, estão lá fora agora mesmo, tentando ajudar, mas se a Mãe Terra despertar… — Ele lançou um olhar nervoso para os outros à mesa. — Bem, não posso prometer que as florestas estarão seguras. Nem as montanhas. Nem as plantações de morangos. Nem…

— Que ótimo. — Jake Mason deu uma cotovelada de leve em Clovis, que começava a cochilar. — E então, o que fazemos?

— Atacamos — respondeu Clarisse, dando um soco na mesa e assustando todo mundo. — Os romanos estão recebendo mais reforços a cada dia. Sabemos que eles planejam invadir em primeiro de agosto. Por que deixar que *eles* determinem quando começar a batalha? Tudo leva a crer que eles estão esperando para reunir mais forças. Já estão em maior número. Devemos atacar agora, antes que fiquem ainda mais fortes. Faremos a batalha chegar até eles!

Malcolm, o conselheiro interino do chalé de Atena, tossiu na mão fechada.

— Clarisse, eu entendo seu ponto de vista. Mas você não estudou engenharia romana? O acampamento *temporário* deles tem defesas mais sólidas que o Meio-Sangue. Se atacarmos na base deles, seremos massacrados.

— Então vamos sentar e *esperar*? — retrucou Clarisse. — Deixar que eles reúnam todas as suas forças enquanto cada vez mais se aproxima o momento de Gaia despertar? A esposa do treinador Hedge está sob minha proteção. Eu *não vou* deixar que nada aconteça com ela. Ela está grávida. E devo minha vida a Hedge. Além disso, tenho treinado os campistas mais que você, Malcolm. O moral deles está baixo. Todo mundo está com medo. Se ficarmos sitiados por mais nove dias…

— O melhor é seguirmos o plano de Annabeth. — Connor Stoll parecia sério como sempre, apesar da boca toda suja de farelos de biscoito. — Temos que esperá-la trazer aquela estátua mágica de Atena de volta.

Clarisse revirou os olhos com desdém.

— Se aquela *pretora romana* trouxer a estátua de volta, você quer dizer. Não entendo onde Annabeth estava com a cabeça quando resolveu colaborar com o inimigo... Mesmo *se* a romana conseguir nos trazer a estátua, o que é impossível, por que acreditaríamos que isso vai nos trazer a paz? A estátua chega e, de repente, os romanos vão baixar as armas e começar a dançar e a jogar flores?

Rachel pousou a caneta na mesa.

— Annabeth sabe o que está fazendo. Temos que buscar a paz. A menos que consigamos unir gregos e romanos, os deuses não serão curados. A menos que os deuses sejam curados, não há como matar os gigantes. E a menos que matemos os gigantes...

— Gaia vai despertar — completou Connor. — Fim do jogo. Olhe, Clarisse, Annabeth me mandou uma mensagem do Tártaro. Do *Tártaro*. Não é pouca coisa, não. Se alguém consegue fazer isso... bom, eu vou dar ouvidos a esse alguém.

Clarisse abriu a boca para responder, mas, quando falou, foi com a voz do treinador Hedge:

— Nico, acorde. Temos problemas.

XIV

NICO

NICO ERGUEU O CORPO TÃO rápido que deu uma cabeçada no nariz do sátiro.

— AI! Nossa, garoto, que cabeça mais dura!

— D-desculpe, treinador. — Nico piscou repetidas vezes, tentando se situar. — O que está havendo?

Ele não viu nenhum perigo imediato. Estavam acampados em um gramado ensolarado no meio de uma praça pública. Canteiros de cravos-de-defunto laranja floresciam a sua volta. Reyna dormia encolhida, os cães de metal a seus pés. Perto dali, crianças brincavam de pique em volta de uma fonte de mármore branco. Em uma cafeteria próxima, meia dúzia de pessoas tomava café diante de mesas dispostas na calçada, à sombra de guarda-sóis. Na rua, havia apenas algumas vans de entrega estacionadas em torno da praça, sem nenhum carro passando. Os únicos pedestres eram algumas famílias, provavelmente habitantes locais, aproveitando a agradável tarde de calor.

A praça em si era uma área com calçamento de pedra cercada por prédios de estuque e limoeiros. No centro, havia as ruínas bem-preservadas de um templo romano. A base era quadrada, com quinze metros de comprimento por quatro de altura. A fachada de colunas coríntias, intacta, erguia-se quase dez metros mais. E no alto da colunata…

Nico sentiu a boca ficar seca.

— Pelo Estige...

A Atena Partenos estava deitada de lado sobre a cornija, como uma cantora de boate deitada em cima de um piano. No comprimento, ela cabia quase perfeitamente, mas, com Nice na mão estendida, ficava um pouco larga demais. Parecia prestes a tombar para a frente a qualquer momento.

— O que é que ela está fazendo lá em cima?!? — perguntou Nico.

— Boa pergunta. — Hedge esfregou o nariz machucado. — Foi onde viemos parar. Quase morremos na queda, mas, por sorte, tenho cascos rápidos. Você estava inconsciente e preso nas correias como um paraquedista em apuros, mas conseguirmos descê-lo.

Nico tentou visualizar a cena, mas depois achou melhor nem imaginar.

— Estamos na Espanha?

— Portugal — respondeu Hedge. — Você não aguentou a intensidade do salto. A propósito: Reyna fala *espanhol*, não português. Sabe, é que enquanto você dormia, descobrimos que esta cidade é Évora. A boa notícia é que é um lugarzinho bem parado. Ninguém nos incomodou até agora. E pelo visto ninguém reparou na Atena gigante dormindo no alto do templo romano, que é o templo de Diana, caso você queira saber. E as pessoas daqui estão gostando dos meus números de rua! Já ganhei dezesseis euros.

Ele pegou o boné de beisebol. As moedas tilintaram.

Nico se sentia mal.

— Números de rua?

— Um pouco de canto — explicou o treinador. — Um pouco de artes marciais. Um pouco de dança interpretativa.

— Uau.

— Pois é! Os portugueses têm bom gosto. Enfim, acho que foi um bom lugar para descansarmos por uns dias.

Nico olhou para ele um tanto alarmado.

— Uns *dias*?

— Sabe, garoto, não tivemos muita escolha. Caso não tenha percebido, você tem praticamente cavado a própria cova com todos esses saltos nas sombras. Tentamos acordá-lo ontem à noite. Não conseguimos.

— Então eu fiquei dormindo por...

— Umas trinta e seis horas. Você estava precisando.

Felizmente para Nico, ele estava sentado. Se não, teria caído. Ele podia jurar que tinha dormido por apenas alguns minutos, mas, à medida que a névoa do sono foi se dissipando, percebeu que se sentia revigorado e com as ideias mais claras, como não se sentia fazia semanas — talvez desde que saíra em busca das Portas da Morte.

Seu estômago roncou. O treinador Hedge ergueu as sobrancelhas.

— Você deve estar com fome. Ou isso, ou seu estômago é na verdade um porco-do-mato. Um porco-do-mato esfomeado.

— Seria bom comer alguma coisa — concordou Nico. — Mas primeiro me conte as más notícias... quer dizer, além dessa história da estátua deitada em cima do templo. Você disse que tínhamos problemas.

— Ah, é.

O treinador apontou para um portão no canto da praça. Ali, parada nas sombras, via-se uma figura vagamente humana, delineada em chamas cinzentas. A figura brilhava; seus traços eram indefinidos, mas o espírito parecia estar acenando para Nico.

— O Tocha Humana apareceu faz alguns minutos — disse o treinador Hedge. — Ele fica lá, não se aproxima. Quando tentei ir até ele, o sujeito desapareceu. Não sei se é uma ameaça, mas ele parece estar chamando você.

Nico achava que era uma armadilha. E geralmente era.

O treinador Hedge garantiu que ficaria mais um tempo de vigia enquanto Reyna dormia, e, considerando a remota chance de que o espírito tivesse algo útil a dizer, Nico decidiu que valia a pena correr o risco.

Ele desembainhou a espada de ferro estígio e caminhou na direção do portão.

Normalmente, fantasmas não o assustavam. (Supondo, é claro, que Gaia não os tivesse envolvido em carapaças de cinzas e terra solidificadas e os transformado em máquinas de matar. Aquilo foi uma novidade para ele.)

Depois de sua experiência com Minos, Nico percebera que os espectros tinham tanto poder quanto você lhes permitisse ter. Eles penetravam em sua mente e usavam medo, raiva ou saudade para influenciá-lo. Nico havia aprendido a se proteger. Às vezes conseguia até virar o jogo e submeter os fantasmas a sua vontade.

123 / Nico

Conforme se aproximava da aparição cinza flamejante, Nico teve quase certeza de que aquela criatura se tratava de um espectro de jardim, uma alma perdida que morrera em sofrimento. Não seria um grande problema.

Mesmo assim, ele não colocava a mão no fogo por espírito nenhum. O incidente da Croácia ainda estava vivo em sua memória. Havia se metido naquela situação todo convencido e confiante, só para depois ficar completamente sem chão — tanto literal quanto emocionalmente. Primeiro, tinha sido jogado por cima de um muro por Jason Grace; depois, dissolvido em vento pelo deus Favônio. E, para completar, aquele vilão arrogante, Cupido...

Nico apertou com força a espada. Contar sobre sua paixão secreta não tinha sido o pior de tudo. Com o tempo, ele talvez fizesse mesmo isso... na hora certa, do seu jeito. Mas ser *forçado* a falar sobre Percy, ser tratado com crueldade, ser infernizado e maltratado só para a diversão de Cupido...

Ramos de escuridão brotavam de seus pés, matando todas as plantas minúsculas e o capim que cresciam entre as pedras do calçamento. Nico tentou controlar a raiva.

Quando alcançou o fantasma, viu que ele usava um hábito de monge: sandálias, túnica de lã e uma cruz de madeira no pescoço. Chamas cinzentas tremulavam a seu redor, queimando as mangas de sua veste, fazendo crescer bolhas em seu rosto, transformando suas sobrancelhas em cinzas. Ele parecia preso no momento de sua imolação, como um vídeo em preto e branco se repetindo sem parar.

— Você foi queimado vivo. — Nico sentia isso. — Provavelmente na Idade Média...

O rosto do fantasma se distorceu em um grito silencioso de agonia, mas seus olhos pareciam entediados, até um pouco irritados, como se o grito fosse um reflexo automático que ele não pudesse controlar.

— O que quer de mim? — perguntou Nico.

Com um gesto, o fantasma indicou que Nico o seguisse. Então, se virou e cruzou o portão aberto. Nico olhou para trás, para o treinador. Hedge fez apenas um gesto indiferente, do tipo *Vá. Vá lá resolver seus assuntos do Mundo Inferior.*

E Nico seguiu o fantasma pelas ruas de Évora.

Eles ziguezaguearam por becos estreitos com calçamento de pedras, passaram por pátios enfeitados com vasos de hibiscos e construções de estuque branco com ornamentos cor de mel e sacadas de ferro batido. Ninguém reparava no fantasma, mas Nico foi alvo de vários olhares de desconfiança. Uma garotinha com um fox terrier atravessou a rua para não ter que cruzar com ele. O cachorro rosnou, o pelo em seu dorso se eriçando todo como se fosse uma barbatana dorsal.

O fantasma o conduziu até outra praça pública, em que se erguia uma grande igreja de proporções quadradas, com paredes brancas e arcos de pedra calcária. Passando pelo pórtico, o fantasma desapareceu no interior.

Nico hesitou. Ele não tinha nada contra igrejas, mas daquela emanava morte. Devia haver túmulos lá dentro, talvez até algo menos agradável ainda...

Ele entrou rapidamente. Seus olhos foram atraídos para uma capela lateral em cujo interior brilhava uma luz dourada lúgubre. Havia uma inscrição em português gravada acima da porta. Nico não falava a língua, mas se lembrava bem do italiano de sua infância para entender o sentido geral: *Nós que aqui estamos por vós esperamos.*

— Alto astral — murmurou o menino.

Ele entrou na capela. No altar, lá na frente, o fantasma chamejante rezava ajoelhado, mas Nico estava mais interessado no local em si. Em vez de tijolos, as paredes eram de ossos e crânios, milhares e milhares deles, cimentados juntos. Colunas de ossos sustentavam um teto abobadado decorado com imagens da morte. Pendurados em uma parede viam-se os restos esqueléticos de duas pessoas, um adulto e uma criança pequena, como casacos em um cabide.

— Um belo lugar, não acha?

Nico se virou. Um ano antes, teria morrido de susto se o pai aparecesse de repente ao seu lado. Agora, Nico conseguia controlar o ritmo de seus batimentos cardíacos, assim como o impulso de dar uma joelhada no saco do pai e sair correndo.

Tal qual o fantasma, Hades vestia um hábito de monge franciscano, o que Nico achou um pouco perturbador. Na cintura, uma simples corda branca amarrando a túnica negra. O capuz estava baixado, revelando o cabelo escuro cortado rente ao couro cabeludo e olhos negros que brilhavam como piche. O deus exibia uma expressão de calma e satisfação, como se tivesse acabado de chegar em casa após uma agradável noite passeando pelos Campos de Punição ao som dos gritos dos condenados.

— Procurando ideias de decoração? — perguntou Nico. — Você pode montar sua sala de jantar com crânios de monges medievais.

Hades ergueu uma sobrancelha.

— Nunca sei se você está brincando ou não.

— O que veio fazer aqui, pai? *Como* veio parar aqui?

Hades passou os dedos pela coluna mais próxima, deixando uma trilha de marcas brancas nos ossos velhos.

— Você é um mortal difícil de encontrar, meu filho. Estou há vários dias o procurando. Quando o cetro de Diocleciano explodiu... bem, isso chamou minha atenção.

Nico se sentiu corar de vergonha. Mas depois ficou com raiva de si mesmo por sentir vergonha.

— Quebrar o cetro não foi minha culpa. Estávamos prestes a ser destruídos...

— Ah, o cetro não é importante. Uma relíquia velha daquelas... não sei nem como vocês encontraram utilidade para ele. A explosão só me deu uma luz. Foi o que me permitiu descobrir sua localização. Até pensei em ir falar com você em Pompeia, mas lá é muito... bem, *romano*. Esta capela foi o primeiro lugar que encontrei onde minha presença seria forte o suficiente para que eu pudesse aparecer para você como eu mesmo. E com isso quero dizer como *Hades*, deus dos mortos, e não dividido com aquela *outra* manifestação.

Hades inspirou o ar úmido e parado.

— Tenho muito apreço por este lugar. Usaram os restos mortais de cinco mil monges para construí-lo. A Capela dos Ossos. Serve para nos lembrar que a vida é curta e que a morte é eterna. Eu me sinto *centrado* aqui. Mas mesmo assim tenho pouco tempo.

Para variar, pensou Nico. Você nunca tem tempo para mim.

— Então me diga logo, pai. O que você quer?

Hades uniu as mãos, cobertas pelas mangas do hábito.

— Você não consegue nem conceber a ideia de que talvez eu tenha vindo para ajudar, e não por querer alguma coisa?

Nico quase riu, mas sentia o peito quase oco de tanta fraqueza.

— Posso conceber a ideia de que talvez você tenha vindo por várias razões.

O deus franziu a testa.

— É justo. Você busca informações sobre o caçador de Gaia. O nome dele é Órion.

Nico hesitou. Não estava acostumado a respostas diretas, sem charadas, enigmas ou missões.

— Órion. Como a constelação. Ele não era… amigo de Ártemis?

— Era — confirmou Hades. — Órion foi um gigante criado para se opor aos gêmeos Apolo e Ártemis, mas, assim como Ártemis, ele rejeitou seu destino, buscou viver sob as próprias regras. Primeiro tentou viver entre mortais, como um caçador para o rei de Quios. Mas ele, bem, teve uns probleminhas com a filha do rei, e ele mandou que o cegassem e o exilassem.

Nico se lembrou do que Reyna lhe contara.

— Minha amiga sonhou com um caçador de olhos brilhantes. Se Órion é cego…

— Ele *era* cego — corrigiu-o Hades. — Logo depois de seu exílio, Órion conheceu Hefesto, que ficou com pena do gigante e construiu para ele olhos mecânicos, ainda melhores que os originais. Órion ficou amigo de Ártemis. Foi o primeiro homem que teve permissão para caçar com ela. Mas… as coisas não deram certo entre eles. Como, exatamente, não sei. Mas Órion foi morto. E agora voltou como um filho leal de Gaia, disposto a fazer tudo que ela ordenar. Ele é movido pela raiva e pela amargura. Você sabe como é.

Nico teve vontade de gritar: *E por acaso você sabe o que eu sinto?*

Mas o que perguntou foi:

— Como podemos detê-lo?

— Vocês não podem. Sua única esperança é serem mais rápidos do que ele, cumprirem sua missão antes que ele os alcance. Apolo ou Ártemis *talvez* pudessem matá-lo, flechas contra flechas, mas infelizmente os gêmeos não estão em condições de ajudá-los. Neste exato momento, Órion está em seu rastro, quase alcançando vocês, ele e seu grupo de caça. Vocês não podem se dar o luxo de descansar nem um minuto a mais até chegarem ao Acampamento Meio-Sangue.

Nico sentiu seu peito ser comprimido, ficando sem ar. Ele havia deixado o treinador Hedge de vigia enquanto Reyna dormia.

— Preciso voltar e falar com meus amigos.

— Precisa mesmo — concordou Hades. — Mas tem outra coisa. Sua irmã...
— Hades hesitou. Como sempre, o tópico Bianca pairava entre eles como uma arma carregada: mortal, ao alcance da mão, impossível de ignorar. — Refiro-me a sua *outra* irmã, Hazel. Ela descobriu que um dos sete vai morrer. Ela vai tentar evitar que isso aconteça, e talvez perca de vista as próprias prioridades.

Nico não conseguia dizer uma só palavra.

Para sua surpresa, não foi em Percy que ele pensou na hora. Preocupou-se primeiramente com Hazel, depois com Jason, depois com Percy e os outros que estavam a bordo do *Argo II*. Eles o haviam salvado em Roma, o haviam recebido a bordo de seu navio. Nico nunca se dera o luxo de ter amigos, mas a tripulação do *Argo II* era o mais perto disso que ele já tivera. A ideia de um deles morrer fez com que ele sentisse um vazio, como se estivesse de volta no jarro de bronze do gigante, sozinho no escuro, sobrevivendo apenas de sementes de romã estragadas.

Por fim, ele perguntou:

— Hazel está bem?

— Por enquanto.

— E quanto aos outros? Quem vai morrer?

— Mesmo se eu soubesse, não poderia dizer. Estou lhe contando isto porque você é meu filho. Você sabe que algumas mortes não podem ser evitadas. Algumas mortes não *devem* ser evitadas. Quando chegar a hora, talvez seja preciso que você entre em ação.

Nico não sabia o que isso significava. E não *queria* saber.

— Meu filho. — O tom de voz de Hades era quase carinhoso. — Aconteça o que acontecer, você conquistou meu respeito. Você trouxe honra para nossa casa quando lutamos juntos contra Cronos em Manhattan. Você se arriscou a sentir a força da minha ira para ajudar aquele garoto, guiando-o até o Rio Estige, libertando-o da minha prisão, me pedindo que reerguesse os exércitos de Érebo para ajudá-lo. Nunca antes eu havia sido tão *afrontado* por um dos meus filhos. Era *Percy isso*, *Percy aquilo*... Quase transformei você em cinzas.

Nico de repente ficou alerta: as paredes do local começaram a tremer, poeira caindo entre os ossos.

— Não foi só por ele que eu fiz tudo aquilo. Fiz porque o mundo inteiro estava em perigo.

Hades se permitiu um esboço de sorriso, mas não havia crueldade em seus olhos.

— Posso admitir que você tenha agido por *várias* razões. O que quero dizer é o seguinte: você e eu fomos em auxílio ao Olimpo porque você me convenceu a deixar de lado minha raiva. E eu gostaria que você fizesse o mesmo. Meus filhos raramente são felizes. Eu... gostaria que você fosse uma exceção.

Nico encarou o pai. Não sabia o que fazer com aquela declaração. Ele aceitaria muitas coisas irreais (hordas de fantasmas, labirintos mágicos, viagens nas sombras, capelas feitas de ossos), mas palavras carinhosas do Senhor do Mundo Inferior? Não. Aquilo não fazia sentido.

O fantasma em chamas se levantou do altar e se aproximou, queimando e gritando em silêncio, seus olhos transmitindo uma mensagem urgente.

— Ah — disse Hades. — Este é o irmão Paloan. Ele estava entre as centenas de pessoas que foram queimadas vivas na praça do antigo templo romano. Lá ficava o quartel-general da Inquisição, sabia? Enfim: ele sugere que é hora de partir. Você agora tem pouquíssimo tempo até que cheguem os lobos.

— Lobos? Quer dizer os caçadores de Órion?

Hades agitou a mão, e o fantasma do irmão Paloan desapareceu.

— Meu filho, o que você está tentando fazer, viajar nas sombras pelo mundo carregando a estátua de Atena, pode muito bem destruí-lo.

— Valeu pela força.

Hades pôs as mãos por um momento nos ombros do filho.

Nico não gostava que o tocassem, mas, por algum motivo, aquele breve contato com o pai foi reconfortante — do mesmo modo que a Capela dos Ossos era reconfortante. Assim como a morte, a presença de seu pai era fria e muitas vezes insensível, mas era *real*, brutalmente honesta, totalmente confiável. Nico encontrava uma espécie de liberdade em saber que, com o tempo, não importava o que acontecesse, acabaria aos pés do trono do pai.

— Eu o verei outra vez — prometeu Hades. — Vou preparar um quarto para você no palácio, caso não sobreviva. Talvez seja uma boa ideia decorar seus aposentos com crânios de monges.

— Agora eu é que não sei se *você* está brincando.

Os olhos de Hades brilharam, e sua forma começou a sumir.

— Então talvez tenhamos algumas semelhanças em certos aspectos importantes.

O deus desapareceu.

De repente a capela parecia opressiva, com milhares de globos oculares vazios olhando para Nico. *Nós que aqui estamos por vós esperamos.*

Ele saiu correndo da igreja, torcendo para se lembrar do caminho que o levaria de volta para seus amigos.

XV

NICO

— LOBOS? — PERGUNTOU REYNA.

Estavam jantando. Haviam comprado comida em uma cafeteria ali perto.

Apesar do aviso de Hades para voltarem correndo, Nico não viu nenhuma grande mudança na praça onde haviam acampado. Reyna tinha acabado de acordar. A Atena Partenos continuava em cima do templo. O treinador Hedge estava divertindo alguns moradores locais com números de sapateado e de artes marciais, de vez em quando cantando em seu megafone, apesar de parecer que ninguém entendia o que ele estava dizendo.

Nico desejou que o treinador não tivesse levado o megafone. Além de ser um troço barulhento e chato, de vez em quando, sem nenhuma razão aparente, o treinador disparava falas aleatórias do Darth Vader em *Star Wars* ou berrava "A VAQUINHA FAZ MUUU!".

Reyna parecia alerta e enérgica enquanto os três comiam sentados no gramado. Ela e o treinador Hedge ouviram Nico contar seus sonhos, depois seu encontro com Hades na Capela dos Ossos. Ele ocultou alguns detalhes mais íntimos de sua conversa com o pai, apesar de sentir que Reyna entendia muito bem o que era lutar contra os próprios sentimentos.

Quando mencionou Órion e os lobos que supostamente estariam atrás deles, Reyna franziu a testa, confusa.

— A maioria dos lobos é amiga dos romanos — disse ela. — Nunca ouvi falar de Órion saindo para caçar levando uma alcateia.

Nico terminou seu sanduíche de presunto e olhou para o prato de doces, surpreendendo-se com o tamanho de seu apetite.

— Talvez ele tenha falado no sentido figurado: *pouquíssimo tempo até que cheguem os lobos.* Talvez Hades não estivesse se referindo a lobos de verdade. De qualquer modo, precisamos partir assim que a escuridão começar a gerar sombras.

O treinador Hedge enfiou na mochila um exemplar da revista *Guns & Ammo.*

— O único problema é que a Atena Partenos ainda está a dez metros do chão. Vai ser divertido levar vocês e todas as nossas coisas até o alto daquele templo.

Nico provou um doce. A mulher da cafeteria os havia chamado de *farturas.* Pareciam donuts em espiral. Eram deliciosos, a combinação exata de crocância, açúcar e manteiga, mas, quando ele ouvira o nome *fartura* pela primeira vez, pensou que Percy teria feito um trocadilho escatológico com a semelhança da palavra em português com o termo em inglês para "pum": *fart.*

Quanto mais Nico crescia, mais achava Percy infantil, apesar de Percy ser três anos mais velho que ele. Nico achava seu senso de humor ao mesmo tempo simpático e irritante. Resolveu se concentrar no *irritante.*

Em outros momentos, porém, Percy agia todo sério: ao olhar para Nico do fundo daquele abismo em Roma — *No outro lado, Nico! Leve-os para lá! Prometa!*

E Nico prometera. Agora parecia não importar quanto ele se ressentia de Percy Jackson. Nico faria qualquer coisa por ele. E se odiava por isso.

— Então... — A voz de Reyna o arrancou de seus pensamentos. — Será que o Acampamento Meio-Sangue vai esperar o dia primeiro de agosto, ou será que eles vão atacar?

— Vamos torcer para que esperem — disse Nico. — Não podemos... *Eu* não posso levar a estátua mais rápido que isso.

Mesmo a essa velocidade, meu pai acha que eu posso morrer. Nico guardou esse pensamento para si mesmo.

Bem que Hazel podia estar ali com ele. Juntos, eles haviam tirado da Casa de Hades toda a tripulação do *Argo II*, e fizeram isso viajando nas sombras. Quando os dois uniam seus poderes, Nico sentia como se tudo fosse possível. Com Hazel, a viagem até o Acampamento Meio-Sangue levaria metade do tempo.

Além disso, ele sentira um calafrio ao ouvir as palavras de Hades sobre a morte de um membro da tripulação. Nico não podia perder Hazel. Mais uma irmã, não. De novo, não.

O treinador Hedge, que contava as moedas em seu boné de beisebol, ergueu os olhos.

— Então Clarisse disse que Mellie estava bem. Tem certeza?

— Tenho, treinador. Clarisse está cuidando bem dela.

— Isso me deixa mais tranquilo. Não gostei do que Grover disse sobre Gaia sussurrando no ouvido das ninfas e das dríades. Se os espíritos da natureza se voltarem para o mal... não vai ser nem um pouco bacana.

Nico nunca tinha ouvido falar de algo desse tipo acontecendo. Mas, pensando bem, Gaia também não despertava desde o alvorecer da humanidade.

Reyna deu uma mordida em um doce. Sua cota de malha reluziu ao sol da tarde.

— Estou curiosa sobre esses lobos... Será que entendemos mal a mensagem? A deusa Lupa anda muito quieta. Talvez esteja nos mandando ajuda. Os lobos podem ser dela... para nos *defender* de Órion e seus caçadores.

A esperança em sua voz era frágil como renda. Nico tentou não a destruir.

— Talvez — disse ele. — Mas Lupa não estaria ocupada com a guerra entre os acampamentos? Achei que ela estivesse enviando lobos para ajudar sua legião.

— Lobos não combatem na linha de frente. E não acho que ela ajudaria Octavian. Os lobos de Lupa talvez estejam patrulhando o Acampamento Júpiter, defendendo-o na ausência da Legião, mas não sei...

Ela cruzou as pernas na altura dos tornozelos; as pontas de ferro de suas botas brilharam. Nico lembrou a si mesmo de nunca enfrentar legionários romanos na base dos chutes.

— Tem mais uma coisa — continuou Reyna. — Não consegui entrar em contato com minha irmã, Hylla. É meio preocupante ver que lobos *e* amazonas estão em silêncio. Se aconteceu alguma coisa na costa oeste... infelizmente acho que a única esperança para os dois acampamentos está conosco. *Precisamos* devolver logo a estátua. Isso significa que o maior fardo está sobre os seus ombros, filho de Hades.

Nico engoliu em seco. Não estava com raiva de Reyna. Gostava dela, até. Mas volta e meia lhe pediam que fizesse o impossível. E, normalmente, assim que ele o fazia, era esquecido.

Nico se lembrava de como os garotos do Acampamento Meio-Sangue o trataram bem depois da guerra com Cronos. *Bom trabalho, Nico! Obrigado por trazer os exércitos do Mundo Inferior para nos salvar!*

Todo mundo sorrindo. Todos o convidando para se sentar a sua mesa.

Depois de mais ou menos uma semana, a recepção a sua presença já não era mais tão calorosa. Os campistas pulavam de susto ao vê-lo aparecer atrás deles. Quando surgia das sombras perto da fogueira, alguém sempre se assustava, e Nico via o desconforto em seus olhos: *Você ainda está aqui? Por que está aqui?*

Não ajudou muito o fato de, imediatamente após a guerra com Cronos, Annabeth e Percy terem começado a namorar...

Nico deixou sua *fartura* pela metade. De repente, ela já não estava mais tão gostosa.

Ele se lembrou de sua conversa com Annabeth em Épiro pouco antes de partir com a Atena Partenos.

Ela o havia puxado para um canto, dizendo:

— Ei, preciso falar com você.

Nico havia sido tomado pelo pânico. *Ela sabe.*

— Eu queria agradecer — prosseguira Annabeth. — Bob... o titã... ele só nos ajudou no Tártaro porque você foi bom para ele. Você disse que nós merecíamos ser salvos. Essa é a única razão para estarmos vivos.

Ela dizia *nós* com muita facilidade, como se ela e Percy fossem intercambiáveis, inseparáveis.

Nico uma vez tinha lido um conto de Platão. Segundo ele, antigamente todos os seres humanos eram uma combinação de homem e mulher. Todas as pessoas tinham duas cabeças, quatro braços, quatro pernas. Supostamente, o grande poder desses humanos "acoplados" incomodava os deuses, de tal forma que Zeus os dividiu ao meio. Depois disso, os humanos ficaram se sentindo incompletos. E passaram toda a vida em busca de sua outra metade.

E onde eu me encaixo nisso?, perguntou-se Nico.

Essa não era sua história preferida.

Ele queria odiar Annabeth, mas simplesmente não conseguia. Ela se desviara de seu caminho só para agradecer a ele, em Épiro. Era autêntica e sincera. Nunca o ignorava ou o evitava, como a maioria das pessoas fazia. Por que ela não podia ser uma pessoa horrível? As coisas seriam mais fáceis.

O deus do vento, Favônio, o alertara na Croácia: *Se deixar a raiva governá-lo, seu destino será ainda mais triste que o meu.*

Mas como seu destino seria outra coisa que não triste? Mesmo que Nico sobrevivesse àquela missão, teria que deixar os dois acampamentos para sempre. Era a única forma de encontrar a paz. Bem que Nico queria que houvesse outra opção, uma alternativa não tão dolorosa quanto as águas do Flegetonte, mas ele não via saída.

Reyna o observava, provavelmente tentando ler seus pensamentos. Ela olhou rapidamente para as mãos dele, e Nico percebeu que estava girando o anel de caveira: o último presente que Bianca lhe dera.

— Como podemos ajudar você, Nico? — perguntou Reyna.

Outra pergunta que ele não estava acostumado a ouvir.

— Não sei — admitiu ele. — Vocês já me deixaram descansar o máximo possível. Isso é importante. Talvez você possa me emprestar sua força de novo. Esse próximo salto vai ser o mais longo. Vou precisar reunir energia suficiente para cruzarmos o Atlântico.

— Você vai conseguir — prometeu Reyna. — E, quando estivermos de volta aos Estados Unidos, teremos menos monstros para enfrentar. Talvez eu até consiga ajuda de legionários aposentados da costa leste. Eles são obrigados a ajudar qualquer semideus romano que os convoque.

Hedge resmungou:

— Se é que eles já não foram recrutados por Octavian. Nesse caso, você pode acabar presa por traição.

— Treinador — repreendeu-o Reyna —, assim você não está ajudando.

— Ei, só estou avisando. Por mim, ficaríamos mais tempo aqui em Évora. Comida boa, dinheiro bom... e, até agora, nenhum sinal desses *lobos* em sentido figurado...

Os cães de Reyna se ergueram.

Uivos cortaram o ar, ao longe. Antes que Nico se levantasse, surgiram lobos de todas as direções. Grandes e negras, as feras saltaram de cima dos telhados e cercaram os três.

O maior dos lobos se adiantou, ficou de pé nas patas traseiras e começou a se transformar. Suas patas dianteiras viraram braços. Seu focinho se encolheu até adquirir o formato de um nariz humano pontudo. Seu pelo cinza tornou-se uma capa de peles de animais costuradas. Antes fera, a criatura era agora um homem alto e magro com rosto emaciado e olhos de um vermelho brilhante. Uma coroa de falanges humanas adornava seu cabelo negro ensebado.

— Ah, pequeno sátiro... — O homem sorriu, revelando presas afiadas. — Seu desejo foi atendido! Vocês ficarão em Évora para sempre, porque, para sua infelicidade, meus lobos em sentido figurado são lobos *de verdade*.

XVI

NICO

— **Você não é Órion** — disparou Nico.

Um comentário estúpido, mas foi a primeira coisa que lhe veio à mente.

Evidentemente, o homem diante dele não era um gigante caçador. Não tinha altura para isso. Não tinha pernas de dragão. Não tinha nem arco nem aljava, muito menos os olhos de farol que Reyna afirmara ter visto em seu sonho.

O homem cinza riu.

— Não, não sou. Órion apenas solicitou meu auxílio nesta caçada. Eu sou...

— Licáon — completou Reyna. — O primeiro lobisomem.

O homem respondeu a ela com uma reverência irônica.

— Reyna Ramírez-Arellano, pretora de Roma. Uma das crias de Lupa! É um prazer ser reconhecido por você. Sou parte de seus pesadelos, sem dúvida.

— Parte da minha indigestão, talvez. — Da pochete atrelada a seu cinto, Reyna pegou um canivete dobrável. Quando o abriu, os lobos recuaram, rosnando. — Nunca viajo sem uma arma de prata.

Licáon arreganhou os dentes.

— Acha mesmo que vai deter doze lobos mais o rei da alcateia com um simples canivete? Ouvi dizer que você era corajosa, *filia romana*, só não imaginei que fosse imprudente.

Os cães de Reyna se agacharam, prontos para saltar. O treinador agarrou seu taco de beisebol, embora, pela primeira vez, não parecesse ansioso para usá-lo.

Nico levou a mão à espada.

— Nem perca seu tempo — murmurou o treinador Hedge para Nico. — Estes lobos só podem ser feridos por prata ou fogo. Eu me lembro deles, de Pikes Peak. São um grupinho bem irritante.

— E eu me lembro de você, Gleeson Hedge. — Os olhos do lobisomem brilharam, vermelhos como lava. — Minha alcateia vai adorar saborear uma carne de bode no jantar.

Hedge riu com desdém.

— Manda ver, seu bicho sarnento. As Caçadoras de Ártemis estão a caminho agora mesmo, exatamente como da última vez! Aquilo ali é um templo de *Diana*, seu idiota. Você está no terreno delas!

Os lobos rosnaram e recuaram mais uma vez. Alguns lançaram rápidos olhares nervosos para o topo do templo.

Licáon apenas encarava o treinador.

— Bela tentativa, mas, infelizmente, aquele templo está com o nome errado. Passei por aqui na época dos romanos. Na verdade, era dedicado ao imperador Augusto. Vaidade típica de semideus. De qualquer forma, fiquei muito mais cuidadoso desde nosso último encontro. Se as Caçadoras estivessem por perto, eu saberia.

Nico tentou pensar em um plano de fuga. Eles estavam cercados e em menor número. A única arma eficaz que tinham era um canivete. O cetro de Diocleciano estava destruído. A Atena Partenos se encontrava ainda dez metros acima, no alto do templo, e, ainda que a alcançassem, não poderiam viajar nas sombras até que houvesse, bem, *sombras*. Mas ainda faltavam horas para o pôr do sol.

Mesmo muito distante da coragem que gostaria de sentir, ele avançou um passo.

— Então não temos saída. Está esperando o que para nos liquidar?

Licáon o avaliou como se o menino fosse um tipo novo de carne no balcão do açougue.

— Nico di Angelo... filho de Hades. Já ouvi falar de você. É uma pena que eu não possa matá-lo imediatamente, mas prometi a meu empregador, Órion, que o manteria sob meu controle até que ele chegasse. Não se preocupe. Ele não deve demorar. Quando ele acabar com vocês, vou derramar seu sangue e fazer deste o meu território por eras futuras!

Nico rangeu os dentes.

— Sangue de semideus. O sangue do Olimpo.

— É claro! — exclamou Licáon. — Quando derramado no chão, ainda mais em solo *sagrado*, o sangue de semideuses tem muitos usos. Com os encantamentos certos, pode despertar monstros, até mesmo deuses. Pode fazer surgir vida nova ou tornar um lugar estéril por gerações. Infelizmente, o *seu* sangue não vai despertar Gaia. Essa honra está reservada para seus amigos a bordo do *Argo II*. Mas não tema. Sua morte será quase tão dolorosa quanto a deles.

A grama começou a morrer em torno dos pés de Nico. Os canteiros de cravos-de-defunto murcharam. Solo estéril, pensou. Solo sagrado.

Ele se lembrou dos milhares de esqueletos na Capela dos Ossos. Lembrou-se do que Hades dissera sobre aquela praça pública, onde a Inquisição havia queimado centenas de pessoas vivas.

Aquela era uma cidade muito antiga. Quantos mortos jaziam no chão sob seus pés?

— Treinador, você consegue escalar? — perguntou ele.

Hedge deu um riso de desdém.

— Eu sou meio *bode*. Claro que consigo escalar!

— Suba até a estátua e prenda as correias. Depois faça uma escada de corda e jogue-a para nós.

— Hã... Mas e essa alcateia?

— Reyna — continuou Nico —, você e seus cães vão ter que nos dar cobertura.

A pretora assentiu. Sua expressão era séria, quase sombria.

— Entendido.

Licáon chegou a uivar de rir.

— Do que está falando, filho de Hades? Não há escapatória. Você não pode nos matar!

— Talvez não — disse Nico. — Mas posso retardá-los.

Ao dizer isso, ele estendeu as mãos, e o chão começou a entrar em erupção.

* * *

Nico não havia imaginado que fosse funcionar tão bem. Ele já havia feito aquilo outras vezes, extrair da terra fragmentos de ossos. Tinha dado vida a esqueletos de ratos e desenterrado crânios humanos. Mas nada o havia preparado para a parede de ossos que saiu voando do chão: centenas de fêmures, costelas e fíbulas que confundiram os lobos, formando um espinheiro afiado de restos humanos.

A maioria dos lobos ficou irremediavelmente presa. Alguns se contorciam e rangiam os dentes, tentando escapar de suas jaulas inesperadas. O próprio Licáon foi imobilizado em um casulo de costelas, o que, no entanto, não o impediu de ameaçá-los.

— Sua criança inútil! — vociferou ele. — Vou arrancar a carne de seus membros!

— Corra, treinador! — exclamou Nico.

O sátiro partiu veloz rumo ao templo. Chegou ao alto da base em um único salto e pôs-se a subir pelo pilar mais à esquerda.

Dois lobos escaparam do espinheiro de ossos. Reyna lançou o canivete e atingiu um no pescoço. Seus cães atacaram o outro. Aurum errou por pouco, suas presas e garras deslizando pela anca do lobo quando ele tentou agarrá-lo, mas Argentum derrubou a fera.

Argentum continuava com a cabeça deslocada para o lado, por causa da luta em Pompeia, e seu olho esquerdo de rubi ainda estava faltando, mas ele conseguiu cravar as presas na nuca do lobo, que se desintegrou em uma poça de sombra.

Graças aos deuses por esse cão de prata, pensou Nico.

Reyna sacou o gládio. Apanhou um punhado de moedas de prata do boné de Hedge, pegou fita adesiva na mochila dele e começou a prender moedas em torno da lâmina. A garota era no mínimo criativa.

— Vá! — ordenou ela a Nico. — Eu cubro você!

Os lobos tentavam avançar, fazendo o espinheiro de ossos se fragmentar e desmoronar. Licáon conseguiu soltar o braço direito e então começou a bater na muralha de costela que o aprisionava.

— Vou esfolar você vivo! — prometeu ele. — Vou arrancar sua pele e costurá-la na minha capa!

Nico saiu correndo, se demorando um pouco mais apenas para pegar do chão o canivete de Reyna.

Ele não era um bode montanhês, mas isso não foi um problema, pois encontrou uma escadaria nos fundos do templo. Subiu às pressas. Ao chegar à base das colunas, olhou para o alto e viu o treinador Hedge lá em cima, equilibrado precariamente nos pés da Atena Partenos, desenrolando cordas e trançando uma escada.

— Rápido! — gritou Nico.

— Jura? — gritou o treinador em resposta. — Achei que estivéssemos aqui de bobeira!

A última coisa de que Nico precisava agora era sarcasmo de sátiro. Lá embaixo, na praça, mais lobos se libertavam das prisões de ossos. Reyna os lançava para os lados com sua espada "modificada", mas um punhado de moedas não ia segurar uma alcateia de lobisomens por muito tempo. Aurum rosnava e arreganhava os dentes em ameaça, frustrado por não conseguir ferir o inimigo. Argentum fazia o possível, cravando suas garras na garganta de um lobo, mas já estava muito danificado. Nico não teria a menor chance contra todos aqueles lobos.

Licáon conseguiu soltar o outro braço e começou a puxar as pernas, tentando soltá-las das costelas que as prendiam. Em poucos segundos teria se libertado por completo.

Nico já não tinha mais recursos. Invocar o muro de ossos o havia esgotado, e ele ia precisar de toda a energia que lhe restava para viajar nas sombras — isso se conseguisse achar uma sombra na qual viajar.

Uma sombra.

Ele olhou para o canivete de prata que segurava. Uma ideia lhe ocorreu, talvez a ideia mais estúpida e maluca desde que ele pensara: *Ei, vou fazer Percy nadar no Rio Estige! Ele vai me amar por isso!*

— Reyna, suba aqui! — gritou ele.

Ela acertou um lobo na cabeça e foi correndo até lá. No meio do caminho, agitou a espada: a arma se esticou e se transformou em uma comprida lança, que ela usou para pular, como em um salto com vara. Aterrissou ao lado de Nico.

— Qual é o plano? — perguntou ela. Não tinha sequer perdido o fôlego.

— Se exibir — resmungou ele.

Uma corda com nós caiu do alto.

— Subam, seus não bodes! — berrou Hedge.

— Vá — disse Nico a Reyna. — Quando chegar lá em cima, segure firme a corda.

— Nico...

— Vá!

A lança de Reyna encolheu, voltando a ser uma espada. Ela a guardou e começou a subir, escalando a coluna apesar do peso da armadura e dos suprimentos.

Lá embaixo, na praça, Aurum e Argentum haviam sumido de vista. Ou tinham se retirado de cena ou haviam sido destruídos.

Com um uivo de triunfo, Licáon escapou da prisão de ossos que o continha.

— Você sofrerá, filho de Hades!

Conte outra novidade, pensou Nico.

Ele empunhou o canivete.

— Venha me pegar, seu vira-lata! Ou você tem que ficar aí parado como um cachorrinho até seu mestre aparecer?

Licáon saltou no ar com as garras estendidas e as presas expostas. Nico enroscou a corda na mão livre e se concentrou. Uma gota de suor desceu por seu pescoço.

Quando o rei dos lobos caiu sobre ele, Nico cravou o canivete de prata em seu peito. Ao redor do templo, os lobos uivaram como se fossem um só.

Licáon enfiou as garras nos braços de Nico, suas presas parando a pouco mais de um centímetro do rosto do menino. Ignorando a própria dor, Nico enfiou o canivete até o cabo entre as costelas de Licáon.

— Seja útil, seu animal — disse ele, com raiva. — Volte para as sombras.

Os olhos de Licáon giraram nas órbitas e ele se dissolveu em uma poça de escuridão negra.

Então várias coisas aconteceram ao mesmo tempo. Os lobos atacaram, furiosos. De um telhado próximo, uma voz trovejante gritou:

— Detenham-nos!

Nico ouviu o som inconfundível de um arco grande sendo puxado.

Então ele se fundiu na poça da sombra de Licáon, levando consigo seus amigos e a Atena Partenos — e mergulhou no frio vazio, sem a menor ideia de onde iria emergir.

XVII

PIPER

PIPER NÃO PODIA ACREDITAR EM como era difícil encontrar um veneno mortal.

Ela e Frank passaram a manhã inteira vasculhando o porto de Pilos. Frank permitiu que apenas Piper fosse com ele, achando que o charme poderia ser útil se eles encontrassem seus parentes que mudavam de forma.

No fim, a espada dela foi mais necessária. Até ali, eles tinham matado um ogro lestrigão na padaria, lutado contra um javali gigante na praça pública e derrotado um bando de pássaros da Estinfália com alguns legumes bem-mirados da cornucópia de Piper.

A garota ficou satisfeita com a distração. Evitava que ela ficasse pensando na conversa que tivera com a mãe na noite anterior, aquele vislumbre do futuro que Afrodite a fizera prometer não contar...

Contudo, o maior desafio de Piper em Pilos eram os anúncios do novo filme de seu pai espalhados por toda a cidade. Os cartazes estavam em grego, mas Piper sabia o que diziam: TRISTAN MCLEAN É JAKE STEEL EM *ASSINADO COM SANGUE*.

Pelos deuses, que título horrível. Ela desejou que seu pai nunca tivesse estrelado a franquia Jake Steel, mas aquele era um de seus papéis mais populares. Lá estava ele no pôster com a camisa rasgada revelando um abdômen sarado (eca, pai!), uma AK-47 em cada mão e um sorriso confiante e sensual no rosto de traços fortes.

Do outro lado do mundo, na menor e mais fora de mão cidadezinha imaginável, lá estava seu pai. Aquilo deixou Piper triste, desorientada, com saudade de casa e irritada, tudo ao mesmo tempo. A vida seguia. E Hollywood também. Enquanto seu pai fingia salvar o mundo, Piper e seus amigos tinham que fazer isso *de verdade*. E só faltavam oito dias, a menos que Piper conseguisse cumprir o plano de Afrodite... Do contrário não haveria mais filmes, nem cinemas, nem gente.

Por volta de uma da tarde, Piper finalmente botou o charme para funcionar. Falou com um fantasma da Grécia Antiga em uma lavanderia (numa escala de um a dez para conversas estranhas, com certeza essa era nota onze) e assim recebeu instruções para chegar a uma fortaleza antiga, onde supostamente os descendentes metamorfos de Periclimeno se reuniam.

Depois de uma caminhada penosa pela ilha sob o sol da tarde, eles encontraram a entrada da caverna no meio de um penhasco à beira-mar. Frank insistiu para que Piper esperasse na praia enquanto ele conferia o lugar.

Piper não gostou nada daquilo, mas esperou obedientemente, olhando meio desconfiada para a entrada da caverna e torcendo para não ter conduzido Frank para uma armadilha mortal.

Atrás dela, uma faixa de areia branca circulava o sopé das encostas. Banhistas tomavam sol deitados em toalhas. Crianças pequenas brincavam nas ondas. O mar azul reluzia, convidativo.

Piper teve vontade de surfar naquelas águas. Ela havia prometido ensinar Hazel e Annabeth um dia, se elas fossem a Malibu... Isso se Malibu ainda existisse depois de primeiro de agosto.

Ela olhou para o alto do penhasco. No cume, havia as ruínas de um velho castelo. Piper não sabia se faziam parte do esconderijo ou não. Não havia nenhum movimento lá em cima. A entrada da caverna ficava na face do despenhadeiro, a cerca de trinta metros do topo — um círculo negro na rocha calcária amarelada, como o buraco de um apontador de lápis gigante.

A *Caverna de Nêstor*, como chamou o fantasma da lavanderia. Supostamente, o antigo rei de Pilos tinha escondido seu tesouro ali em tempos de crise. O fantasma também disse que Hermes escondera naquela caverna o gado roubado de Apolo.

Vacas.

Piper sentiu um calafrio. Quando era pequena, ela e o pai passaram de carro por um abatedouro em Chino. O cheiro foi suficiente para fazê-la virar vegetariana. Desde então, só de pensar em vacas ela passava mal. Suas experiências com Hera, a rainha bovina, os catóblepas em Veneza e as imagens das assustadoras vacas da morte na Casa de Hades também não ajudaram.

Quando Piper começou a pensar que Frank estava demorando demais, ele apareceu na entrada da caverna. Vinha acompanhado de um homem alto de cabelos grisalhos em um terno de linho branco e gravata amarelo-clara. O homem colocou um objeto pequeno e brilhante — parecia uma pedra ou um pedaço de vidro — nas mãos de Frank. Ele e Frank trocaram algumas palavras. Frank assentiu, sério. Em seguida, o homem se transformou em uma gaivota e saiu voando.

Frank desceu pela pedra até alcançar Piper.

— Eu os encontrei — disse ele.

— Percebi. Você está bem?

Ele olhou para a gaivota, que voava na direção do horizonte.

O cabelo bem curto de Frank apontava para a frente como uma flecha, tornando seu olhar ainda mais intenso. Suas medalhas romanas — *Coroa Mural, centurião, pretor* — brilhavam na gola da camisa. A tatuagem SPQR, com as lanças cruzadas de Marte, se destacava à luz forte do sol.

Ele ficou bem com a roupa nova. O javali gigante deixara as antigas muito sujas, então Piper o levara para fazer compras de emergência em Pilos. Agora Frank usava calça jeans preta, botas de couro cru e uma camisa verde-escura da Henley que se ajustava bem em seu corpo. Ele não se sentia à vontade com a camisa. Estava acostumado a se esconder em roupas largas, mas Piper lhe garantira que ele não precisava se preocupar mais com isso. Desde seu estirão de crescimento em Veneza, o corpo de Frank tinha se acomodado muito bem a seus músculos.

Você não mudou, Frank, dissera Piper a ele. *Você só está mais* você.

Era uma coisa boa que Frank Zhang ainda fosse tão meigo e falasse de modo tão doce. Do contrário, ele seria um cara assustador.

— Frank? — chamou ela, delicadamente.

— Oi, desculpe. — Ele se concentrou nela. — Meus, hum... primos, acho que posso chamá-los assim... eles vivem aqui há gerações. Todos descendem de Periclimeno, o argonauta. Contei a eles minha história, sobre como a família Zhang foi da Grécia para Roma, depois para a China e, por fim, para o Canadá. Contei a eles sobre o fantasma do legionário que vi na Casa de Hades, que me disse para vir a Pilos. Eles... não pareceram surpresos. Disseram que isso já aconteceu antes, parentes perdidos há muito tempo voltarem para casa.

Piper percebeu a tristeza em sua voz.

— Você esperava alguma coisa diferente?

Ele deu de ombros.

— Uma recepção mais calorosa. Uns balões. Não sei. Minha avó me contou que eu iria fechar o ciclo, restaurar a honra de nossa família, essas coisas. Mas meus primos aqui... eles foram meio frios, distantes, como se não me quisessem por perto. Acho que não gostaram de eu ser filho de Marte. Sinceramente, acho que também não gostaram de eu ser chinês.

Piper olhou para o céu. A gaivota tinha desaparecido havia muito tempo, o que provavelmente era uma coisa boa. Ela ficaria tentada a derrubá-la com um presunto tender.

— Se seus primos pensam assim, eles são idiotas. Não sabem como você é incrível.

Frank alternava o peso do corpo de um pé para o outro.

— Eles ficaram um pouco mais amistosos quando eu disse que estava só de passagem. E me deram um presente de despedida.

Ele abriu a mão, revelando o brilho de um frasco metálico do tamanho de um colírio.

Piper resistiu à vontade de se afastar.

— Isso é o veneno?

Frank assentiu.

— Eles chamam isso de *menta pilosiana*. Aparentemente, a planta nasceu do sangue de uma ninfa que morreu em uma montanha perto daqui muito tempo atrás. Eu não perguntei sobre os detalhes.

O frasco era tão pequeno... Piper se perguntou se aquilo seria suficiente. Normalmente ela não desejaria *mais* veneno mortal. Nem sabia como aquele negócio iria ajudá-los a obter a *cura do médico* que Nice havia mencionado. Mas, se essa cura realmente fosse capaz de enganar a morte, Piper ia querer preparar seis doses, uma para cada um de seus amigos.

Frank rolou o frasco na palma da mão.

— Eu queria que Vitellius Reticulus estivesse aqui.

Piper achou que não tinha ouvido direito.

— Ridiculus quem?

Um sorriso passou rapidamente pelo rosto dele.

— Gaius Vitellius Reticulus, apesar de às vezes também o chamarmos de Ridiculus. Ele era um dos Lares da Quinta Coorte. Meio bobão, mas era filho de Esculápio, o deus da medicina. Se alguém soubesse alguma coisa sobre essa tal cura do médico... seria ele.

— Um deus da medicina seria bom — concordou Piper. — Melhor que ter uma deusa da vitória histérica e amarrada a bordo.

— Ei, você tem sorte. Minha cabine é a que fica mais perto dos estábulos. Fico a noite inteira ouvindo: *PRIMEIRO LUGAR OU MORTE! NOVE E MEIO NÃO É UMA BOA NOTA!* Leo precisa criar uma mordaça melhor do que a minha meia velha.

Piper deu de ombros. Ela ainda não entendia por que tinha sido uma boa ideia capturar a deusa. Quanto mais cedo se livrassem de Nice, melhor.

— Então seus primos... eles tinham alguma ideia do que vai acontecer agora? Ou sobre esse deus acorrentado que devemos encontrar em Esparta?

Frank ficou com uma expressão sombria.

— É, infelizmente eles tinham algo a dizer sobre isso. Vamos voltar para o barco e eu conto a você.

Os pés de Piper a estavam matando. Ela se perguntou se conseguiria convencer Frank a se transformar em águia gigante e carregá-la, mas antes que pudesse perguntar, ouviu pegadas na areia atrás deles.

— Olá, turistas simpáticos! — Um pescador magro com um chapéu de capitão branco e a boca cheia de dentes de ouro sorriu para eles. — Passeio de barco? Muito barato!

Ele apontou para a água, onde um barco com motor aguardava.

Piper sorriu de volta. Ela adorava quando conseguia se comunicar com os moradores locais.

— Sim, por favor — disse ela, com uma boa dose de charme. — E gostaríamos que nos levasse a um lugar especial.

O capitão do barco os deixou no *Argo II*, que estava ancorado a cerca de quinhentos metros da praia. Piper botou uma pilha de euros nas mãos dele.

Ela não era totalmente contra usar o charme em mortais, mas havia decidido ser o mais justa e cuidadosa possível. Nada mais de roubar BMWs em concessionárias de automóveis.

— Obrigada — disse ela. — Se alguém perguntar, você nos levou para uma volta ao redor da ilha e nos mostrou os pontos turísticos. Depois nos deixou nas docas em Pilos. Você nunca viu um navio de guerra gigante.

— Nenhum navio de guerra — concordou o capitão. — Obrigado, turistas americanos simpáticos.

Eles subiram a bordo do *Argo II*, e Frank sorriu de um jeito estranho para ela.

— Bem, foi um prazer matar javalis gigantes com você.

Piper riu.

— O prazer foi meu, Sr. Zhang.

Ela o abraçou, o que pareceu deixá-lo sem graça, mas Piper não podia evitar gostar de Frank. Não só ele era um namorado bom e atencioso para Hazel, mas, sempre que Piper o via usando o velho emblema de pretor de Jason, ela se sentia grata por ele ter se oferecido para aquele trabalho. Frank havia tirado uma grande responsabilidade dos ombros de Jason e o liberado (ou assim Piper esperava) para buscar um futuro diferente no Acampamento Meio-Sangue... supondo, é claro, que todos eles sobrevivessem aos oito dias seguintes.

A tripulação se reuniu para uma reunião rápida na proa, principalmente porque Percy estava de olho em uma serpente-marinha vermelha gigante que nadava a bombordo.

— Aquela coisa é vermelha *mesmo* — murmurou Percy. — Será que é sabor cereja?

— Por que você não nada até lá e descobre? — perguntou Annabeth.

— Que tal não?

— Enfim — disse Frank. — Segundo meus primos de Pilos, o deus acorrentado que estamos procurando em Esparta é meu pai... Quer dizer, a forma grega dele, Ares. Aparentemente, os espartanos tinham uma estátua dele acorrentada em sua cidade para que o espírito da guerra nunca os deixasse.

— Ok — disse Leo. — Os espartanos eram esquisitos. Mas, bem, temos Vitória amarrada lá embaixo, então acho que não podemos falar nada.

Jason se apoiou na balista da proa.

— Então nosso próximo destino é Esparta. Mas como é que a batida do coração de um deus acorrentado pode nos ajudar a encontrar uma cura para a morte?

Pela tensão em seu rosto, Piper via que ele ainda sentia dor. Ela se lembrou do que Afrodite tinha lhe dito: *Não é apenas o ferimento de espada, querida. É a verdade infeliz que ele viu em Ítaca. Se o pobre garoto não se mantiver firme, essa verdade vai devorá-lo inteiro.*

— Piper? — chamou Hazel.

Ela se virou.

— Desculpe. O que foi?

— Eu perguntei sobre as visões — lembrou Hazel. — Você me disse que tinha visto alguma coisa na lâmina da sua adaga.

— Ah… isso.

Piper desembainhou Katoptris com relutância. Desde que ela a usara para golpear a deusa da neve, Quione, as visões na lâmina tinham se tornado mais frias e duras, como imagens gravadas em gelo. Ela vira águias voando em círculos sobre o Acampamento Meio-Sangue e uma onda de terra destruindo Nova York. Tinha visto cenas do passado: o pai surrado e amarrado no topo do Monte Diablo, Jason e Percy lutando contra gigantes no Coliseu romano, o deus-rio Aqueloo estendendo a mão para ela, implorando pela cornucópia que Piper havia cortado de sua cabeça.

— Eu, hum… — Ela tentou clarear os pensamentos. — Não estou vendo nada agora. Mas uma visão sempre se repete: Annabeth e eu estamos explorando umas ruínas…

— Ruínas! — Leo esfregou as mãos. — Agora estamos chegando a algum lugar. Quantas ruínas pode haver na Grécia?

— Fique quieto, Leo — repreendeu Annabeth. — Piper, você acha que era Esparta?

— Talvez — disse Piper. — Enfim... de repente nós estamos em um lugar escuro, como uma caverna. Ficamos de frente para uma estátua de bronze de um guerreiro. Na visão, eu toco o rosto da estátua, e à nossa volta surge um turbilhão de chamas. Isso foi tudo o que vi.

— Chamas. — Frank franziu a testa. — Não gosto dessa visão.

— Nem eu. — Percy não tirava o olho da serpente-marinha vermelha, que ainda deslizava entre as ondas uns cem metros a bombordo. — Se a estátua engolfa as pessoas em fogo, devemos mandar Leo.

— Também amo você, cara.

— Você entendeu. Você é imune. Ah, tanto faz, me dê umas dessas lindas granadas de água e *eu* vou. Ares e eu já nos enfrentamos antes.

Annabeth ficou olhando para a costa de Pilos, já distante agora.

— Se Piper viu nós duas procurando a estátua, então somos nós que devemos ir. Vamos ficar bem. Sempre há um jeito de sobreviver.

— Nem sempre — alertou Hazel.

Como ela era a única no grupo que tinha realmente morrido e voltado à vida, sua observação meio que quebrou o clima.

Frank mostrou o frasco de menta pilosiana.

— E esse negócio? Depois da Casa de Hades eu meio que esperava não ter que beber veneno de novo.

— Guarde isso em segurança — disse Annabeth. — Por enquanto, é tudo o que podemos fazer. Depois que resolvermos essa situação do deus acorrentado, seguimos para a ilha de Delos.

— *A maldição de Delos* — lembrou Hazel. — Isso parece divertido.

— Espero que Apolo esteja lá — disse Annabeth. — Ele vivia em Delos. É o deus da medicina. Deve poder nos aconselhar.

Piper se lembrou das palavras de Afrodite: *Você deve ser a ponte entre romanos e gregos, minha filha. Nem tempestade nem fogo terão sucesso sem você.*

Afrodite a alertara sobre o que estava por vir, contara a ela o que teria que fazer para deter Gaia. Se teria coragem ou não... Piper não sabia.

A bombordo, a serpente-marinha sabor cereja soltou um jato de vapor.

— É, com certeza ela está nos observando — concluiu Percy. — Talvez fosse melhor ir pelo ar por algum tempo.

— Que seja pelo ar, então! — disse Leo. — Festus, faça as honras!

O dragão de bronze rangeu e estalou. O motor do navio começou a trabalhar. Os remos se ergueram e se expandiram em hélices com o som de noventa guarda-chuvas se abrindo ao mesmo tempo, e o *Argo II* subiu ao céu.

— Devemos chegar a Esparta pela manhã — anunciou Leo. — E lembrem-se de vir ao refeitório à noite, meus caros, porque o *chef* Leo vai fazer seus famosos tacos de tofu superapimentados!

XVIII

PIPER

PIPER NÃO QUERIA QUE UMA mesa de três pernas gritasse com ela.

Quando Jason visitou sua cabine naquela noite, ela tomou o cuidado de deixar a porta aberta, porque Buford, a Mesa Maravilhosa, levava muito a sério sua função de acompanhante adulto. Se tivesse a menor desconfiança de que havia um garoto e uma garota na mesma cabine sem supervisão, ele fumegava e vinha chacoalhando pelo corredor com a projeção holográfica do treinador Hedge berrando: "PARE COM ISSO! PAGUE VINTE FLEXÕES! VISTA ALGUMA COISA!"

Jason se sentou ao pé do beliche.

— Está quase no meu turno de vigia. Só quis ver como você estava antes.

Piper cutucou a perna dele com o pé.

— O cara que foi apunhalado quer saber como *eu* estou? Como *você* está se sentindo?

Ele deu um meio sorriso para ela. Seu rosto estava tão bronzeado pelo tempo passado na costa da África que a cicatriz em seu lábio parecia uma marca de giz. Os olhos azuis estavam ainda mais chamativos. O cabelo, branco como palha de milho, apesar de ele ainda ter uma falha onde havia sido atingido por uma bala da pistola do bandido Círon. Se um arranhão tão pequeno de bronze celestial demorava tanto para cicatrizar, Piper se perguntava como ele iria se recuperar do ferimento de ouro imperial na barriga.

— Já estive pior — disse Jason, tranquilizando-a. — Uma vez, no Oregon, uma *dracaena* cortou fora meus braços.

Piper se assustou. Depois deu um tapa de leve no braço dele.

— Mentiroso.

— Por um segundo eu peguei você.

Ficaram de mãos dadas em um silêncio confortável. Piper quase podia imaginar que eles eram adolescentes normais, aproveitando a companhia um do outro como um casal. Claro, Jason e ela ficaram alguns meses juntos no Acampamento Meio-Sangue, mas a guerra com Gaia sempre esteve pairando sobre eles. Como seria se não estivessem ocupados tentando não morrer doze vezes por dia?

— Eu nunca agradeci a você. — A expressão de Jason ficou séria. — Lá em Ítaca, depois que vi o que... restou de minha mãe, sua *mania*... quando fui ferido, você não deixou que eu desistisse, Pipes. Uma parte minha... — A voz dele vacilou. — Uma parte minha queria fechar os olhos e parar de lutar.

O coração de Piper se contraiu. Ela sentiu o próprio pulso nos dedos.

— Jason... você é um lutador. Você nunca desistiria. Quando encarou o espírito da sua mãe... naquele momento, *você* foi forte, não eu.

— Pode ser. — A voz dele estava seca. — Eu não queria botar um peso tão grande em cima de você, Pipes. É só que... eu tenho o DNA da minha mãe. Minha parte humana veio toda *dela*. E se eu fizer as escolhas erradas? E se eu cometer um erro irremediável quando estivermos lutando contra Gaia? Não quero acabar como minha mãe, reduzido a uma *mania*, remoendo meus arrependimentos para sempre.

Piper cobriu as mãos dele com as suas. Ela sentia como se estivesse de volta ao convés do *Argo II*, segurando a granada de gelo do Boreada pouco antes de explodir.

— Você vai fazer as escolhas certas — disse ela. — Não sei o que vai acontecer com nenhum de nós, mas você *nunca* acabará como sua mãe.

— Como você pode ter tanta certeza?

Piper observou a tatuagem no antebraço dele: SPQR, a águia de Júpiter, doze linhas por seus anos na legião.

— Meu pai me contava uma história sobre fazer escolhas... — Ela balançou a cabeça. — Não, deixa pra lá. Estou parecendo o vovô Tom.

— Vá em frente — disse Jason. — Qual é a história?

— Bem... Havia dois caçadores cherokee na floresta, certo? Cada um deles tinha um tabu.

— Um tabu... uma coisa que eles estavam proibidos de fazer.

— É.

Piper começou a relaxar. Devia ser por isso que seu pai e seu avô sempre gostaram de contar histórias. Era mais fácil falar até sobre o assunto mais aterrorizante quando ele estava sob a forma de algo que tinha acontecido com dois caçadores cherokee séculos antes. Pegue um problema; transforme-o em entretenimento. Talvez por isso o pai dela tivesse virado ator.

— Um dos caçadores — continuou ela — não podia comer carne de veado. O outro não podia comer carne de esquilo.

— Por quê?

— Ei, eu não sei. Alguns tabus cherokee eram proibições permanentes, como matar águias. — Ela deu um tapinha no símbolo do braço de Jason. — *Isso* era azar para praticamente todo mundo. Mas às vezes alguns cherokee assumiam tabus temporários, talvez para purificar o espírito, ou talvez porque *soubessem*, por ouvir o mundo espiritual ou algo assim, que o tabu era importante. Eles seguiam seus instintos.

— Está bem. — Jason parecia confuso. — Vamos voltar aos caçadores.

— Eles passaram o dia inteiro caçando, e a única coisa que pegaram foram esquilos. À noite, armaram acampamento, e o cara que *podia* comer carne de esquilo começou a prepará-la no fogo.

— Nham!

— Mais um motivo para eu ser vegetariana. Enfim, o segundo caçador, que não podia comer carne de esquilo, estava faminto. E só ficou lá sentado apertando a barriga enquanto o amigo comia. O primeiro caçador começou a se sentir culpado. "Ah, vá em frente", disse ele. "Coma um pouco." Mas o segundo caçador resistiu. "É meu tabu. Vou ter problemas sérios. Vou virar uma cobra ou coisa assim." O primeiro riu. "De onde você tirou essa ideia maluca? Não vai acontecer nada. Você pode voltar a evitar carne de esquilo amanhã." O segundo caçador sabia que não deveria, mas comeu.

Jason acariciou a mão dela, atrapalhando sua concentração.

— O que aconteceu?

— No meio da noite, o segundo caçador acordou gritando de dor. O primeiro correu até ele para ver qual era o problema. Ele puxou as cobertas do amigo e viu que as pernas dele tinham virado uma cauda de couro, e o corpo dele ia sendo coberto por pele de cobra. O pobre do caçador chorava, se desculpava com os espíritos e gritava de medo, mas não havia nada a fazer. O primeiro caçador ficou do seu lado e tentou confortá-lo, até que o coitado se transformou completamente em uma serpente gigante e foi embora rastejando. Fim.

— Adoro essas histórias cherokee — disse Jason. — São tão pra cima.

— É, bem…

— Então o cara virou uma cobra. A moral é: Frank está comendo esquilos?

Ela riu, o que foi agradável.

— Não, seu bobo. A questão é: confie em seus instintos. Carne de esquilo pode ser boa para uma pessoa, mas tabu para outra. O segundo caçador *sabia* que tinha um espírito de serpente dentro dele, esperando para assumir o controle. Ele *sabia* que não deveria alimentar esse espírito ruim comendo carne de esquilo, mas fez isso assim mesmo.

— Então… *eu* não devo comer esquilos.

Piper ficou aliviada ao ver o brilho nos olhos dele. Ela pensou em algo que Hazel lhe contara em segredo algumas noites antes: *Acho que Jason é a peça-chave de todo o plano de Hera. Ele foi sua primeira jogada; e será a última.*

— O que quero que entenda — disse Piper, cutucando o peito dele — é que você, Jason Grace, conhece muito bem seus próprios espíritos ruins, e faz o possível para não alimentá-los. Você tem instintos sólidos e sabe segui-los. Por mais que tenha qualidades irritantes, é uma pessoa realmente boa que sempre tenta fazer a escolha certa. Então pare com essa conversa de desistir.

Jason franziu a testa.

— Espere aí. Eu tenho qualidades irritantes?

Ela revirou os olhos.

— Venha aqui.

Ela estava prestes a beijá-lo quando bateram na porta, e Leo surgiu na entrada da cabine.

— Uma festa? Estou convidado?

Jason limpou a garganta.

— Oi, Leo. O que está rolando?

— Ah, nada de mais. — Ele apontou para o convés. — Os *venti* insuportáveis de sempre tentando destruir o navio. Está pronto para o seu turno?

— Sim. — Jason se inclinou e beijou Piper. — Obrigado. E não se preocupe. Estou bem.

— Isso — disse ela — era basicamente o que eu queria provar.

Depois que os garotos saíram, Piper deitou-se em seus travesseiros de plumas de pégaso e ficou contemplando as constelações que o abajur projetava no teto. Ela achava que não ia conseguir dormir, mas um dia inteiro lutando contra monstros no calor do verão cobrou seu preço. Em pouco tempo ela fechou os olhos e mergulhou em um pesadelo.

A Acrópole.

Piper nunca tinha estado lá, mas a reconheceu de fotos: uma fortaleza antiga localizada no alto de uma colina quase tão impressionante quanto a de Gibraltar. Elevava-se cerca de cento e vinte metros acima da Atenas moderna, com penhascos íngremes encimados por muralhas de calcário. No topo, templos em ruínas e guindastes modernos reluziam como prata ao luar.

Em seu sonho, Piper voava acima do Partenon, o antigo templo de Atena; o lado esquerdo de sua casca vazia estava cercado por andaimes de metal.

A Acrópole parecia deserta de mortais, talvez devido aos problemas financeiros da Grécia. Ou talvez as forças de Gaia tivessem arranjado um pretexto para manter os turistas e operários afastados.

A visão de Piper se concentrou no centro do templo. Havia tantos gigantes ali que parecia até uma festa para sequoias centenárias. Piper reconheceu alguns: aqueles gêmeos terríveis de Roma, Oto e Efialtes, vestidos com uniformes iguais de operário de construção; Polibotes, igual à descrição feita por Percy, com veneno escorrendo de seus *dreadlocks* e bocas abertas e famintas esculpidas no peitoral; o pior de todos, Encélado, o gigante que raptara o pai de Piper. Sua armadura era gravada com desenhos de chamas; e o cabelo, trançado com ossos humanos. Sua lança, do tamanho de um mastro de bandeira, queimava com labaredas roxas.

Piper tinha ouvido dizer que cada gigante nascera para se opor a um deus, mas havia *muito* mais do que doze gigantes reunidos ali no Partenon. Ela contou pelo menos vinte, e, como se isso não fosse intimidador o suficiente, uma horda de monstros menores se agitava ao redor dos gigantes: ciclopes, ogros, Nascidos da Terra de seis braços e *dracaenae*.

No centro da multidão havia um trono improvisado feito de andaimes retorcidos e blocos de pedra aparentemente arrancados aleatoriamente das ruínas.

Enquanto Piper observava, um novo gigante subiu os degraus na extremidade oposta da Acrópole. Ele vestia um enorme moletom esportivo de veludo, tinha correntes de ouro no pescoço e cabelo penteado para trás com gel, parecendo um membro de gangue de dez metros de altura — isso se os membros de gangue tivessem pés de dragão e pele laranja. O gigante mafioso correu na direção do Partenon, onde entrou aos tropeços, esmagando vários Nascidos da Terra sob seus pés. Ele parou sem fôlego ao pé do trono.

— Onde está Porfírion? — perguntou. — Trago notícias!

O velho inimigo de Piper, Encélado, deu um passo à frente.

— Atrasado como sempre, Hipólito. Espero que suas notícias justifiquem a espera. O rei Porfírion deve estar…

O chão entre eles se abriu. Um gigante ainda maior surgiu da terra, como uma baleia irrompendo do mar.

— O rei Porfírion está aqui — anunciou o próprio.

Ele parecia exatamente igual ao que Piper se lembrava da Casa dos Lobos, em Sonoma. Com doze metros de altura, era mais alto que seus irmãos. Na verdade — percebeu Piper, com preocupação —, era do mesmo tamanho da Atena Partenos, que antigamente tinha habitado aquele templo. Em suas tranças da cor de algas marinhas brilhavam armas capturadas de semideuses. O rosto era cruel e verde-claro; os olhos, brancos como a névoa. Seu corpo parecia irradiar uma espécie de gravidade, fazendo os outros monstros se inclinarem na direção dele. Terra e seixos corriam pelo chão, acumulando-se ao redor de seus enormes pés de dragão.

O gigante mafioso, Hipólito, se ajoelhou.

— Meu rei, trago informações sobre o inimigo!

Porfírion sentou-se no trono.

— Fale.

— O navio dos semideuses está fazendo a volta no Peloponeso. Eles já destruíram os fantasmas em Ítaca e capturaram a deusa Nice em Olímpia.

A multidão de monstros se agitou, preocupada. Um ciclope roeu as unhas. Duas *dracaenae* trocaram moedas como se estivessem fazendo apostas em um bolão do Fim do Mundo.

Porfírion apenas riu.

— Hipólito, você quer matar seu inimigo Hermes e se tornar o mensageiro dos gigantes?

— Sim, meu rei!

— Então vai ter que trazer notícias mais frescas. Eu já sei de tudo isso. E nada disso importa! Os semideuses tomaram a rota que *esperávamos* que eles tomassem. Eles seriam tolos se seguissem por qualquer outro caminho.

— Mas, senhor, eles vão chegar a Esparta pela manhã! Se conseguirem libertar os *makhai*...

— Idiota! — A voz de Porfírion abalou as ruínas. — Nosso irmão, Mimas, espera por eles em Esparta. Você não precisa se preocupar. Os semideuses não podem mudar seu destino. De um jeito ou de outro, o sangue deles será derramado sobre estas pedras e despertará a Mãe Terra!

A multidão rugiu em aprovação e brandiu suas armas. Hipólito fez uma reverência e se afastou, mas outro gigante se aproximou do trono.

Piper notou, com certa surpresa, que aquele gigante era uma *mulher*. Não que fosse fácil perceber isso. A giganta tinha os mesmos pés de dragão e cabelo comprido trançado. Era tão alta e musculosa quanto os outros, mas seu peitoral com certeza era modelado para uma mulher. Também tinha a voz mais alta e aguda.

— Pai! — exclamou ela. — Vou perguntar de novo: por que aqui, neste lugar? Por que não nas encostas do próprio Monte Olimpo? Sem dúvida...

— Peribeia — interrompeu o rei, com gravidade. — A questão está decidida. O Monte Olimpo original agora é um pico estéril. Não nos oferecerá glória. Aqui, no centro do mundo grego, as raízes dos deuses são realmente profundas. Podem existir templos mais antigos, mas este *Partenon* é o que melhor guarda sua memória. Na mente dos mortais, este é o símbolo mais poderoso dos olimpianos. Quando o sangue dos últimos heróis for derramado aqui, a Acrópole será destruída. Este morro vai desmoronar, e toda a cidade vai ser consumida pela Mãe Terra. Nós seremos os mestres da criação!

A multidão gritou e aplaudiu, mas a giganta Peribeia não pareceu convencida.

— O senhor provoca o destino, pai — disse ela. — Os semideuses também têm aliados aqui. Não é sábio...

— SÁBIO? — Porfírion se levantou do trono. Todos os gigantes deram um passo para trás. — Encélado, meu conselheiro, explique à minha filha o que é sabedoria!

O gigante se aproximou. Seus olhos brilhavam como diamantes. Piper odiava aquele rosto. Ela o vira demais em seus sonhos quando o pai tinha sido feito prisioneiro.

— Não precisa se preocupar, princesa — garantiu Encélado. — Nós tomamos Delfos. Apolo foi expulso do Olimpo em vergonha. Os deuses não podem mais ver o futuro. Eles tropeçam às cegas. E sobre provocar o destino...

Encélado gesticulou para sua esquerda, e um gigante menor se aproximou arrastando os pés. Ele tinha cabelo grisalho e emaranhado, rosto enrugado e olhos leitosos de catarata. Em vez de armadura, usava uma túnica esfarrapada de aniagem. Suas pernas com escamas de dragão eram brancas como a geada.

Ele não parecia grande coisa, mas Piper percebeu que os outros monstros mantinham distância dele. Até Porfírion se inclinou para longe do velho.

— Este é Toas — disse Encélado. — Assim como vários de nós nascemos para matar certos deuses, Toas nasceu para se opor às Três Parcas. Ele vai estrangular as velhas com as próprias mãos. Vai arrebentar o fio delas e destruir seu tear. Ele vai destruir o próprio Destino!

O rei Porfírion se levantou e abriu os braços em triunfo.

— Basta de profecias, meus amigos! Basta de previsões! O tempo de Gaia será nossa era, vamos criar nosso próprio destino!

Ao ouvir isso, a multidão aplaudiu tão alto que Piper sentiu como se estivesse desmoronando.

Então percebeu que alguém a estava sacudindo para que acordasse.

— Ei — disse Annabeth. — Chegamos a Esparta. Quer se aprontar?

Piper sentou-se, ainda zonza. Seu coração batia forte.

— Claro... — Ela segurou o braço de Annabeth. — Mas, primeiro, você precisa escutar uma coisa.

XIX

PIPER

Quando ela repetiu o sonho para Percy, os banheiros do navio explodiram.

— Vocês duas não vão para lá sozinhas de jeito nenhum — disse Percy.

Leo veio correndo pelo corredor, balançando uma chave inglesa.

— Cara, você *tinha* que destruir o encanamento?

Percy o ignorou. Água corria pelo passadiço. Do casco vinha um barulho ensurdecedor, de mais canos estourando e pias transbordando. Piper achou que Percy não tivera a intenção de causar tanto estrago, mas sua expressão irritada a fez querer deixar o navio o mais rápido possível.

— Vamos ficar bem — disse Annabeth a ele. — Piper previu nós duas indo até lá, então é isso o que precisa acontecer.

Percy olhou para Piper como se tudo aquilo fosse culpa dela.

— E esse sujeito, Mimas? Ele é um gigante, não é?

— Provavelmente — respondeu ela. — Porfírion o chamou de *nosso irmão*.

— E uma estátua de bronze cercada de fogo — disse Percy. — E aquelas… outras coisas que você mencionou. *Mackies?*

— *Makhai* — corrigiu Piper. — Acho que a palavra significa *batalhas* em grego, mas não sei exatamente como ela se aplica.

— É disso que estou falando! — disse Percy. — Não sabemos o que tem lá. Eu vou com vocês.

— Não. — Annabeth pôs a mão no braço dele. — Se os gigantes querem nosso sangue, a última coisa que precisamos é de um garoto e uma garota indo lá juntos. Não se lembra? Eles querem um de cada para seu grande sacrifício.

— Então vou chamar Jason — disse Percy. — E nós dois...

— Cabeça de Alga, você está sugerindo que dois garotos podem resolver isso melhor que duas garotas?

— Não. Quer dizer... não. Mas...

Annabeth o beijou.

— Estaremos de volta antes que você perceba.

Piper subiu as escadas atrás dela antes que todo o convés inferior ficasse alagado com água de privada.

Uma hora depois, as duas estavam em uma colina de onde se avistavam as ruínas da Esparta Antiga. Já haviam explorado a cidade moderna, que, estranhamente, fez Piper se lembrar de Albuquerque — um grupo de construções baixas, quadradas e brancas espalhado sobre uma planície aos pés de montanhas arroxeadas. Annabeth tinha insistido em conferir o museu de arqueologia, depois a estátua gigante de metal do guerreiro espartano, no fórum, depois o Museu Nacional da Azeitona e do Azeite de Oliva (sim, isso existia de verdade). Piper aprendeu mais sobre azeite do que jamais quis saber, mas nenhum gigante as atacou. E elas não encontraram nenhuma estátua de um deus acorrentado.

Annabeth parecia relutante em verificar as ruínas nos limites da cidade, mas finalmente elas ficaram sem outros lugares onde procurar.

Não havia muito para ver. Segundo Annabeth, a colina onde elas se encontravam agora era a acrópole de Esparta, o ponto mais alto da cidade e sua principal fortaleza, mas nada tinha a ver com a maciça acrópole ateniense que Piper vira em seus sonhos.

A elevação desgastada estava coberta por grama seca, pedras e oliveiras mirradas. Lá embaixo, ruínas se estendiam por cerca de quinhentos metros: blocos de calcário, algumas paredes desmoronadas e buracos no chão contornados por ladrilhos, parecendo poços de água.

Piper pensou no filme mais famoso de seu pai, *Rei de Esparta*, em que os espartanos eram retratados como super-homens invencíveis. Ela achava triste que seu legado tivesse sido reduzido a um terreno cheio de pedras e uma cidadezinha moderna com um museu dedicado ao azeite.

Ela limpou o suor da testa.

— Achei que seria mais fácil encontrar um gigante de dez metros por aqui.

Annabeth olhava fixamente para a forma distante do *Argo II* flutuando acima do centro da cidade. Segurava o pingente de coral vermelho em seu cordão, presente de Percy quando eles começaram a namorar.

— Você está pensando em Percy — presumiu Piper.

Annabeth assentiu.

Desde a volta do Tártaro, Annabeth contara a Piper muitas coisas assustadoras que tinham acontecido lá. No topo de sua lista: Percy controlando uma poça de veneno e sufocando a deusa Akhlys.

— Ele parece estar se ajustando — disse Piper. — Está sorrindo com mais frequência. Você sabe que ele gosta muito de você.

Annabeth se sentou. Seu rosto de repente ficou pálido.

— Não sei por que de repente pensei nisso. Não consigo tirar essa lembrança da cabeça... a expressão de Percy quando ele estava à beira do Caos.

Talvez Piper só estivesse reagindo ao desconforto de Annabeth, mas ela também começou a se sentir agitada.

Ela pensou no que Jason dissera na noite anterior: *Uma parte minha queria fechar os olhos e parar de lutar.*

Ela fizera o possível para tranquilizá-lo, mas ainda estava preocupada. Como aquele caçador cherokee que se transformou em cobra, *todos* os semideuses tinham por dentro sua própria cota de espíritos ruins. Defeitos fatais. Algumas crises os faziam aflorar. Alguns limites não deviam ser ultrapassados.

Se isso era verdade para Jason, como podia não ser igual para Percy? O cara tinha literalmente ido ao inferno e voltado. Mesmo quando não tinha a intenção, ele fazia os vasos sanitários explodirem. O que aconteceria se Percy *quisesse* agir de modo assustador?

— Dê um tempo a ele. — Ela sentou ao lado de Annabeth. — O cara é louco por você. Vocês passaram por tantas coisas juntos...

— Eu sei... — Os olhos cinza de Annabeth refletiam o verde das oliveiras. — É só que... O titã Bob me avisou que haveria mais sacrifícios pela frente. Eu quero muito acreditar que um dia nós vamos poder ter uma vida normal... Mas eu me permiti ter esse tipo de esperança no verão passado, depois da Guerra dos Titãs. Então Percy desapareceu por *meses*. Aí nós caímos naquele abismo... — Uma lágrima escorreu pelo rosto de Annabeth. — Piper, se você tivesse visto o rosto do deus Tártaro, aquele turbilhão de escuridão, devorando e vaporizando monstros... Nunca me senti tão *impotente*. Eu tento não pensar nisso...

Piper segurou as mãos da amiga, que tremiam muito. Ela se lembrou de seu primeiro dia no Acampamento Meio-Sangue, quando Annabeth a levou para um tour. A garota estava abalada pelo desaparecimento de Percy, e, apesar de a própria Piper estar bem desorientada e assustada, confortar Annabeth fez com que ela se sentisse necessária, como se pudesse realmente ter um lugar entre aqueles semideuses absurdamente poderosos.

Annabeth Chase era a pessoa mais corajosa que ela conhecia. Se até *ela* precisava de um ombro para chorar de vez em quando... bem, era um prazer para Piper oferecer o seu.

— Ei — disse ela com delicadeza. — Não tente reprimir seus sentimentos. Você não vai conseguir. Deixe que eles corram livremente por você até se esgotarem. Você está com medo.

— Pelos deuses, estou com medo, sim.

— Você está com raiva.

— De Percy, por me assustar — disse ela. — De minha mãe, por me mandar naquela missão horrível em Roma. De... bem, praticamente de todo mundo. De Gaia. Dos gigantes. Dos deuses, por serem imbecis.

— De mim? — perguntou Piper.

Annabeth conseguiu soltar uma risada fraca.

— Sim, por ser irritantemente calma.

— É tudo fingimento.

— E por ser uma boa amiga.

— Sei.

— E por ter a cabeça no lugar em relação a garotos e relacionamentos e...

— Desculpe. Tem certeza que você me conhece?

Annabeth deu um soquinho no braço dela.

— Sou uma boba mesmo, sentada aqui falando sobre meus sentimentos quando temos uma missão.

— A batida do coração do deus acorrentado pode esperar.

Piper tentou sorrir, mas seus próprios medos emergiram: ela temia por Jason e seus amigos no *Argo II* e por si mesma, se não conseguisse fazer o que Afrodite aconselhara. *No fim, você só terá forças para uma única palavra. Deve ser a palavra certa, ou você perderá tudo.*

— Aconteça o que acontecer — disse ela a Annabeth —, sou sua amiga. Só... lembre-se disso, está bem?

Especialmente se eu não estiver por perto para lembrar você, pensou Piper.

Annabeth começou a dizer algo, mas, de repente, um som ensurdecedor veio das ruínas. Um dos buracos no chão, que Piper tinha confundido com poços de água, soltou um jato de chamas que alcançou a altura de um prédio de três andares e parou com a mesma rapidez.

— O que foi isso? — perguntou Piper.

Annabeth deu um suspiro.

— Não sei, mas tenho a sensação de que é melhor irmos lá para dar uma olhada.

Havia três buracos lado a lado como furos de uma flauta doce. Todos eram perfeitamente redondos, com sessenta centímetros de diâmetro e as bordas revestidas de pedra calcária; todos mergulhavam direto na escuridão. Em intervalos aleatórios de alguns segundos, uma das três bocas jorrava uma coluna de fogo para o céu. A cada vez, de cor e intensidade diferentes.

— Eles não estavam fazendo isso antes. — Annabeth deu uma volta larga nos poços. Ainda parecia abalada e pálida, mas sua mente estava obviamente concentrada no problema atual. — Não parece haver nenhum padrão. O intervalo de tempo, as cores, a altura das chamas... eu não entendo.

— Será que de algum modo nós os ativamos? Talvez aquela onda de medo que você sentiu no alto da colina... Ah, quer dizer, que *nós duas* sentimos.

Annabeth não pareceu ouvi-la.

— Deve haver alguma espécie de mecanismo... uma placa de pressão, um sensor de movimento.

Chamas jorraram da abertura do meio. Annabeth contou em silêncio. Algum tempo depois, o jato surgiu à esquerda.

— Isso não faz sentido. É inconsistente. Eles precisam seguir algum tipo de lógica.

Piper começou a ouvir uma campainha no ouvido. Alguma coisa naqueles poços...

Cada vez que um deles se acendia, ela era tomada por uma emoção forte: medo, pânico, mas também um desejo poderoso de se aproximar das chamas.

— Não é racional — disse ela. — É emocional.

— Como poços de fogo podem ser emocionais?

Piper estendeu a mão sobre o poço da direita. As chamas jorraram instantaneamente. Ela mal teve tempo de tirar os dedos. Suas unhas fumegaram.

— Piper! — Annabeth correu até ela. — *O que* você estava pensando?

— Eu não estava pensando. Estava sentindo. O que nós queremos está lá embaixo. Esses buracos são a entrada. Vou ter que pular.

— Ficou *maluca*? Mesmo que não fique presa lá dentro, você não tem ideia da profundidade.

— Tem razão.

— Você vai ser queimada viva!

— É possível. — Piper tirou a espada da cintura e a jogou no poço da direita. — Aviso quando for seguro. Espere até eu chamar.

— Nem pense... — começou Annabeth.

Piper pulou.

Por um instante ela se sentiu flutuar na escuridão, e as laterais do poço queimaram seus braços. Então o espaço se abriu ao seu redor. Instintivamente, ela se encolheu e rolou sobre o chão de pedra, absorvendo a maior parte do impacto da queda.

Chamas jorraram à sua frente, queimando suas sobrancelhas, mas Piper recuperou a espada, tirou-a da bainha e golpeou antes mesmo de parar de rolar. Uma cabeça de dragão de bronze quicou no chão.

Piper se levantou, tentando se situar. Olhou para baixo, para a cabeça de dragão perfeitamente decapitada, e sentiu um instante de culpa, como se tivesse matado Festus. Mas aquele não era Festus.

Havia três estátuas de dragão de bronze lado a lado, alinhadas com os buracos no solo, lá no alto. Piper tinha acertado a do meio. Os dois dragões intactos tinham quase um metro de altura, com os focinhos apontados para cima e as bocas fumegantes abertas. Eles eram claramente as fontes das chamas, mas não pareciam ser autômatos. Não se mexeram nem tentaram atacá-la. Piper calmamente decapitou os outros dois.

Ela esperou. Não jorraram mais chamas para o alto.

— Piper? — A voz de Annabeth ecoou de muito longe, como se ela estivesse berrando do alto de uma chaminé.

— Oi! — gritou Piper.

— Graças aos deuses! Você está bem?

— Estou. Espere um segundo.

Sua visão se ajustou à escuridão. Ela examinou a câmara. A única luz vinha de sua lâmina reluzente e das aberturas dos poços. O teto estava a cerca de dez metros de altura. O normal seria que Piper tivesse quebrado as duas pernas na queda, mas ela não ia reclamar da sorte.

O espaço em si era redondo, mais ou menos do tamanho de um heliporto. As paredes eram de blocos de pedra áspera entalhados com inscrições gregas, milhares e milhares delas, como grafite.

Na outra extremidade do salão, sobre uma plataforma de pedra, havia a estátua de um guerreiro em tamanho natural — o deus Ares, supôs Piper —, com correntes de bronze pesadas enroladas no corpo, prendendo-a ao chão.

Dos dois lados da estátua assomavam portais escuros, cada um com três metros de altura e uma cara ameaçadora esculpida acima da arcada. Os rostos lembraram a Piper as górgonas, exceto pelo fato de que tinham jubas de leão como cabelo em vez de cobras.

De repente Piper se sentiu muito solitária.

— Annabeth! — chamou ela. — É uma queda longa, mas dá para descer sem problemas. Será que... será que você tem uma corda que possa ajudar a gente a subir de volta?

— Pode deixar!

Minutos depois, ela viu uma corda surgir pelo poço do meio. Annabeth desceu escorregando por ela.

— Piper McLean — reclamou ela. — Esse foi sem dúvida o risco *mais idiota* que eu já vi alguém correr, e eu *namoro* um cara que adora correr riscos idiotas.

— Valeu. — Piper cutucou com o pé a cabeça de dragão mais próxima. — Estou achando que estes são os dragões de Ares. O dragão é um de seus animais sagrados, não é?

— E ali está o próprio deus acorrentado. Aonde será que aqueles portais...

Piper ergueu a mão.

— Ouviu isso?

O som parecia uma batida de tambor... com eco metálico.

— Está vindo da estátua — concluiu Piper. — A batida do coração do deus acorrentado.

Annabeth sacou sua espada de osso de drakon. À luz fraca, seu rosto tinha uma palidez fantasmagórica, e seus olhos pareciam ter perdido a cor.

— Eu... eu não gosto disso, Piper. Nós precisamos ir embora.

A parte racional de Piper concordou. Sua pele se arrepiou. Suas pernas estavam ansiosas para correr. No entanto, havia alguma coisa estranhamente familiar naquela câmara...

— O santuário está intensificando nossas emoções — concluiu ela. — É como estar perto de minha mãe, só que este lugar irradia medo, não amor. Foi por isso que você começou a ficar deprimida lá no alto da colina. Aqui embaixo é mil vezes pior.

Annabeth examinou as paredes.

— Está bem... Precisamos de um plano para tirar a estátua daqui. Talvez içá-la com a corda, mas...

— Espere. — Piper olhou para as caras raivosas de pedra acima dos portais. — Um santuário que irradia medo. Ares tinha dois filhos divinos, não?

— F-fobos e Deimos.— Annabeth sentiu um calafrio. — Pânico e Medo. Percy conheceu os dois em Staten Island.

Piper resolveu não perguntar o que os deuses gêmeos do pânico e do medo tinham ido fazer em Staten Island.

— Acho que são os rostos deles acima das entradas dos túneis. Este lugar não é apenas um santuário de Ares. É um templo do medo.

Uma risada grave ecoou pela câmara.

Um gigante surgiu à direita de Piper. Ele não chegou por nenhum dos portais. Simplesmente emergiu da escuridão, como se estivesse camuflado contra a parede.

Ele era pequeno para um gigante, devia ter uns oito metros de altura, o que lhe dava espaço suficiente para golpear com o enorme martelo que tinha nas mãos. Sua armadura, a pele e as pernas de dragão eram todas da cor do carvão. Fios de cobre e placas de circuitos quebradas brilhavam nas tranças de seu cabelo preto como petróleo.

— Muito bom, filha de Afrodite. — O gigante sorriu. — Este é mesmo o Templo do Medo. E eu estou aqui para convertê-las.

XX

PIPER

PIPER SABIA O QUE ERA medo, mas aquilo era diferente.

Ondas de terror quebravam sobre ela. Suas juntas se transformaram em gelatina. Seu coração se recusava a bater.

Suas piores lembranças inundaram sua mente: o pai amarrado e espancado em Monte Diablo; a briga mortal de Percy e Jason no Kansas; os três se afogando no ninfeu em Roma; ela enfrentando sozinha Quione e os Boreadas. Mas o pior de tudo foi reviver toda a sua conversa com a mãe sobre o que estava para acontecer.

Paralisada, Piper viu o gigante erguer o martelo para esmagá-las. No último instante, ela saltou para o lado, derrubando Annabeth.

O martelo quebrou o chão, salpicando estilhaços de pedra pelas costas de Piper.

O gigante riu.

— Ah, isso não foi justo!

Ele ergueu outra vez o martelo.

— Annabeth, levante-se!

Piper a ajudou a ficar de pé e a arrastou para a extremidade mais distante da câmara, mas Annabeth se movia de modo letárgico, com os olhos arregalados e vidrados.

Piper entendeu por quê. O templo amplificava os medos delas. Piper tinha visto algumas coisas horríveis, mas não eram *nada* em comparação ao que Annabeth havia experimentado. Se ela estivesse tendo lembranças do Tártaro, realçadas e somadas a outras recordações ruins, sua mente não seria capaz de resistir. Ela podia ficar literalmente louca.

— Eu estou aqui — prometeu Piper, tentando transmitir em sua voz o máximo de segurança. — Nós *vamos* sair dessa.

O gigante riu.

— Uma filha de Afrodite liderando uma filha de Atena! Agora eu já vi de tudo. Como você planeja me derrotar, menina? Com maquiagem e dicas de moda?

Alguns meses antes, aquele comentário poderia tê-la machucado, mas Piper já tinha superado aquilo. O gigante caminhou pesadamente na direção delas. Felizmente, ele era lento e carregava um martelo pesado.

— Annabeth, confie em mim — disse Piper.

— Um... um plano — gaguejou ela. — Eu vou para a esquerda. Você vai para a direita. Se nós...

— Annabeth, chega de planos.

— O q-quê?

— *Chega* de planos. Só me siga!

O gigante golpeou com o martelo, mas elas se esquivaram com facilidade. Piper saltou para a frente e cortou a parte de trás do joelho do gigante com sua espada. Enquanto ele urrava de raiva, Piper puxou Annabeth para o túnel mais próximo. Imediatamente elas foram engolidas pela escuridão.

— Suas tolas! — gritou o gigante, de algum lugar atrás delas. — Esse é o caminho errado!

— Não pare. — Piper segurava firme a mão de Annabeth. — Está tudo bem. Vamos.

Ela não enxergava nada. Até o brilho de sua espada tinha se apagado. Mas Piper mesmo assim seguia em frente rapidamente e sem hesitar, confiando em suas emoções. Pelo eco de seus passos, o espaço em torno delas devia ser uma caverna ampla, mas ela não podia ter certeza. Então simplesmente seguia na direção que a deixava com mais medo.

— Piper, é como a Mansão da Noite — disse Annabeth. — Precisamos fechar os olhos.

— Não! — exclamou Piper. — Mantenha os olhos abertos. Não podemos tentar nos esconder.

A voz do gigante veio de algum lugar à frente delas:

— Perdidas para sempre. Engolidas pelas trevas.

Annabeth congelou, forçando Piper a parar também.

— Por que nós simplesmente entramos aqui? — perguntou Annabeth. — Estamos perdidas. Nós fizemos *exatamente* o que ele queria! Devíamos ter aguardado um pouco, conversado com o inimigo, pensado em um plano. Isso *sempre* funciona!

— Annabeth, eu *nunca* ignoro seus conselhos. — Piper mantinha a voz firme. — Mas, desta vez, preciso fazer isso. Não vamos conseguir derrotar este lugar usando a razão. Você não tem como escapar de suas emoções *raciocinando*.

O riso do gigante ecoou como uma detonação subterrânea.

— Desespere-se, Annabeth Chase! Eu sou Mimas, nascido para matar Hefesto. Sou o algoz dos planos, o destruidor das máquinas bem-lubrificadas. Nada dá certo em minha presença. Mapas são lidos equivocadamente. Aparelhos quebram. Dados são perdidos. As melhores mentes viram mingau!

— E-eu já enfrentei piores que você! — exclamou Annabeth.

— Ah, sei! — Dessa vez, a voz do gigante soou muito mais próxima. — Você não está com medo?

— Nunca!

— Claro que estamos com medo — corrigiu Piper. — Aterrorizadas!

Ela sentiu um movimento no ar. Bem a tempo, Piper empurrou Annabeth para o lado.

CRASH!

De repente, elas estavam de volta à câmara circular. A luz fraca agora era quase cegante. O gigante estava ali bem perto delas, tentando arrancar o martelo do chão onde ele o cravara. Piper se lançou sobre ele e enfiou sua lâmina na coxa do gigante.

— UGHHHHH!

Mimas soltou o martelo e arqueou as costas.

Piper e Annabeth se esconderam atrás da estátua acorrentada de Ares, que ainda pulsava com um som metálico: *tum-tum, tum-tum, tum-tum.*

O gigante Mimas se virou para elas. O ferimento em sua perna já estava se curando.

— Vocês não podem me derrotar — rosnou ele. — Na última guerra, foram necessários *dois* deuses para me derrotar. Eu nasci para matar Hefesto, e teria feito isso se Ares não tivesse se aliado a ele! Vocês deveriam ter ficado paralisadas de medo. Teriam tido uma morte mais rápida.

Alguns dias antes, ao enfrentar Quione no *Argo II*, Piper tinha começado a falar sem pensar, seguindo seu coração independentemente do que dizia seu cérebro. Naquele momento, ela fez a mesma coisa: foi para a frente da estátua e encarou o gigante, apesar de seu lado racional gritar: *FUJA, SUA IDIOTA!*

— Este templo — disse ela. — Os espartanos não acorrentaram Ares para que seu espírito ficasse na cidade.

— Ah, não?

Os olhos do gigante brilharam de divertimento. Ele agarrou o martelo e o arrancou do chão.

— Este templo é dos meus irmãos, Deimos e Fobos. — A voz de Piper tremia, mas ela não tentou esconder isso. — Os espartanos vinham aqui se preparar para as batalhas, encarar seus medos. Ares foi acorrentado para lembrá-los de que a guerra tinha consequências. O poder dele, os espíritos da batalha, os *makhai*, não deveriam ser libertados a menos que se entendesse como eles eram terríveis, a menos que se *sentisse* medo.

Mimas riu.

— Uma filha da deusa do amor me dando uma lição sobre guerra. O que você sabe sobre os *makhai*?

— Você já vai descobrir.

Piper correu direto para o gigante, fazendo-o se desequilibrar. Quando viu a espada dentada vindo em sua direção, os olhos dele se arregalaram, e Mimas cambaleou para trás e bateu a cabeça na parede. Uma rachadura irregular se abriu e subiu pelas pedras. Poeira choveu do teto.

— Piper, este lugar é instável! — alertou Annabeth. — Se não sairmos...

— Nem pense em fugir!

Piper correu na direção da corda delas, que pendia do teto. Pulou o mais alto que podia e a cortou.

— Piper, você ficou maluca?

Provavelmente, pensou ela. Mas Piper sabia que aquela era a única maneira de sobreviver. Ela tinha que contrariar a razão e, em vez disso, seguir a emoção, manter o gigante no chão.

— Isso doeu! — Mimas esfregou a cabeça. — Você *sabe* que não pode me matar sem a ajuda de um deus, e Ares não está aqui! Da próxima vez que eu enfrentar aquele idiota petulante, vou fazê-lo em pedaços. *Para começar*, eu nem teria que lutar contra ele se Damásen, aquele tolo covarde, tivesse feito seu trabalho...

Annabeth soltou um grito gutural:

— *Não* fale mal de Damásen!

Ela correu para cima de Mimas, que por pouco não conseguiu desviar a lâmina de drakon com o cabo de seu martelo. Ele tentou agarrar Annabeth, mas Piper se lançou sobre ele, cortando o rosto do gigante com sua lâmina.

— AHHH!

Mimas cambaleou.

Uma pilha de *dreadlocks* caiu no chão com mais uma coisa: *algo* grande e carnudo que jazia em uma poça de icor dourado.

— Minha orelha! — gritou Mimas, cheio de dor.

Antes que o gigante pudesse se recuperar, Piper puxou Annabeth pelo braço, e juntas elas entraram correndo pelo segundo túnel.

— Eu vou derrubar este templo! — urrou o gigante. — A Mãe Terra vai me libertar, mas vocês serão esmagadas!

O chão tremeu. O som de pedras se quebrando ecoava por toda a volta delas.

— Piper, pare — implorou Annabeth. — C-como você está lidando com isso? O medo, a raiva...

— Não tente controlá-los. Este lugar é para isso. Você tem que aceitar o medo, se adaptar a ele, se deixar levar como se estivesse nas corredeiras de um rio.

— Como você *sabe* disso?

— Eu não sei. Eu apenas sinto.

Em algum lugar ali perto, uma parede desmoronou com o barulho de tiros de canhão.

— Você cortou a corda — disse Annabeth. — Agora nós vamos morrer aqui embaixo!

Piper segurou o rosto da amiga e a puxou para a frente até as suas testas se tocarem. Pelas pontas de seus dedos, ela sentia o pulso acelerado da outra.

— Não dá para ser racional com o medo. Nem com o ódio. Ambos são como o amor: são emoções quase *idênticas*. É por isso que Ares e Afrodite gostam um do outro. Seus filhos gêmeos, Medo e Pânico, foram gerados tanto pelo amor quanto pela guerra.

— Mas eu não… Isso não faz sentido.

— Não — concordou Piper. — Pare de pensar sobre isso. Apenas *sinta*.

— Eu *odeio* isso.

— Eu sei. Você não pode planejar seus sentimentos, Annabeth. É como sua relação com Percy, e sobre o futuro… É impossível controlar todas as possibilidades. Você precisa aceitar isso. *Deixe* que assuste você. Confie que vai ficar tudo bem mesmo assim.

Annabeth balançou a cabeça.

— Não sei se consigo.

— Então, por enquanto, se concentre em vingar Damásen, e Bob.

Um momento de silêncio.

— Eu estou bem agora.

— Ótimo, porque preciso de sua ajuda. Vamos sair correndo daqui juntas.

— E depois?

— Não tenho ideia.

— Pelos deuses, odeio quando é você que está liderando.

Piper riu, o que surpreendeu até ela mesma. Medo e amor *estavam* mesmo ligados. Naquele momento, ela se agarrou ao amor que sentia pela amiga.

— Vamos lá!

Elas correram para nenhum lugar em especial e se viram de volta na câmara principal, às costas do gigante. Cada uma cortou uma das pernas de Mimas, fazendo-o cair de joelhos.

O gigante uivou. Mais pedaços de pedra caíram do teto.

— Mortais fracas! — Mimas lutou para se levantar. — Nenhum de seus planos pode me derrotar!

— Isso é bom — disse Piper. — Porque eu não tenho um plano.

Ela correu na direção da estátua de Ares.

— Annabeth, mantenha nosso amigo ocupado!

— Ah, ele está ocupado!

— ARGHHHH!

Piper olhou para o rosto cruel de bronze do deus da guerra. A estátua vibrava com o ruído baixo de uma pulsação metálica.

Os espíritos da batalha, pensou ela. Eles estão lá dentro, esperando para ser libertados.

Mas não cabia a ela fazer isso, não até que tivesse provado a própria coragem.

A câmara tornou a trepidar. Surgiram mais rachaduras nas paredes. Piper olhou para as imagens esculpidas acima dos portais: os rostos gêmeos carrancudos de Medo e Pânico.

— Meus irmãos — disse Piper. — Filhos de Afrodite... Eu lhes ofereço um sacrifício.

Ela pôs sua cornucópia aos pés de Ares. O chifre mágico tinha ficado tão conectado a suas emoções que podia amplificar sua raiva, seu amor ou seu pesar e, de acordo com esses sentimentos, despejar sua generosidade. Ela torcia para que aquilo agradasse aos deuses do medo. Ou talvez eles apenas gostassem de seguir uma dieta rica em frutas e verduras frescas.

— Estou apavorada — confessou ela. — Não quero fazer isso. Mas aceito que seja necessário.

Ela girou sua espada e decepou a cabeça de bronze da estátua.

— Não! — berrou Mimas.

Um jato de fogo jorrou violentamente do pescoço cortado da estátua. As chamas giraram em torno de Piper e encheram a câmara com um turbilhão de emoções: ódio, medo e sede de sangue, mas também amor, porque ninguém podia encarar uma batalha sem amar *alguma coisa* — os companheiros, a família, o lar.

Piper abriu os braços; os *makhai* a colocaram no centro de seu rodamoinho.

Vamos responder ao seu chamado, sussurraram eles em sua mente. *Apenas uma única vez, quando precisar de nós, destruição, ruína e carnificina irão atendê-la. Nós vamos completar sua cura.*

As chamas desapareceram com a cornucópia, e a estátua de Ares se transformou em pó.

— Menina tola! — Mimas correu na direção dela, com Annabeth seguindo logo atrás. — Os *makhai* a abandonaram!

— Ou talvez eles tenham abandonado *você*! — gritou Piper.

Mimas levantou o martelo, mas tinha se esquecido de Annabeth. Ela deu uma estocada em sua coxa, e o gigante cambaleou para a frente, desequilibrado. Piper avançou com calma até ele e enfiou a espada em sua barriga.

Mimas deu de cara no portal mais próximo. Ele virou de costas no momento em que o rosto de pedra de Pânico se soltou da parede e caiu em cima dele para um beijo de uma tonelada.

O grito do gigante foi interrompido no meio. Seu corpo ficou imóvel. Depois ele se desintegrou em uma pilha de pó de oito metros de altura.

Annabeth encarou Piper.

— O que acabou de acontecer?

— Não sei direito.

— Piper, você foi maravilhosa, mas esses espíritos de fogo que você evocou...

— Os *makhai*...

— Como isso vai nos ajudar a encontrar a cura que estamos procurando?

— Não sei. Eles disseram que eu posso invocá-los quando chegar a hora. Talvez Ártemis e Apolo possam explicar...

De repente, um pedaço da parede despencou como se fosse uma geleira.

Annabeth tropeçou na orelha decepada do gigante e quase caiu.

— Temos que ir embora daqui.

— Estou trabalhando nisso — disse Piper.

— E, hum, acho que essa orelha é seu espólio de guerra.

— Que nojo.

— Daria um escudo lindo.

— Cale a boca, Chase. — Piper olhou fixamente para o segundo portal, o que ainda tinha o rosto de Medo esculpido. — Obrigada, irmãos, por me ajudarem a matar o gigante. Mas preciso de mais um favor: uma saída. E podem acreditar em mim, estou devidamente apavorada. Eu ofereço a vocês essa, hum, bela orelha como sacrifício.

O rosto de pedra não respondeu. Outro pedaço da parede se soltou e caiu. Abriram-se ainda mais rachaduras no teto.

Piper agarrou a mão de Annabeth.

— Vamos passar por este portal. Se isso funcionar, nós talvez saiamos na superfície.

— E se não funcionar?

Piper levantou a cabeça e olhou para o rosto de Medo.

— Vamos descobrir.

A câmara desmoronava em volta das duas quando elas mergulharam na escuridão.

XXI

REYNA

Pelo menos eles não foram parar em outro navio de cruzeiro.

Ao saírem de Portugal, tinham aterrissado no meio do Atlântico, onde Reyna passara o dia inteiro no convés do *Azores Queen* afastando criancinhas da Atena Partenos — elas pareciam achar que a estátua era um toboágua.

Infelizmente, o salto seguinte levou Reyna para casa.

Eles surgiram a três metros do chão, flutuando sobre a área aberta de um restaurante que Reyna logo reconheceu. Ela e Nico caíram em cima de uma enorme gaiola, que se quebrou no ato, jogando-os — junto com três araras muito assustadas — em um amontoado de vasos de samambaias. Já o treinador Hedge caiu em um toldo que cobria um bar. A Atena Partenos aterrissou de pé, com um sonoro *BUM*, esmagando uma mesa e jogando para o alto um guarda-sol verde-escuro, que foi parar em cima da estátua de Nice na mão de Atena. No final, parecia que a deusa da sabedoria segurava um drinque tropical.

— Aaah! — berrou o treinador Hedge.

O toldo se rasgou, fazendo-o cair atrás do bar. Foi um estardalhaço de garrafas e vidros se quebrando. Ele se recuperou bem: ressurgiu por trás do balcão com uma dúzia de miniguarda-chuvas no cabelo, pegou a pistola da máquina de refrigerante e serviu um copo para si mesmo.

— Gostei! — exclamou ele, jogando um pedaço de abacaxi na boca. — Mas será que da próxima vez podemos aterrissar logo no chão e não *em pleno ar*?

Nico saiu se arrastando do meio das samambaias e desabou na cadeira mais próxima, espantando uma arara azul que tentava pousar em sua cabeça. Depois da luta contra Licáon, tinha jogado fora sua jaqueta de aviador, toda rasgada. O estado da camiseta preta com estampa de caveira não era muito melhor. Reyna tinha costurado os cortes de Nico na altura dos bíceps, o que o fazia parecer um tanto assustador, uma espécie de Frankenstein, mas os ferimentos continuavam inchados e vermelhos. Ao contrário das mordidas, garras de lobisomem não transmitiam licantropia, mas Reyna sabia, por experiência própria, que demoravam a sarar e queimavam como ácido.

— Preciso dormir. — Nico olhou ao redor, confuso. — Estamos em segurança?

Reyna observou o pátio do restaurante. O lugar parecia deserto, embora ela não entendesse por quê. Àquela hora da noite, deveria estar lotado. O céu noturno emitia um brilho nublado cor de cerâmica, a mesma cor das paredes do prédio. As sacadas do segundo andar, em torno do pátio, estavam vazias, exceto por vasos de azaleias pendurados nas grades brancas de metal. Por trás de uma parede de portas de vidro, o interior do restaurante estava às escuras. O único som era o gorgolejar solitário da fonte e o ocasional grito de uma arara mal-humorada.

— Aqui é o Barrachina — disse Reyna.

— Viemos parar na China? — perguntou Hedge, abrindo um vidro de cerejas ao marasquino e começando a comer.

— Barrachina. É um restaurante famoso — explicou Reyna. — Fica bem no meio de Viejo San Juan. Acho que foi aqui que inventaram a piña colada, na década de sessenta.

Nico se levantou da cadeira, deitou-se encolhido no chão e já começou a roncar.

O treinador Hedge soltou um arroto.

— Bem, parece que vamos ficar aqui por um tempo. Se eles não inventaram nenhum drinque novo desde os anos sessenta, estão atrasados. Vou começar agora mesmo!

Enquanto Hedge remexia nos utensílios atrás do balcão do bar, Reyna chamou Aurum e Argentum com um assovio. Os cães pareciam desgastados devido à luta contra os lobisomens, mas Reyna os deixou de vigia. Verificou a entrada que dava para a rua. Os portões decorativos de ferro estavam trancados. Uma placa em espanhol e inglês avisava que o restaurante tinha sido reservado para uma festa particular. Aquilo parecia estranho, já que o local estava deserto. No canto da placa estavam gravadas as iniciais HDVM. Isso incomodou Reyna, embora ela não conseguisse identificar o motivo.

Ela espiou através dos portões. A rua Fortaleza encontrava-se estranhamente silenciosa, e o calçamento de pedras azuladas, totalmente livre, sem nenhum pedestre nem carro passando. As fachadas das lojas em tons pastel estavam fechadas e às escuras. Seria domingo? Ou algum tipo de feriado? A sensação de desconforto de Reyna só aumentava.

Atrás dela, o treinador Hedge assoviava alegremente enquanto preparava algo em vários liquidificadores enfileirados. As araras estavam pousadas nos ombros da Atena Partenos. Reyna se perguntou se os gregos ficariam ofendidos se sua estátua sagrada chegasse coberta de cocô de aves tropicais.

Tantos lugares em que Reyna podia ter ido parar... e logo San Juan.

Talvez fosse coincidência, mas ela não acreditava nisso. Porto Rico não ficava no caminho entre a Europa e Nova York. Eles fizeram um bom desvio para o sul.

Além disso, ela estava emprestando sua força para Nico havia alguns dias. Talvez o tivesse influenciado inconscientemente. Ele era atraído por pensamentos dolorosos, medo, escuridão. E a recordação mais dolorosa e sombria de Reyna era San Juan. Seu maior medo? Voltar ali.

Os cães perceberam sua agitação. Rondaram o pátio, rosnando para as sombras. O pobre Argentum andava em círculos por causa da cabeça deslocada, para conseguir enxergar com o olho de rubi que lhe restava.

Reyna tentou se concentrar em lembranças positivas. Sentia saudades do barulho que os pequenos sapos *coquí* faziam, cantando pelas ruas como um coral de tampas de garrafa se abrindo. Tinha saudades do cheiro do mar, das magnólias e dos limoeiros em flor, do pão fresco das *panaderías* locais. Até a umidade do ar lhe era confortável e familiar, como o jato de ar perfumado das secadoras de roupas.

Parte dela queria abrir os portões daquele restaurante e sair explorando a cidade. Ela queria visitar a Plaza de Armas, onde os velhinhos jogavam dominó e o quiosque de café vendia um *espresso* tão forte que fazia suas orelhas doerem. Queria passear pela rua onde tinha morado, a San José, contando os gatos de rua e dando-lhes nomes, inventando uma história para cada um, como fazia com sua irmã. Queria invadir a cozinha do Barrachina e preparar um verdadeiro *mofongo*, com bananas, bacon e alho — um sabor que sempre a lembraria de tardes de domingo, quando ela e Hylla conseguiam escapar de casa por um tempo e, com alguma sorte, comer ali naquela cozinha, onde os funcionários já as conheciam e se compadeciam delas.

Ao mesmo tempo, porém, Reyna queria ir embora dali imediatamente. Queria despertar Nico, por mais cansado que ele estivesse, e forçá-lo a transportá-los para longe dali, para *qualquer* lugar que não fosse San Juan.

Estar tão perto de casa a deixava tensa como um arco de balista.

Ela olhou para Nico. Apesar da noite quente, ele tremia no chão de lajotas. Ela pegou um cobertor da mochila e o cobriu.

Reyna não tinha mais vergonha de querer protegê-lo. Para o bem ou para o mal, eles agora tinham uma ligação. Cada vez que viajavam nas sombras, a exaustão e os tormentos dele transbordavam sobre ela, e Reyna o entendia um pouco melhor.

Nico sentia uma solidão arrasadora. Tinha perdido a irmã mais velha, Bianca. Tinha afastado todos os semideuses que haviam tentado se aproximar dele. Suas experiências no Acampamento Meio-Sangue, no Labirinto e no Tártaro haviam lhe rendido cicatrizes e o deixado receoso de confiar em qualquer um.

Reyna duvidava que fosse possível mudar os sentimentos dele, mas queria ao menos lhe dar apoio. Era algo que todos os heróis mereciam. E esta era exatamente a ideia da Décima Segunda Legião: unir forças para lutar por uma causa mais importante. Você não estava sozinho. Você fazia amigos e conquistava respeito. Mesmo quando não parava de lutar, você ainda tinha um lugar na comunidade. Nenhum semideus deveria sofrer sozinho, como Nico sofria.

Era vinte e cinco de julho. Faltavam sete dias para primeiro de agosto. Em teoria, era tempo suficiente para chegar a Long Island. Quando completassem a missão — *se* completassem —, Reyna faria o que pudesse para garantir que Nico fosse reconhecido por sua bravura.

Ela tirou a mochila do ombro. Tentou colocá-la sob a cabeça de Nico como um travesseiro improvisado, mas seus dedos o atravessaram como se ele fosse uma sombra. Ela puxou rapidamente a mão.

Será que estava tendo alucinações?

Nico tinha despendido energia demais viajando nas sombras... talvez estivesse começando a desaparecer permanentemente. Se continuasse daquele jeito, forçando-se até os limites de sua força, por mais sete dias...

O ruído de um liquidificador de repente a despertou de seus pensamentos.

— Quer um coquetel de frutas? — perguntou o treinador. — Este é de abacaxi, morango, laranja e banana, tudo enterrado debaixo de uma montanha de coco ralado. Eu o batizei de Hércules!

— Eu... eu não quero, não, obrigada. — Ela percorreu com o olhar as sacadas que circundavam o pátio interno. Ainda estava achando muito estranho aquele restaurante totalmente vazio. Festa particular. HDVM. — Treinador, acho que vou checar o segundo andar. Não estou gostando do...

Seus olhos captaram um vislumbre de movimento. Na sacada à direita; uma forma escura. Acima da sacada, na beira do telhado, surgiram várias outras silhuetas contra o céu alaranjado.

Reyna sacou sua espada, mas era tarde demais.

Um brilho prateado, um zunido rápido e baixo, e a ponta de uma agulha se enterrou em seu pescoço. Sua visão se turvou. Seus braços e suas pernas ficaram moles. Ela desmoronou ao lado de Nico.

Antes de perder a consciência, Reyna viu os cães virem correndo em sua direção, mas eles congelaram no meio de um latido e tombaram.

Do bar, o treinador gritou:

— Ei!

Outro zunido rápido e baixo. Hedge foi derrubado com um dardo de prata no pescoço.

Reyna tentou dizer: *Nico, acorde.* Mas sua voz não saía. Seu corpo tinha sido desativado tão completamente quanto seus cães de metal.

Várias figuras escuras haviam surgido no telhado. Meia dúzia delas pulou para o pátio, em silêncio, com elegância.

Uma das figuras se debruçou sobre Reyna, que só distinguia um borrão cinza.

Uma voz abafada ordenou:

— Levem-na.

Um saco de pano cobriu sua cabeça. Reyna se perguntou vagamente se ia morrer daquele jeito, sem sequer lutar.

Mas logo isso já não lhe importava mais. Vários pares de mãos rudes a ergueram como se ela fosse um móvel grande demais, difícil de carregar, e ela mergulhou na inconsciência.

XXII

REYNA

A resposta lhe ocorreu antes mesmo que ela despertasse por completo.

As iniciais da placa no Barrachina: HDVM.

— Não tem graça — murmurou Reyna para si mesma. — Não tem a *menor* graça.

Anos antes, Lupa lhe ensinara a ter um sono leve e acordar já alerta, pronta para atacar. Agora, conforme seus sentidos voltavam, Reyna avaliava sua situação.

O saco de pano ainda cobria sua cabeça, mas não parecia estar preso em seu pescoço. Ela se viu amarrada a uma cadeira dura; de madeira, supôs. Cordas apertavam com força suas costelas. Suas mãos estavam presas às costas, mas suas pernas estavam soltas do joelho para baixo.

Ou seus captores eram relaxados, ou não esperavam que ela despertasse tão depressa.

Reyna experimentou mexer os dedos das mãos e dos pés. O efeito do tranquilizante havia passado.

Em algum lugar à frente de Reyna ecoaram passos por um corredor. O som se aproximava. A garota relaxou os músculos e deixou a cabeça pender, o queixo tocando o peito.

Um clique de fechadura. Uma porta rangendo.

A julgar pela acústica, ela se encontrava em um ambiente pequeno, com paredes feitas de tijolos ou de concreto: talvez um porão ou uma cela. Alguém entrou no aposento.

Reyna calculou a distância. Não mais que um metro e meio.

Ela se ergueu de um salto, girando o corpo de tal forma que as pernas da cadeira acertassem o corpo de quem quer que tivesse surgido. A força fez a cadeira se quebrar. Seu captor caiu com um grunhido de dor.

Gritos vindos do corredor. Mais passos.

Sacudindo a cabeça, Reyna se livrou do saco de pano. Depois deu uma cambalhota para trás, passando as mãos amarradas por baixo das pernas para que os braços ficassem na frente do corpo. Seu captor era uma adolescente usando traje camuflado cinza, e estava caída no chão, atordoada; trazia uma faca presa ao cinto.

Reyna pegou a faca, montou sobre a garota e pressionou a lâmina contra a garganta de sua captora.

Outras três garotas surgiram à porta. Duas delas sacaram facas. A terceira armou uma flecha e puxou o arco.

Por um momento, todos ficaram paralisados.

A artéria carótida da garota rendida pulsava sob a lâmina na mão de Reyna. Sabiamente, a garota não fez nenhuma tentativa de se mexer.

Pela mente de Reyna passavam várias possibilidades de como derrotar as garotas que estavam à porta. As três usavam camiseta camuflada cinza, calça jeans de um preto desbotado, tênis de corrida pretos e cinto de utilidades como se estivessem indo acampar, fazer uma trilha ou... caçar.

— Vocês são as Caçadoras de Ártemis — compreendeu Reyna.

— Vá com calma — disse a garota com o arco. Seu cabelo ruivo era raspado dos lados e comprido em cima. Tinha o físico de um lutador de boxe. — Você não está entendendo a situação.

A garota no chão soltou todo o ar dos pulmões, mas Reyna conhecia aquele truque: uma forma de tentar afastar a pele da arma do inimigo. Reyna apertou ainda mais a faca.

— *Vocês* é que não estão entendendo se acham que podem me atacar e me capturar — retrucou Reyna. — Onde estão meus amigos?

185 / Reyna

— Ilesos, exatamente onde você os deixou — assegurou a ruiva. — Olhe, somos três contra uma, e suas mãos estão amarradas.

— Tem razão — disse Reyna com raiva. — Podem vir mais seis de vocês, e aí talvez seja uma luta justa. Exijo ver a tenente das Caçadoras, Thalia Grace.

A ruiva piscou. As outras pareceram vacilar.

No chão, a refém de Reyna começou a tremer. Reyna achou que ela estivesse tendo um ataque, mas então percebeu que a garota estava rindo.

— Qual é a graça? — perguntou Reyna.

A voz da garota era um sussurro rouco:

— Jason me disse que você era boa. Mas não imaginei que fosse *tanto*.

Reyna olhou com mais atenção para sua refém. A garota parecia ter uns dezesseis anos, com cabelo preto espetado e lindos olhos azuis. Uma tiara de prata reluzia em sua testa.

— *Você* é Thalia?

— E posso explicar tudo com o maior prazer — disse Thalia —, desde que você faça a gentileza de não cortar minha garganta.

As Caçadoras a guiaram por um labirinto de corredores. As paredes eram blocos de concreto pintados de verde-musgo, sem nenhuma janela. A única luz vinha de fracas lâmpadas fluorescentes posicionadas a cada dez metros no teto. As passagens viravam e faziam curvas de um lado para outro. A Caçadora ruiva, Phoebe, seguia na frente; parecia saber aonde estava indo.

Thalia Grace seguia mancando, a mão apertando as costelas, na altura em que Reyna a acertara com a cadeira. Devia estar sentindo dor, mas em seus olhos havia um brilho de divertimento.

— Mais uma vez, me desculpe por raptá-la. — Thalia não parecia muito arrependida. — Este esconderijo é seguro. As amazonas têm certos protocolos...

— As amazonas. Vocês trabalham para elas?

— *Com* elas — corrigiu Thalia. — Temos uma relação amistosa. Às vezes, as amazonas nos mandam recrutas. E quando temos garotas que não querem ser virgens para sempre, as mandamos para as amazonas, que não exigem esses votos.

Uma das outras Caçadoras bufou, indignada.

— Manter homens como escravos, de coleira e tudo... Sou mais ter uma matilha de cães.

— Eles não são escravos, Celyn — repreendeu Thalia. — São apenas subservientes. — Ela olhou para Reyna. — As amazonas e as Caçadoras não têm exatamente a mesma opinião sobre tudo, mas desde que Gaia começou a se agitar, temos atuado em cooperação mútua. Com o Acampamento Júpiter e o Acampamento Meio-Sangue se engalfinhando... bem... alguém tem que lidar com todos os monstros. Nossas forças estão espalhadas pelo continente inteiro.

Reyna massageou as marcas de corda no pulso.

— Achei que você tivesse dito a Jason que não sabia nada sobre o Acampamento Júpiter.

— E era verdade. Mas esses dias agora são passado, graças às maquinações de Hera. — Thalia assumiu uma expressão séria. — Como vai meu irmão?

— Quando eu o deixei em Épiro, ele estava bem.

E Reyna contou a ela o que sabia.

Os olhos de Thalia a perturbavam: de um azul eletrizante, intensos e alertas. Lembravam muito os de Jason. Tirando isso, os irmãos não se pareciam em nada. O cabelo de Thalia era espetado e preto. Ela vestia uma calça jeans toda rasgada, partes presas com alfinetes de segurança; usava correntes de metal no pescoço e nos pulsos, e um button em sua camiseta dizia *O PUNK NÃO MORREU. O MORTO É VOCÊ.*

Reyna sempre pensara em Jason como o típico garoto americano. Thalia parecia mais alguém que aparecia no beco com uma faca para assaltar típicos garotos americanos.

— Espero que ele ainda esteja bem — disse Thalia, pensativa. — Faz alguns dias, sonhei com nossa mãe. Não foi... não foi muito agradável. Depois recebi, em meus sonhos, a mensagem de Nico, de que vocês estavam sendo caçados por Órion. Foi ainda *menos* agradável.

— Foi por isso que você veio. Você recebeu a mensagem dele.

— Bem, não viemos correndo até Porto Rico para passar umas férias. Esta é uma das fortalezas mais seguras das amazonas. Achamos que conseguiríamos interceptar vocês.

— Interceptar? Como? E por quê?

Phoebe, que ia na frente, parou. O corredor terminava bruscamente em uma porta dupla de metal. Phoebe bateu nela com o cabo da faca, uma complicada sequência de toques que parecia código Morse.

Thalia esfregou as costelas machucadas.

— Vou ter que deixar você aqui. As Caçadoras estão patrulhando a cidade antiga, à espera de Órion. Preciso voltar para as linhas de frente. — Ela estendeu a mão como se esperasse algo. — Minha faca, por favor?

Reyna a devolveu.

— E as minhas armas?

— Você vai tê-las de volta quando for embora. Sei que parece bobagem, o rapto, a venda nos olhos, essas coisas, mas as amazonas levam muito a sério a própria segurança. Mês passado tiveram um incidente na base de operações delas, em Seattle. Talvez você tenha ouvido falar. Uma garota chamada Hazel Levesque roubou um cavalo.

A Caçadora Celyn sorriu.

— Naomi e eu vimos o vídeo da câmera de segurança. Lendário.

— Épico — concordou a terceira Caçadora.

— Enfim — continuou Thalia. — Estamos de olho em Nico e no sátiro. Homens não autorizados não têm permissão de chegar nem *perto* deste lugar, mas deixamos um bilhete, para eles não ficarem preocupados.

Thalia pegou um papel do cinto, desdobrou-o e entregou-o a Reyna. Era uma xerox de um bilhete escrito à mão.

Pegamos emprestada de vcs uma pretora romana.
Será devolvida sã e salva.
Fiquem quietinhos aí.
Senão, matamos vcs.

Bjs,
As Caçadoras de Ártemis

Reyna devolveu o bilhete.

— Ótimo. Eles vão ficar bem tranquilos.

Phoebe sorriu.

— Está tudo bem. Cobri a Atena Partenos com uma nova rede de camuflagem que eu projetei. Deve servir para evitar que monstros, inclusive Órion, a encontrem. Além disso, se meu palpite estiver certo, o gigante na verdade não está seguindo o rastro da estátua, mas o *seu*.

Reyna sentiu como se tivesse levado um soco na cara.

— Como você pode saber isso?

— Phoebe é minha melhor rastreadora — explicou Thalia. — E minha melhor curandeira. Sem contar que... bem, ela geralmente tem razão em quase tudo.

— *Quase* tudo? — protestou a própria Phoebe.

Thalia ergueu as mãos em um gesto de rendição.

— Quanto ao porquê de termos interceptado vocês, vou deixar que as amazonas expliquem. Phoebe, Celyn, Naomi: entrem com Reyna. Tenho que cuidar de nossas defesas.

— Você está preparada para uma luta — observou Reyna. — Mas você disse que este lugar era secreto e seguro...

Thalia embainhou a faca.

— Você não conhece Órion. Bem que eu queria que tivéssemos mais tempo, pretora. Queria lhe perguntar sobre o seu acampamento, saber como foi parar lá. Você me lembra muito sua irmã, mas ao mesmo tempo...

— Você conhece Hylla? — perguntou Reyna. — Ela está em segurança?

Thalia inclinou a cabeça ao responder:

— Nenhum de nós está seguro no momento, pretora, por isso eu preciso muito ir. Boa caçada!

E desapareceu pelo corredor.

As portas de metal se abriram com um rangido. As três Caçadoras conduziram Reyna para dentro.

Depois daqueles túneis claustrofóbicos, o tamanho do armazém fez Reyna perder o fôlego. O teto era tão amplo que daria para uma ninhada de águias gigantes fazerem manobras pelo ar. Fileiras de estantes de uns dez metros de altura se estendiam até o infinito. Braços mecânicos iam e vinham rapidamente pelos corredores, pegando caixas. Ali perto, meia dúzia de jovens em terninhos pretos comparavam anotações em seus tablets. Diante delas havia contêineres identificados com FLECHAS EXPLOSIVAS E FOGO GREGO: (PCT ABRE FÁCIL, 500G) e FILÉ DE GRIFO (ORGÂNICO — CRIAÇÃO EM GRANJA).

Bem diante de Reyna, uma figura familiar estava sentada a uma mesa de reuniões coberta de relatórios e armas brancas.

— Irmãzinha. — Hylla se levantou. — Aqui estamos nós de novo, em casa. Encarando a morte certa mais uma vez. Temos que parar de nos encontrar assim.

XXIII

REYNA

OS SENTIMENTOS DE REYNA NÃO estavam muito *embaralhados*.

Na verdade, tinham sido jogados em um liquidificador com cascalho e gelo.

Toda vez que encontrava a irmã, ela não sabia se a abraçava, se chorava ou se dava meia-volta e ia embora. Claro que ela amava Hylla. Teria morrido várias vezes se não fosse pela irmã.

Mas o passado que elas compartilhavam era mais que complicado.

Hylla deu a volta na mesa, indo ao encontro da irmã. A calça de couro preto e a camiseta de malha preta lhe caíam bem. Em sua cintura brilhava uma corrente com intrincados elos de ouro, o cinto da rainha das amazonas. Ela estava agora com vinte e dois anos, mas podia se passar por gêmea de Reyna. As duas tinham cabelo escuro e comprido, os mesmos olhos castanhos. Até usavam anéis de prata idênticos com o símbolo da mãe, Belona. A diferença mais óbvia entre elas era a grande cicatriz branca na testa de Hylla. Tinha esmaecido após quatro anos; agora podia passar por uma mera ruga de preocupação. Mas Reyna se lembrava do dia em que Hylla ganhara aquela cicatriz, em um duelo a bordo do navio pirata.

— E então? — disse Hylla. — Não tem nada a dizer para sua irmã?

— Obrigada por me sequestrar — disse Reyna. — Por me acertar com um dardo tranquilizante, botar um saco na minha cabeça e me amarrar a uma cadeira.

Hylla revirou os olhos com desdém.

— Regras são regras. Como pretora, você deveria entender isso. O centro de distribuição é uma das nossas bases mais importantes. Temos que controlar o acesso. Não posso abrir exceções. Muito menos para familiares.

— Acho que você fez isso por pura diversão.

— Também.

Será que Hylla era mesmo tão tranquila e controlada quanto parecia?, perguntou-se Reyna. Era impressionante (e um pouco assustador) como a irmã tinha se adaptado rápido a sua nova identidade.

Seis anos antes, Hylla era uma irmã mais velha assustada fazendo o possível para proteger Reyna da fúria do pai. Suas principais habilidades eram correr e encontrar lugares para as duas se esconderem.

Depois, na ilha de Circe, Hylla se esforçava muito para chamar atenção. Usava roupas berrantes e maquiagem. Ria, vivia sorridente e alegre, como se parecer feliz fosse de fato *fazê-la* feliz. Tinha se tornado uma das assistentes preferidas de Circe.

Depois que seu santuário na ilha foi destruído pelo fogo, elas viraram prisioneiras dos piratas. Hylla mudou mais uma vez. Duelou por sua liberdade, foi mais pirata que os piratas, ganhou tanto o respeito da tripulação que Barba-Negra finalmente as libertou, por medo de que Hylla tomasse seu navio.

Agora ela havia se reinventado de novo como rainha das amazonas.

Claro, Reyna entendia por que a irmã era tão camaleônica. Se ela estivesse sempre mudando, jamais iria fossilizar na mesma coisa em que o pai tinha se transformado...

— Aquelas iniciais na placa do Barrachina — disse Reyna. — HDVM. Hylla Duas Vezes Mortal, seu novo apelido. É uma piadinha?

— Só queria ver se você estava atenta.

— Você sabia que íamos aterrissar no pátio. Como?

Hylla deu de ombros.

— A viagem nas sombras opera por magia. Várias de minhas seguidoras são filhas de Hécate. Foi bem fácil para elas desviar vocês do seu curso, ainda mais com a conexão que nós duas temos.

Reyna tentava manter sua raiva sob controle. Hylla, mais que qualquer outra pessoa, deveria saber como ela se sentiria ao ser arrastada de volta para Porto Rico.

— Quanto trabalho vocês tiveram — observou Reyna. — A rainha das amazonas e a tenente de Ártemis indo às pressas a Porto Rico para nos interceptar, e imediatamente após receberem a mensagem... Imagino que não tenha sido porque você sentiu saudades de mim.

Phoebe, a Caçadora ruiva, riu.

— A garota é esperta.

— Claro — disse Hylla. — Fui eu que ensinei tudo a ela.

Outras amazonas se aproximaram, provavelmente detectando uma luta em potencial. Amazonas amavam a violência como entretenimento, quase tanto quanto piratas.

— Órion — compreendeu Reyna. — Foi o que trouxe você aqui. O nome dele chamou sua atenção.

— Eu não podia deixar que ele a matasse — disse Hylla.

— É mais que isso.

— Sua missão de escoltar a Atena Partenos...

— ... é importante. Mas também não é só isso. Você tem algum interesse pessoal nessa história. E as Caçadoras também. Por que não abre o jogo?

Hylla passou os polegares pelo cinto de ouro.

— Órion é um problema. Diferente dos outros gigantes, faz séculos que ele caminha pela Terra. Ele gosta de matar amazonas, ou Caçadoras, ou *qualquer* mulher que ouse ser forte.

— Por quê?

Reyna teve a impressão de que uma onda de medo percorreu as garotas ali em torno dela.

Hylla olhou para Phoebe.

— Quer explicar? Você estava lá.

O sorriso da Caçadora desapareceu.

— Em tempos antigos, Órion se aliou às Caçadoras. Era o melhor amigo de Ártemis. Ninguém era páreo para ele no arco, exceto pela própria deusa, e talvez seu irmão, Apolo.

Reyna sentiu um calafrio. Phoebe parecia não ter mais que catorze anos. E pensar que ela conhecia Órion havia três ou quatro mil anos...

— Até que...? — perguntou Reyna.

As orelhas de Phoebe ficaram vermelhas.

— Órion ultrapassou os limites. Apaixonou-se por Ártemis.

Hylla torceu o nariz em desprezo.

— Sempre acontece com os homens. Eles prometem amizade. Prometem tratar você como igual. No fim, só querem mesmo possuí-la.

Phoebe cutucava a unha do polegar. Atrás dela, as outras duas Caçadoras pareciam inquietas e desconfortáveis.

— Lady Ártemis o rejeitou, é claro — prosseguiu Phoebe. — O que deixou Órion amargurado. Ele começou a partir em viagens cada vez mais longas por florestas e territórios ermos, sempre sozinho. No fim... não sei dizer ao certo o que aconteceu. Um dia, Ártemis voltou para o acampamento e nos contou que Órion tinha morrido. E se recusou a tocar no assunto.

Hylla franziu a testa, o que acentuou a cicatriz branca em sua testa.

— Seja lá o que aconteceu, Órion voltou do Tártaro como o pior inimigo de Ártemis. O maior ódio possível é por alguém que um dia você já amou.

Reyna compreendia isso. Veio-lhe à mente uma conversa que ela tivera com a deusa Afrodite dois anos antes, em Charleston...

— Se ele é um problema tão grande assim, por que Ártemis simplesmente não o mata outra vez? — perguntou Reyna.

Phoebe fez um esgar de insatisfação.

— Falar é fácil. Órion é sorrateiro. Sempre que Ártemis está conosco, ele se afasta. Sempre que nós, Caçadoras, estamos por conta própria, como agora... ele ataca sem avisar e desaparece de novo. Nossa tenente anterior, Zoë Doce-Amarga, passou séculos tentando encontrá-lo para matá-lo.

— As amazonas também tentaram — disse Hylla. — Órion não distingue entre nós e as Caçadoras. Acho que *todas* nós o lembramos demais Ártemis. Ele sabota nossos armazéns, embarga nossos centros de distribuição, mata nossas guerreiras...

— Em outras palavras — disse Reyna secamente —, fica no caminho dos seus planos de dominação mundial.

Hylla deu de ombros.

— Exatamente.

— Foi por isso que vocês vieram correndo me interceptar — continuou Reyna. — Vocês sabiam que Órion estaria bem atrás de mim. Estão preparando uma armadilha. E eu sou a isca.

Todas as outras garotas deram um jeito de olhar para qualquer outra coisa que não o rosto de Reyna.

— Ah, por favor — reclamou Reyna. — Não me venham agora com crise de consciência. É um bom plano. Como vamos fazer?

Hylla abriu um sorriso satisfeito para suas companheiras.

— Não falei que minha irmã era durona? Phoebe, explique os detalhes a ela.

A Caçadora pendurou o arco no ombro.

— Como eu disse, acreditamos que Órion esteja seguindo *você*, não a Atena Partenos. O faro dele para semideusas é especialmente aguçado. Ou seja, pelo visto somos a presa natural de Órion.

— Maravilha — disse Reyna. — Então meus amigos... Nico e Gleeson Hedge... eles não correm perigo?

— Ainda não consigo entender por que você viaja com *homens* — resmungou Phoebe. — Mas eu diria que eles estão mais seguros sem você por perto. Fiz o possível para camuflar a estátua. Com sorte, Órion vai seguir você até aqui, direto para nossas linhas de defesa.

— E quando isso acontecer? — perguntou Reyna.

Hylla dirigiu a ela o tipo de sorriso frio que em outros tempos deixava os piratas de Barba-Negra nervosos.

— Thalia e a maioria de suas Caçadoras estão vigiando o perímetro de Viejo San Juan. Assim que Órion se aproximar de nós, vamos saber. Montamos armadilhas em todos os pontos por onde ele pode tentar passar. Tenho minhas melhores guerreiras em alerta. Vamos pegar o gigante. Depois, de um jeito ou de outro, vamos mandá-lo de volta para o Tártaro.

— É realmente *possível* matá-lo? — perguntou Reyna, incerta. — Achei que a maioria dos gigantes só pudesse ser destruída por um deus e um semideus lutando juntos.

— É o que pretendemos descobrir — disse Hylla. — Com Órion capturado, essa sua missão e dos seus amigos vai ser muito mais fácil. Vocês poderão seguir caminho com nossa bênção.

— Vocês podiam nos dar mais que uma bênção — disse Reyna. — As amazonas enviam produtos para o mundo inteiro. Por que não fornecer um transporte seguro para a Atena Partenos? Ou nos levar até o Acampamento Meio-Sangue até primeiro de agosto...

— Não posso — disse Hylla. — Se eu pudesse, irmã, eu a levaria, mas com certeza você já sentiu a raiva que emana da estátua. Nós, amazonas, somos filhas honorárias de Ares. A Atena Partenos nunca toleraria nossa interferência. Além disso, você sabe como as Parcas são. Para que a missão tenha sucesso, *vocês* devem entregar a estátua pessoalmente.

A decepção de Reyna deve ter ficado evidente.

Phoebe a cutucou com o ombro, como um gato tentando parecer sociável.

— Ei, não fique assim. Vamos ajudar você o máximo possível. O setor de manutenção da Amazon consertou aqueles seus cães de metal. E temos uns presentes de despedida muito legais.

Celyn entregou a Phoebe uma bolsinha de couro.

— Vamos ver... — disse Phoebe, remexendo dentro da bolsinha. — Poções de cura. Dardos tranquilizantes iguais aos que usamos em vocês. Humm, o que mais? Ah, sim!

Ela ergueu triunfantemente um tecido prateado dobrado em formato retangular.

— Um lenço? — perguntou Reyna.

— Melhor que isso. Afaste-se um pouco.

Phoebe jogou no chão o tecido, que imediatamente se expandiu, tornando-se uma barraca de camping de três por três metros.

— Tem ar-condicionado — disse Phoebe. — Cabem quatro pessoas. No interior tem uma mesa para refeições e sacos de dormir. Qualquer equipamento extra que você guardar dentro da barraca desmonta junto. Quer dizer, no limite do razoável... Não tente botar sua estátua gigante aí.

Celyn deu um riso de escárnio e comentou:

— Se os homens que viajam com você começarem a ficar irritantes, é só deixá-los aí dentro.

Naomi franziu a testa.

— Isso não ia funcionar... ou ia?

— *Enfim* — disse Phoebe. — Essas barracas são maravilhosas. Tenho uma igualzinha. Uso sempre. Quando estiver pronta para fechá-la, a palavra de comando é *Actáion*.

E nisso a barraca voltou a ser um pequeno retângulo de tecido. Phoebe o pegou, guardou na bolsinha e a entregou a Reyna.

— Eu... eu não sei o que dizer — gaguejou Reyna. — Obrigada.

— Ownnn... — Phoebe deu de ombros. — É o mínimo que posso fazer por...

A uns quinze metros delas, uma porta se abriu com violência. Uma amazona veio correndo na direção de Hylla, uma garota de terninho preto que trazia o cabelo castanho comprido preso em um rabo de cavalo.

Reyna a reconheceu da batalha no Acampamento Júpiter.

— Kinzie, não é?

A garota assentiu distraidamente.

— Pretora.

A recém-chegada sussurrou algo no ouvido de Hylla, e a expressão da rainha das amazonas se nublou.

— Entendo. — Ela olhou de relance para Reyna. — Tem alguma coisa errada. Perdemos contato com as defesas externas. Estou com medo de que Órion...

Atrás de Reyna, as portas de metal explodiram.

XXIV

REYNA

REYNA LEVOU A MÃO À espada, mas então se lembrou de que a haviam confiscado.

— Saiam daqui! — gritou Phoebe, preparando o arco.

Celyn e Naomi correram em direção à porta fumegante, só para serem derrubadas por flechas negras.

Phoebe gritou de raiva, e respondeu com fogo enquanto as amazonas avançavam com escudos e espadas.

— Reyna! — Hylla a puxou pelo braço. — Precisamos ir embora!

— Não podemos simplesmente...

— Minhas guardas vão ganhar tempo para você! — gritou Hylla. — Sua missão *precisa* ser cumprida.

Mesmo se odiando por isso, Reyna saiu correndo com Hylla.

Quando alcançaram uma porta lateral, Reyna olhou rapidamente para trás. Dezenas de lobos, escuros como os que ela enfrentara em Portugal, jorraram para dentro do armazém. Amazonas corriam para interceptá-los. No vão da porta de metal, tomado pela fumaça, amontoavam-se os corpos das que não haviam resistido: Celyn, Naomi, Phoebe. A Caçadora ruiva que tinha vivido por milhares de anos agora jazia imóvel, os olhos arregalados em choque, uma flecha negra imensa cravada em sua barriga. A amazona Kinzie avançou, grandes facas reluzindo em suas mãos. Saltando os corpos, ela mergulhou na fumaça.

Hylla puxou Reyna. As duas cruzaram a porta e puseram-se a correr, juntas.

— Todas elas vão morrer! — gritou Reyna. — Tem que haver alguma coisa que...

— Não seja estúpida, minha irmã! — Lágrimas brilhavam nos olhos de Hylla. — Órion foi mais esperto que nós. Ele transformou a emboscada em um massacre. Só o que podemos fazer agora é segurá-lo enquanto você foge. Você *precisa* levar aquela estátua para os gregos e derrotar Gaia!

Guiando Reyna, ela subiu um lance de escadas. As duas seguiram por um labirinto de corredores, até chegarem a um vestiário. Lá, viram-se cara a cara com um grande lobo, mas, antes que a fera pudesse sequer rosnar, Hylla lhe deu um soco bem entre os olhos. O lobo desabou.

— Por aqui. — Hylla correu para a fileira de armários mais próxima. — Suas armas estão aí dentro. Depressa.

Reyna pegou a adaga, o gládio e a mochila. Depois, ainda seguindo a irmã, subiu por uma escada de metal em caracol.

A escada terminava no teto do vestiário. Hylla se virou e olhou com uma expressão muito séria para a irmã.

— Não vou ter tempo de explicar isto, ok? Segure firme. Fique bem junto de mim.

Reyna não sabia o que poderia ser pior do que a cena que elas tinham acabado de deixar para trás. Então Hylla abriu uma portinhola de alçapão, que levou as duas até... sua antiga casa.

A sala estava exatamente como Reyna se lembrava. A luz entrava por claraboias opacas posicionadas nos tetos altos. As paredes imaculadamente brancas não tinham nenhum adorno. A mobília era de carvalho, aço e couro branco, totalmente impessoal e masculina. Sacadas se projetavam nas duas extremidades do cômodo, o que sempre fizera Reyna sentir como se estivesse sendo observada (porque, afinal, muitas vezes não era apenas uma sensação).

O pai das duas tinha feito de tudo para dar um visual moderno à centenária *hacienda*. Tinha instalado as claraboias, pintara tudo de branco para tornar o ambiente mais claro e arejado. Mas só conseguira fazer com que o lugar parecesse um cadáver bem-arrumado em um terno novo.

A portinhola se abriu no interior da enorme lareira. Reyna nunca tinha entendido por que eles tinham uma *lareira* em Porto Rico, mas ela e Hylla fingiam que era um esconderijo secreto; onde o pai não as encontraria. Imaginavam que, ao entrar ali, viajariam para outros lugares.

Agora, Hylla fazia essa fantasia se tornar realidade. Ela havia ligado seu esconderijo subterrâneo ao lar de sua infância.

— Hylla...

— Já falei que não temos tempo.

— Mas...

— A casa é minha agora. Passei para o meu nome.

— Você fez *o quê*?

— Eu estava cansada de fugir do passado, Reyna. Resolvi recuperá-lo.

Reyna a encarava, pasma. Um celular ou uma mala perdida no aeroporto, esse tipo de coisa dava para recuperar. Até um depósito de lixo tóxico. Mas aquela casa, e o que havia acontecido ali? Não tinha *como* recuperar aquilo.

— Irmã — disse Hylla —, estamos perdendo tempo. Você vem ou não?

Reyna olhou para as sacadas, quase esperando que formas luminosas tremeluzissem nos gradis.

— Você os tem visto?

— Alguns.

— E papai?

— Claro que não — respondeu Hylla com aspereza. — Você sabe que ele nunca mais vai voltar.

— Não sei nada sobre isso. Como você *pôde* voltar? Por quê?

— Para entender! — gritou Hylla. — Você não quer saber o que aconteceu com ele?

— Não! Não há nada para se aprender com fantasmas, Hylla. Você, mais que todo mundo, deveria saber que...

— Estou indo — disse Hylla. — Seus amigos estão a alguns quarteirões daqui. Você vem comigo ou eu digo a eles que você morreu porque ficou perdida no passado?

— Não fui *eu* que me apossei deste lugar!

Hylla girou nos calcanhares e saiu pisando forte, cruzando a porta da frente.

Reyna olhou para o cômodo mais uma vez. Ela se lembrava de seu último dia ali, quando tinha dez anos. Quase podia ouvir os gritos de raiva do pai ecoando pela sala, o coral de almas lamuriantes nas sacadas internas.

Ela correu para a porta, mergulhando no agradável calor do sol da tarde. A rua não havia mudado: as casas em tons pastel, todas caindo aos pedaços; as pedras azuladas do calçamento; dezenas de gatos dormindo embaixo dos carros ou à sombra das bananeiras.

Reyna teria sentido nostalgia naquele momento... não fosse por sua irmã estar, a poucos metros dela, cara a cara com Órion.

— Ora, ora. — O gigante sorriu. — As duas filhas de Belona juntas. Excelente!

Reyna tomou aquilo como uma ofensa pessoal.

Ela criara uma imagem de Órion como um demônio feio e enorme, ainda pior que Polibotes, o gigante que havia atacado o Acampamento Júpiter.

Em vez disso, Órion podia passar por humano; um humano alto, musculoso e *bonito*. Sua pele era da cor de pão torrado. Tinha cabelo preto, raspado dos lados e espetado em cima. Com a calça e o gibão de couro, ambos em estilo medieval, a faca de caça, o arco e a aljava, ele parecia o irmão malvado e bonitão de Robin Hood.

Só os olhos é que estragavam. À primeira vista, ele parecia estar usando óculos militares de visão noturna. Depois Reyna percebeu que não eram óculos. Eram criações de Hefesto: olhos mecânicos de bronze engastados nas enormes órbitas do gigante. Anéis de foco, como os das câmeras manuais, giraram e fizeram *clique* quando ele olhou para Reyna. Miras a laser mudaram de vermelho para verde. Reyna teve a desagradável sensação de que ele estava vendo muito mais que sua forma: sua temperatura corporal, seu ritmo cardíaco, seu nível de medo.

Ele segurava junto ao corpo um grande arco de metal e madeira quase tão sofisticado quanto seus olhos. Eram cordas dando inúmeras voltas por uma série de polias que pareciam rodas de trem em miniatura. A empunhadura era de bronze polido, cheia de displays e botões.

Ele não tinha nenhuma flecha armada. Não fazia nenhum movimento ameaçador. Possuía um sorriso tão fascinante que Reyna quase esqueceu que aquele sujeito ali era um inimigo, alguém que havia matado pelo menos meia dúzia de Caçadoras e amazonas para chegar até ali.

201 / *Reyna*

Hylla sacou suas facas.

— Reyna, vá embora daqui. Eu dou um jeito nesse monstro.

Órion deu uma risadinha.

— Hylla Duas Vezes Mortal, você é corajosa. Suas tenentes também eram. E agora elas estão mortas.

Hylla deu um passo à frente.

Reyna segurou o braço da irmã.

— Órion! — chamou ela. — Suas mãos já estão bem sujas de sangue de amazonas. Talvez seja a hora de experimentar uma romana.

Com um clique, os olhos do gigante se dilataram. Pontos de laser vermelho dançaram pelo peitoral de Reyna.

— Ah, a jovem pretora. Admito que estava curioso. Antes de matá-la, talvez você possa me esclarecer: por que uma filha de Roma está se esforçando tanto pelos gregos? Você deixou seu posto, abandonou sua legião, tornou-se uma desertora... em troca de quê? Jason Grace a desprezou. Percy Jackson também. Não acha que já foi bastante... qual é a palavra... *rejeitada*?

Os ouvidos de Reyna zumbiram. Ela se lembrou do aviso de Afrodite, dois anos antes, em Charleston: *Você não vai encontrar amor onde deseja ou espera. Nenhum semideus vai curar seu coração.*

Ela se obrigou a sustentar o olhar do gigante.

— Eu não me defino pelos garotos que podem ou não gostar de mim.

— Bravas palavras. — O sorriso do gigante era de enfurecer. — Mas você não é diferente das amazonas, nem das Caçadoras, nem da própria Ártemis. Fala de força e independência, mas, assim que encara um homem de *verdadeira* força, sua confiança desmorona. Você se sente ameaçada por meu grande poder, e porque esse poder *atrai* você. Então fuja ou se renda, ou você vai morrer.

Hylla livrou o braço da mão de Reyna.

— Vou matar você, gigante. Vou cortá-lo em pedacinhos tão pequenos...

— Hylla — interrompeu Reyna. Ela não se importava com o que pudesse acontecer, só sabia que não podia ver a irmã morrer. Precisava atrair a atenção do gigante para si mesma. — Você diz ser forte, Órion. No entanto, não conseguiu manter os votos da Caçada. Morreu rejeitado. E agora fica de pau-mandado da sua mãe. Então me explique, de que forma exatamente você é ameaçador?

Órion trincou os dentes. Seu sorriso ficou mais tenso e mais frio.

— Boa tentativa — reconheceu ele. — Você está tentando me desestabilizar. Acha que, se conseguir ganhar tempo com essa conversinha, seus reforços vão chegar para salvá-las. Infelizmente, pretora, não *há* reforços. Queimei o refúgio subterrâneo de sua irmã com seu próprio fogo grego. Ninguém sobreviveu.

Com um rugido, Hylla se lançou à frente e atacou. Órion a acertou com a extremidade do arco, lançando-a para trás. Hylla caiu na rua. Órion puxou uma flecha da aljava.

— Pare! — gritou Reyna.

Seu coração martelava em seu peito. Ela precisava encontrar a fraqueza do gigante.

O Barrachina ficava a poucos quarteirões dali. Se as duas conseguissem chegar até lá, talvez Nico pudesse transportá-los. E as Caçadoras não podiam estar *todas* mortas... Elas estavam patrulhando o perímetro inteiro da cidade antiga. Com certeza ainda havia algumas delas por aí...

— Órion, você perguntou o que me motiva. — Ela manteve a voz firme. — Não quer a resposta antes de nos matar? Aposto que fica intrigado em ver as mulheres insistindo em rejeitar um cara grande e bonitão como você.

O gigante armou a flecha no arco.

— Agora você me confundiu com Narciso. Não vai conseguir me comprar com lisonjas.

— Claro que não — disse Reyna. Hylla se levantou com uma expressão assassina no rosto, mas Reyna tentou expandir seus sentidos, transmitir à irmã o tipo mais difícil de força: o autocontrole. — Mas mesmo assim... você deve ficar furioso. Primeiro, levou um fora de uma princesa mortal...

— Mérope — disse Órion, em tom de escárnio. — Garota bonita, mas burra. Se tivesse o mínimo de bom senso, teria entendido que eu estava apenas flertando com ela.

— Já sei — disse Reyna. — Ela gritou e chamou os guardas.

— Na hora, eu estava desarmado. Ninguém leva o arco e as facas quando está cortejando uma princesa. Os guardas me prenderam com facilidade. O pai dela, o rei, me cegou e me exilou.

Logo acima da cabeça de Reyna, uma pedrinha rolou sobre um telhado de telhas de cerâmica. Talvez fosse sua imaginação, mas ela se lembrava daquele som das muitas noites em que Hylla fugia do quarto trancado e subia pelo telhado para ver como ela estava.

Foi preciso toda a sua força de vontade para não olhar para cima.

— Mas você agora tem olhos novos — disse ela ao gigante. — Hefesto ficou com pena de você.

— Sim… — O olhar de Órion perdeu o foco. Reyna sabia disso porque os pontos das miras a laser desapareceram do peito dela. — Fui parar em Delos, onde conheci Ártemis. Tem ideia de como é estranho conhecer sua arqui-inimiga e acabar atraído por ela? — Ele riu. — Ora, o que estou dizendo, pretora? É *claro* que você sabe. Deve sentir pelos gregos o que eu senti por Ártemis, um fascínio culpado, uma admiração que se transforma em amor. Mas amor demais é como veneno, ainda mais quando ele não é correspondido. Se você ainda não entendeu isso, Reyna Ramírez-Arellano, vai entender em breve.

Hylla avançou, mancando, as facas ainda nas mãos.

— Irmã, por que está deixando esse animal falar? Vamos acabar com ele.

— Como se você fosse conseguir — refletiu Órion. — Muitos tentaram. Nem o próprio irmão de Ártemis, Apolo, conseguiu me matar, nos tempos antigos. Teve que trapacear para se livrar de mim.

— Ele não gostava que você andasse com a irmã dele?

Reyna ficou atenta, ansiosa por ouvir mais sons dos telhados, mas não ouviu nada.

— Apolo era ciumento. — Os dedos do gigante se fecharam em torno da corda do arco. Órion a tensionou, acionando as engrenagens e polias da arma. — Ele tinha medo de que eu seduzisse Ártemis e a fizesse se esquecer de seus votos de castidade. Quem sabe? Sem a interferência de Apolo, talvez acontecesse isso mesmo. Ela teria sido mais feliz.

— Como sua criada? — gritou Hylla com raiva. — Sua mulherzinha obediente?

— Isso agora não importa — disse Órion. — Apolo me infligiu a loucura, o desejo de matar todos os animais da terra. Abati milhares antes que minha mãe, Gaia, finalmente pusesse um fim a meu acesso de fúria. Ela invocou um escorpião gigante da terra, que me matou com uma picada nas costas. Sou grato a ela por isso.

— Você é grato a Gaia — disse Reyna — por matar você.

As pupilas mecânicas de Órion se fecharam em espiral, virando minúsculos pontos reluzentes.

— Minha mãe me mostrou a verdade. Eu estava lutando contra minha própria natureza, o que não me trouxe nada além de infelicidade. Os gigantes *não* nasceram para amar mortais nem deuses. Gaia me ajudou a aceitar o que sou. No fim, todos temos que voltar para casa, pretora. Temos que abraçar nosso passado, por mais amargo e sombrio que ele seja. — Ele apontou com o queixo para a *villa* atrás de Reyna. — Exatamente como você fez. Você tem sua própria cota de fantasmas, não é mesmo?

Reyna sacou a espada. *Não há nada para se aprender com fantasmas*, dissera ela à irmã. Talvez com gigantes também não.

— Esta não é minha casa — disse ela. — E nós não somos iguais.

— Eu já vi a verdade. — O gigante falava como se realmente quisesse ajudar. — Você se agarra à fantasia de que pode fazer seus inimigos a amarem. Não pode, Reyna. Não há amor para você no Acampamento Meio-Sangue.

As palavras de Afrodite ecoaram em sua cabeça: *Nenhum semideus vai curar seu coração.*

Reyna observava o belo e cruel rosto do gigante, com seus olhos mecânicos brilhantes. Por um momento terrível, ela entendeu por que mesmo uma deusa, até uma virgem eterna como Ártemis, se deixaria levar pelas palavras melosas de Órion.

— Eu podia ter matado você vinte vezes agora mesmo — disse o gigante. — Você se dá conta disso, não? Quero poupá-la, e isso só depende de você. Só preciso de um pequeno voto de confiança. Diga-me onde está a estátua.

Reyna quase deixou a espada cair. *Onde está a estátua…*

Órion não tinha localizado a Atena Partenos. A camuflagem das Caçadoras tinha funcionado. Durante todo aquele tempo, o gigante estava seguindo o rastro de Reyna, o que significava que mesmo se ela morresse agora, Nico e o treinador Hedge estariam a salvo. A missão não estava perdida.

Ela sentiu como se tivesse tirado uma armadura de cinquenta quilos. Deu uma risada. O som ecoou pela rua de pedras.

— Phoebe foi mais esperta que você — disse ela. — Ao seguir meu rastro, você perdeu a estátua. Agora meus amigos estão livres para prosseguir com a missão.

Órion franziu o lábio.

— Ah, mas eu vou encontrá-los, pretora. Depois que acabar meu assunto com você.

— Então — falou Reyna — acho que vamos ter que acabar com você primeiro.

— *Essa* é a minha irmãzinha — disse Hylla com orgulho.

E as duas atacaram juntas.

O disparo do gigante teria perfurado Reyna, mas Hylla foi mais rápida: interceptou a flecha em pleno ar e então se lançou sobre Órion enquanto Reyna tentava golpeá-lo no peito. Mas o gigante interceptou os dois ataques com o arco.

Ele chutou Hylla para trás, fazendo-a cair sobre o capô de um Chevrolet velho. Meia dúzia de gatos saiu correndo de sob o carro. O gigante então girou, repentinamente com uma adaga na mão, e Reyna por pouco não conseguiu desviar do golpe.

Ela atacou de novo, cortando o gibão de couro de Órion, mas mal conseguiu arranhar seu peito.

— Você luta bem, pretora — reconheceu ele. — Mas não o suficiente para sobreviver.

Reyna desejou que sua espada se estendesse em um *pilum*.

— Minha morte não significa nada.

Se Nico e Hedge pudessem prosseguir com a missão em paz, ela estava totalmente disposta a morrer lutando. Mas primeiro pretendia machucar tanto aquele gigante que ele jamais esqueceria o nome dela.

— E a morte da sua irmã? — perguntou Órion. — Significa alguma coisa?

Antes mesmo que Reyna pudesse piscar, ele lançou uma flecha na direção do peito de sua irmã. Um grito se formou na garganta de Reyna, mas, sabe-se lá como, Hylla *pegou* a flecha.

Hylla desceu do capô do carro e quebrou a flecha com uma das mãos.

— Eu sou a rainha das amazonas, seu idiota. Uso o cinto real. Com a força que ele me transmite, vou vingar as amazonas que você matou hoje.

Hylla agarrou o para-choque dianteiro do Chevrolet e arremessou o carro inteiro na direção de Órion com tanta facilidade como se estivessem em uma piscina e ela jogasse água na cabeça dele.

O Chevrolet esmagou Órion contra a parede de uma casa. O estuque rachou. Uma bananeira tombou. Mais gatos saíram correndo.

Reyna foi correndo na direção dos destroços, mas o gigante, urrando, empurrou o carro para longe.

— Vocês vão morrer juntas! — prometeu ele.

Duas flechas surgiram armadas em seu arco, a corda já totalmente tensionada.

Nesse instante, os telhados explodiram com um estrondo.

— MORRA!

Saltando para a rua, Gleeson Hedge surgiu bem atrás de Órion. Ele acertou a cabeça do gigante com tanta força que o taco de beisebol, da famosa marca Louisville Slugger, partiu-se ao meio.

Ao mesmo tempo, Nico di Angelo surgiu na frente do gigante. O menino cortou a corda do arco de Órion com sua espada estígia, fazendo polias e engrenagens rangerem e zunirem e a corda se recolher com centenas de quilos de força, acertando Órion no nariz como um chicote de couro.

— AAAAHHHHHHH!

Órion cambaleou e deixou o arco cair.

Caçadoras de Ártemis surgiram nos telhados, enchendo Órion de flechas de prata até deixá-lo parecido com um porco-espinho brilhante. Ele foi cambaleando às cegas, segurando o nariz; icor dourado escorria por seu rosto.

Alguém segurou Reyna pelo braço.

— Vamos embora!

Thalia Grace tinha voltado.

— Vá com ela! — ordenou Hylla.

Reyna sentia como se seu coração estivesse se despedaçando.

— Irmã...

— Você precisa ir! AGORA! — Era exatamente o que Hylla tinha lhe dito seis anos antes, na noite em que fugiram da casa do pai. — Vou segurar Órion o máximo possível.

Hylla agarrou uma das pernas do gigante, desequilibrou-o e o arremessou longe. Órion foi parar a vários quarteirões dali, para consternação geral de mais dezenas de gatos. As Caçadoras partiram atrás dele pelos telhados, disparando flechas que explodiam em fogo grego, envolvendo o gigante em chamas.

— Sua irmã tem razão — disse Thalia. — Você precisa ir.

Nico e Hedge se juntaram a ela, ambos exibindo um ar de plena satisfação consigo mesmos. Aparentemente, tinham feito algumas compras na lojinha do Barrachina, pois, em vez das camisas sujas e rasgadas, usavam agora espalhafatosos modelos com estampa tropical.

— Nico — disse Reyna —, você está...

— Não quero ouvir nem uma palavra sobre a camisa — avisou ele. — Nem uma palavra.

— Por que vocês vieram atrás de mim? — perguntou ela. — Vocês podiam ter ido embora ilesos. O gigante estava seguindo o *meu* rastro. Se tivessem simplesmente...

— De nada, docinho — resmungou o treinador. — Não podíamos ir embora sem você. Agora vamos dar o fora daqui...

Ele então olhou por cima dos ombros de Reyna e perdeu a voz.

Reyna se virou.

Atrás dela, as sacadas do segundo andar de sua antiga casa estavam cheias de figuras reluzentes: um homem com uma barba bifurcada e armadura enferrujada de colonizador; outro homem barbado, em roupas de pirata do século XVIII, com a camisa salpicada de furos de tiro; uma mulher com uma camisola ensanguentada; um capitão da Marinha americana usando uniforme de gala; e mais uma dúzia de outros fantasmas que Reyna conhecia de sua infância, todos a encarando acusadoramente. As vozes deles sussurravam em sua mente: *Traidora. Assassina.*

— Não...

Reyna sentiu como se tivesse dez anos outra vez. Queria se encolher no canto do quarto e tapar os ouvidos para fazer as acusações sumirem.

— Reyna, quem são eles? — perguntou Nico, segurando seu braço. — O que...?

— Não consigo — suplicou ela. — N-não consigo.

Ela havia passado muitos anos construindo uma represa dentro de si mesma para conter seus medos. Agora a represa tinha se rompido, levando embora suas forças.

— Está tudo bem. — Nico olhou atentamente para as sacadas. Os fantasmas não estavam mais lá, mas Reyna sabia que eles não tinham ido embora de verdade. Eles *nunca* iam. — Vamos embora daqui logo, logo — prometeu Nico. — Vamos andando.

Thalia pegou o outro braço de Reyna, e os quatro foram correndo na direção do restaurante, da Atena Partenos. Às suas costas, Reyna ouvia urros de dor de Órion e explosões de fogo grego.

E, em sua mente, as vozes ainda sussurravam: *Assassina. Traidora. Você nunca conseguirá fugir de seu crime.*

XXV

JASON

JASON GRACE SE ERGUEU DE seu leito de morte só para se afogar com o restante da tripulação.

O navio balançava com tanta violência que ele teve que ficar de quatro para sair da enfermaria. O casco rangia. O motor bramia como um búfalo. Em meio ao uivo do vento, a deusa Nice gritava dos estábulos:

— VOCÊ PODE FAZER MELHOR DO QUE ISSO, TEMPESTADE! QUERO VER CENTO E DEZ POR CENTO!

Jason subiu até o andar das cabines. Suas pernas tremiam. Sua cabeça girava. O navio guinou para bombordo, jogando-o contra a parede oposta.

Hazel saiu cambaleando de sua cabine, segurando a barriga.

— Eu *odeio* o mar!

Quando ela o viu, seus olhos se arregalaram.

— O que você está fazendo fora da cama?

— Eu vou lá em cima! — insistiu ele. — Posso ajudar!

Hazel fez menção de argumentar. Então o navio tombou para estibordo, e ela foi trôpega na direção do banheiro, a mão na boca.

Jason teve dificuldade para chegar até a escada. Ele não saía da cama havia um dia e meio, desde que as garotas tinham voltado de Esparta e ele desmaiara inesperadamente. Seus músculos protestavam contra o esforço. Suas entranhas doíam como se Michael Varus estivesse atrás dele, golpeando-o repetidas vezes e gritando: *Morra como romano! Morra como romano!*

Jason ignorou a dor. Estava cansado de ter pessoas cuidando dele, sussurrando quanto estavam preocupadas. Estava cansado de sonhar que virava churrasquinho. Ele já passara tempo suficiente cuidando da ferida em sua barriga. Ou aquilo ia matá-lo, ou não. Ele não ia ficar esperando que o ferimento se decidisse. Precisava ajudar seus amigos.

De algum modo ele conseguiu chegar ao convés.

O que viu lá o deixou quase tão enjoado quanto Hazel. Uma onda do tamanho de um arranha-céu arrebentou sobre a proa, carregando as balistas e metade da amurada a bombordo para o mar. As velas foram rasgadas em pedaços. Raios lampejavam por todos os lados, atingindo o mar como refletores elétricos. Uma chuva forte fustigou o rosto de Jason. As nuvens estavam tão escuras que ele honestamente não sabia dizer se era dia ou noite.

A tripulação fazia o possível… o que não era muito.

Leo tinha se prendido ao painel de controle com um rolo de cabo elástico. A princípio, aquilo devia ter parecido uma boa ideia, mas toda vez que uma onda quebrava, ele era arrastado e depois jogado de volta sobre o painel como se tivesse levado uma raquetada.

Piper e Annabeth tentavam salvar o cordame. Desde Esparta, elas tinham se tornado uma dupla e tanto, capazes de trabalhar juntas sem sequer trocar uma palavra — o que era ótimo, já que não conseguiriam ouvir uma à outra no meio da tempestade.

Frank — pelo menos Jason *imaginava* que fosse Frank — tinha virado um gorila. Ele estava pendurado de cabeça para baixo na amurada a estibordo, usando sua força enorme e seus pés flexíveis para se segurar enquanto soltava alguns remos quebrados. Aparentemente eles estavam tentando fazer o navio decolar, mas, mesmo que conseguissem levantar voo, Jason não tinha certeza de que o céu seria mais seguro.

Até Festus, a figura de proa, tentava ajudar. Ele cuspia fogo na chuva, apesar de isso não parecer desanimar a tempestade.

Só Percy tinha algum sucesso. Ele estava de pé junto ao mastro principal com os braços abertos como se estivesse sobre uma corda bamba. Toda vez que o navio inclinava, ele empurrava na direção oposta, e o casco se estabilizava. Ele invocava punhos gigantes de água do oceano para golpear as ondas maiores antes que elas atingissem o convés, fazendo parecer que o oceano estava batendo repetidas vezes na própria cara.

Com a tempestade forte daquele jeito, Jason percebeu que o navio já teria virado ou sido feito em pedaços se Percy não estivesse ali.

Jason foi com dificuldade até o mastro. Leo gritou alguma coisa, provavelmente "Volte lá para baixo!", mas Jason apenas acenou de volta. Ele chegou perto de Percy e tocou seu ombro.

Percy balançou a cabeça como quem dá *oi*. Não pareceu chocado nem mandou que Jason voltasse para a enfermaria, o que agradou a Jason.

Se Percy se concentrasse, podia ficar seco, mas obviamente ele tinha coisas mais importantes com que se preocupar naquele momento. Seu cabelo escuro estava grudado no rosto. Sua roupa, encharcada e rasgada.

Ele gritou algo no ouvido de Jason, mas o garoto só conseguiu entender algumas palavras:

— LÁ EMBAIXO… AQUELA COISA… PARAR!

Percy apontou para a amurada.

— Tem alguma coisa provocando a tempestade? — perguntou Jason.

Percy sorriu e deu tapinhas nas orelhas. Ele claramente não conseguia ouvir nem uma palavra. Fez um gesto com as mãos como se estivesse mergulhando do barco, depois cutucou Jason no peito.

— Quer que eu vá?

Jason se sentiu um pouco orgulhoso. O resto da tripulação o estava tratando como se ele fosse de cristal, mas Percy… bem, ele parecia concluir que, se Jason estava no convés, estava pronto para a ação.

— É pra já! — gritou Jason. — Mas não posso respirar embaixo d'água!

Percy deu de ombros. *Desculpe, não consigo ouvir você.*

Então correu para a amurada a estibordo, empurrou outra onda para longe do navio e mergulhou no mar.

Jason olhou para Piper e Annabeth. As duas se agarraram ao cordame e olharam fixamente para ele, chocadas. A expressão no rosto de Piper dizia *Ficou maluco?*

Ele levantou o polegar para elas, em parte para garantir que ia ficar bem (coisa da qual não tinha certeza), em parte para concordar que, de fato, ele era maluco (coisa da qual ele *tinha* certeza).

Jason caminhou com dificuldade até a amurada, onde parou e avaliou a tempestade.

Os ventos sopravam, furiosos. As nuvens ribombavam. Jason sentiu um exército inteiro de *venti* girando acima dele, raivosos e agitados demais para assumir uma forma física, mas famintos por destruição.

Ele ergueu o braço e invocou uma corda de vento. Jason aprendera havia muito tempo que a melhor maneira de controlar uma multidão de valentões era pegar o cara mais poderoso e perverso e submetê-lo à força. Depois os outros seguiriam. Ele jogou sua corda de vento, à procura do *ventus* mais forte e encrenqueiro da tempestade.

Laçou um pedaço especialmente maldoso de nuvem carregada de tempestade e o puxou.

— Você vai me ajudar hoje.

Uivando em protesto, o *ventus* o cercou. A tormenta acima do navio pareceu arrefecer um pouco, como se os outros *venti* estivessem pensando: *Droga. Esse cara está falando sério.*

Jason levitou do convés envolto em seu próprio furacão em miniatura. Girando como um saca-rolha, mergulhou na água.

Jason achou que as coisas estariam mais calmas debaixo d'água.

Ledo engano.

É claro que isso podia estar relacionado com a forma como ele foi parar ali. Descer de ciclone até o fundo do mar gerou uma turbulência inesperada. Ele afundava e guinava sem nenhuma lógica aparente; seus ouvidos estalavam, e seu estômago ficou pressionado contra as costelas.

Finalmente ele parou ao lado de Percy, que estava de pé na beira de um abismo.

— E aí? — cumprimentou ele.

Jason podia ouvi-lo perfeitamente, apesar de não saber como.

— O que está acontecendo?

Em seu casulo de *ventus*, sua voz soava como se ele estivesse falando através de um aspirador de pó.

Percy apontou para o vazio.

— Espere só.

Três segundos depois, um facho de luz verde varreu a escuridão como um refletor, depois desapareceu.

— Tem alguma coisa lá embaixo — disse Percy. — Instigando esta tempestade. — Ele se virou e avaliou o furacão de Jason. — Belo traje. Você tem como mantê-lo se mergulharmos mais fundo?

— Não tenho ideia de como estou fazendo isso — disse Jason.

— Ok. Bem, tente não desmaiar.

— Cale a boca, Jackson.

Percy sorriu.

— Vamos ver o que tem lá embaixo.

Eles afundaram tanto que Jason não conseguia ver nada além de Percy nadando ao seu lado sob a luz fraca de suas espadas de ouro e bronze.

De vez em quando, o holofote verde se projetava para cima. Percy nadava direto em sua direção. O *ventus* de Jason crepitava e rugia em seu esforço para se libertar. O cheiro de ozônio o estava deixando tonto, mas ele manteve seu casulo de ar intacto.

Por fim, a escuridão a sua volta diminuiu. Faixas brancas de luminosidade suave, como grupos de águas-vivas, flutuavam diante de seus olhos. Conforme se aproximava mais do fundo do mar, ele percebeu que as faixas eram campos reluzentes de algas que cercavam as ruínas de um palácio. Montes de lodo cobriam os pátios vazios com piso de abalone. Colunas gregas cheias de cracas adentravam as sombras. No centro da construção erguia-se uma fortificação maior que a Estação Grand Central, com paredes incrustadas de pérolas e a cobertura dourada da cúpula quebrada e aberta como um ovo.

— Atlântida? — perguntou Jason.

— Ela é um mito — afirmou Percy.

— Hum… Mas nós não lidamos com mitos?

— Não, estou dizendo que é um mito *inventado*. Tipo, não é um verdadeiro mito real.

— Dá para perceber por que Annabeth é o cérebro desta missão.

— Cale a boca, Grace.

Eles entraram flutuando pela abertura na cúpula e penetraram na escuridão.

— Este lugar me é familiar. — A voz de Percy ficou tensa. — Quase como se eu já tivesse estado aqui...

O holofote verde piscou diretamente abaixo deles, cegando Jason.

Ele despencou como uma pedra, caindo sobre o chão liso de mármore. Quando sua visão clareou, ele viu que os dois não estavam sozinhos.

À sua frente havia uma mulher de seis metros de altura em um vestido verde ondulante, preso na cintura por um cinto de abalone. Sua pele era de um branco luminoso como os campos de alga. Seu cabelo balançava e reluzia como tentáculos de águas-vivas.

O rosto dela era belo, mas sobrenatural: olhos brilhantes demais, traços delicados demais, sorriso frio demais, como se ela tivesse estudado o sorriso dos humanos mas não dominasse bem essa arte.

Suas mãos repousavam sobre um disco de metal verde polido, de cerca de um metro e oitenta de diâmetro, apoiado sobre um tripé de bronze. Aquilo lembrou a Jason um tambor de aço que ele uma vez tinha visto um artista de rua tocar no Embarcadero, em São Francisco.

A mulher girou o disco de metal como se fosse um volante. Um facho de luz verde se projetou para o alto, agitando a água e abalando as paredes do palácio antigo. Pedaços do teto abobadado se soltaram e desabaram em câmera lenta.

— Você está provocando a tempestade — disse Jason.

— Estou mesmo.

A voz da mulher era melodiosa e ao mesmo tempo tinha uma ressonância estranha, como se ultrapassasse o alcance da audição humana. Jason sentiu uma pressão entre os olhos. Parecia que seus seios da face iam explodir.

— Está bem, eu vou começar — disse Percy. — Quem é você, e o que você quer?

A mulher virou-se para ele.

— Ora, sou sua irmã, Perseu Jackson. E queria conhecê-lo antes de você morrer.

XXVI

JASON

Jason tinha duas opções: lutar ou conversar.

Normalmente, ao se deparar com uma mulher assustadora de seis metros de altura e cabelo de água-viva, ele teria optado por *lutar*.

Mas hesitou quando ela chamou Percy de *irmão*.

— Percy, você conhece essa... moça?

Percy balançou a cabeça em negativa.

— Bem, você não se parece com minha mãe, por isso imagino que sejamos parentes pelo lado divino. Você é filha de Poseidon, senhorita...?

A mulher pálida passou as unhas no disco de metal, produzindo um som agudo que parecia o de uma baleia sendo torturada.

— Ninguém me conhece. — Ela suspirou. — Por que eu deveria supor que meu *próprio irmão* me reconheceria? Eu sou Cimopoleia!

Percy e Jason se entreolharam.

— Então... — disse Percy. — Vamos chamá-la de Leia. E você seria, hum, uma nereida? Uma deusa menor?

— *Menor?*

— Ele quer dizer que você não tem idade para beber! — disparou Jason. — Porque obviamente é muito jovem e bonita!

Percy olhou rapidamente para ele: *Mandou bem.*

A deusa voltou toda a sua atenção para Jason. Ela traçou sua silhueta na água com o dedo indicador. Ele sentiu o espírito do ar capturado se agitando a sua volta, como se estivessem lhe fazendo cócegas.

— Jason Grace — disse a deusa. — Filho de Júpiter.

— É. Sou amigo de Percy.

Leia semicerrou os olhos.

— Então é verdade... Estamos em um momento de amizades estranhas e inimigos inesperados. Os romanos nunca me cultuaram. Para eles, eu era um medo sem nome, um sinal da fúria de Netuno. Eles nunca veneraram Cimopoleia, a deusa das tempestades marinhas violentas!

Ela girou o disco. Outro raio de luz verde piscou para o alto, agitando a água e provocando um estrondo nas ruínas.

— Ah, sim — disse Percy. — Os romanos não são bons em navegação. Eles tinham, tipo, um barco a remo. Que eu afundei. Por falar em tempestades violentas, você está fazendo um trabalho de primeira lá em cima.

— Obrigada — disse Leia.

— O problema é que nosso navio está preso nela, e meio que está sendo feito em pedaços. Tenho certeza de que não era sua intenção...

— Ah, era sim.

— Entendo. — Percy fez uma careta. — Bem, isso é muito chato. Imagino, então, que você não vai parar, nem que a gente peça com jeitinho?

— Não — concordou a deusa. — Agora mesmo o navio está quase afundando. Estou impressionada que tenha aguentado tanto tempo. Um belo trabalho de construção.

Voaram fagulhas dos braços de Jason para dentro do furacão. Ele pensou em Piper e nos outros tentando desesperadamente manter o navio inteiro. Ao descer até ali, Percy e ele os tinham deixado indefesos. Eles precisavam agir rápido.

Além disso, o ar de Jason estava ficando saturado. Ele não sabia se era possível esgotar um *ventus* respirando-o, mas, se ele ia ter que lutar, era melhor encarar Leia antes de ficar sem oxigênio.

O problema era que... combater uma deusa em seu próprio território não ia ser fácil. E mesmo se conseguissem vencê-la, não havia garantia de que a tempestade terminaria.

— Então... Leia — disse ele. — O que poderíamos fazer para você mudar de ideia e liberar nosso barco?

Leia deu aquele sorriso sobrenatural e assustador.

— Filho de Júpiter, você sabe onde está?

Jason ficou tentado a responder: *embaixo d'água.*

— Você está falando destas ruínas? Um palácio antigo?

— Isso mesmo — disse Leia. — O palácio original de Poseidon.

Percy estalou os dedos.

— Foi por isso que eu o reconheci. O palácio novo do nosso pai no Atlântico é parecido com este.

— Não tenho como saber — disse Leia. — Nunca sou convidada para ver meus pais. Só posso andar pelas ruínas de seus *antigos* domínios. Eles acham minha presença... incômoda.

Ela tornou a girar o disco. Toda a parede dos fundos da construção desmoronou, levantando no interior da câmara uma nuvem de lodo e algas. Felizmente, o *ventus* agiu como um ventilador, soprando os destroços para longe do rosto de Jason.

— Você, incômoda? — perguntou Jason.

— Não sou bem-vinda na corte do meu pai — disse a deusa. — Ele limita meus poderes. Essa tempestade lá em cima? Eu não me divirto assim há séculos, e isso é apenas uma pequena *amostra* do que posso fazer!

— Uma pequena amostra já é muita coisa — disse Percy. — Enfim, e quanto à pergunta de Jason sobre você mudar de ideia...

— Meu pai chegou até a me casar para se livrar de mim — continuou Leia. — Sem minha permissão, ele me ofereceu como troféu para Briareu, um centímano... Uma recompensa por seu apoio na guerra contra Cronos, éons atrás.

Percy abriu um sorriso.

— Ei, eu conheço Briareu. Ele é meu amigo! Eu o libertei de Alcatraz.

— É, eu sei. — Os olhos de Leia brilharam friamente. — Eu *odeio* meu marido. Não fiquei *nada* satisfeita em tê-lo de volta.

— Ah. Então... Briareu está por aqui? — perguntou Percy, esperançoso.

O riso de Leia lembrou o silvo dos golfinhos.

— Ele está no Monte Olimpo, em Nova York, reforçando as defesas dos deuses. Não que isso vá fazer diferença. O que estou dizendo, meu caro irmão, é que Poseidon nunca me tratou com justiça. Gosto de vir aqui, ao velho palácio de meu pai, porque muito me agrada contemplar sua obra em ruínas. Um dia, em breve, seu novo palácio vai ficar parecido com este, e então todos os mares vão viver em eterna fúria.

Percy olhou para Jason.

— Essa é a parte em que ela nos diz que está trabalhando para Gaia.

— É — concordou Jason. — E que a Mãe Terra prometeu a ela um ótimo acordo depois que os deuses forem destruídos e blá-blá-blá. — Ele se virou para Leia. — Você sabe que Gaia não mantém suas promessas, certo? Ela está apenas usando você, assim como está usando os gigantes.

— Estou tocada com sua preocupação — disse Leia. — Já os deuses do Olimpo *nunca* me usaram, não é?

Percy estendeu as mãos.

— Pelo menos os olimpianos estão tentando. Depois da última guerra contra os titãs, eles passaram a dar mais atenção aos outros deuses. Muitos deles agora têm chalés no Acampamento Meio-Sangue: Hécate, Hades, Hebe, Hipnos… ah, e provavelmente alguns outros que não começam com *H*. Fazemos oferendas a eles em todas as refeições, estandartes legais, além de reconhecimento especial na programação de verão…

— E *eu* recebi oferendas assim? — perguntou a deusa.

— Bem… não. Não sabíamos que você existia. Mas…

— Então poupe suas palavras, irmão. — O cabelo de tentáculos de água-viva de Leia se aproximava de Percy, como se estivesse ansioso para paralisar uma nova presa. — Ouvi falar muito sobre o grande Percy Jackson. Os gigantes estão muito obcecados por capturar você. Devo admitir que não entendo o porquê de tanta preocupação.

— Obrigado, irmãzinha. Mas, se você vai tentar me matar, tenho que avisar que já tentaram isso antes. Enfrentei várias deusas recentemente: Nice, Akhlys, até a própria Nix. Em comparação a elas, você não está me assustando. Além disso, você ri como um golfinho.

As narinas delicadas de Leia se dilataram. Jason pegou a espada.

— Ah, eu não vou matar você — disse Leia. — Minha parte no acordo foi apenas distraí-lo. Mas tem alguém aqui que quer muito matar você.

Acima deles, na borda da cúpula quebrada, surgiu uma forma escura, uma figura ainda mais alta que Cimopoleia.

— O filho de Netuno — ribombou uma voz grave.

O gigante desceu flutuando. Nuvens de um fluido escuro e viscoso, possivelmente veneno, saíam em espiral de sua pele azul. Seu peitoral verde era moldado de forma a parecer um conjunto de bocas abertas e famintas. Ele trazia nas mãos as armas de um *reciário*: um tridente e uma rede com pesos.

Jason nunca tinha visto aquele gigante, mas já tinha ouvido as histórias.

— Polibotes — disse ele. — O anti-Poseidon.

O gigante sacudiu seus *dreadlocks*. Uma dezena de serpentes verde-limão, com uma coroa de pele em torno da cabeça, se soltou e saiu nadando. *Basiliscos*.

— Isso mesmo, filho de Roma — disse o gigante. — Mas, se me der licença, meu assunto mais urgente é com Percy Jackson. Eu o segui por todo o Tártaro. Agora, aqui, nas ruínas de seu pai, pretendo destruí-lo de uma vez por todas.

XXVII

JASON

Jason odiava basiliscos.

As criaturinhas desprezíveis adoravam se esconder sob os templos de Nova Roma. Na época em que Jason era centurião, sua coorte sempre ficava com a tarefa nada popular de eliminar seus ninhos.

Um basilisco não parecia grande coisa — era apenas uma cobra do tamanho de um braço, com olhos amarelos e uma coroa de pele branca —, mas se movia rápido e podia matar qualquer coisa que tocasse. Jason nunca tinha enfrentado mais que dois de uma vez. Agora havia uma dúzia nadando em torno das pernas do gigante. A única coisa boa: embaixo d'água, basiliscos não conseguiriam cuspir fogo, mas isso não os tornava nem um pouco menos mortíferos.

Duas das serpentes se lançaram sobre Percy. Ele as cortou ao meio. As outras dez giravam em torno dele, mas fora do alcance de sua espada. Ziguezagueavam de um lado para outro em um padrão hipnótico, à procura de uma brecha. Uma mordida, um toque, seria o suficiente.

— Ei! — gritou Jason. — Não vão me dar um pouco de atenção?

As cobras o ignoraram.

O mesmo fez o gigante, que havia se afastado e agora assistia a tudo com um sorriso presunçoso, aparentemente satisfeito por seus animais de estimação estarem prestes a fazer a matança.

— Cimopoleia — Jason fez um grande esforço para pronunciar corretamente o nome dela —, você tem que parar com isso.

Ela o encarou com seus olhos brancos e reluzentes.

— Por que eu faria isso? A Mãe Terra me prometeu poderes ilimitados. Você pode fazer uma oferta melhor?

Uma oferta melhor...

Ele percebeu uma abertura... um espaço para negociar. Mas o que ele tinha que uma deusa das tempestades poderia querer?

Os basiliscos fecharam o círculo. Percy os afastou com correntes de água, mas eles apenas continuaram girando ao seu redor.

— Ei, basiliscos! — gritou Jason.

Nenhuma reação. Ele podia atacar, romper o círculo e ajudar, mas, mesmo juntos, ele e Percy não teriam nenhuma condição de enfrentar dez basiliscos ao mesmo tempo. Ele precisava de uma ideia melhor.

Jason olhou para cima. Uma tempestade furiosa trovejava na superfície, mas eles estavam centenas de metros abaixo. Ele não ia conseguir invocar raios estando no fundo do mar, ia? E mesmo que conseguisse, a água conduzia eletricidade um pouco bem demais. Ele poderia acabar fritando Percy.

Mas Jason não conseguiu pensar em nenhuma opção melhor, então ergueu sua espada. Imediatamente a lâmina brilhou vermelha como brasa.

Uma nuvem de luz amarela difusa desceu ondulante até as profundezas, como se alguém tivesse derramado neon líquido na água. A luz acertou a espada de Jason para então se dividir em dez raios diferentes, acertando os basiliscos.

Os olhos dos basiliscos escureceram. Suas coroas de pele se desintegraram. Todas as dez serpentes viraram de barriga para cima e passaram a boiar na água, mortas.

— Da próxima vez, *olhem* para mim quando eu estiver falando com vocês.

O sorriso de Polibotes azedou.

— Você está assim tão ansioso para morrer, romano?

Percy levantou a espada e se lançou sobre o gigante, mas Polibotes moveu a mão pela água e deixou um arco de veneno negro oleoso. Percy avançou antes que Jason pudesse gritar *Cara, o que você está fazendo?*

Ele deixou Contracorrente cair, ofegou e agarrou a garganta. O gigante arremessou sua rede com pesos, e o garoto desabou no chão, completamente preso, enquanto o veneno ia se adensando ao seu redor.

— Solte-o! — A voz de Jason saiu aguda por causa do pânico.

O gigante riu.

— Não se preocupe, filho de Júpiter. Seu amigo vai demorar *muito tempo* para morrer. Depois de todo o trabalho que ele me deu, eu jamais o mataria depressa.

Nuvens tóxicas se expandiram em torno do gigante, enchendo as ruínas como fumaça densa de charuto. Jason saltou para trás depressa. Não foi rápido o suficiente, mas seu *ventus* se revelou um filtro útil. Enquanto ele era envolvido pelo veneno, o furacão em miniatura girou mais rápido e repeliu as nuvens. Cimopoleia torceu o nariz e afastou a escuridão com um aceno, mas, fora isso, ela parecia não se afetar.

Percy se contorcia dentro da rede, e seu rosto estava ficando verde. Jason correu para ajudá-lo, mas o gigante o deteve com seu tridente enorme.

— Ah, não posso deixar que você acabe com minha diversão — repreendeu Polibotes. — O veneno vai matá-lo, mas primeiro vem a paralisia e horas de dor excruciante. Quero que ele tenha a experiência completa! Ele pode assistir enquanto destruo você, Jason Grace!

Polibotes avançou lentamente, dando a Jason bastante tempo para contemplar a torre de três andares de armadura e músculos que seguia em sua direção.

Ele se esquivou do tridente e, tomando impulso para a frente com a ajuda do *ventus*, enfiou a espada na perna reptiliana do gigante. Polibotes soltou um urro e cambaleou; icor dourado jorrava de seu ferimento.

— Leia! — gritou Jason. — É isso mesmo o que você quer?

A deusa das tempestades parecia muito entediada, girando preguiçosamente seu disco de metal.

— Poder ilimitado? Por que não?

— Mas vai ser divertido? — perguntou Jason. — Então você destrói nosso navio. Acaba com toda a faixa litorânea do mundo. Depois que Gaia destruir a civilização humana, quem vai restar para temê-la? Você vai continuar desconhecida.

Polibotes se virou.

— Você é uma desgraça, filho de Júpiter. Vou destruí-lo!

Jason tentou invocar mais raios. Nada aconteceu. Se um dia ele encontrasse seu pai, teria que solicitar um aumento em sua cota diária de raios.

Ele conseguiu desviar das pontas do tridente novamente, mas o gigante usou a haste para acertá-lo no peito.

Jason cambaleou para trás, espantado e dolorido. Polibotes avançou para matá-lo. Quando o tridente ia perfurá-lo, o *ventus* de Jason agiu por conta própria: girou em espiral de lado e o lançou do outro lado do pátio, a dez metros de distância.

Obrigado, parceiro, pensou Jason. Devo a você uns purificadores de ar.

Ele não soube dizer se o *ventus* gostou daquela ideia ou não.

— Na verdade, Jason Grace — disse Leia, examinando as unhas —, agora que você falou nisso, eu gosto mesmo de ser temida por mortais. Não sou temida o suficiente.

— Eu posso ajudar você com isso!

Jason desviou de outro golpe do tridente. Ele transformou seu gládio em uma lança e espetou Polibotes no olho.

— ARGH!

O gigante cambaleou.

Percy se contorcia na rede, mas seus movimentos estavam ficando mais lentos. Jason precisava se apressar. Tinha que levar Percy para a enfermaria do navio, e se a tempestade continuasse com aquela força acima deles, não haveria nenhuma enfermaria para onde levá-lo.

Ele correu para o lado de Leia.

— Você sabe que os deuses dependem dos mortais. Quanto mais cultuamos vocês, mais poderosos vocês ficam.

— Como posso saber? Eu nunca fui cultuada!

Ela ignorou Polibotes, que agora corria desabalado em torno dela, tentando arrancar Jason de seu redemoinho de vento. Jason fazia o possível para manter a deusa entre eles.

— Eu posso mudar isso — prometeu ele. — Eu mesmo vou providenciar um santuário para você na Colina dos Templos em Nova Roma. O seu *primeiro* santuário romano! Também vou erguer um no Acampamento Meio-Sangue, na costa do Estreito de Long Island. Imagine, ser cultuada...

— E temida.

— ... e temida tanto por gregos quanto por romanos. Você vai ser famosa!

— PARE DE FALAR!

Polibotes golpeou com o tridente como se fosse um taco de beisebol. Jason se agachou; Leia, não. O gigante a acertou com tanta força nas costelas que fios de seu cabelo de água-viva se soltaram e saíram boiando pela água envenenada.

Os olhos de Polibotes se arregalaram.

— Desculpe, Cimopoleia. Você não devia ter ficado no caminho!

— NO CAMINHO? — A deusa se aprumou. — Eu estou *no caminho*?

— Você o ouviu — disse Jason. — Você não passa de um instrumento para os gigantes. Eles vão abandoná-la assim que conseguirem destruir os mortais. Aí, não haverá mais semideuses, nem templos, nem medo, nem respeito.

— MENTIRAS! — Polibotes tentou acertá-lo, mas Jason se escondeu atrás do vestido da deusa. — Cimopoleia, quando Gaia reinar, você vai poder comandar tempestades com toda a fúria que quiser!

— Haverá mortais para aterrorizar? — perguntou Leia.

— Bem... não.

— Navios para destruir? Semideuses para se curvarem de medo?

— Hum...

— Me ajude — pediu Jason. — Juntos, uma deusa e um semideus podem matar um gigante.

— Não! — De repente, Polibotes pareceu ficar muito nervoso. — Não, isso é uma péssima ideia. Gaia ficará muito aborrecida!

— *Se* Gaia despertar — disse Jason. — A poderosa Cimopoleia pode nos ajudar a impedir que isso aconteça. Aí, todos os semideuses vão honrá-la *muito*.

— Eles vão ficar aterrorizados?

— Demais! Além de botar seu nome na programação de verão. Um estandarte personalizado. Um chalé no Acampamento Meio-Sangue. Dois santuários. E ainda incluo um *action figure* seu.

— Não! — protestou Polibotes. — Direitos comerciais, não!

Cimopoleia virou-se para o gigante.

— Infelizmente, esse acordo é melhor do que o oferecido por Gaia.

— Isso é inaceitável! — berrou o gigante. — Você não pode confiar nesse romano desprezível!

— Se eu não cumprir minha promessa — disse Jason —, Leia pode me matar quando quiser. Mas com Gaia ela não tem garantia nenhuma.

— Ótimo argumento — concordou Leia.

Enquanto Polibotes se esforçava para encontrar uma resposta, Jason avançou e enfiou sua lança na barriga do gigante.

Leia tirou seu disco de bronze do pedestal.

— Diga adeus, Polibotes.

Ela arremessou o disco no pescoço do gigante. A borda do disco, por acaso, era afiada.

Polibotes achou difícil dizer adeus, já que não tinha mais cabeça.

XXVIII

JASON

— **VENENO É UM VÍCIO FEIO**. — A um gesto de Cimopoleia, as nuvens turvas se dissiparam. — Veneno de segunda mão pode matar uma pessoa, sabia?

Jason também não gostava de veneno de primeira, mas resolveu não mencionar isso. Ele cortou a rede para libertar Percy e o apoiou contra a parede do templo, envolvendo-o no casulo de ar do *ventus*. O oxigênio estava ficando rarefeito, mas Jason tinha a esperança de que isso ajudasse a expelir o veneno dos pulmões dele.

Pareceu funcionar: Percy se dobrou para a frente e começou a ter ânsias de vômito.

— Ugh, obrigado.

Jason suspirou de alívio.

— Você me deixou preocupado, cara.

Percy piscou repetidas vezes, os olhos ainda fora de foco.

— Ainda estou um pouquinho confuso. Mas você... você prometeu fazer um *action figure* da Cimopoleia?

A deusa assomou sobre eles.

— Ele prometeu, sim. E eu espero que cumpra.

— Eu vou cumprir — disse Jason. — Quando ganharmos esta guerra, vou garantir que *todos* os deuses sejam reconhecidos. — Ele pôs a mão no ombro de Percy. — Meu amigo aqui começou esse processo no verão passado. Ele fez os olimpianos prometerem dar mais atenção a vocês.

Leia fez uma expressão de escárnio.

— Sabemos quanto vale a promessa de um olimpiano.

— E é por isso que eu vou garantir que nenhum dos deuses seja esquecido, nos dois acampamentos. Talvez eles ganhem templos, chalés ou pelo menos santuários...

— Ou *cards* colecionáveis — sugeriu Leia.

— Claro. — Jason sorriu. — Vou servir de ligação entre os dois acampamentos até que isso esteja resolvido.

Percy soltou um assovio.

— Você está falando de dezenas de deuses.

— Centenas — corrigiu Leia.

— Então, bem... — disse Jason. — Pode demorar um pouco. Mas você vai ser a primeira da lista, Cimopoleia... a deusa das tempestades que decapitou um gigante e salvou nossa missão.

Leia acariciou seu cabelo de água-viva.

— Está bem assim. — Ela olhou para Percy. — Apesar de eu sentir muito por não vê-lo morrer.

— Ouço muito esse comentário — disse Percy. — Agora, e em relação a nosso navio...?

— Ainda está inteiro — confirmou a deusa. — Não em grande forma, mas deve conseguir chegar a Delos.

— Obrigado — disse Jason.

— É — falou Percy. — E na verdade Briareu, seu marido, é um sujeito legal. Você devia dar uma chance a ele.

A deusa apanhou seu disco de bronze.

— Não abuse da sorte, irmão. Briareu tem cinquenta caras, e todas são feias. Tem cem mãos, e mesmo assim não faz nada direito em casa.

— Tudo bem — cedeu Percy. — Não vou abusar da sorte.

Leia virou o disco, revelando correias do outro lado, como em um escudo. Ela o jogou sobre o ombro, estilo Capitão América.

— Vou acompanhar seu progresso. Polibotes não estava se vangloriando quando alertou que seu sangue vai despertar a Mãe Terra. Os gigantes estão muito confiantes nisso.

— Meu sangue, especificamente? — perguntou Percy.

O sorriso de Leia ficou ainda mais assustador que o normal.

— Eu não sou um oráculo, mas ouvi o que o vidente Fineu contou a você em Portland. Há um sacrifício pela frente que talvez você não tenha a coragem de fazê-lo, e isso vai lhe custar o mundo. Você ainda precisa enfrentar seu defeito fatal, meu irmão. Olhe ao redor. Toda a obra de deuses e homens um dia acaba em ruínas. Não seria mais fácil fugir para as profundezas com aquela sua namorada?

Percy se apoiou no ombro de Jason e se levantou.

— Juno me ofereceu uma escolha como essa quando eu encontrei o Acampamento Júpiter. Vou dar a você a mesma resposta: eu não fujo quando meus amigos precisam de mim.

Leia levantou as mãos para o ar.

— E esse é o seu defeito, não conseguir se afastar. Vou me retirar para as profundezas e assistir ao desenrolar desta batalha. As forças do oceano também estão em guerra, sabia? Sua amiga Hazel Levesque causou uma impressão e tanto nas sereias e nos tritões, e também em seus mentores, Afros e Bitos.

— Os sujeitos homem-peixe — murmurou Percy. — Eles não quiseram me conhecer.

— Agora mesmo eles estão lutando uma guerra por sua causa — disse Leia. — Tentando manter os aliados de Gaia longe de Long Island. Se vão sobreviver ou não... isso ainda não sabemos. E em relação a você, Jason Grace, seu caminho não será mais fácil do que o dele. Você será enganado. Vai sofrer uma perda insuportável.

Jason se segurou para não soltar raios. Não sabia se o coração de Percy aguentaria o choque.

— Leia, você disse que não é um oráculo, mas deveria trabalhar com isso. Você é com certeza deprimente o bastante.

A deusa soltou sua risada de golfinho.

— Você me diverte, filho de Júpiter. Espero que viva para derrotar Gaia.

— Obrigado — disse ele. — Alguma dica para derrotar uma deusa que não pode ser derrotada?

Cimopoleia inclinou a cabeça.

— Ah, mas você sabe a resposta. Você é um filho do céu, tem tempestades no sangue. Um deus primordial já foi derrotado antes. Você sabe de quem estou falando.

As entranhas de Jason começaram a se revirar mais rápido que o *ventus*.

— Urano, o primeiro deus do céu. Mas isso significa…

— Sim. — Os traços sobrenaturais de Leia assumiram uma expressão que quase lembrava simpatia. — Vamos torcer para que não chegue a isso. Se Gaia *realmente* despertar… bem, sua tarefa não vai ser fácil. Mas, se vocês vencerem, lembre-se de sua promessa, *pontifex*.

Jason levou um momento para processar as palavras dela.

— Eu não sou um sacerdote.

— Não? — Os olhos de Leia brilharam. — Mudando de assunto: seu criado *ventus* diz que deseja ser libertado. Como ele o ajudou, espera que você o solte quando chegarem à superfície. Ele promete não incomodá-lo uma terceira vez.

— Uma *terceira* vez?

Leia fez uma pausa, como se estivesse escutando.

— Ele diz que se juntou à tempestade lá em cima para se vingar, mas que, se soubesse quanto você ficou forte desde o Grand Canyon, nunca teria se aproximado do seu navio.

— O Grand Canyon… — Jason se lembrou do dia na passarela Skywalk, quando um de seus colegas de turma idiotas se revelou ser um espírito do vento. — Dylan? Você está de brincadeira comigo? Eu estou respirando o *Dylan*?

— Está — disse Leia. — Parece que esse é o nome dele.

Jason sentiu um calafrio.

— Vou libertá-lo assim que chegarmos à superfície, sem problemas.

— Adeus, então — disse a deusa. — E que as Parcas sorriam para vocês… isto é, se elas sobreviverem.

Eles precisavam sair dali.

Jason estava ficando sem ar (ar de Dylan… eca), e todos no *Argo II* deviam estar preocupados com eles.

Mas Percy ainda estava zonzo por causa do veneno, então os dois se sentaram na borda da cúpula dourada em ruínas por alguns minutos para que ele recuperasse o fôlego... ou a água, ou o que quer que um filho de Poseidon recuperasse no fundo do oceano.

— Obrigado, cara — disse Percy. — Você salvou minha vida.

— Ei, é isso que os amigos fazem.

— Mas, hum, o cara de Júpiter salvar o de Poseidon no fundo do oceano... será que podemos manter esse detalhe entre nós? Senão eu nunca vou parar de ouvir falar nisso.

Jason sorriu.

— Fechado. Como está se sentindo?

— Melhor. Eu... eu tenho que admitir que quando estava sufocando com o veneno, pensei em Akhlys, a deusa da miséria no Tártaro. Eu quase a destruí com veneno. — Ele sentiu um calafrio. — Eu me senti *bem*, mas de um jeito ruim. Se Annabeth não tivesse me impedido...

— Mas ela impediu — disse Jason. — Isso é outra coisa que os amigos têm que fazer uns pelos outros.

— É... O problema é que, enquanto eu estava sufocando, não parava de pensar: isso é o troco por Akhlys. As Parcas estão me deixando morrer da mesma maneira que eu tentei matar aquela deusa. E... honestamente, parte de mim sentiu que eu merecia. Por isso não tentei controlar o veneno do gigante e afastá-lo de mim. Isso deve parecer loucura.

Jason se lembrou de Ítaca, quando entrou em desespero por causa da visita do espírito de sua mãe.

— Não, acho que eu entendo.

Percy observou seu rosto. Quando Jason parou de falar, Percy mudou de assunto:

— O que Leia quis dizer sobre derrotar Gaia? Você mencionou Urano...

Jason olhou para o lodo que se acumulava em torno das colunas do velho palácio em ruínas.

— O deus do céu... os titãs o derrotaram chamando-o à terra. Eles o tiraram de seu território, o emboscaram, o prenderam e o cortaram em pedaços.

Parecia que o enjoo de Percy estava voltando.

— Como faremos isso com Gaia?

Jason lembrou-se de um verso da profecia: *Em tempestade ou fogo, o mundo terá acabado.* Ele agora tinha uma ideia do que aquilo significava... mas se estivesse certo, Percy não poderia ajudar. Na verdade, ele poderia, sem querer, tornar as coisas ainda piores.

Eu não fujo quando meus amigos precisam de mim, dissera Percy.

E esse é o seu defeito, alertara Leia. *Não conseguir se afastar.*

Era dia vinte e sete de julho. Em cinco dias, Jason ia descobrir se tinha razão.

— Vamos a Delos primeiro — disse ele. — Apolo e Ártemis podem ter algum conselho para nós.

Percy assentiu, apesar de não parecer satisfeito com essa resposta.

— Por que Leia chamou você de *Pontiac*?

O riso de Jason literalmente limpou o ar.

— *Pontifex*. Significa sacerdote.

— Ah. — Percy franziu a testa. — Ainda parece uma marca de carro. O novo Pontifex XLS. Você vai ter que usar um colarinho branco e abençoar as pessoas?

— Não. Os romanos tinham um *pontifex maximus*, que supervisionava todos os sacrifícios apropriados e coisas assim, para garantir que nenhum dos deuses ficasse com raiva. O que eu me ofereci para fazer... acho que parece o trabalho de um *pontifex*.

— Então você estava falando sério? — perguntou Percy. — Vai mesmo tentar construir templos para todos os deuses menores?

— Vou. Na verdade, nunca havia pensado nisso antes, mas gosto da ideia de ser a ligação entre os acampamentos; supondo, você sabe, que estejamos vivos depois da semana que vem e que os dois acampamentos ainda existam. O que você fez ano passado no Olimpo, recusando a imortalidade e em vez disso pedindo aos deuses que fossem mais legais... aquilo foi muito nobre, cara.

Percy resmungou.

— Acredite, às vezes eu me arrependo dessa escolha. *Ah, você quer recusar nossa oferta? Tudo bem! ZAP! Perca a memória! Vá para o Tártaro!*

— Você fez o que um herói deveria fazer. Eu o admiro por isso. O mínimo que posso fazer, se sobrevivermos, é dar continuidade a esse trabalho, garantir que todos os deuses tenham algum reconhecimento. Se os deuses se entenderem melhor, talvez possamos impedir que mais guerras aconteçam. Quem sabe?

— Isso com toda a certeza seria bom — concordou Percy. — Sabe, você parece diferente... um diferente *bom*. Seu ferimento ainda dói?

— Meu ferimento...

Jason ficara tão ocupado com o gigante e a deusa que tinha se esquecido do ferimento em sua barriga, apesar de apenas uma hora antes estar morrendo na enfermaria do navio.

Ele levantou a camisa e tirou os curativos. Nenhuma fumaça. Nenhum sangramento. Nenhuma cicatriz. Nenhuma dor.

— Meu ferimento... desapareceu — disse ele, surpreso. — Eu me sinto completamente normal. Mas o que aconteceu?

— Você o derrotou, cara! — Percy riu. — Você encontrou sua própria cura.

Jason refletiu sobre isso. Devia ser verdade. Talvez deixar a dor de lado para ajudar os amigos fosse o que faltava.

Ou talvez sua decisão de cultuar os deuses nos dois acampamentos o tivesse curado, mostrando a ele um caminho nítido para o futuro. Romano ou grego... a diferença não importava. Como ele dissera aos fantasmas em Ítaca, sua família só havia aumentado. Agora Jason encontrara seu lugar nela. Ele ia manter sua promessa à deusa das tempestades. E, graças a isso, a espada de Michael Varus não significava nada.

Morra como um romano.

Não. Se ele tivesse que morrer, morreria como filho de Júpiter, um filho dos deuses — o sangue do Olimpo. Mas ele não iria se deixar ser sacrificado... pelo menos, não sem lutar.

— Vamos. — Jason deu um tapinha nas costas do amigo. — Vamos ver como está nosso barco.

XXIX

NICO

SE TIVESSE QUE ESCOLHER ENTRE a morte e o mercado Zippy Mart de Buford, Nico ficaria indeciso. Na Terra dos Mortos ele pelo menos sabia como transitar. E a comida por lá era mais fresca.

— Ainda não entendi — resmungou o treinador Hedge, andando pelo corredor principal do mercado. — Eles batizaram uma cidade inteira com o nome da mesa do Leo?

— Acho que a cidade veio primeiro, treinador — opinou Nico.

— Ah. — O treinador pegou da prateleira uma caixa de donuts se desfazendo em farelos. — Deve ser. Estes donuts parecem ter uns cem anos, no mínimo. Que saudade daquelas tais farturas de Portugal.

Nico sentia dor nos braços só de pensar em Portugal. As marcas das garras de lobisomem ainda riscavam seu bíceps, inchadas e vermelhas. A atendente da loja lhe perguntou se ele tinha entrado em uma briga com um tigre.

Compraram um kit de primeiros socorros, um bloco de papel (para o treinador Hedge escrever mais mensagens em aviõezinhos de papel para a esposa), alguns biscoitos industrializados e refrigerante (já que a mesa da tenda mágica de Reyna só fornecia alimentos saudáveis e água fresca) e alguns itens de camping para o treinador Hedge montar aquelas suas armadilhas inúteis, mas incrivelmente complicadas.

Nico tinha esperança de encontrar roupas novas para comprar. Haviam deixado San Juan dois dias antes, e ele estava cansado de andar por aí com a camisa florida da ISLA DEL ENCANTORICO, ainda mais com o treinador Hedge vestindo uma igual. Infelizmente, porém, o Zippy Mart só tinha camisetas com a bandeira da Confederação americana ou frases bregas como KEEP CALM E SIGA O CAIPIRA. Nico achou melhor continuar com as araras e palmeiras.

Os três voltaram para o acampamento por uma estrada de pista dupla sob o sol abrasador. Aquela parte da Carolina do Sul parecia formada principalmente por campos cobertos de mato pontuados por postes e árvores cobertas de trepadeiras kudzu. O centro da cidade era uma coleção de barracões de metal portáteis (seis ou sete, provavelmente o mesmo número de habitantes de Buford inteira).

Nico não era muito fã do sol, mas dessa vez o calor foi bem-vindo, ajudando-o a se sentir mais substancial, ancorado no mundo mortal. A cada salto ficava mais difícil voltar das sombras. Mesmo em plena luz do dia, sua mão atravessava objetos sólidos. Seu cinto e sua espada não paravam de cair no chão, sem motivo aparente. Uma vez, quando não estava prestando muita atenção ao caminho, tinha chegado a atravessar uma árvore.

Ele se lembrou do que Jason lhe dissera no palácio de Noto: *Talvez seja hora de você parar de se esconder nas sombras.*

Bem que eu queria, pensou ele. Pela primeira vez na vida, Nico tinha começado a temer a escuridão, porque podia se fundir a ela permanentemente.

Nico e Hedge não tiveram dificuldades em encontrar o caminho de volta para o acampamento: a Atena Partenos era o ponto de referência mais alto em um raio de quilômetros. Sob sua nova rede de camuflagem, a estátua reluzia com um brilho prateado, como um fantasma de doze metros exageradamente ofuscante.

Pelo visto a Atena Partenos queria que eles visitassem um lugar com caráter educativo, pois tinha aterrissado bem ao lado de um marco histórico em que se lia MASSACRE DE BUFORD, em um acostamento de cascalho no cruzamento do Nada com o Lugar Nenhum.

A barraca de Reyna estava armada em um bosque a cerca de trinta metros da estrada. Havia um monumento retangular formado por centenas de pedras empilhadas na forma de um túmulo enorme. A lápide era um obelisco gigante, e espalhado em volta havia coroas esmaecidas e buquês de flores de plástico pisoteadas, o que tornava o lugar ainda mais triste.

Aurum e Argentum estavam na mata brincando de correr atrás de uma das bolas de borracha do treinador. Desde que tinham sido consertados pelas amazonas, os dois viviam alegres e cheios de energia — ao contrário de sua dona.

Reyna estava sentada de pernas cruzadas na entrada da barraca, olhando fixamente para o obelisco funerário. Mal tinha aberto a boca desde a fuga de San Juan, dois dias antes. Nesses dois dias, eles não tinham encontrado monstros, o que preocupava Nico. Eles não sabiam o que havia acontecido com Hylla nem com Thalia, nem com o gigante Órion.

Nico não gostava das Caçadoras de Ártemis. A tragédia as acompanhava aonde fossem, tão fielmente quanto seus cães e aves de caça. A irmã de Nico, Bianca, morrera depois de se juntar às Caçadoras. Depois disso, Thalia Grace se tornara a líder, e ela começara a recrutar ainda mais garotas para sua causa. Isso o irritava, pois era como se a morte de Bianca pudesse ser esquecida. Como se ela pudesse ser substituída.

No Barrachina, ao acordar e encontrar o bilhete das Caçadoras informando sobre o sequestro de Reyna, Nico havia destruído o pátio do restaurante, de tanta raiva. Não queria que as Caçadoras levassem embora mais uma pessoa importante na vida dele.

Felizmente, ele havia resgatado Reyna, mas não gostava de vê-la assim cabisbaixa e taciturna. Toda vez que tentava perguntar a ela sobre o incidente na rua San José — sobre os fantasmas na sacada, todos olhando para ela, sussurrando acusações —, Reyna se fechava e o afastava.

Nico sabia algumas coisas sobre fantasmas. Deixá-los entrar em sua cabeça era perigoso. Ele queria ajudar Reyna, mas como ele próprio seguia a estratégia de lidar sozinho com os problemas, rejeitando qualquer um que tentasse se aproximar, não podia criticá-la por agir da mesma forma.

Reyna ergueu os olhos quando os dois se aproximaram.

— Eu descobri.

— Que lugar histórico é este? — perguntou Hedge. — Que bom, porque eu já estava ficando maluco.

— A Batalha de Waxhaws — disse ela.

— Ah, sim... — O treinador assentiu com um ar grave. — Foi um massacre extremamente cruel.

Nico tentou detectar a presença de espíritos inquietos na área, mas não sentiu nada. Algo incomum para um lugar que tinha servido de campo de batalha.

— Tem certeza?

— Em 1780 — explicou Reyna. — Na Guerra de Independência dos Estados Unidos. A maioria dos líderes coloniais eram semideuses gregos. Os generais britânicos eram semideuses romanos.

— Porque na época a Inglaterra era uma espécie de Roma — arriscou Nico. — Um império em seu auge.

Reyna pegou um buquê amassado do chão.

— Acho que sei por que viemos parar aqui. É minha culpa.

— Ah, que isso... — brincou Hedge. — O Zippy Mart de Buford não é culpa de ninguém. Essas coisas acontecem.

Reyna mexia distraidamente nas flores de plástico desbotadas.

— Durante a Guerra de Independência, quatrocentos americanos foram surpreendidos aqui pela cavalaria britânica. As tropas coloniais tentaram se render, mas os britânicos queriam sangue. Massacraram os americanos mesmo depois que eles já tinham baixado as armas. Só uns poucos sobreviveram.

Nico talvez devesse ficar chocado. Mas depois de tantas viagens pelo Mundo Inferior, ouvindo tantas histórias de maldade e mortes, um massacre durante uma guerra não parecia uma grande notícia.

— Reyna, por que isso seria culpa sua?

— O general britânico era Banastre Tarleton.

— Já ouvi falar dele — disse Hedge com uma nota de repulsa na voz. — Sujeito maluco. Eles o chamavam de Benny Açougueiro.

— Isso... — Reyna inspirou com força, trêmula. — Ele era filho de Belona.

— Ah — disse Nico.

Ele olhou para o túmulo enorme. Ainda o incomodava o fato de não conseguir detectar nenhum espírito. Centenas de soldados massacrados naquele lugar... aquilo devia transmitir *algum* tipo de vibração de morte.

Ele se sentou ao lado de Reyna e resolveu arriscar:

— Então você acha que fomos atraídos até aqui porque você tem algum tipo de ligação com os fantasmas. Como o que aconteceu em San Juan?

Ela permaneceu em silêncio por alguns segundos, girando o buquê de plástico na mão.

— Não quero falar sobre San Juan.

— Pois deveria. — Nico se sentiu um estranho no próprio corpo. Por que ele estava estimulando Reyna a se abrir? Não era do seu estilo nem da sua conta. Mas mesmo assim ele continuou: — O principal a se ter em mente quando pensamos em fantasmas é que a maioria deles perdeu a voz. Em Asfódelos, milhões de espíritos perambulam sem rumo, tentando se lembrar de quem eram. Sabe por que eles acabam assim? Porque nunca lutaram pelo que acreditavam em vida. Nunca expressaram suas opiniões, por isso nunca foram ouvidos. Nossa voz é nossa identidade. Se não a usamos... — Ele deu de ombros. — Já estamos a meio caminho de Asfódelos.

Reyna franziu a testa.

— Era para ser uma conversa animadora?

O treinador Hedge limpou a garganta.

— Isso está ficando psicológico demais para mim. Vou escrever umas cartas.

E, pegando seu bloco, ele seguiu para o bosque. Nos dois últimos dias ou mais, ele andava escrevendo bastante; e, aparentemente, não só para Mellie. O treinador não revelava detalhes, mas tinha dado a entender que estava recorrendo a seus contatos para obter ajuda na missão. Pelo que Nico sabia, ele podia estar escrevendo até para Jackie Chan.

Nico abriu a sacola de compras. Pegou um pacote de biscoitos recheados e ofereceu um a Reyna.

Ela torceu o nariz.

— Esse biscoito está com cara de que passou do prazo de validade no tempo dos dinossauros.

— Pode ser. Mas eu ando com um apetite enorme. Estou achando *qualquer* comida gostosa... Menos sementes de romã, que eu já não aguento mais.

Reyna pegou um biscoito e deu uma mordida.

— Os fantasmas de San Juan... eram meus ancestrais.

Nico esperou. A brisa agitou a rede de camuflagem que cobria a Atena Partenos.

— A família Ramírez-Arellano é muito antiga — continuou Reyna. — Não sei a história toda. Meus ancestrais viviam na Espanha na época em que era uma província romana. Meu tatara-alguma-coisa-avô foi um colonizador que veio para Porto Rico com Ponce de León.

— Um dos fantasmas que vi na varanda usava uma armadura de colonizador — lembrou Nico.

— Era ele.

— Então... sua família inteira descende de Belona? Eu achava que você e Hylla fossem filhas dela, não herdeiras.

Nico percebeu tarde demais que não deveria ter mencionado Hylla. Uma expressão de desespero cruzou o rosto de Reyna, mas ela logo conseguiu escondê-la.

— Nós duas *somos* filhas de Belona. Somos as primeiras verdadeiras filhas de Belona na família Ramírez-Arellano. Mas Belona sempre favoreceu nosso clã. Milênios atrás, ela decretou que teríamos papéis fundamentais em muitas batalhas.

— Como você está tendo agora — disse Nico.

Reyna limpou alguns farelos do queixo.

— Talvez. Alguns de meus ancestrais foram heróis. Outros, vilões. Você viu o fantasma com os tiros no peito?

Nico assentiu.

— Um pirata?

— O mais famoso na história de Porto Rico. Ele era conhecido como o pirata Cofresí, mas seu sobrenome era Ramírez-Arellano. Para construir nossa casa, a *villa* da família, foi usada parte do tesouro que ele enterrou.

Por um instante, Nico sentiu como se fosse novamente criança. Quase exclamou: *Que máximo!* Antes mesmo de se interessar por Mitomagia, Nico já era obcecado por piratas. Isso provavelmente havia contribuído para que ele ficasse tão fascinado por Percy, que era filho do deus do mar.

— E os outros fantasmas? — perguntou ele.

Reyna deu mais uma mordida no biscoito.

— O cara de uniforme da Marinha... ele é meu tio-bisavô da Segunda Guerra Mundial, o primeiro latino a se tornar comandante de um submarino. Você entende o quadro geral: vários guerreiros; Belona foi nossa deusa padroeira por gerações.

— Mas ela nunca teve filhos semideuses na família... não antes de vocês.

— A deusa... Belona se apaixonou por meu pai, Julian, que era soldado no Iraque. Ele era... — A voz de Reyna vacilou. Ela jogou fora o buquê de flores de plástico. — Eu não consigo. Não consigo falar sobre ele.

Uma nuvem passou no céu, cobrindo o bosque de sombras.

Nico não queria forçá-la. Que direito ele tinha?

Ele deixou de lado os biscoitos... e percebeu que as pontas de seus dedos estavam virando fumaça. A luz do sol retornou. Suas mãos voltaram a ser sólidas, mas Nico sentiu uma agulhada nos nervos. Como se tivesse sido puxado no exato momento em que ia cair da beira de um terraço muito alto.

Nossa voz é nossa identidade, ele tinha dito a Reyna. *Se não a usamos, já estamos a meio caminho de Asfódelos.*

Ele odiava quando seu próprio conselho se aplicava a si mesmo.

— Meu pai certa vez me deu um presente — disse Nico. — Um zumbi.

Reyna o encarou.

— O quê?

— Jules-Albert. Ele é francês.

— Um... um zumbi francês?

— Hades não é o melhor dos pais, mas às vezes ele tem esses momentos em que cisma de querer se aproximar de mim. Acho que a intenção era usar o zumbi como uma oferenda de paz. Ele disse que Jules-Albert podia ser meu chofer.

— Um zumbi francês como chofer — comentou Reyna, o canto da boca se retorcendo em ironia.

Nico se deu conta de como aquilo soava ridículo. Ele nunca havia contado a ninguém sobre Jules-Albert, nem mesmo a Hazel. Mas mesmo assim ele continuou:

— Hades achava que eu deveria, você sabe, tentar agir como um adolescente moderno. Fazer amigos. Conhecer o século XXI. Ele entendia vagamente que pais mortais levam os filhos de carro a muitos lugares. Como não podia fazer isso, a solução que encontrou foi me arranjar um zumbi.

— Para levar você ao shopping. Ou a uma lanchonete drive-thru.

— Acho que sim. — Nico sentia que seus nervos começavam a se acalmar. — Porque não há nada que ajude você a fazer amigos mais rápido que um cadáver em decomposição com sotaque francês.

Reyna riu.

— Desculpe… eu não deveria estar rindo disso.

— Tudo bem. A questão é que… eu também não gosto de falar sobre o meu pai. Mas às vezes — ao dizer isso, ele a olhava nos olhos — é preciso.

Reyna ficou séria.

— Não conheci meu pai em seus melhores dias. Hylla disse que ele era mais carinhoso quando ela era muito pequena, antes de eu nascer. Ele era um bom soldado… corajoso, disciplinado, sabia manter a cabeça fria durante as batalhas. Era bonito e podia ser muito charmoso. Belona o abençoou, como fez com tantos de meus ancestrais, mas isso não era suficiente para meu pai. Ele queria se casar com ela.

No meio das árvores, o treinador murmurava coisas para si mesmo enquanto escrevia. Três aviõezinhos de papel já subiam em espiral para o céu, levados pela brisa para só os deuses sabiam onde.

— Meu pai se dedicou completamente a Belona — prosseguiu Reyna. — Uma coisa é respeitar o poder da guerra. Outra é se apaixonar por isso. Não sei como ele conseguiu, mas conquistou o coração da deusa. Minha irmã nasceu pouco antes de ele ir para o Iraque para seu último período em serviço. Ele se reformou com honras e voltou para casa como um herói. Se… se tivesse conseguido se adaptar à vida civil, acho que teria ficado tudo bem.

— Mas ele não conseguiu — concluiu Nico.

— Não. Pouco depois de voltar, ele teve um último encontro com Belona… foi nessa… hã… ocasião que eu fui concebida. Belona deu a ele um vislumbre do futuro. Explicou por que nossa família era tão importante para ela. Disse que o legado de Roma nunca se extinguiria enquanto houvesse alguém de nossa linhagem para defender nossa terra natal. Isso tudo… Acho que a intenção dela era oferecer consolo, mas meu pai ficou obcecado.

— Muitas vezes é difícil superar a guerra.

Ao dizer isso, Nico estava se lembrando de Pietro, um vizinho seu na época em que morava na Itália, quando criança. Pietro tinha voltado inteiro da campanha africana de Mussolini, mas, depois de bombardear civis etíopes com gás de mostarda, sua mente nunca mais fora a mesma.

Apesar do calor, Reyna puxou seu manto para se cobrir.

— Parte do problema foi o estresse pós-traumático. Ele não conseguia parar de pensar na guerra. Depois, foi a dor constante que ele sentia por conta de uma bomba que tinha explodido na beira de uma estrada e deixado estilhaços no ombro e no peito do meu pai. Mas era mais que isso. Com o passar dos anos, enquanto eu crescia, ele... ele mudou.

Nico não disse nada. Nunca ninguém havia conversado com ele assim tão abertamente, à exceção, talvez, de Hazel. Ele sentiu como se estivesse vendo um bando de aves pousar em um campo: um movimento mais brusco poderia assustá-las.

— Ele ficou paranoico — continuou Reyna. — Achou que as palavras de Belona eram um alerta de que nossa família seria exterminada e que o legado de Roma seria extinto. Via inimigos em toda a parte. Colecionava armas. Transformou nossa casa em uma fortaleza. À noite, trancava a mim e a Hylla nos nossos quartos. Se fugíssemos, ele gritava, quebrava móveis... Bem, aterrorizava nossa vida. Às vezes chegava a pensar que *nós* éramos os inimigos. Ele se convenceu de que o estávamos espionando, tentando sabotá-lo. Foi quando os fantasmas começaram a aparecer. Acho que eles sempre estiveram lá, mas, com a agitação do meu pai, começaram a se manifestar. Os fantasmas sussurravam coisas ruins no ouvido dele, alimentando suas suspeitas. Um dia, por fim... não sei dizer exatamente quando... percebi que ele tinha deixado de ser meu pai. Tinha se transformado em um dos fantasmas.

Nico sentiu um bloco de gelo se formar em seu peito.

— Um quadro de *mania* — concluiu ele. — Já vi isso acontecer. Um humano que vai se degenerando até que não é mais humano. Só restam suas piores qualidades. Sua loucura...

Pela expressão de Reyna, estava claro que a explicação de Nico não ajudava em nada.

— O que quer que fosse — disse Reyna —, ficou impossível continuar morando com ele. Hylla e eu fugíamos de casa sempre que podíamos, mas acabávamos... voltando... e enfrentando a raiva dele. Não sabíamos mais o que fazer. Ele era a única família que tínhamos. Na última vez que voltamos, ele estava tão furioso que literalmente brilhava. Não conseguia mais tocar as coisas fisicamente, mas conseguia movê-las... como um poltergeist, algo assim. Ele arrancou as lajotas do piso. Rasgou o sofá. E no fim arremessou uma cadeira que acertou Hylla. Minha irmã desabou no chão. Ela só ficou inconsciente, mas achei que tivesse morrido. Hylla tinha passado tantos anos me protegendo... Eu perdi o controle naquele momento. Peguei a arma mais próxima que encontrei: uma herança de família, o sabre do pirata Cofresí. Eu... eu não sabia que era feito de ouro imperial. Corri na direção do espírito do meu pai e...

— Você o vaporizou — completou Nico.

Reyna tinha os olhos marejados.

— Eu matei meu próprio pai.

— Não, Reyna, não. Aquele não era seu pai. Era um fantasma. Pior ainda: uma *mania*. Você estava protegendo sua irmã.

Ela girou o anel de prata no dedo.

— Você não entende. Patricídio é o pior crime que um romano pode cometer. É imperdoável.

— Você não matou seu pai. Ele já estava morto — insistiu Nico. — Você derrotou um fantasma!

— Não faz diferença! — Reyna começou a chorar. — Se as pessoas descobrirem isso no Acampamento Júpiter...

— Você será executada — disse uma terceira voz.

Na margem do bosque havia um legionário romano de armadura completa, empunhando um *pilum*. Cabelos castanhos fartos caíam sobre seus olhos. O nariz obviamente tinha sido quebrado pelo menos uma vez, o que tornava seu sorriso ainda mais sinistro.

— Obrigado por sua confissão, *ex*-pretora. Você facilitou muito o meu trabalho.

XXX

NICO

O TREINADOR HEDGE ESCOLHEU AQUELE exato momento para surgir de repente na clareira agitando um aviãozinho de papel e gritando:

— Boas notícias, pessoal!

Ele congelou quando viu o romano.

— Ah... deixa pra lá.

Então rapidamente amassou o aviãozinho e o comeu.

Reyna e Nico se levantaram. Aurum e Argentum correram para o lado dela e rosnaram para o estranho.

Nico não entendia como aquele cara tinha chegado tão perto sem que *nenhum* deles percebesse.

— Bryce Lawrence — disse Reyna. — O mais novo cão de caça de Octavian.

O romano inclinou a cabeça. Tinha olhos verdes, mas não da cor do mar, como os de Percy... eram mais como o verde do lodo que se acumula no fundo de um lago.

— O áugure tem muitos cães de caça — disse Bryce. — Eu sou apenas o que teve a sorte de encontrar vocês. Seu amigo *graecus* aqui. — Ele apontou com o queixo para Nico. — Foi fácil segui-lo. Ele carrega o mau cheiro do Mundo Inferior.

Nico desembainhou a espada.

— Você conhece o Mundo Inferior? Posso providenciar uma visita se quiser.

Bryce riu. Seus dentes da frente eram de dois tons diferentes de amarelo.

— Acha que pode me assustar? Sou descendente de Orco, o deus dos juramentos quebrados e da punição eterna. Já ouvi de perto os gritos que ecoam nos Campos de Punição. São música para meus ouvidos. Logo vou acrescentar ao coral mais uma alma condenada. — Ele sorriu para Reyna. — Patricídio, hein? Octavian vai adorar essa notícia. Você está presa por múltiplas violações da lei romana.

— Sua *presença* aqui é contra a lei romana — disse Reyna. — Os romanos não saem em missão sozinhos. É necessário um líder com posto de centurião ou mais alto. Você está *in probatio*. E mesmo *esse* posto já é demais para você. Não tem o direito de me prender.

Bryce deu de ombros.

— Em tempos de guerra, algumas regras precisam ser flexíveis. Mas não se preocupe. Como recompensa por levá-la a julgamento, me tornarei membro efetivo da legião. Imagino que serei também promovido a centurião. Não tenho dúvidas de que haverá vagas depois da batalha que se aproxima. Alguns oficiais não vão sobreviver, ainda mais se escolherem o lado errado.

O treinador ergueu o taco.

— Não conheço a etiqueta romana, mas posso arrebentar esse garoto agora?

— Um fauno — disse Bryce. — Interessante. Eu soube que os gregos realmente *confiavam* em seus homens-bode.

Hedge baliu.

— Eu sou um sátiro. E pode acreditar que vou enfiar este bastão na sua cabeça, seu pivete.

O treinador avançou, mas assim que seu pé tocou o monumento, ouviu-se um estrondo e as pedras começaram a se mexer, como se fervilhassem. Vários guerreiros esqueléticos irromperam do cemitério, *spartoi* vestindo os restos esfarrapados de casacas vermelhas, o antigo uniforme britânico.

Hedge tentou fugir, mas os primeiros dois esqueletos o seguraram pelos braços e o levantaram do chão. O treinador deixou o taco cair e ficou chutando o ar com os cascos.

— Ei, me soltem, seus cabeça de osso idiotas! — berrava ele.

Nico viu, paralisado, mais soldados britânicos jorrarem para fora do túmulo, cinco, dez, vinte, multiplicando-se tão depressa que Reyna e seus cães de metal foram cercados antes que o menino pudesse sequer pensar em levantar a espada.

Como ele podia *não* ter detectado que sob seus pés havia tantos mortos?

— Eu já ia esquecendo: na verdade, não estou sozinho nesta missão. Como podem ver, tenho apoio. Estes soldados britânicos prometeram misericórdia às tropas coloniais. Mas depois as chacinaram. Pessoalmente, gosto de um bom massacre, mas como eles quebraram o juramento, seus espíritos foram amaldiçoados, portanto estarão para sempre sob o poder de Orco. O que significa que estão também sob o *meu* controle. — Ele apontou para Reyna. — Peguem a garota.

Os *spartoi* avançaram. Aurum e Argentum derrubaram os primeiros, mas foram rapidamente dominados e forçados ao chão. Mãos esqueléticas cobriam-lhes o focinho, apertando com força. Os britânicos agarraram Reyna pelos braços. Para mortos-vivos, aquelas criaturas eram surpreendentemente rápidas.

Nico finalmente despertou do transe. Ele atacou os *spartoi*, mas sua espada os atravessava inutilmente. Tentou transmitir a ordem de se dissolverem, mas os esqueletos agiram como se ele não existisse.

— Qual o problema, filho de Hades? — perguntou Bryce, fingindo piedade. — Perdendo o dom?

Nico tentou abrir caminho entre os esqueletos, mas eram numerosos demais. Era como se Bryce, Reyna e o treinador Hedge estivessem do outro lado de um muro de metal.

— Nico, fuja daqui! — ordenou Reyna. — Pegue a estátua e vá.

— Isso, boa ideia! — concordou Bryce. — É claro, você sabe que seu próximo salto nas sombras será o último. Sabe que não tem força para sobreviver a mais um. Mas, por favor, leve a Atena Partenos.

Nico baixou o olhar. Ele ainda segurava a espada estígia, mas suas mãos estavam escuras e transparentes como vidro fumê. Mesmo sob a luz direta do sol, ele estava se dissolvendo.

— Pare com isso! — gritou ele.

— Ora, eu não estou fazendo nada — disse Bryce. — Mas estou curioso para ver o que vai acontecer. Se você levar a estátua, vai desaparecer com ela para sempre, mergulhar no esquecimento. Se *não* levá-la... bem, tenho ordens de entregar

Reyna viva para ser julgada por traição. Quanto a *você*, ou ao fauno, não recebi nenhuma ordem parecida.

— Sátiro! — berrou o treinador, dando um chute na virilha ossuda de um esqueleto. Aparentemente, o golpe doeu mais em Hedge do que no soldado morto. — Ai! Britânicos mortos idiotas!

Bryce cutucou a barriga do treinador com a ponta do *pilum*, dizendo:

— Quero ver o nível de tolerância à dor deste aqui. Já testei todo tipo de animal. Cheguei a matar meu próprio centurião, certa vez. Nunca experimentei em um fauno… perdão, um *sátiro*. Vocês reencarnam, não é mesmo? Quanto de dor vocês aguentam antes de virarem um canteiro de margaridas?

A raiva de Nico tornou-se fria e sombria como sua espada. Ele já havia sido transformado em algumas plantas, e não tinha gostado nada da experiência. Nico odiava gente como Bryce Lawrence, que provocava dor por pura diversão.

— Deixe-o em paz — alertou Nico.

Bryce ergueu uma sobrancelha.

— Senão… o quê? Gostaria muito que você usasse seus poderes do Mundo Inferior, Nico. Eu adoraria ver. Estou com a ligeira impressão de que qualquer esforço grande vai fazer você desaparecer para sempre. Vá em frente.

Reyna tentava avançar.

— Bryce, deixe-os. Se você me quer como prisioneira, tudo bem. Vou de boa vontade e encaro o tribunal idiota de Octavian.

— Bela proposta. — Bryce virou a lança, deixando a ponta pairar a alguns centímetros dos olhos de Reyna. — Você não sabe mesmo o que Octavian planejou, sabe? Ele anda ocupado usando sua influência, gastando o dinheiro da legião.

Reyna cerrou os punhos.

— Octavian não tem o direito de…

— Ele tem o direito do *poder* — retrucou Bryce. — Você abriu mão de sua autoridade quando fugiu para as terras antigas. No dia primeiro de agosto, seus amigos gregos do Acampamento Meio-Sangue vão descobrir como Octavian é um inimigo poderoso. Tive acesso aos projetos dele para algumas máquinas de guerra… Até *eu* fiquei impressionado.

Nico sentiu como se seus ossos estivessem virando hélio, como daquela vez em que o deus Favônio o transformara em vento.

Então os olhos dele encontraram os de Reyna. Nico sentiu a força dela preenchê-lo, uma onda de coragem e vitalidade que o fez se sentir substancial de novo, ancorado ao mundo mortal. Mesmo cercada pelos mortos e encarando a ameaça de execução, Reyna Ramírez-Arellano tinha um enorme reservatório de coragem a transmitir.

— Nico — disse ela —, faça o que você tem que fazer. Eu lhe dou cobertura.

Bryce deu uma risadinha. Estava obviamente se divertindo.

— Ah, Reyna. *Você dá cobertura a ele?* Vai ser tão divertido arrastá-la até um tribunal, forçá-la a confessar que matou o próprio pai. Espero que eles a executem à moda antiga: que a joguem em um saco de pano com um cão raivoso, costurem você lá dentro e atirem o saco em um rio. Sempre quis ver isso. Mal posso esperar para que todos saibam do seu segredinho.

Para que todos saibam do seu segredinho.

A ponta do *pilum* riscou o rosto de Reyna, deixando uma linha de sangue.

E foi então que a fúria de Nico explodiu.

XXXI

NICO

MAIS TARDE, CONTARAM A ELE o que tinha acontecido. Nico só se lembrava de gritar.

Segundo Reyna, o ar em volta dele congelou. O chão enegreceu. Com um grito medonho, ele lançou uma onda de dor e raiva que varreu a todos na clareira. Reyna e o treinador vivenciaram a jornada de Nico pelo Tártaro, sua captura pelos gigantes, os dias que ele ficara dentro do jarro de bronze. Sentiram a angústia de Nico nos dias passados no *Argo II* e seu encontro com Cupido nas ruínas de Salona.

Ouviram o desafio não verbal que ele dirigia a Bryce Lawrence, em alto e bom som: *Você quer segredos? Então tome.*

Os *spartoi* se desintegraram, desfazendo-se em cinzas. As pedras do monumento funerário ficaram brancas, cobertas de gelo. Bryan Lawrence cambaleou, as mãos na cabeça, o nariz sangrando.

Nico marchou na direção dele. Ao alcançá-lo, pegou o cordão de *probatio* do romano e o arrancou do pescoço dele.

— Você não é digno disso — disse Nico com raiva.

A terra se abriu aos pés de Bryce, e ele afundou até a cintura.

— Pare!

Bryce tentou se segurar na terra e nos buquês de plástico, mas seu corpo continuava afundando.

— Você fez um juramento à legião. — No frio, a respiração de Nico saía em forma de vapor. — Você violou seus votos. Causou dor. Matou o próprio centurião.

— Eu... eu não o matei! Eu...

— Você deveria ter morrido por seus crimes — prosseguiu Nico. — Essa era a pena. Mas não, você foi exilado. Você deveria ter ficado lá, longe. Seu pai, Orco, pode não aprovar a quebra de juramentos, mas meu pai *com certeza* não aprova aqueles que escapam de sua devida punição.

— Por favor!

Aquela expressão não fazia sentido para Nico. Não havia piedade no Mundo Inferior. Apenas justiça.

— Você já está morto — disse Nico. — É um fantasma sem língua, sem memória. Não vai revelar nenhum segredo.

— Não! — O corpo de Bryce ficou escuro e enfumaçado. Ele afundou na terra até o peito. — Não, eu sou Bryce Lawrence! Eu estou vivo!

— Quem é você? — perguntou Nico.

O som seguinte que saiu da boca de Bryce foi um sussurro indefinido. Seu rosto perdeu a definição. Ele podia ser qualquer um; apenas mais um espírito sem nome entre milhões.

— Desapareça — ordenou Nico.

O espírito se dissipou. A terra se fechou.

Nico olhou para trás e viu que os amigos estavam a salvo. Reyna e Hedge não tiravam os olhos dele, horrorizados. O rosto de Reyna sangrava. Aurum e Argentum giravam em círculos, como se seus cérebros mecânicos tivessem entrado em curto-circuito.

Nico desmaiou.

Os sonhos não faziam sentido algum, o que era quase um alívio.

Um bando de corvos voava em círculos no céu escuro. Depois as aves se transformavam em cavalos que galopavam na praia em meio à arrebentação das ondas.

Ele viu Bianca sentada no pavilhão do refeitório do Acampamento Meio--Sangue com as Caçadoras de Ártemis, sorrindo e se divertindo com seu novo grupo de amigas. Então Bianca se transformava em Hazel, que dava um beijo no rosto do irmão e dizia:

— Quero que você seja uma exceção.

Ele viu a harpia Ella com o cabelo vermelho emaranhado, as penas vermelhas e os olhos que pareciam café torrado. Estava empoleirada no sofá da sala da Casa Grande. Ao lado dela estava a cabeça empalhada mágica de Seymour. Ella balançava para a frente e para trás, dando Cheetos para o leopardo.

— Queijo não é bom para harpias — resmungava ela. Depois seu rosto se retorcia, e ela recitava uma das linhas de profecia que havia memorizado: — *A queda do sol, o último verso.* — Ela dava mais Cheetos para Seymour. — Queijo é bom para cabeças de leopardo.

E Seymour concordava com um rosnado.

Ella então se transformava em uma ninfa das nuvens de cabelo negro e de gravidez avançada, retorcendo-se de dor em um dos beliches do acampamento. Clarisse La Rue, sentada ao lado dela, passava um pano úmido fresco na testa da ninfa.

— Você vai ficar bem, Mellie — dizia Clarisse, apesar do tom de preocupação na voz.

— Não, não está nada bem! — gemia Mellie. — Gaia está despertando!

Outra cena. Nico com Hades em Berkeley Hills no dia em que o pai o levara pela primeira vez ao Acampamento Júpiter.

— Vá até eles — ordenava o deus. — Apresente-se como filho de Plutão. É importante que você atue como um elo.

— Por quê? — perguntava Nico.

Mas Hades se dissolvia no ar. Nico se via outra vez no Tártaro, diante de Akhlys, a deusa da miséria. Pelo rosto dela escorria sangue. De seus olhos brotavam lágrimas, que caíam no escudo de Hércules em seu colo.

— Filho de Hades, o que mais eu poderia fazer por você? Você é perfeito! Tanto pesar e sofrimento!

Nico arfou.

Então abriu os olhos de uma vez.

Estava estirado de costas, fitando a luz do sol que jorrava sobre os galhos das árvores.

— Graças aos deuses.

Reyna se debruçou sobre ele e tocou sua testa com a mão fria. Não havia mais vestígios do corte no rosto dela.

O treinador Hedge estava ao lado de Reyna com uma expressão séria. Para infelicidade de Nico, dali de baixo ele tinha uma vista completa do interior das narinas do sátiro.

— Ótimo — disse Hedge. — Só mais algumas aplicações.

Ele então colocou sobre o nariz de Nico uma grande atadura quadrada coberta com uma gosma marrom.

— O que é...? Urgh.

A gosma fedia a adubo misturado com lascas de cedro, suco de uva e um leve toque de fertilizante. Nico não tinha forças para tirar aquilo do rosto.

Seus sentidos voltaram a funcionar outra vez. Ele percebeu que se encontrava deitado sobre um saco de dormir fora da barraca. Estava só de cueca e com o corpo coberto de curativos marrons. A lama quase seca fazia seus braços, pernas e peito coçarem.

— Você está... está tentando me plantar? — murmurou ele.

— É medicina do esporte com um pouco de magia da natureza — explicou o treinador. — Uma espécie de hobby.

Nico tentou se concentrar no rosto de Reyna.

— Você aprovou isso?

Ela parecia prestes a desmaiar de exaustão, mas conseguiu abrir um sorriso.

— O treinador Hedge trouxe você de volta, e foi por pouco. Poção de unicórnio, ambrosia, néctar... não podíamos usar nada disso. Você estava praticamente desaparecendo.

— Desaparecendo...?

— Não se preocupe com isso agora, garoto. — Hedge aproximou um canudinho da boca de Nico. — Beba um pouco de Gatorade.

— Não... não quero...

— Você precisa beber um pouco — insistiu o treinador.

Nico tomou uns goles. Ficou surpreso ao ver como estava com sede.

— O que aconteceu comigo? — perguntou o menino. — E com Bryce... e aqueles esqueletos...?

Reyna e o treinador trocaram um olhar constrangido.

— Temos boas e más notícias — disse Reyna. — Mas primeiro coma alguma coisa. Você precisa recuperar as forças antes de ouvir as más.

XXXII

NICO

— *TRÊS DIAS?*

Nico não sabia se tinha ouvido direito nas primeiras doze vezes.

— Não podíamos mover você — disse Reyna. — Quer dizer… *literalmente*, não tinha como, pois você praticamente não possuía substância. Se não fosse pelo treinador Hedge…

— Não foi nada de mais — garantiu o treinador. — Uma vez, durante um jogo decisivo de futebol americano, tive que fazer uma tala para a perna do quarterback apenas com galhos de árvore e fita adesiva.

Apesar do tom casual, o treinador exibia olheiras profundas. Suas faces estavam encovadas. Ele parecia tão mal quanto Nico.

Nico não conseguia acreditar que tinha ficado tanto tempo inconsciente. Ele contou aos amigos sobre os sonhos estranhos que tivera: os murmúrios da harpia Ella, a visão da ninfa Mellie (o que deixou o treinador preocupado). Para Nico parecia que aquelas visões tinham durado apenas segundos. Segundo Reyna, era a tarde de trinta de julho. Ele tinha passado *dias* em uma espécie de coma.

— Os romanos vão atacar o Acampamento Meio-Sangue depois de amanhã. — Nico bebeu mais Gatorade, que desceu bem e gelado, mas sem sabor. Suas papilas gustativas pareciam ter desaparecido para sempre no mundo das sombras. — Temos que correr. Eu preciso me preparar.

— Não. — Reyna pressionou de leve o braço dele, produzindo um craquelado nos curativos. — Mais uma viagem nas sombras e você morre.

Ele cerrou os dentes.

— Se eu morrer, morri e pronto. *Temos* que levar a estátua para o Acampamento Meio-Sangue.

— Ei, garoto — disse o treinador. — Admiro sua dedicação, mas não vai adiantar nada se você nos levar para a escuridão eterna com a Atena Partenos. Nesse ponto Bryce Lawrence estava certo.

À menção de Bryce, os cães metálicos de Reyna levantaram as orelhas e rosnaram.

Reyna lançou um olhar cheio de angústia para o dólmen, como se mais espíritos indesejáveis pudessem emergir das pedras.

Nico respirou fundo, o cheiro do remédio caseiro de Hedge preencheu suas narinas.

— Reyna, eu… eu agi sem pensar. O que fiz com Bryce…

— Você o destruiu — disse Reyna. — Transformou-o em um fantasma. E, sim, foi como o que aconteceu com meu pai.

— Não era minha intenção assustar você — disse Nico, amargurado. — Eu não queria… estragar mais uma amizade. Me desculpe.

Reyna observou o rosto dele.

— Nico, tenho que admitir que durante o primeiro dia em que você ficou inconsciente, eu não sabia o que pensar nem sentir. O que você fez foi difícil de ver… difícil de processar.

O treinador Hedge mascava um graveto.

— Sou forçado a concordar com ela nesse ponto, garoto. Uma coisa é acertar alguém na cabeça com um taco de beisebol. Mas transformar aquele ser detestável em fantasma? Foi *bem* sinistro.

Nico achou que fosse sentir raiva, gritar com eles por tentarem julgá-lo. Era isso o que ele normalmente fazia.

Mas sua raiva não se concretizava. Ele ainda estava furioso com Bryce Lawrence e Gaia e os gigantes. Queria encontrar Octavian e estrangulá-lo com o próprio cinto do áugure. Mas não estava com raiva de Reyna nem do treinador.

— Por que vocês me trouxeram de volta? — perguntou ele. — Vocês sabiam que eu não poderia ajudá-los mais. Podiam ter encontrado outro jeito de seguir em frente com a estátua. Mas desperdiçaram três dias cuidando de mim. Por quê?

O treinador Hedge bufou.

— Você faz parte da equipe, seu idiota. Não vamos abandonar você.

— É mais que isso. — Reyna pôs a mão sobre a de Nico. — Enquanto você dormia, eu pensei muito. Aquilo que lhe contei sobre meu pai... Nunca tinha contado a ninguém. Acho que eu sabia que você era a pessoa certa com quem me abrir. Você aliviou o meu fardo. Eu confio em você, Nico.

Ele a encarou, desconcertado.

— Como pode confiar em mim? Vocês dois sentiram minha raiva, viram meus piores sentimentos...

— Ei, garoto — disse o treinador Hedge com um tom de voz mais suave. — Todo mundo sente raiva. Até um fofo como eu.

Reyna abriu um meio sorriso e apertou a mão de Nico.

— Ele tem razão, Nico. Você não é o único que libera escuridão de vez em quando. Eu lhe contei o que aconteceu com meu pai, e você me apoiou. Você revelou suas experiências mais dolorosas; como poderíamos não lhe dar apoio? Somos seus amigos.

Nico não sabia o que dizer. Eles tinham visto seus segredos mais profundos. Sabiam quem ele era, o que ele era.

Mas pareciam não se importar. Não... na verdade, importavam-se ainda *mais* com ele.

Aqueles dois não o julgavam. Estavam preocupados. Nada daquilo fazia sentido para Nico.

— Mas, Bryce, eu... — Nico não conseguiu continuar.

— Você fez o que tinha que ser feito. Eu agora sei disso — disse Reyna. — Mas prometa uma coisa: se pudermos evitar, nada de transformar pessoas em fantasmas.

— É — disse o treinador. — A menos que você me deixe bater nelas *primeiro*. Além disso, temos boas notícias também.

Reyna assentiu.

— Não vimos nenhum sinal de outros romanos, o que nos leva a concluir que Bryce não avisou a mais ninguém onde estávamos. Também nenhum sinal de Órion. Vamos torcer para que isso signifique que as Caçadoras deram um jeito nele.

— E quanto a Hylla? — perguntou Nico. — E Thalia?

Reyna franziu os lábios.

— Nenhuma notícia. Mas preciso acreditar que ainda estão vivas.

— Você não contou a ele a melhor notícia — disse o treinador, ansioso.

Reyna franziu a testa.

— Talvez porque seja difícil demais de acreditar. O treinador Hedge acha que encontrou outro jeito de transportar a estátua. Ele passou os últimos três dias falando nisso. Mas até agora não vimos nem sinal do…

— Ei, vai acontecer! — O treinador sorriu para Nico. — Você se lembra daquele aviãozinho de papel que eu recebi antes de o Desprezível-Mor Lawrence aparecer? Era uma mensagem de um dos contatos de Mellie no palácio de Éolo. Tem uma harpia chamada Nuggets; ela e Mellie são amigas há muito tempo. Enfim… ela conhece um cara que conhece um cara que conhece um cavalo que conhece um bode que conhece outro cavalo…

— Treinador — reclamou Reyna —, desse jeito ele vai se arrepender de ter saído do coma.

— Está bem. — O sátiro bufou de irritação. — Resumindo: tive que mexer vários pauzinhos. Consegui avisar aos espíritos do vento legais que precisávamos de ajuda. Sabe a carta que eu comi? Era a confirmação de que a cavalaria está a caminho. Eles disseram que precisavam de algum tempo para se organizar, mas logo ele deve estar chegando… na verdade, a qualquer minuto.

— Quem é *ele*? — perguntou Nico. — Que cavalaria?

Reyna se levantou de repente. Ao olhar para o norte, ficou de queixo caído.

— *Aquela* cavalaria…

Nico acompanhou seu olhar. Viu um bando de aves no horizonte… aves *grandes*.

À medida que elas se aproximavam, Nico percebeu que eram cavalos com asas, pelo menos meia dúzia deles, em formação em V. Nenhum cavaleiro os montava.

Na frente voava um garanhão enorme, de pelo dourado e plumagem multicolorida como a de uma águia. Sua envergadura era duas vezes maior que a dos outros

— *Pégasos* — disse Nico. — E muitos. O suficiente para carregarem a estátua.

O treinador riu de prazer.

— E não só pégasos quaisquer, garoto. Você vai ter uma grande surpresa.

— O garanhão na frente... — Reyna balançava a cabeça, sem acreditar. — Aquele é *o* Pégaso, o senhor imortal dos cavalos.

XXXIII

LEO

Típico.

Quando Leo finalmente terminou suas modificações, uma grande deusa das tempestades surgiu e arrancou as alças de vela de seu navio.

Depois de seu encontro com Cimopo-sei-lá-o-quê, o *Argo II* se arrastava pelo Egeu. Danificado demais para voar e lento demais para escapar de monstros, eles enfrentavam serpentes-marinhas famintas de hora em hora e atraíam cardumes de peixes curiosos. Em certo momento, ficaram encalhados em uma rocha, e Percy e Jason tiveram que descer e empurrar.

O som resfolegante do motor deixava Leo com vontade de chorar. Após três longos dias, quando conseguiu botar o navio em condições minimamente decentes de funcionamento, eles atracaram na ilha de Mykonos, o que provavelmente significava que era hora de serem feitos em pedaços outra vez.

Percy e Annabeth desembarcaram para explorar a cidade, enquanto Leo ficou no tombadilho, ajustando o painel de controle. Estava tão envolvido com a fiação que não percebeu a volta dos dois até Percy falar:

— Oi, cara. *Gelato.*

Seu dia melhorou na hora. Sem tempestades ou ataques de monstros com que se preocupar, a tripulação se sentou no convés e tomou sorvete. Bem, menos Frank, que tinha intolerância à lactose. Ele ganhou uma maçã.

Leo / 258

O dia estava quente, e ventava. O mar agitado reluzia, mas Leo havia consertado os estabilizadores, o que fez com que Hazel não ficasse tão enjoada.

À esquerda de onde o navio estava ancorado ficava a cidade de Mykonos, um conjunto de construções de estuque branco com telhados, janelas e portas azuis.

— Vimos pelicanos andando pela cidade — contou Percy. — Tipo entrando nas lojas, parando nos bares...

Hazel franziu a testa.

— Monstros disfarçados?

— Não — disse Annabeth, rindo. — Pelicanos normais. Eles são as mascotes da cidade, ou algo assim. E ela tem uma parte italiana. Por isso o sorvete é tão bom.

— A Europa é uma bagunça. — Leo balançou a cabeça. — Primeiro vamos a Roma atrás de praças espanholas. Depois vamos à Grécia e compramos sorvete italiano.

Mas ele não podia discutir com o *gelato*. Ele comeu as duas bolas de chocolate e tentou imaginar que ele e os amigos estavam só relaxando, de férias. O que o fez desejar que Calipso estivesse ao seu lado, o que o fez desejar que a guerra tivesse acabado e que todos eles estivessem vivos... o que o deixou triste. Era dia trinta de julho. Menos de quarenta e oito horas para o Dia G, quando Gaia, a Princesa da Lama e da Imundície, ia despertar em toda a sua glória de cara suja.

O estranho era que, quanto mais se aproximavam de primeiro de agosto, mais ânimo seus amigos tinham. Ou talvez *ânimo* não fosse a palavra certa. Eles pareciam estar se preparando para o último ato, conscientes de que os dois dias seguintes poderiam consagrá-los ou destruí-los. Não fazia sentido ficar se lamuriando quando se estava diante da morte iminente. O fim do mundo fazia com que o sorvete tivesse um gosto muito melhor.

Claro, o resto da tripulação não tinha descido até os estábulos com Leo e conversado com Nice, a deusa da vitória, nos três dias anteriores...

Piper soltou seu potinho de sorvete.

— Então, a ilha de Delos fica do outro lado da baía. A morada de Ártemis e Apolo. Quem vai lá?

— Eu — disse Leo imediatamente.

Todo mundo olhou para ele.

— O que foi? — perguntou ele. — Eu sou diplomático e tal. Frank e Hazel se ofereceram para ir comigo.

— Nós nos oferecemos? — Frank baixou a maçã comida pela metade. — Quer dizer... claro que sim.

Os olhos dourados de Hazel brilharam sob a luz do sol.

— Leo, você teve algum sonho sobre isso ou algo assim?

— Tive — respondeu Leo, depressa. — Bem... não. Não exatamente. Mas... gente, vocês precisam confiar em mim nessa. Eu preciso falar com Apolo e Ártemis. Tenho uma ideia e preciso discuti-la com eles.

Annabeth franziu a testa, como se fosse protestar, mas Jason tomou a palavra.

— Se Leo tem uma ideia — disse ele —, precisamos confiar nele.

Leo se sentia culpado em relação a isso, especialmente considerando qual era a ideia, mas ele esboçou um sorriso.

— Valeu, cara.

Percy deu de ombros.

— Tudo bem. Mas tenho um conselho: quando encontrar Apolo, não mencione haicais.

Hazel franziu as sobrancelhas.

— Por que não? Ele não é o deus da poesia?

— Confie em mim.

— Entendido. — Leo ficou de pé. — E, gente, se houver uma loja de lembranças em Delos, com certeza vou trazer para vocês bonequinhos de Apolo e Ártemis!

Apolo não parecia estar no clima para haicais. E também não vendia bonequinhos.

Frank se transformara em uma águia gigante para voar até Delos, mas Leo pegara uma carona com Hazel e Arion. Nada contra Frank, mas depois do fiasco em Forte Sumter, Leo desistira de montar águias gigantes. Ele tinha um índice de falha de cem por cento.

Eles encontraram a ilha deserta, talvez porque o mar estivesse agitado demais para barcos turísticos. As colinas varridas pelos ventos eram áridas, exceto por rochas, grama e flores silvestres, e, é claro, vários templos em ruínas. Os destroços deviam ser impressionantes, mas, depois de Olímpia, Leo já ultrapassara sua cota de ruínas antigas. Ele tinha enjoado de colunas de mármore branco. Queria voltar para os Estados Unidos, onde os prédios mais antigos eram as escolas públicas e o seu bom e velho McDonald's.

Eles desceram uma avenida margeada por leões de pedra brancos, com as cabeças tão erodidas pelo tempo que quase não era possível ver mais traços.

— É assustador — disse Hazel.

— Está sentindo algum fantasma? — perguntou Frank.

Ela balançou a cabeça.

— A *ausência* de fantasmas é assustadora. Na Antiguidade, Delos era um local sagrado. Nenhum mortal podia nascer ou morrer aqui. Não há nenhum espírito mortal em toda esta ilha.

— Por mim tudo bem — disse Leo. — Então quer dizer que ninguém tem permissão de nos matar aqui?

— Não foi isso que eu disse. — Hazel parou no alto de um monte. — Olhem. Lá embaixo.

Abaixo deles, um anfiteatro havia sido escavado na encosta. Pequenos arbustos brotavam entre as fileiras de assentos de pedra, parecendo um show para espinheiros. No centro, o deus Apolo estava sentado em um bloco de pedra no palco, debruçado sobre um uquelele, no qual dedilhava uma música triste.

Bom, Leo supôs que fosse Apolo. O sujeito parecia ter dezessete anos, com cabelo louro cacheado e um bronzeado perfeito. Ele usava calça jeans rasgada, camiseta preta e um paletó de linho branco com lapelas cintilantes de strass, como se estivesse tentando criar um visual híbrido de Elvis, Ramones e Beach Boys.

Leo não via o uquelele como um instrumento triste. (Patético, com certeza. Mas não triste.) Entretanto, a melodia que o deus tocava era tão melancólica que mexeu com os sentimentos dele.

Havia uma garota de uns treze anos usando legging preta e túnica prateada sentada na primeira fila. O cabelo preto estava preso em um rabo de cavalo. Ela estava entalhando um pedaço comprido de madeira... fazendo um arco.

— Aqueles ali são os deuses? — perguntou Frank. — Mas eles não parecem gêmeos.

— Ora, pense bem — disse Hazel. — Se você é um deus, pode ter a aparência que quiser. Se tivesse um irmão gêmeo...

— Eu ia escolher me parecer com qualquer coisa *menos* meu irmão — concordou Frank. — Então qual é o plano?

— Não atirem! — gritou Leo.

Parecia um bom começo diante de dois deuses arqueiros. Ele ergueu os braços e se aproximou do palco.

Nenhum dos deuses pareceu surpreso ao vê-los.

Apolo deu um suspiro e voltou a tocar seu uquelele.

Quando eles chegaram à primeira fila, Ártemis resmungou:

— Aí estão vocês. Estávamos começando a ficar preocupados.

Isso fez Leo relaxar um pouco. Ele estava prestes a se apresentar, explicar que vieram em paz, contar algumas piadas e oferecer balas de menta.

— Então vocês estavam nos esperando — disse Leo. — Dá para perceber pelo nível de empolgação.

Apolo tocou uma melodia que parecia a versão fúnebre de "Camptown Races".

— Estávamos esperando ser encontrados, perturbados e atormentados. Só não sabíamos por quem. Vocês não podem nos deixar sofrer em paz?

— Você sabe que não, irmão — interveio Ártemis. — Eles precisam de nossa ajuda em sua missão, mesmo que suas chances sejam quase nulas.

— Vocês dois são muito encorajadores — disse Leo. — Mas, afinal, por que estão escondidos aqui? Vocês não deviam... sei lá, estar combatendo gigantes ou algo assim?

Os olhos pálidos de Ártemis fizeram Leo se sentir como um veado prestes a ser devorado.

— Delos é nossa terra natal — disse a deusa. — Aqui não somos afetados pelo cisma greco-romano. Acredite em mim, Leo Valdez, se eu pudesse, estaria com minhas Caçadoras, enfrentando nosso velho inimigo Órion. Infelizmente, se eu sair desta ilha, ficarei incapacitada pela dor. Tudo o que posso fazer é assistir, impotente, enquanto Órion massacra minhas companheiras. Muitas deram a vida para proteger seus amigos e aquela maldita estátua de Atena.

Hazel soltou um gritinho.

— Está falando de Nico? Ele está bem?

— *Bem?* — Apolo começou a chorar em cima de seu uquelele. — *Nenhum* de nós está bem, menina! Gaia está despertando!

Ártemis olhou de relance para Apolo.

— Hazel Levesque, seu irmão ainda está vivo. Ele é valente, assim como você. Eu gostaria de poder dizer o mesmo do *meu* irmão.

— Você está errada a meu respeito! — gemeu Apolo. — Eu fui enganado por Gaia e aquele garoto romano horrível!

Frank pigarreou.

— Hum, senhor Apolo, você está falando de Octavian?

— Não diga o nome dele! — Apolo tocou um acorde menor. — Ah, Frank Zhang, queria que você fosse meu filho. Eu ouvi suas preces, sabia? Todas aquelas semanas em que você queria ser reclamado. Mas, infelizmente, Marte fica com todos os bons. Eu fico com... *aquela criatura* como meu descendente. Ele encheu minha cabeça de elogios... Falou dos grandes templos que ia erguer em minha honra.

Ártemis fungou.

— Você é bajulado com muita facilidade, irmão.

— Porque eu tenho muitas qualidades maravilhosas para louvar! Octavian disse que iria tornar os romanos poderosos novamente. E eu só concordei! E dei a ele minha bênção.

— Pelo que me lembro — disse Ártemis —, ele também prometeu fazer de você o deus mais importante, acima até de Zeus.

— Como eu poderia recusar uma oferta dessas? Zeus tem um bronzeado perfeito? Ele *sabe* tocar uquelele? Acho que não! Mas nunca imaginei que Octavian fosse começar uma guerra! Gaia devia estar turvando meus pensamentos, sussurrando mentiras em meu ouvido.

Leo se lembrou do sujeito maluco dos ventos, Éolo, que se tornou homicida após ouvir a voz de Gaia.

— Então resolva isso! — disse Leo. — Diga a Octavian para parar. Ou, você sabe, atire uma de suas flechas nele. Isso também serviria.

— Não posso! — lamentou Apolo. — Veja!

O uquelele se transformou em um arco. Ele o apontou para o céu e disparou. A flecha dourada subiu cerca de sessenta metros, depois virou fumaça.

— Para usar meu arco, eu teria que sair de Delos — lamentou Apolo. — Mas eu ficaria incapacitado, ou Zeus iria me matar. Meu pai jamais gostou de mim. Ele não confia em mim há milênios!

— Bem — disse Ártemis —, para ser justa, teve aquela vez em que você conspirou com Hera para derrubá-lo.

— Isso foi um mal-entendido!

— E você matou alguns dos ciclopes de Zeus.

— Tive um bom motivo! De qualquer forma, agora Zeus me culpa por *tudo*: as armações de Octavian, a queda de Delfos...

— Espere aí. — Hazel fez um sinal pedindo tempo. — A queda de Delfos?

O arco de Apolo se transformou outra vez no uquelele. Ele tocou um acorde dramático.

— Quando o problema entre as personalidades grega e romana começou, eu fiquei muito confuso, e Gaia se aproveitou disso! Ela despertou meu velho inimigo, Píton, a grande serpente, para retomar o Oráculo de Delfos. Aquela criatura horrenda está lá agora habitando as cavernas antigas, bloqueando a magia da profecia. E eu estou preso aqui, por isso nem posso enfrentá-lo.

— Que droga — disse Leo, apesar de, em segredo, achar que a ausência de profecias talvez fosse uma coisa boa. Sua lista de tarefas já estava bem grande.

— Uma droga mesmo! — Apolo suspirou. — Zeus *já estava* com raiva de mim por indicar aquela garota nova, Rachel Dare, como meu oráculo. Meu pai achou que, ao fazer isso, eu *antecipei* a guerra com Gaia, pois, assim que dei a Rachel minha bênção, ela anunciou a Profecia dos Sete. Mas as profecias não funcionam assim! Meu pai só precisava de um bode expiatório. Então, é claro que ele escolheu o deus mais bonito, mais talentoso e, com certeza, mais incrível.

Ártemis fingiu que ia vomitar.

— Ah, não venha com essa, irmã! — exclamou Apolo. — Você também está enrascada!

— Só porque eu contrariei os desejos de Zeus e mantive contato com minhas Caçadoras — disse Ártemis. — Mas sempre posso convencer papai a me perdoar. Ele nunca conseguiu ficar com raiva de mim por muito tempo. É com *você* que estou preocupada.

— Eu também estou preocupado comigo! — concordou Apolo. — Precisamos fazer alguma coisa. Não temos como matar Octavian. Humm. Talvez devêssemos matar *estes* semideuses.

— Ei, Cara da Música, calma aí. — Leo conteve a vontade de se esconder atrás de Frank e gritar: *Quero ver você enfrentar este canadense grandão aqui!* — Estamos do seu lado, lembra? Por que você iria nos matar?

— Talvez faça com que eu me sinta melhor! — exclamou Apolo. — Preciso fazer alguma coisa!

— Você podia nos ajudar — disse Leo rapidamente. — Então, temos um plano...

Ele lhes contou que Hera havia orientado que fossem a Delos e obtivessem os ingredientes da cura do médico que Nice revelara.

— A cura do médico? — Apolo se levantou e destruiu o uquelele nas pedras. — É esse o seu plano?

Leo levantou as mãos.

— Ei, hum, normalmente sou totalmente a favor de destruir uqueleles, mas é que...

— Eu não posso ajudar! — exclamou Apolo. — Se eu contasse a vocês o segredo da cura do médico, Zeus *jamais* me perdoaria!

— Você já está com problemas — observou Leo. — Não pode ficar pior do que já está.

Apolo olhou para ele.

— Se soubesse do que meu pai é capaz, mortal, você não faria essa pergunta. Seria mais simples se eu apenas matasse todos vocês. Talvez isso agrade a Zeus...

— Irmão... — chamou Ártemis.

Os gêmeos se encararam e tiveram uma discussão silenciosa. Aparentemente, Ártemis venceu. Apolo soltou um grande suspiro e chutou o uquelele quebrado para o outro lado do palco.

Ártemis se levantou.

— Hazel Levesque, Frank Zhang, venham comigo. Há coisas que vocês devem saber sobre a Décima Segunda Legião. Quanto a você, Leo Valdez... — A deusa mirou os olhos prateados e frios nele. — Apolo vai ouvi-lo. Veja se vocês conseguem chegar a um acordo. Meu irmão gosta de uma boa negociação.

Frank e Hazel olharam para ele como quem diz *Por favor, não morra*.

Depois, subiram os degraus do anfiteatro atrás de Ártemis e desceram pelo outro lado do monte.

— E então, Leo Valdez? — Apolo cruzou os braços. Seus olhos tinham um brilho dourado. — Vamos negociar. O que tem a oferecer que poderia me convencer a ajudá-lo em vez de matá-lo?

XXXIV

LEO

— NEGOCIAR. — OS DEDOS DE LEO se contorciam. — Sim. Claro.

As mãos dele começaram a trabalhar antes que sua mente soubesse o que estava fazendo. Ele começou a tirar coisas dos bolsos de seu cinto de ferramentas mágico: fios de cobre, parafusos, um funil de latão. Ele estava guardando pedaços e peças de máquinas havia vários meses, porque nunca sabia do que poderia precisar. E quanto mais tempo usava o cinto, mais intuitivo ele se tornava. Ele enfiava a mão em um bolso e a coisa certa simplesmente aparecia.

— Então a situação é esta — disse Leo, enquanto suas mãos torciam os fios. — Zeus está furioso com você, certo? Se nos ajudar a derrotar Gaia, você pode voltar a ficar bem com ele.

Apolo torceu o nariz.

— Imagino que isso seja possível. Mas seria mais fácil destruir você.

— E que tipo de balada *isso* daria? — As mãos de Leo trabalhavam loucamente, prendendo alavancas, fixando o funil de latão em um velho eixo de engrenagem. — Você é o deus da música, não é? Você ouviria uma canção chamada "Apolo mata um semideus baixinho"? Eu, não. Mas "Apolo derrota a Mãe Terra e salva todo o universo"... isso parece um primeiro lugar garantido no top dez da *Billboard*!

Apolo olhou para o vazio, como se visualizasse seu nome em um letreiro luminoso.

— O que você quer, exatamente? E o que eu ganho com isso?

— A primeira coisa de que preciso é um conselho. — Leo passou alguns fios pela abertura do funil. — Quero saber se meu plano vai funcionar.

Leo explicou o que tinha em mente. O garoto estava remoendo aquela ideia havia dias, desde que Jason voltara do fundo do mar e ele começou a conversar com Nice.

Cimopoleia dissera a Jason: *Um deus primordial já foi derrotado antes. Você sabe de quem estou falando.*

As conversas de Leo com Nice o ajudaram a fazer alguns ajustes no plano, mas ele ainda queria uma segunda opinião de outro deus. Pois, assim que Leo se comprometesse, não haveria volta.

Ele tinha esperança de que Apolo apenas risse e lhe dissesse para esquecer tudo aquilo.

Em vez disso, o deus assentiu, pensativo.

— Este conselho é de graça: você *pode* derrotar Gaia como me descreveu, mais ou menos como fizeram com Urano éons atrás. Entretanto, qualquer mortal que estiver por perto será completamente... — A voz de Apolo vacilou. — O que é isso?

Leo olhou para o instrumento que tinha em mãos. Fileiras de fios de cobre, como vários jogos de cordas de uma guitarra, se cruzavam no interior do funil. Conjuntos de captadores eram controlados por botões no exterior da estrutura, que estava presa a uma placa de metal com várias manivelas.

— Ah, isso...?

A mente de Leo trabalhava alucinadamente. O objeto em suas mãos parecia uma caixa de música misturada com um gramofone antigo, mas *o que* era aquilo?

Algo para negociar.

Ártemis lhe dissera para chegar a um acordo com Apolo.

Leo lembrou-se de uma história da qual as crianças do chalé 11 costumavam se gabar: como o pai deles, Hermes, escapara do castigo por roubar as vacas sagradas de Apolo. Quando Hermes foi pego, ele fez um instrumento musical — a primeira lira — e o ofereceu a Apolo, que o perdoou imediatamente.

Poucos dias antes, Piper mencionara ter visto em Pilos a caverna onde Hermes tinha escondido aquelas vacas. Isso deve ter ficado no subconsciente de Leo.

Sem querer, ele havia construído um instrumento musical, coisa que lhe causou certa surpresa, já que ele não sabia nada de música.

— Hum, bem — disse Leo. — Este é simplesmente o instrumento mais maravilhoso de todos os tempos!

— Como funciona? — perguntou o deus.

Boa pergunta, pensou Leo.

Ele girou as manivelas, torcendo para que aquilo não explodisse na sua cara. Soaram algumas notas. Metálicas, mas quentes. Leo manipulou as alavancas e as engrenagens. Ele reconheceu a canção, a mesma melodia melancólica sobre recordações e saudades que Calipso cantou para ele em Ogígia. Mas, através das cordas no funil de latão, a canção soava ainda mais triste, como uma máquina com o coração partido, como Festus soaria se pudesse cantar.

Leo esqueceu que Apolo estava ali. Tocou a canção até o final. Quando terminou, seus olhos lacrimejavam. Ele quase sentia o cheiro de pão saído do forno na cozinha de Calipso; o gosto do único beijo que ela lhe dera.

Apolo olhava impressionado para o instrumento.

— Eu preciso dele. Como se chama? O que você quer por ele?

Leo sentiu um desejo súbito de esconder o instrumento e guardá-lo para si. Mas engoliu sua melancolia. Tinha uma tarefa a cumprir...

Calipso... Calipso precisava que ele tivesse sucesso.

— Este é o Valdezinator, é claro! — Ele estufou o peito. — Ele funciona, hum, traduzindo seus sentimentos em música enquanto você manipula os controles. Mas, na verdade, ele é feito para ser usado por mim, um filho de Hefesto. Não sei se você conseguiria...

— Eu sou o deus da música! — exclamou Apolo. — É *claro* que posso aprender a tocar o Valdezinator. Eu preciso! É meu dever!

— Então, Cara da Música, vamos começar a negociar — disse Leo. — Eu lhe dou isso se você me entregar a cura do médico.

— Ah... — Apolo mordeu o lábio divino. — Bem, na verdade eu não *tenho* a cura do médico.

— Achei que você fosse o deus da medicina.

— Sou, mas sou o deus de *muitas* coisas! Poesia, música, o Oráculo de Delfos... — Ele começou a chorar, cobrindo a boca com o punho. — Desculpe, eu estou bem, estou bem. Como estava dizendo, tenho muitas áreas de influência. E, claro, além disso, tenho todo esse trabalho de "deus do sol" que herdei de Hélios. A questão é que sou mais um clínico geral. Para a cura do médico, você precisa ver um especialista, o único que já conseguiu curar com sucesso a morte: meu filho, Asclépio, o deus da cura.

Leo ficou arrasado. A *última* coisa de que precisavam era mais uma missão para procurar mais um deus que provavelmente iria exigir camisetas em sua homenagem ou um Valdezinator.

— É uma pena, Apolo. Eu esperava que pudéssemos fazer negócio.

Leo girou as alavancas em seu Valdezinator, produzindo uma melodia suave ainda mais triste.

— Pare! — gemeu Apolo. — É bonito demais. Vou lhe dizer como encontrar Asclépio. Ele está muito, muito perto!

— Como vamos garantir que ele vai nos ajudar? Nós só temos dois dias antes que Gaia desperte.

— Ele vai ajudar! — prometeu Apolo. — Meu filho *adora* ajudar. Basta apelar para ele em meu nome. Você vai encontrá-lo em seu velho templo em Epidauro.

— Qual é a pegadinha?

— Ah… bem, nada. Exceto, é claro, que ele está sob vigilância.

— Quem está vigiando?

— Não sei! — Apolo estendeu as mãos, desesperado. — Só sei que Zeus está mantendo Asclépio preso para que ele não saia pelo mundo ressuscitando as pessoas. Na primeira vez em que Asclépio despertou os mortos… bem, ele causou um grande tumulto. É uma história longa. Mas tenho *certeza* de que você pode convencê-lo a ajudar.

— Isso não me parece um bom negócio — disse Leo. — E sobre o último ingrediente, a maldição de Delos. O que é isso?

Apolo olhou com cobiça para o Valdezinator. Leo temeu que o deus simplesmente o tomasse dele, e como ele o impediria? Atacar o deus do sol com fogo provavelmente não iria adiantar muita coisa.

— Eu posso lhe dar o último ingrediente — disse Apolo. — Aí você terá tudo de que precisa para que Asclépio prepare a poção.

Leo tocou mais um verso.

— Não sei. Trocar esse belo Valdezinator por uma maldição de Delos…

— Na verdade, não é uma maldição! Veja… — Apolo correu até as flores silvestres mais próximas e colheu uma amarela da fenda entre as pedras. — *Isto* é a maldição de Delos.

Leo olhou atentamente para a flor.

— Uma margarida amaldiçoada?

Apolo deu um suspiro exasperado.

— É só um apelido. Quando minha mãe, Leto, estava prestes a dar à luz Ártemis e a mim, Hera estava com raiva, porque Zeus a havia traído novamente. Então ela foi a todo pedaço de terra do planeta e fez os espíritos da natureza de todos os lugares prometerem expulsar minha mãe, para que ela não pudesse dar à luz em lugar algum.

— Isso é a cara da Hera.

— Pois é. Enfim, Hera obteve promessas de todos os lugares enraizados na terra, *menos* de Delos, porque na época Delos era uma ilha flutuante. Os espíritos da natureza daqui receberam minha mãe. Ela deu à luz minha irmã e a mim, e a ilha ficou tão feliz por ser nosso novo lar sagrado que se cobriu com essas florzinhas amarelas. As flores são uma bênção, porque somos maravilhosos. Mas também simbolizam uma maldição, pois, depois que nascemos, Delos se enraizou e não pôde mais flutuar pelos mares. É por isso que margaridas amarelas são consideradas a maldição de Delos.

— Então eu podia simplesmente ter colhido uma margarida e ido embora?

— Não, não! Para a poção que você tem em mente, a flor tem que ser colhida por mim ou minha irmã. Então, o que me diz, semideus? Instruções para encontrar Asclépio e seu último ingrediente mágico em troca desse novo instrumento musical. Negócio fechado?

Leo odiou a ideia de entregar um Valdezinator em perfeito estado em troca de uma florzinha, mas não via outra opção.

— Cara da Música, é difícil barganhar com você.

Eles fizeram a troca.

— Excelente! — Apolo mexeu nas manivelas do Valdezinator, produzindo um som que lembrava o motor de um carro. — Humm… talvez seja necessário um pouco de prática, mas vou aprender! Agora, vamos achar seus amigos. Quanto antes vocês partirem, melhor!

Hazel e Frank aguardavam nas docas de Delos. Ártemis não estava com eles.

Quando Leo se virou para se despedir de Apolo, viu que o deus também tinha desaparecido.

— Caramba — resmungou Leo. — Ele estava mesmo ansioso para praticar com o Valdezinator.

— Com *o quê*? — perguntou Hazel.

Leo contou a eles sobre seu novo hobby como inventor genial de funis musicais. Frank coçou a cabeça.

— E, em troca, você ganhou uma margarida?

— É o ingrediente final para curar a morte, Zhang. É uma supermargarida! E vocês dois? Descobriram alguma coisa com Ártemis?

— Infelizmente, sim. — Hazel olhou para o mar, onde o *Argo II* balançava ancorado. — Ártemis sabe muito sobre armas de guerra. Ela nos contou que Octavian encomendou algumas… *surpresas* para o Acampamento Meio-Sangue. Ele usou a maior parte do tesouro da legião para comprar onagros construídos por ciclopes.

— Ah, não, onagros, não! — exclamou Leo. — Por falar nisso, o que é um onagro?

Frank franziu a testa.

— Você constrói máquinas. Como pode não saber o que é um onagro? É simplesmente a maior e mais letal catapulta já usada pelo exército romano.

— Legal — disse Leo. — Mas *onagro* é um nome idiota. Eles deveriam tê-las chamado de Valdezpultas.

Hazel revirou os olhos.

— Leo, isso é sério. Se Ártemis estiver certa, seis dessas máquinas vão chegar a Long Island amanhã à noite. É isso o que Octavian está esperando. Ao amanhecer do dia primeiro de agosto, ele vai ter poder de fogo suficiente para destruir o Acampamento Meio-Sangue sem uma única baixa romana. Octavian acha que isso fará dele um herói.

Frank murmurou um palavrão em latim.

— Só que ele também convocou tantos monstros "aliados" que a legião está completamente cercada por centauros selvagens, bandos de cinocéfalos com cabeças de cachorro e sabe-se lá o que mais. Assim que a legião destruir o Acampamento Meio-Sangue, os monstros vão se voltar contra Octavian e destruir a legião.

— E aí Gaia desperta — concluiu Leo. — E coisas ruins acontecem.

Engrenagens giravam na cabeça do garoto à medida que novas informações se encaixavam no lugar.

— Tudo bem… isso só torna meu plano ainda mais importante. Assim que conseguirmos essa cura do médico, vou precisar da ajuda de vocês.

Frank olhou apreensivo para a margarida amarela amaldiçoada.

— Que tipo de ajuda?

Leo contou o plano a eles. Quanto mais falava, mais chocados eles pareciam, mas, quando terminou, nenhum dos dois lhe disse que ele estava louco. Uma lágrima cintilava no rosto de Hazel.

— Tem que ser assim — disse Leo. — Nice confirmou. Apolo confirmou. Os outros nunca iriam aceitar, mas vocês… vocês são romanos. Foi por isso que eu quis que viessem a Delos comigo. Vocês têm toda essa coisa de sacrifício… de cumprir com seu dever, de ficar entre a cruz e a adaga.

Frank fungou.

— Acho que você quis dizer entre a cruz e a espada.

— Tanto faz — disse Leo. — Vocês sabem que *tem* que ser essa a resposta.

— Leo… — A voz de Frank ficou embargada.

Até Leo quis chorar como um Valdezinator, mas manteve a calma.

— Ô grandão, estou contando com você. Lembra-se do que me contou sobre aquela conversa com Marte? Seu pai disse que você ia ter que agir, certo? Você teria que tomar a decisão que ninguém mais estaria disposto a tomar.

— Ou a guerra vai descambar — lembrou Frank. — Mas mesmo assim…

— E Hazel — disse Leo. — Grande Hazel da Névoa Mágica… preciso que você me dê cobertura. Você é a única que pode fazer isso. Meu bisavô Sammy viu como você era especial. Ele me abençoou quando eu era bebê, porque acho que de alguma forma ele sabia que você ia voltar e me ajudar. Tudo pelo que passamos, *mi amiga*, nos conduziu a isso.

— Ah, Leo…

Então suas lágrimas começaram a jorrar. Ela o abraçou apertado, o que foi carinhoso até Frank começar a chorar e abraçar os dois.

E aí foi meio estranho.

— Está bem, está bem… — Leo se livrou deles com delicadeza. — Então, estamos de acordo?

— Odiei esse plano — disse Frank.

— Achei horrível.

— Pensem em como *eu* me sinto — disse Leo. — Mas vocês sabem que é nossa melhor chance.

Nenhum dos dois discordou. Leo meio que desejava que o tivessem contrariado.

— Vamos voltar para o navio — disse ele. — Temos que encontrar um deus da cura.

XXXV

LEO

LEO IMEDIATAMENTE VIU A ENTRADA secreta.

— Ah, isso é lindo.

Ele manobrou o navio de forma a pairar acima das ruínas de Epidauro.

O *Argo II* não estava em boas condições para voar, mas Leo conseguira fazê-lo subir após uma única noite de trabalho. Com o mundo terminando na manhã seguinte, ele estava extremamente motivado.

O garoto tinha consertado os remos. Injetara água do Rio Estige na parafuseta. Dera à figura de proa, Festus, sua bebida favorita: óleo de motor com molho de pimenta. Até Buford, a Mesa Maravilhosa, havia aparecido chacoalhando pelos andares inferiores com seu mini-Hedge holográfico gritando "PAGUE TRINTA FLEXÕES!" para inspirar o motor.

Finalmente, eles pairavam acima dos destroços do antigo templo do deus da cura, Asclépio, onde tinham esperança de conseguir a cura do médico e talvez ambrosia, néctar e salgadinhos, porque os estoques de Leo estavam acabando.

Ao lado dele no tombadilho, Percy observava, apoiado na amurada.

— Parece que temos mais ruínas — observou.

Seu rosto ainda estava meio esverdeado devido ao veneno, mas pelo menos ele estava vomitando com menos frequência. Somando ele e o enjoo de Hazel, tinha sido impossível encontrar um banheiro vazio nos últimos dias.

Annabeth apontou para a estrutura em forma de disco cerca de cinquenta metros a bombordo.

— Ali.

Leo sorriu.

— Exatamente. Viram? A arquiteta sabe o que está fazendo.

O restante da tripulação se reuniu ao redor deles.

— Nós estamos olhando para o quê? — perguntou Frank.

— Ah, *señor* Zhang — disse Leo. — Você não fala sempre: "Leo, você é o único gênio de verdade entre os semideuses"?

— Tenho quase certeza de que nunca disse isso.

— Bem, quer dizer que há outros gênios de verdade! Porque um deles deve ter feito aquela obra de arte.

— É um círculo de pedra — disse Frank. — Provavelmente a fundação de um santuário antigo.

Piper balançou a cabeça.

— Não, é mais que isso. Veja os sulcos e as ranhuras esculpidos em torno da borda.

— Parecem os dentes de uma engrenagem — sugeriu Jason.

— E aqueles anéis concêntricos. — Hazel apontou para o centro da estrutura, onde rochas curvadas formavam uma espécie de alvo. — Esse padrão me lembra o pingente de Pasifae: o símbolo do Labirinto.

— Hum. — Leo franziu a testa. — Bem, eu não tinha pensado nisso. Mas pense como um *mecânico*. Frank, Hazel… onde vimos círculos concêntricos como esses antes?

— No laboratório sob Roma — disse Frank.

— A fechadura de Arquimedes — lembrou Hazel. — Tinha anéis dentro de anéis.

Percy escarneceu:

— Estão me dizendo que aquilo é uma fechadura de pedra maciça? Tem uns quinze metros de diâmetro.

— Leo pode estar certo — disse Annabeth. — Na Antiguidade, o templo de Asclépio era como o hospital da Grécia. *Todo mundo* vinha aqui em busca do melhor tratamento. Na superfície, tinha o tamanho de uma cidade, mas supostamente as coisas realmente aconteciam no subsolo. Era lá que os sumos sacerdotes tinham seu CTI, um complexo supermágico acessível apenas por uma passagem secreta.

Percy coçou a orelha.

— Então se aquela coisa redonda enorme é a tranca, como arranjamos a chave?

— Você está atrasado, Aquaman — disse Leo.

— Ei, *não* me chame de *Aquaman*. Isso é ainda pior que *garoto da água*.

Leo se virou para Jason e Piper.

— Vocês dois se lembram da garra de Arquimedes que eu disse que estava construindo?

Jason ergueu uma sobrancelha.

— Achei que você estivesse brincando.

— Ah, meu amigo. Eu *nunca* brinco quando o assunto são garras gigantes! — Leo esfregou as mãos em antecipação. — É hora de pescar prêmios!

Em comparação com as outras modificações que Leo tinha feito no navio, a garra mecânica fora moleza. Originalmente, Arquimedes a projetara para lançar navios inimigos para fora da água. Mas Leo tinha encontrado outro uso para ela.

Ele abriu a portinhola de acesso à parte dianteira do casco e estendeu a garra mecânica, guiada pelo monitor no painel de controle e por Jason, que voava lá fora gritando instruções.

— Esquerda! — exclamou Jason. — Um pouco mais... Aí! Tudo bem, pode descer. Continue. Você está indo bem.

Usando o *trackpad* e um controle, Leo abriu a garra. Os dedos se posicionaram em torno dos sulcos da estrutura circular de pedra. Ele conferiu os estabilizadores aéreos e as imagens no monitor.

— Tudo bem, amiguinho. — Leo deu um tapinha na esfera de Arquimedes instalada no timão. — Agora é a sua vez.

Ele ativou a esfera.

A garra começou a girar como um saca-rolha. O mecanismo rodou o círculo externo de pedra, que rangeu e fez um estrondo, mas felizmente não se quebrou. Em seguida, a garra o soltou, agarrou o segundo círculo e o girou no sentido oposto.

Piper, que estava ao lado dele junto do monitor, o beijou no rosto.

— Está funcionando. Leo, você é incrível.

Leo sorriu. Estava prestes a fazer um comentário sobre como ele era mesmo incrível quando se lembrou do plano que tinha combinado com Hazel e Frank e do fato de que podia nunca mais tornar a ver Piper depois do dia seguinte. A piada meio que morreu em sua garganta.

— É, bem... obrigado, Miss Universo.

Abaixo deles, o último anel de pedra girou e parou com um chiado pneumático retumbante. A base de quinze metros de diâmetro afundou, transformando-se em uma escada em espiral.

Hazel soltou o ar dos pulmões.

— Leo, mesmo daqui de cima, estou sentindo coisas ruins no fim dessa escada. Alguma coisa grande e perigosa. Tem certeza de que não quer que eu vá antes?

— Obrigado, Hazel, mas vamos ficar bem. — Ele deu um tapinha nas costas dela. — Eu, Piper e Jason... nós três somos profissionais com coisas grandes e perigosas.

Frank estendeu o frasco de menta pilosiana.

— Não quebre.

Leo assentiu com seriedade.

— Ok, não quebrar o frasco de veneno mortal. Cara, ainda bem que você avisou. *Nunca* teria passado pela minha cabeça.

— Cale a boca, Valdez. — Frank lhe deu um abraço de urso. — E cuidado.

— Minhas costelas — gemeu Leo.

— Desculpe.

Annabeth e Percy lhes desejaram boa sorte. Em seguida, Percy pediu licença para ir vomitar.

Jason invocou os ventos e levou Piper e Leo para pousar lá embaixo.

A escada em espiral descia cerca de vinte metros para então se abrir em uma câmara tão grande quanto o bunker 9, ou seja: *enorme*.

As lajotas polidas nas paredes e no chão refletiam a luz da espada de Jason tão bem que Leo não precisou acender uma chama. Fileiras de bancos de pedra compridos enchiam toda a câmara, lembrando a Leo uma dessas igrejas imensas que sempre anunciavam lá em Houston. Do outro lado do salão, onde deveria ficar o altar, havia uma estátua de três metros de puro alabastro, uma jovem de túnica branca e sorriso sereno no rosto. A figura tinha uma serpente dourada enrolada no braço e segurava uma taça, com a cabeça do réptil apoiada na borda como se o animal fosse beber.

— Grande e perigosa — comentou Jason.

Piper olhou em volta.

— Aqui devia ser a área de pernoite. — Sua voz ecoou um pouco alto demais para o gosto de Leo. — Os pacientes dormiam aqui. O deus Asclépio mandava um sonho para eles, dizendo qual cura deveriam pedir.

— Como sabe disso? — perguntou Leo. — Annabeth contou a você?

Piper pareceu ofendida.

— Eu sei das coisas. Aquela estátua é de Hígia, a deusa da boa saúde. É daí que vem a palavra *higiene*.

Jason observou a estátua com desconfiança.

— E essa cobra e a taça?

— Hum, não tenho certeza — admitiu Piper. — Mas antigamente este lugar, o Asclepeion, era também uma escola de medicina. Todos os melhores doutores-sacerdotes eram treinados aqui. Eles deviam cultuar tanto Asclépio quanto Hígia.

Leo teve vontade de dizer: *Tudo bem, o tour foi ótimo. Agora vamos embora.*

O silêncio, as lajotas brancas cintilantes, o sorriso assustador no rosto de Hígia… tudo lhe dava vontade de cair fora dali o mais rápido possível. Mas Jason e Piper seguiram pelo corredor principal na direção da estátua, então Leo achou melhor ir atrás deles.

Havia revistas velhas jogadas nos bancos: *O melhor para crianças, outono, 20 AEC; A semana na tevê Hefesto: A nova gravidez de Afrodite; A — A revista de Asclépio: Dez dicas simples para tirar o máximo de suas sangrias!*

— É uma sala de espera — murmurou Leo. — *Odeio* salas de espera.

Em alguns pontos, havia pilhas de poeira e ossos espalhados pelo chão, o que não revelava coisas animadoras sobre o tempo de espera.

— Olhem lá. — Jason apontou. — Aqueles avisos estavam ali quando chegamos? E aquela porta?

Leo achava que não. Na parede à direita da estátua havia dois painéis eletrônicos. O de cima dizia:

O MÉDICO ESTÁ:
PRESO.

O painel abaixo dizia:

ATENDENDO AGORA A SENHA:
0000000

Jason apertou os olhos.

— Não consigo ler a essa distância. *O médico está...*

— Preso — completou Leo. — Apolo me avisou que Asclépio estava sendo mantido sob vigilância. Zeus não queria que ele revelasse seus segredos médicos ou algo assim.

— Aposto vinte e um pacotes de jujuba que a estátua é a guardiã — disse Piper.

— Nem vou entrar nessa aposta. — Leo olhou para a pilha de poeira mais próxima. — Bem... acho melhor pegarmos um número.

A estátua gigante tinha outros planos.

Quando os três chegaram a um metro e meio de distância, ela virou a cabeça e olhou para eles. Sua expressão permaneceu congelada. A boca não se mexeu. Mas uma voz vinda de algum ponto acima dos três ecoou por todo o salão.

— Vocês têm hora marcada?

Piper não perdeu tempo:

— Oi, Hígia! Apolo nos mandou. Precisamos ver Asclépio.

A estátua de alabastro desceu de sua plataforma. Talvez ela fosse mecânica, mas Leo não conseguia ouvir nenhuma parte móvel. Para ter certeza, teria que tocá-la, e ele não queria chegar tão perto.

— Entendo. — A estátua não parava de sorrir, apesar do tom aborrecido. — Podem me emprestar a carteirinha do plano de saúde?

— Ah, bem, não trouxemos, mas...

— *Não estão com a carteirinha do plano?* — A estátua balançou a cabeça. Um suspiro exasperado ecoou pela câmara. — Imagino que vocês também não tenham se preparado para a consulta. Lavaram bem as mãos?

— Hum... sim? — disse Piper.

Leo olhou para as próprias mãos, que, como sempre, estavam sujas de graxa e fuligem. Ele as escondeu às costas.

— Estão usando roupa de baixo limpa? — perguntou a estátua.

— Ei, moça — disse Leo. — Isso está ficando muito invasivo.

— É necessário usar roupa de baixo limpa para ir ao consultório médico — repreendeu Hígia. — Infelizmente, vocês são um risco para a saúde. Vão ter que ser higienizados antes de entrarem.

A serpente dourada se desenrolou e desceu de seu braço, recuou a cabeça e sibilou, exibindo presas que pareciam sabres.

— Ah, sabe — disse Jason —, ser higienizado por serpentes gigantes não está incluído em nosso plano de saúde. Droga.

— Ah, isso não tem importância — assegurou-lhes Hígia. — A higienização é um serviço para a comunidade. É gratuito!

A serpente deu o bote.

Leo tinha muita prática em se esquivar de monstros mecânicos, o que foi útil, porque a serpente era rápida e passou a centímetros de sua cabeça. Ele rolou e se levantou com as mãos em chamas. Quando a cobra atacou, ele as lançou na direção de seus olhos, fazendo-a desviar para a esquerda e bater com força em um banco.

Piper e Jason estavam cuidando de Hígia. Eles cortaram os joelhos da estátua com suas lâminas, derrubando-a como uma árvore de Natal de alabastro. A cabeça dela bateu em um banco. Seu cálice virou, derramando ácido por todo o chão. Jason e Piper se aproximaram para matá-la, mas, antes que pudessem golpeá-la, as pernas de Hígia se uniram novamente, como se tivessem ímãs. A deusa se levantou, ainda sorrindo.

— É inaceitável — disse ela. — O médico só vai vê-los quando estiverem devidamente higienizados.

Ela jogou o conteúdo de sua taça na direção de Piper, que saltou para o lado enquanto mais ácido caía nos bancos próximos, dissolvendo a rocha em uma nuvem sibilante de fumaça.

Nesse meio-tempo, a cobra recobrou os sentidos. Seus olhos de metal derretido se consertaram de alguma maneira. Sua cabeça se desamassou e recuperou a inabalável forma, como um capô de carro.

Ela atacou Leo, que se abaixou e tentou agarrá-la pelo pescoço. Foi como tentar segurar uma lixa a sessenta quilômetros por hora. A serpente passou direto, e sua pele áspera de metal deixou as mãos de Leo raladas e sangrando.

O contato rápido, porém, foi suficiente para Leo perceber algumas coisas. A cobra era uma *máquina*. Ele sentiu seu funcionamento, e se a estátua de Hígia funcionasse de forma parecida, talvez houvesse uma chance...

Do outro lado da câmara, Jason levantou voo e arrancou a cabeça da deusa.

Mas, infelizmente, a cabeça voou direto de volta para seu lugar.

— Inaceitável — disse Hígia, calmamente. — Decapitação não faz parte de um estilo de vida saudável.

— Jason, vem pra cá! — berrou Leo. — Piper, preciso que você ganhe tempo para nós!

Piper olhou para ele como quem diz *Falar é fácil*.

— Hígia! — gritou ela. — Eu tenho plano de saúde!

Isso chamou a atenção da estátua. Até a cobra dourada se virou para ela, como se plano de saúde fosse alguma espécie de roedor saboroso.

— Plano de saúde? — disse a estátua com avidez. — Qual?

— Hum... Raio Azul — respondeu Piper. — Estou com a carteirinha bem aqui. Só um segundo.

Ela fez uma cena fingindo revistar os bolsos. A cobra rastejou para mais perto a fim de acompanhar.

Jason correu para o lado de Leo, arfando.

— Qual é o plano?

— Não podemos destruir essas coisas — contou Leo. — Elas foram projetadas para se curarem. São imunes a praticamente qualquer tipo de dano.

— Ótimo. Então...?

— Você se lembra do videogame velho de Quíron? — perguntou Leo.

Os olhos de Jason se arregalaram.

— Leo, isso aqui não é o Mario Party 6.

— Mas é o mesmo princípio.

— Modo idiota?

Leo sorriu.

— Preciso que você e Piper distraiam as duas. Vou reprogramar a cobra, depois a grandalhona.

— Hígia.

— Que seja. Pronto?

— Não.

Leo e Jason correram na direção da cobra.

Hígia estava cobrindo Piper de perguntas sobre o plano de saúde.

— A mensalidade está em dia? Ainda está em carência? Quem é sua divindade de contato de emergência?

Enquanto Piper respondia de improviso, Leo pulou sobre as costas da serpente. Dessa vez, ele sabia o que estava procurando, e por um instante a serpente nem pareceu notá-lo. Leo abriu um painel perto da cabeça da cobra. Ele se segurava com as pernas, tentando ignorar a dor e o sangue grudento nas mãos enquanto refazia a fiação da serpente.

Jason estava por perto, pronto para atacar, mas a cobra parecia hipnotizada pelos problemas de Piper com a cobertura do plano Raio Azul.

— Então, a enfermeira que me atendeu disse que eu tinha que ligar para a central de atendimento. E que os medicamentos não estavam cobertos pelo meu plano! E que...

A cobra se moveu bruscamente quando Leo conectou os dois últimos fios. O garoto então saltou das costas dela, e a serpente dourada começou a tremer sem parar.

Hígia voltou o olhar para eles.

— O que vocês fizeram? Minha cobra precisa de cuidados médicos!

— Ela tem plano de saúde? — perguntou Piper.

— O QUÊ?

A estátua voltou sua atenção para Piper, e Leo saltou. Jason invocou uma rajada de vento, que carregou Leo até os ombros da estátua, como um menininho na corcunda do pai. Leo abriu a parte de trás da cabeça de Hígia enquanto ela andava sem rumo pela câmara derramando ácido.

— Saia daí! — berrou ela. — Isso não é higiênico.

— Ei! — berrou Jason, voando em círculos ao redor dela. — Eu tenho algumas perguntas sobre as minhas carências!

— *O quê!?* — exclamou a estátua.

— Hígia! — gritou Piper. — Preciso de um recibo para o imposto de renda!

— Não, por favor!

Leo encontrou o chip de controle da estátua. Apertou alguns botões e puxou alguns fios, tentando fingir que Hígia fosse um console da Nintendo, só que grande e perigoso.

Ele reconectou os circuitos, e Hígia começou a girar, gritando e agitando os braços. Leo pulou para longe dela, evitando um banho de ácido.

Todos os semideuses recuaram enquanto Hígia e sua cobra pareciam ter um ataque epilético.

— O que você fez? — perguntou Piper.

— Modo idiota — explicou Leo.

— Como?

— Lá no acampamento — explicou Jason —, Quíron tinha um jogo antigo na sala de recreação. Leo e eu jogávamos de vez em quando. Você compete contra, tipo, adversários controlados pelo computador. Era bem tosco...

— E tinha três níveis de dificuldade — cortou Leo. — *Fácil, médio* e *difícil.*

— Eu já joguei videogames — disse Piper. — Então o que você fez?

— Bem, eu me cansei do jogo. — Leo deu de ombros. — Então inventei um quarto nível de dificuldade: o *modo idiota.* Ele faz os adversários agirem de maneira *tão* estúpida que fica engraçado. Eles sempre escolhem exatamente a coisa errada a fazer.

Piper olhava para a estátua e a cobra. Ambas se contorciam e começavam a soltar fumaça.

— Tem certeza de que botou as duas em *modo idiota*?

— Vamos descobrir em um minuto.

— E se você botou em *dificuldade extra*?

— Vamos descobrir isso também.

A cobra parou de se contorcer, se enroscou e olhou ao redor, como se estivesse muito confusa.

Hígia congelou. Uma nuvem de fumaça saiu de sua orelha direita. Ela olhou para Leo.

— Você deve morrer! Olá! Você deve morrer!

Ela levantou a taça e derramou ácido no próprio rosto. Depois se virou e andou até dar de cara com a parede mais próxima. A serpente deu o bote e bateu com a cabeça várias vezes no chão.

— Tudo bem — disse Jason. — Acho que conseguimos o *modo idiota*.

— Olá! Morram!

Hígia se afastou da parede e bateu com a cara de novo.

— Vamos embora.

Leo correu na direção da porta de metal perto da plataforma. Ele segurou a maçaneta. Ainda estava trancada, mas Leo sentiu os mecanismos em seu interior, fios correndo pelo portal, conectados com...

Ele olhou para os dois painéis que piscavam acima da porta.

— Jason, me dê uma ajudinha.

Outra rajada de vento o ergueu no ar. Leo começou a trabalhar com seus alicates, reprogramando os painéis até o do alto se acender com a mensagem:

O MÉDICO ESTÁ:
NA PISTA PRA NEGÓCIO.

O painel de baixo dizia:

ATENDENDO AGORA A SENHA:
AS GATAS SE AMARRAM NO LEO!

A porta de metal se abriu, e Leo desceu até o chão.

— Viu, a espera não foi das piores! — Leo sorriu para os amigos. — O doutor vai nos atender agora.

XXXVI

LEO

No fim do corredor havia uma porta de nogueira com uma placa de bronze:

ASCLÉPIO
Médico, dentista, enfermeiro, veterinário, paramédico, deus, cirurgião, pai de santo, milagreiro, curandeiro, Ph.D, LTDA., MBA, DVD, MP3, RSVP, VIP, BPKCT.

A lista devia continuar, mas, àquela altura, o cérebro de Leo tinha explodido. Piper bateu à porta.

— Dr. Asclépio?

A porta se abriu de repente. O homem que surgiu tinha um sorriso simpático, rugas ao redor dos olhos, cabelo curto e grisalho e barba bem-aparada. Usava jaleco branco por cima de um terno escuro e tinha um estetoscópio pendurado no pescoço — o estereótipo de um médico, exceto por uma coisa: Asclépio segurava um cajado negro polido com uma píton de verdade enrolada nele.

Leo não gostou de ver outra cobra. A píton o encarou com seus olhos amarelos pálidos, e Leo teve a sensação de que ela *não* estava programada no *modo idiota.*

— Olá! — disse Asclépio.

— Doutor. — O sorriso de Piper era tão caloroso que teria derretido um Boreada. — Nós ficaríamos tão *gratos* por sua ajuda. Precisamos da cura do médico.

Leo nem era seu alvo, mas o charme de Piper o atingiu de maneira irresistível. Ele teria feito qualquer coisa para ajudá-la a conseguir aquela cura. Teria feito faculdade de medicina, conseguido doze diplomas de doutorado e comprado uma grande píton verde em uma vara.

Asclépio pôs a mão no peito.

— Ah, minha querida, será um prazer.

O sorriso de Piper vacilou.

— O senhor vai nos ajudar? Quer dizer, é claro que vai.

— Venham! Venham! — Asclépio os convidou a entrar em seu consultório.

O sujeito era tão simpático que Leo achou que sua sala estaria cheia de instrumentos de tortura, mas parecia… bem, um consultório médico: uma grande escrivaninha de madeira, estantes cheias de livros de medicina e alguns daqueles modelos de órgãos de plástico com os quais Leo adorava brincar quando criança. Ele se lembrou de quando arranjou problemas uma vez por ter transformado um rim e alguns ossos da perna em um monstro-rim e assustado a enfermeira.

Naquela época, a vida era mais simples.

Asclépio sentou-se na grande poltrona de médico e apoiou o cajado e a cobra na mesa.

— Por favor, sentem-se!

Jason e Piper sentaram-se nas duas cadeiras em frente à mesa. Leo teve que permanecer de pé, o que não foi nenhum problema. Ele não queria ficar cara a cara com a cobra.

— Bem. — Asclépio se recostou. — Mal posso dizer a vocês como é bom conversar com pacientes de verdade. Nos últimos milênios, a papelada ficou fora de controle. Depressa, depressa, depressa. Preencha os formulários. Resolva a burocracia. Sem falar na vigia de alabastro gigante que mata todo mundo na sala de espera. Isso tira toda a graça da medicina!

— É — disse Leo. — Hígia é meio deprimente.

Asclépio sorriu.

— A verdadeira Hígia não é assim, garanto a vocês. Minha filha é muito simpática. De qualquer modo, você fez bem ao reprogramar a estátua. Tem mãos de cirurgião.

Jason sentiu um calafrio.

— Leo com um bisturi? Não dê ideias.

O deus médico riu.

— Bem, o que posso fazer por vocês? — Ele chegou a cadeira para a frente e olhou atentamente para Jason. — Hum... ferimento de espada de ouro imperial, mas cicatrizou bem. Nada de câncer nem problemas cardíacos. Fique atento a essa mancha no seu pé esquerdo, mas tenho certeza de que é benigna.

Jason ficou pasmo.

— Como o senhor...

— Ah, é claro! — disse Asclépio. — Você é um pouco míope! Fácil de resolver.

Ele abriu a gaveta e pegou um bloco de receituário e um estojo de óculos. O deus rabiscou alguma coisa no bloco, depois entregou os óculos e uma folha de papel para Jason.

— Fique com os óculos e guarde a receita para futura referência, mas estas lentes devem funcionar. Experimente.

— Espere — disse Leo. — Jason é míope?

Jason abriu o estojo.

— Eu... ultimamente tenho tido *um pouco* de dificuldade para ver as coisas a certa distância — admitiu ele. — Achei que fosse só cansaço. — Ele experimentou os óculos, que tinham uma armação fina de ouro imperial. — Uau. É. Muito melhor.

Piper sorriu.

— Ficou com cara de sério.

— Não sei, cara — disse Leo. — Eu ia preferir lentes de contato... daquelas laranja e brilhantes com pupilas de gato. Seria muito legal.

— Os óculos ficaram ótimos — disse Jason. — Obrigado, Dr. Asclépio, mas não foi por isso que viemos.

— Não? — Asclépio juntou as mãos, apenas tocando as pontas dos dedos. — Bem, vamos ver, então... — Ele se virou para Piper. — Você parece bem, minha querida. Quebrou o braço quando tinha seis anos. Queda de cavalo?

Piper ficou boquiaberta.

— Como você pode saber uma coisa dessas?

— Vegetariana — continuou ele. — Nenhum problema, apenas se lembre de continuar a consumir ferro e proteínas suficientes. Humm... Uma pequena fraqueza no ombro esquerdo. Suponho que tenha sido atingida por algo pesado, há cerca de um mês, talvez?

— Um saco de areia, em Roma — disse Piper. — Isso é impressionante.

— Se incomodar, alterne compressas frias e quentes — aconselhou Asclépio. — E você...

Ele se virou para Leo.

— Minha nossa. — A expressão do médico ficou séria. O brilho amistoso desapareceu de seus olhos. — Ah, estou vendo...

A expressão nos olhos do doutor dizia *Eu sinto muito mesmo*.

O coração de Leo ficou pesado como concreto. Se ele nutria alguma esperança de evitar o que estava por vir, desapareceu naquele instante.

— O quê? — Os óculos novos de Jason brilharam. — Qual o problema com Leo?

— Ei, doutor. — Ele lançou para o médico um olhar de *esqueça*. Com sorte, eles já tinham o conceito de sigilo médico na Grécia Antiga. — Nós viemos em busca da cura do médico. O senhor pode nos ajudar? Tenho um pouco de menta pilosiana aqui e uma margarida amarela muito bonita.

Ele pôs os ingredientes na mesa, com cuidado para evitar a boca da serpente.

— Espere — disse Piper. — Tem algum problema com Leo ou não?

Asclépio pigarreou.

— Eu... Não importa. Esqueçam que eu disse qualquer coisa. Bem, vocês querem a cura do médico.

Piper fechou a cara.

— Mas...

— Gente, sério — disse Leo. — Tirando o fato de que Gaia vai destruir o mundo amanhã, eu estou bem. Vamos nos concentrar.

Eles não pareceram muito convencidos, mas Asclépio simplesmente seguiu com a conversa:

— Esta margarida foi colhida por meu pai, Apolo?

— Foi — disse Leo. — Ele mandou beijos e abraços.

Asclépio pegou a flor e a cheirou.

— Espero que meu pai saia bem dessa guerra. Zeus pode ser... bastante injusto. Agora, o único ingrediente que está faltando são os batimentos do deus acorrentado.

— Está comigo — disse Piper. — Pelo menos eu posso invocar os *makhai*.

— Excelente. Só um instante, querida. — Ele olhou para sua serpente. — Espeto, está pronto?

Leo segurou o riso.

— O nome da sua cobra é Espeto?

Espeto olhou para ele de modo sinistro; então sibilou e abriu uma coroa de espinhos em torno do pescoço, como um basilisco.

O riso de Leo morreu em sua garganta.

— Foi mal — disse ele. — Claro que seu nome é Espeto.

— Ele é um pouco mal-humorado — disse Asclépio. — As pessoas vivem confundindo o *meu* cajado com o de Hermes, que obviamente tem duas cobras. Há séculos as pessoas consideram o cajado de Hermes o símbolo da medicina, quando, é claro, deveria ser o *meu* cajado. Espeto se sente ofendido. George e Martha ficam com toda a atenção. Enfim...

Asclépio pôs a margarida e o veneno diante de Espeto.

— Menta pilosiana, morte certa. A maldição de Delos, enraizando o que não pode ser enraizado. Agora o ingrediente final, os batimentos do deus acorrentado, caos, violência e medo da mortalidade. — Ele se virou para Piper. — Querida, pode invocar os *makhai*.

Piper fechou os olhos.

Um turbilhão de vento invadiu a sala. Vozes raivosas gritavam. Leo sentiu uma vontade estranha de acertar Espeto com um martelo. Queria estrangular o bom doutor com as próprias mãos.

Então a cobra abriu a boca e engoliu o vento furioso. Seu pescoço inflou como um balão quando os espíritos da batalha passaram por sua garganta. Depois Espeto engoliu a margarida e o frasco de menta pilosiana, de sobremesa.

— O veneno não vai fazer mal a ele? — perguntou Jason.

— Não, não — garantiu Asclépio. — Esperem só para ver.

No momento seguinte, a cobra Espeto regurgitou um frasco: um tubo de vidro do tamanho do dedo de Leo. Em seu interior brilhava um líquido vermelho-escuro.

— A cura do médico. — Asclépio pegou o frasco e o virou para a luz. Sua expressão ficou séria, depois confusa. — Esperem... por que eu concordei em fazer isso?

Piper pôs a mão na mesa com a palma virada para cima.

— Porque nós precisamos disso para salvar o mundo. É muito importante. O senhor é o único que pode nos ajudar.

O charme era tão poderoso que até Espeto, a cobra, ficou mais calmo. Ele se enroscou em torno do cajado e pegou no sono. A expressão de Asclépio se tranquilizou, como se ele estivesse relaxando em uma banheira de água quente.

— É claro — disse o deus. — Tinha esquecido. Mas vocês devem tomar cuidado. Hades odeia quando eu trago pessoas dos mortos. Na última vez que dei essa poção a uma pessoa, o senhor do Mundo Inferior reclamou com Zeus, e eu fui morto por um raio. BUM!

Leo ficou perplexo.

— Você está muito bem para um morto.

— Ah, eu melhorei. Isso foi parte do acordo. Sabe, quando Zeus me matou, meu pai, Apolo, ficou muito aborrecido. Ele não podia descarregar sua raiva diretamente em Zeus; afinal, o rei dos deuses era poderoso demais. Então, em vez disso, Apolo resolveu se vingar nos criadores dos raios. Ele matou alguns dos ciclopes anciãos. Por causa disso, Zeus castigou Apolo... severamente. No fim, para trazer a paz, Zeus concordou em me tornar o deus da cura, com a condição de que eu não trouxesse mais ninguém de volta à vida. — Nesse momento, os olhos de Asclépio se encheram de desconfiança. — E aqui estou eu... dando a cura a vocês.

— O senhor está disposto a abrir uma exceção, pois sabe quanto isso é importante — disse Piper.

— É... — Com relutância, Asclépio entregou o frasco a Piper. — De qualquer modo, a poção deve ser usada o mais rápido possível após a morte. Pode ser injetada ou derramada na boca. E só há o suficiente para uma pessoa. — Ele olhou diretamente para Leo. — Vocês entenderam?

— Sim — prometeu Piper. — Tem certeza de que o senhor não quer vir com a gente, Asclépio? Sua guardiã está incapacitada. O senhor seria de grande ajuda a bordo do *Argo II*.

Asclépio sorriu com saudade.

— O *Argo*... Na época em que eu era um semideus, viajei no navio original, sabiam? Ah, ser novamente um aventureiro sem preocupações!

— Sim... — murmurou Jason. — Sem preocupações.

— Mas, infelizmente, não posso. Zeus já vai ficar com muita raiva de mim por ajudar vocês. Além disso, minha guardiã logo vai se reprogramar sozinha. Vocês devem partir. — Asclépio se levantou. — Desejo tudo de bom para vocês, semideuses. E se tornarem a ver meu pai, por favor... peçam desculpas a ele por mim.

Leo não entendeu o que o médico queria dizer com aquilo, mas eles foram embora.

Quando passaram pela sala de espera, a estátua de Hígia estava sentada em um banco, derramando ácido no rosto e cantando "Brilha, brilha, estrelinha" enquanto a cobra dourada mordia seu pé. A cena pacífica quase foi suficiente para deixar Leo animado.

Quando voltaram ao *Argo II*, eles se reuniram no refeitório e contaram tudo para os outros.

— Não gostei do jeito como Asclépio olhou para Leo... — disse Jason.

— Ah, ele só percebeu a dor que eu sinto no coração. — Leo tentou sorrir. — Estou morrendo de saudade de Calipso.

— Isso é *tão* lindo — disse Piper. — Mas não sei se é bem isso.

Percy olhou com uma expressão séria para o frasco vermelho reluzente que estava sobre a mesa, bem no meio.

— Qualquer um de nós pode morrer, certo? Então vamos precisar manter essa poção sempre à mão.

— Isso supondo que apenas *um* de nós morra — observou Jason. — Só tem uma dose.

Hazel e Frank olharam para Leo.

Ele lançou para os dois um olhar que dizia *Parem com isso*.

Os outros não viam o quadro completo: *Em tempestade ou fogo, o mundo terá acabado...* Jason ou Leo. Em Olímpia, Nice tinha avisado que um dos quatro semideuses que estavam lá iria morrer: Percy, Hazel, Frank ou Leo. Só um nome estava nessas duas listas: Leo. E para que o plano dele funcionasse, o garoto não poderia ter ninguém por perto quando apertasse o gatilho.

Seus amigos nunca aceitariam sua decisão. Iam discutir. Iam tentar salvá-lo. Iam insistir em procurar outra maneira.

Mas Leo estava convencido de que dessa vez *não havia* outra maneira. Era como Annabeth sempre dizia: lutar contra uma profecia nunca funcionava. Só criava mais problemas. Ele tinha que garantir que aquela guerra terminaria, de uma vez por todas.

— Temos que manter nossas opções em aberto — sugeriu Piper. — Precisamos, tipo, designar uma pessoa para levar a poção, alguém que possa reagir rapidamente e curar quem quer que seja morto.

— Boa ideia, Miss Universo — mentiu Leo. — Eu escolho você.

Piper piscou.

— Mas... Annabeth é mais sábia. Hazel pode chegar mais rápido em Arion. Frank pode se transformar em animais...

— Mas você tem o coração. — Annabeth apertou a mão da amiga. — Leo tem razão. Quando chegar a hora, você vai saber o que fazer.

— É — concordou Jason. — Tenho a sensação de que você é a melhor escolha, Pipes. Você vai estar lá com a gente no fim, aconteça o que acontecer, tempestade ou fogo.

Leo pegou o frasco.

— Todo mundo de acordo?

Ninguém se opôs.

Leo olhou nos olhos de Hazel. *Você sabe o que precisa fazer.*

Ele puxou um pedaço de camurça de seu cinto de ferramentas e fez um grande teatro para embrulhar a cura do médico. Depois, entregou o embrulho para Piper.

— Então, tudo bem — disse ele. — Próxima parada: Atenas. Preparem-se para encarar alguns gigantes.

— É... — murmurou Frank. — Tenho *certeza* de que vou dormir bem.

Depois que as pessoas deixaram a mesa, Jason e Piper tentaram dar uma prensa em Leo. Queriam conversar sobre o que tinha acontecido no consultório do deus, mas Leo se esquivou.

— Tenho que trabalhar no motor — disse ele, o que era verdade.

Quando chegou à sala das máquinas, com apenas Buford, a Mesa Maravilhosa, como companhia, Leo respirou fundo. Levou a mão ao cinto de ferramentas e pegou o verdadeiro frasco com a cura do médico, não a versão truque-da-Névoa que entregara a Piper.

Buford soprou vapor sobre ele.

— Ei, cara, eu tive que fazer isso — defendeu-se Leo.

Buford ativou o Hedge holográfico: "VISTA ALGUMA COISA!"

— Olhe, esse é o único jeito. Do contrário, *todos* nós vamos morrer.

Buford emitiu um ruído agudo e melancólico, depois foi chacoalhando para um canto, emburrado.

Leo olhou para o motor. Ele tinha gastado muito tempo construindo-o. Havia dedicado meses de suor, dor e solidão.

Agora o *Argo II* se aproximava de seu destino final. A vida inteira de Leo, a infância com *Tía* Callida, a morte da mãe no incêndio do armazém, seus anos como filho adotivo, os meses no Acampamento Meio-Sangue com Jason e Piper... Tudo isso culminaria na manhã seguinte em uma única batalha final.

Ele abriu o painel de serviço.

A voz de Festus crepitou pelo sistema de comunicação.

— É, parceiro — concordou Leo. — Está na hora.

Mais estalidos.

— Eu sei. Juntos até o fim?

Festus emitiu um ruído agudo, concordando.

Leo conferiu o antigo astrolábio de bronze, que agora estava com o cristal de Ogígia encaixado. Só podia torcer para que funcionasse.

— Vou voltar para você, Calipso — murmurou Leo. — Eu jurei pelo Rio Estige.

Ele acionou um botão e ligou o sistema de navegação on-line. Ajustou o timer para vinte e quatro horas.

Por fim, abriu a saída de ventilação do motor e empurrou lá dentro o frasco com a cura do médico. O frasco desapareceu nas entranhas do navio com um *tump* definitivo.

— Agora é tarde demais para voltar atrás — disse Leo.

Ele se encolheu no chão e fechou os olhos, determinado a aproveitar o ruído familiar do motor pela última vez.

XXXVII

REYNA

— VOLTE!

Reyna não gostava de dar ordens a Pégaso, o senhor dos cavalos alados, mas gostava *menos* ainda de ser derrubada do céu.

Quando se aproximavam do Acampamento Meio-Sangue, antes das primeiras horas do dia primeiro de agosto, ela avistou seis onagros romanos. Mesmo no escuro, o revestimento em ouro imperial dos mecanismos reluzia. Os enormes braços de lançamento se vergavam para trás como mastros de navio adernando em uma tempestade. Equipes de artilheiros corriam em torno dos onagros, carregando-os e conferindo a torção das cordas.

— O que são essas coisas? — perguntou Nico, aos gritos.

Ele voava uns seis metros à esquerda dela, no pégaso negro Blackjack.

— Armas de cerco — respondeu Reyna. — Se avançarmos mais, podem nos derrubar do céu.

— Desta altura?

À direita dela, montado em Guido, o treinador Hedge gritou:

— São onagros, garoto! Essas coisas acertam mais alto que um chute do Bruce Lee!

— Lorde Pégaso — disse Reyna, botando a mão no pescoço do garanhão —, precisamos de um lugar seguro para aterrissar.

Pégaso deve ter entendido, pois fez uma curva para a esquerda. Os outros cavalos alados foram atrás dele: Blackjack, Guido e os seis que levavam a Atena Partenos, pendurada por cabos.

Enquanto davam a volta na extremidade oeste do acampamento, Reyna pôde observar o cenário completo. A legião estava posicionada na base das colinas a leste, pronta para atacar ao amanhecer. Os onagros ficavam na retaguarda, em um semicírculo espaçado, com intervalos de trezentos metros entre um e outro. A julgar pelo tamanho das armas, Reyna calculou que Octavian tinha poder de fogo suficiente para destruir todos os seres vivos do vale.

Mas isso era apenas parte da ameaça. Havia centenas de forças auxiliares acampadas ao longo dos flancos da legião. Embora fosse difícil enxergar no escuro, Reyna identificou pelo menos uma tribo de centauros selvagens e um exército de cinocéfalos, os homens com cabeça de cachorro que séculos antes tinham feito uma trégua instável com a legião. Os romanos estavam em grande inferioridade numérica, cercados por um mar de aliados não confiáveis.

— Ali. — Nico apontou na direção do Estreito de Long Island, onde as luzes de um iate grande brilhavam a uns quinhentos metros da costa. — Podíamos pousar no convés daquele iate. Os gregos controlam o mar.

Reyna duvidava que os gregos seriam minimamente mais amistosos que os romanos, mas pelo visto Pégaso gostou da ideia, pois desviou na direção das águas escuras do estreito.

A embarcação tinha cem pés de comprimento, linhas elegantes e portas de cor escura. Na proa, em letras vermelhas, estava pintado o nome *MI AMOR*. No tombadilho havia um heliporto grande o suficiente para a Atena Partenos.

Reyna não viu ninguém a bordo. O iate devia ser um mero barco mortal, ancorado apenas para a noite, mas se fosse uma armadilha...

— É nossa melhor opção — disse Nico. — Os cavalos estão cansados. Precisamos descer.

Ela assentiu com relutância.

— Vamos lá.

Pégaso aterrissou no convés de proa com Guido e Blackjack. Os outros seis cavalos baixaram a Atena Partenos cuidadosamente no heliporto, depois pousaram ao redor da estátua. Com os cabos e arreios, pareciam cavalinhos de carrossel.

Reyna desmontou. Tal qual fizera dois dias antes, ao conhecer Pégaso, ajoelhou-se diante do cavalo.

— Obrigada, ó grandioso.

Pégaso abriu as asas e inclinou a cabeça.

Mesmo naquele momento, depois de percorrer metade da costa leste americana nas asas de Pégaso, Reyna mal podia acreditar que o cavalo imortal lhe havia permitido montá-lo.

Reyna sempre o imaginara completamente branco, com asas como as de uma pomba, mas Pégaso tinha pelagem castanha com pintas douradas e vermelhas em torno do focinho. Hedge dizia que as pintas eram marcas de nascença, dos pontos em que o cavalo emergira do sangue e do icor de sua mãe decapitada, Medusa. As asas de Pégaso eram das cores de asas de águia (dourado, branco, marrom e ferrugem), o que o deixava muito mais belo e imponente do que se fosse apenas branco. Ele tinha a cor de *todos* os cavalos, representando toda a sua linhagem.

O poderoso Pégaso relinchou.

Hedge foi até eles para traduzir.

— Pégaso diz que precisa partir antes de a batalha começar. Sabe, a força vital dele conecta todos os pégasos, então se ele for ferido, *todos* os cavalos alados sentem sua dor. É por isso que ele não sai muito. *Ele* é imortal, mas seus descendentes não. E Pégaso não quer que eles sofram por sua causa. Ele ordenou aos outros cavalos que ficassem conosco para nos ajudar a completar nossa missão.

— Eu entendo — disse Reyna. — Obrigada.

Pégaso relinchou.

Hedge arregalou os olhos. Ele engoliu um soluço, depois pegou um lenço na mochila e secou os olhos.

— Treinador? — Nico franziu a testa, preocupado. — O que Pégaso disse?

— Ele disse que não foi por causa da minha mensagem que veio nos ajudar. — Hedge se virou para Reyna. — Foi por *sua* causa. Ele sente o que todos os outros cavalos alados sentem e acompanhou sua amizade com Cipião. Pégaso disse que nunca ficou tão emocionado com a compaixão de um semideus por um cavalo alado. Ele dá a você o título de Amiga dos Cavalos. É uma grande honra.

Os olhos de Reyna lacrimejaram. Ela inclinou a cabeça.

— Obrigada, lorde Pégaso.

Pégaso bateu com as patas no convés. Os outros cavalos alados relincharam em saudação. Então Pégaso se elevou aos céus e subiu em uma espiral noite adentro.

Hedge ficou olhando para as nuvens, pasmo.

— Pégaso não aparecia fazia séculos. — Ele deu tapinhas nas costas de Reyna. — Muito bem, romana.

Reyna não achava que merecesse crédito por fazer Cipião passar por tanto sofrimento, mas reprimiu o sentimento de culpa.

— Nico, é melhor verificarmos o navio — disse ela. — Se houver alguém a bordo...

— Você está atrasada. — Ele acariciou o focinho de Blackjack. — Sinto a presença de dois mortais dormindo na cabine principal. Mais ninguém. Não sou nenhum filho de Hipnos, mas mandei para eles alguns sonhos profundos. Deve ser suficiente para que acordem só depois de amanhecer.

Reyna tentava não encará-lo. Nos últimos dias, ele tinha ficado muito mais forte. A magia da natureza de Hedge o trouxera de volta da quase morte. Ela já tinha visto Nico realizar coisas impressionantes, mas manipular sonhos... Será que ele sempre fora capaz de fazer isso?

O treinador Hedge esfregou as mãos com ansiedade.

— Então, quando podemos ir para terra firme? Minha esposa está esperando!

Reyna observou o horizonte. Uma trirreme grega patrulhava as águas junto à costa, aparentemente alheia à chegada deles. Nenhum alarme soava. Nenhum sinal de movimento ao longo da praia.

Ela captou o vislumbre de um rastro d'água prateado ao luar, uns quinhentos metros a oeste. Uma lancha preta acelerava na direção deles, com todas as luzes apagadas. Reyna torceu para que fosse um mortal. Quando a lancha se aproximou, Reyna apertou com força o cabo da espada. Na proa da lancha brilhava a forma de uma coroa de louros com as letras SPQR.

— A legião mandou um comitê de boas-vindas — comentou Reyna.

Nico acompanhou o olhar dela.

— Achei que os romanos não tivessem marinha.

— Não tínhamos — disse ela. — Pelo visto, Octavian andou bem mais ocupado do que eu pensava.

— Então vamos atacar! — exclamou Hedge. — Porque ninguém vai ficar no meu caminho agora que estou tão perto.

Reyna contou três pessoas na lancha. Os dois atrás usavam elmos, mas ela reconheceu o rosto triangular e os ombros fortes do líder: Michael Kahale.

— Vamos tentar negociar — decidiu Reyna. — Aquele ali é um dos braços direitos de Octavian, mas é um bom legionário. Talvez eu consiga me entender com ele.

O vento jogou o cabelo preto de Nico sobre seu rosto.

— Mas se não conseguir...

A lancha reduziu e parou de costado. Michael gritou de lá:

— Reyna, tenho ordens de prendê-la e confiscar a estátua. Vou subir a bordo com mais dois centuriões. Espero que não seja necessário derramar sangue.

Reyna tentava controlar as pernas trêmulas.

— Suba, Michael! — Ela então se virou para Nico e Hedge. — Se eu não conseguir, estejam preparados. Michael Kahale não vai ser uma luta fácil.

Michael não estava vestido para combate. Usava apenas a camiseta roxa do acampamento, calça jeans e tênis de corrida. Não portava nenhuma arma visível, o que, no entanto, não tranquilizava Reyna nem um pouco. Seus braços eram grossos como cabos de suspensão, sua expressão acolhedora como um muro. A tatuagem de pomba em seu antebraço parecia mais uma ave de rapina.

Com um brilho sombrio no olhar, ele avaliou a cena: a Atena Partenos presa com cabos aos pégasos, Nico empunhando a espada estígia, o treinador Hedge com o taco de beisebol.

Os centuriões que acompanhavam Michael eram Leila, da Quarta Coorte, e Dakota, da Quinta. Escolhas estranhas... Leila, filha de Ceres, não era conhecida por sua agressividade. Normalmente era bem equilibrada. E Dakota... Reyna não podia acreditar que o filho de Baco, o oficial mais simpático e de boa índole da legião, pudesse ficar do lado de Octavian.

— Reyna Ramírez-Arellano — disse Michael, como se estivesse lendo uma lista de nomes. — Ex-pretora.

— Eu *sou* pretora — corrigiu-o Reyna. — A menos que eu tenha sido destituída por votação unânime no Senado. É esse o caso?

Michael deu um suspiro profundo. Não parecia muito feliz com a tarefa.

— Tenho ordens de prendê-la e levá-la a julgamento.

— Sob a autoridade de quem?

— Você sabe de quem...

— Sob quais acusações?

— Escute, Reyna... — Michael passou a mão na testa, como se assim pudesse eliminar a dor de cabeça. — Eu também não gosto nada disso. Mas tenho ordens a cumprir.

— Ordens ilegais.

— É tarde demais para discutir. Octavian assumiu a liderança em uma situação emergencial. Ele tem o apoio da legião.

— Isso é verdade? — Ao perguntar isso, Reyna olhou acusadoramente para Dakota e Leila.

Leila não conseguia olhá-la nos olhos. Dakota piscava como se estivesse tentando transmitir uma mensagem, mas, sendo ele quem era, ficava difícil saber: poderia estar apenas tremendo por excesso de açúcar de tanto beber Tang.

— Estamos em guerra — disse Michael. — Temos que nos manter unidos. Dakota e Leila não foram os mais entusiasmados em se aliar. Octavian deu a eles esta última chance de provarem seu apoio. Se me ajudarem a levar você... de preferência viva, mas morta se necessário... não perderão o posto e terão provado sua lealdade.

— Lealdade a Octavian — observou Reyna. — Não à legião.

Michael estendeu as mãos como quem se resigna; mãos quase do tamanho de luvas de beisebol.

— Você não pode culpar os oficiais por apoiarem Octavian. Ele tem um plano, um bom plano. Ao amanhecer, aqueles onagros vão destruir o acampamento grego sem nenhuma baixa romana. Os deuses serão curados.

Nico interveio:

— Vocês vão eliminar metade dos semideuses do mundo, metade do legado dos deuses, para *curá-los*? Vão destruir o Olimpo antes mesmo de Gaia despertar. E ela *está* despertando, centurião.

Michael franziu a testa.

— Embaixador de Plutão, filho de Hades... seja lá qual for seu nome, você foi considerado um espião inimigo. Tenho ordens de levá-lo para ser executado.

— Se conseguir — disse Nico friamente.

Aquela conversa era tão absurda que quase chegava a ser engraçada. Nico tinha vários anos, trinta centímetros e vinte e cinco quilos a menos. Mas Michael não fez um movimento sequer. As veias em seu pescoço pulsavam.

Dakota pigarreou.

— Hã... Reyna... venha conosco em paz. Por favor. Podemos resolver isso. Definitivamente ele estava piscando para ela.

— Tudo bem, chega de conversa — disse o treinador Hedge, olhando para Michael Kahale de cima a baixo. — Podem deixar comigo que eu acabo com esse palhaço. Já enfrentei maiores.

Ao ouvir isso, Michael deu um sorriso de desdém.

— Você é um fauno corajoso, mas...

— Sátiro!

O treinador Hedge avançou sobre o centurião, baixando o taco de beisebol com toda a força. Michael simplesmente tomou o taco da mão dele e o quebrou com o joelho. Depois empurrou o treinador para trás, mas Reyna percebeu que ele não estava tentando machucá-lo.

— Chega! — rosnou Hedge. — Agora você me deixou furioso de verdade!

— Treinador — alertou Reyna —, Michael é muito forte. Você teria que ser um ogro ou um...

De algum ponto lá embaixo na água, uma voz gritou:

— Kahale! Por que tanta demora?

Michael levou um susto.

— Octavian?

— Claro que sou eu! — berrou a voz do meio da escuridão. — Cansei de esperar que você cumprisse minhas ordens! Vou subir a bordo. Todo mundo, dos dois lados, largue as armas!

Michael franziu a testa.

— Hã... senhor? Todo mundo? Até nós?

— Você não resolve nenhum problema nem com a espada nem com os punhos, seu grande idiota! Deixe esse lixo *graecus* comigo!

Michael ficou desconfiado, mas fez um gesto para Leila e Dakota, que puseram suas espadas no piso do convés.

Reyna olhou para Nico. Obviamente, havia alguma coisa errada. Ela não conseguia pensar em nenhum motivo para Octavian ir até ali e se colocar em risco. Ele com certeza não mandaria que os próprios oficiais largassem as armas. Mas os instintos de Reyna lhe diziam para continuar com o jogo. Ela largou a espada. Nico fez o mesmo.

— Estão todos desarmados, senhor — avisou Michael.

— Ótimo! — berrou Octavian.

Uma silhueta escura surgiu na escada, mas era grande demais para ser Octavian. Uma forma menor com asas planava no ar atrás dele — uma harpia? Quando Reyna percebeu o que estava acontecendo, o ciclope já tinha atravessado o convés em apenas dois passos largos. Ele deu um tapa na cabeça de Michael Kahale, que caiu como um saco cheio de pedras. Dakota e Leila recuaram, alarmados.

A harpia voou até o teto da cabine do convés. Sob a luz do luar, suas penas pareciam da cor de sangue coagulado.

— Forte — disse Ella, alisando as penas. — O namorado de Ella é mais forte que os romanos.

— Amigos! — falou Tyson, o ciclope, com sua voz grave. Ele levantou Reyna em um braço e Nico no outro. — Viemos salvar vocês. Um viva para nós!

XXXVIII

REYNA

REYNA NUNCA TINHA FICADO TÃO feliz em ver um ciclope; pelo menos até Tyson botá-los no chão e partir para cima de Leila e Dakota.

— Romanos maus!

— Tyson, espere! — disse Reyna. — Não os machuque!

Tyson franziu a testa, confuso. Ele era pequeno para um ciclope; uma criança, na verdade: pouco mais de dois metros de altura, cabelo castanho emaranhado e coberto de crostas de sal da água do mar. Seu único olho era grande e da cor de melado. Ele usava apenas sunga e uma blusa de pijama de flanela, como se não conseguisse decidir se ia nadar ou dormir. Exalava um cheiro forte de manteiga de amendoim.

— Eles não são maus? — perguntou Tyson.

— Não — disse Reyna. — Estavam apenas cumprindo ordens más. Acho que eles estão arrependidos. *Não estão*, Dakota?

Dakota levantou os braços tão rápido que mais parecia o Super-Homem prestes a levantar voo.

— Reyna, eu estava tentando avisar você! Leila e eu tínhamos combinado de surpreender Michael ajudando vocês a derrotá-lo.

— Isso mesmo! — Leila quase caiu de costas da amurada. — Mas o ciclope se adiantou e fez isso antes!

— Até parece! — zombou o treinador Hedge.

Tyson espirrou.

— Desculpe. Pelo de bode. Tenho alergia. Nós confiamos em romanos?

— Eu confio — disse Reyna. — Dakota, Leila, vocês entendem qual é a nossa missão?

Leila assentiu.

— Vocês querem devolver a Atena Partenos aos gregos como uma oferta de paz. Por favor, nos deixe ajudar.

— É. — Dakota assentiu vigorosamente. — A legião não está nem de perto tão unida quanto Michael afirmou. Não confiamos em todas as forças auxiliares que Octavian reuniu.

Nico deu um riso amargo.

— É um pouco tarde para ter dúvidas. Vocês estão cercados. Assim que o Acampamento Meio-Sangue cair, esses *aliados* vão se voltar contra vocês.

— Então o que faremos? — perguntou Dakota. — Temos no máximo uma hora antes do nascer do sol.

— Cinco horas e cinquenta e dois minutos — disse Ella, ainda pousada no teto da cabine do convés. — É o horário em que o sol vai nascer no dia primeiro de agosto na costa leste. *Horários para meteorologia naval*. Uma hora e doze minutos é mais que uma hora.

Dakota lançou um olhar atravessado para a harpia.

— Eu acato a correção.

O treinador Hedge olhou para Tyson.

— Corremos algum risco ao entrarmos no Acampamento Meio-Sangue? Mellie está bem?

Tyson coçou o queixo, pensativo.

— Está bem roliça.

— Mas ela está bem? — insistiu Hedge. — Ainda não deu à luz?

— O parto ocorre no fim do terceiro trimestre — aconselhou Ella. — Página quarenta e três do *Guia da mãe de primeira viagem para...*

— Eu preciso chegar lá!

Hedge parecia prestes a pular do iate e ir nadando. Reyna pôs a mão em seu ombro.

— Treinador, vamos levar você até sua esposa, mas vamos fazer isso direito. Tyson, como você e Ella chegaram aqui?

— Arco-Íris!

— Vocês... vocês pegaram um arco-íris?

— Meu amigo cavalo-peixe.

— Um cavalo-marinho — corrigiu Nico.

— Entendo. — Reyna pensou por um instante. — Você e Ella podem levar o treinador para o acampamento em segurança?

— Claro! — disse Tyson. — Com certeza!

— Ótimo. Treinador, vá encontrar sua esposa. Diga aos campistas que devo levar a Atena Partenos à Colina Meio-Sangue ao amanhecer. É um presente de Roma para a Grécia, para encerrar nossas desavenças. Se eles puderem não atirar em mim nem me derrubar do céu, eu agradeço.

— Pode deixar — disse Hedge. — Mas e a legião romana?

— Isso é um problema — disse Leila com ar sério. — Aqueles onagros *vão* derrubar vocês.

— Vamos precisar distraí-los — decidiu Reyna. — Algo que atrase o ataque ao Acampamento Meio-Sangue e, de preferência, deixe essas armas fora de combate. Dakota e Leila, suas coortes vão seguir vocês?

— E-eu acho que sim... — gaguejou Dakota. — Mas se pedirmos a eles que cometam traição...

— Não é traição — disse Leila. — Não quando estamos agindo sob ordens diretas de nossa pretora. E Reyna ainda *é* pretora.

Reyna se virou para Nico.

— Preciso que você vá com Dakota e Leila. Enquanto eles estiverem criando problemas entre as fileiras, tentando retardar o ataque, você tem que dar um jeito de sabotar aqueles onagros.

O sorriso de Nico foi tão sombrio que fez Reyna sentir alívio por ele estar do lado *dela*.

— Vai ser um prazer. Vamos ganhar tempo para você entregar a Atena Partenos.

— Hã... — Dakota parecia desconfortável. — Digamos que você consiga entregar esse presente aos gregos; o que vai impedir Octavian de destruir a Atena

Partenos depois que a estátua tiver sido entregue? Ele tem muito poder de fogo, mesmo sem os onagros.

Reyna olhou para o rosto de marfim de Atena sob o véu da rede de camuflagem.

— Quando a estátua for devolvida aos gregos... acho que vai ser difícil destruí-la. Ela tem muita magia. Só decidiu não usar seu poder ainda.

Leila se abaixou devagar e pegou sua espada, sem tirar os olhos da Atena Partenos.

— Vou confiar na sua palavra. E quanto a Michael, o que fazemos com ele?

Reyna olhou para o semideus havaiano, uma montanha roncando.

— Coloque-o na lancha em que vocês vieram. Não o machuque nem o amarre. Sinto que, no fundo, Michael está do lado certo. Só teve o azar de ser apadrinhado pela pessoa errada.

Nico embainhou sua espada negra.

— Tem certeza disso, Reyna? Não quero deixar você sozinha.

Blackjack relinchou e lambeu o rosto de Nico.

— Argh! Tudo bem, me desculpe. — Nico limpou a baba do cavalo. — Reyna não está sozinha. Ela tem uma tropa de pégasos excelentes.

Reyna não teve como não sorrir.

— Vou ficar bem. Com sorte, em breve vamos todos nos reencontrar, a tempo de lutar lado a lado contra as forças de Gaia. Tomem cuidado, e *Ave Romae*!

Dakota e Leila repetiram a saudação.

Tyson franziu sua única sobrancelha.

— Que ave é essa?

— Significa *Avante, romanos*. — Reyna apertou carinhosamente o braço do ciclope. — Mas também *Avante, gregos*, sem dúvida. — As palavras soaram estranhas em sua boca.

Ela encarou Nico. Queria abraçá-lo, mas não sabia se ele receberia bem o gesto. Ela estendeu a mão.

— Foi uma honra sair em missão com você, filho de Hades.

Nico apertou-lhe a mão com força.

— Você é a semideusa mais corajosa que eu já conheci, Reyna. Eu... — A voz do menino falhou, talvez por ele perceber que tinha um grande público assistindo. — Não vou decepcioná-la. Vejo você na Colina Meio-Sangue.

O céu começava a clarear no leste quando o grupo se dispersou. Logo Reyna estava no convés do *Mi Amor* sozinha... exceto pelos oito pégasos e uma estátua de doze metros de altura.

Ela tentou acalmar os nervos. Não podia fazer nada até que Nico, Dakota e Leila tivessem tempo de desestabilizar os planos de ataque da legião, mas odiava ficar parada esperando.

Logo além da linha escura das montanhas, seus companheiros da Décima Segunda Legião se preparavam para um ataque desnecessário. Se Reyna tivesse ficado com eles, poderia tê-los guiado melhor. Poderia ter impedido a ascensão de Octavian. Talvez o gigante Órion tivesse razão: ela havia falhado como pretora.

Reyna se lembrou dos fantasmas nas sacadas de sua casa em San Juan, todos apontando para ela, sussurrando acusações: *Assassina. Traidora.* Lembrou-se da sensação do sabre de ouro na mão quando acertou o espectro do pai, o rosto dele contorcendo-se em uma expressão de ultraje e traição.

Você é uma Ramírez-Arellano!, seu pai sempre repetia. *Nunca abandone seu posto. Nunca baixe a guarda. E, acima de tudo, nunca traia os seus!*

Ao ajudar os gregos, Reyna tinha feito tudo isso. O que se esperava de um romano era que destruísse os inimigos. Mas, em vez disso, Reyna se juntara a eles. Deixara sua legião nas mãos de um louco.

O que sua mãe diria? Belona, a deusa da guerra...

Blackjack deve ter sentido sua agitação, pois foi até Reyna e esfregou o focinho nela.

Ela o acariciou.

— Não tenho nenhuma guloseima para você, garoto.

Ele bateu a cabeça contra o corpo dela carinhosamente. Nico dissera a Reyna que Blackjack normalmente era a montaria de Percy, mas ele parecia amigável com todo mundo. Tinha levado o filho de Hades sem protestar. E agora estava confortando uma romana.

Ela abraçou o poderoso pescoço do cavalo com os dois braços. A pelagem de Blackjack tinha o mesmo cheiro que a de Cipião, um misto de grama recém-cortada e pão quente. Ela deixou escapar um soluço que estava preso em sua garganta fazia algum tempo. Como pretora, Reyna não podia demonstrar fraqueza nem medo na frente de seus companheiros de luta. Tinha que permanecer forte. Mas, aparentemente, o cavalo não se importava.

Ele relinchou baixinho. Reyna não falava cavalês, mas achou que ele queria dizer: *Está tudo bem. Você agiu bem.*

Ela olhou para as estrelas, já desbotando no céu.

— Mãe — disse ela —, não tenho rezado o suficiente para você. Nunca a conheci. Nunca pedi sua ajuda. Mas, por favor... me dê forças hoje para fazer o que é certo.

Justo nesse momento, um ponto de luz brilhou no horizonte, algo vindo do outro lado do estreito, aproximando-se depressa como se fosse outra lancha.

Por um prolongado momento, Reyna pensou que fosse um sinal de Belona.

A forma escura se aproximava. A esperança de Reyna foi se transformando em medo. Ela esperou e esperou, paralisada pela incredulidade, enquanto a figura se revelava um grande homem correndo em sua direção pela superfície da água.

A primeira flecha acertou Blackjack no flanco. Ele caiu com um guincho de dor.

Reyna gritou, mas, antes que pudesse sequer se mexer, uma segunda flecha se cravou no piso bem entre seus pés. Preso ao cabo havia um pequeno display de LED brilhante, do tamanho de um relógio de pulso, marcando uma contagem regressiva começando em 5:00.

4:59.

4:58.

XXXIX

REYNA

— Eu no seu lugar não me mexeria, pretora!

Órion estava de pé na superfície da água, quinze metros a estibordo. Em seu arco, uma flecha pronta para ser disparada.

Reyna percebeu, através de seu olhar cheio de raiva e pesar, as novas cicatrizes que o gigante trazia. As Caçadoras o haviam deixado com marcas cinza e rosa nos braços e no rosto, de forma que ele parecia um pêssego amassado em processo de putrefação. Seu olho mecânico esquerdo estava escurecido. O cabelo tinha sido totalmente queimado, sobrando apenas algumas mechas esfiapadas. Seu nariz estava inchado e vermelho, consequência da corda de arco que Nico tinha feito arrebentar na cara do gigante. Tudo isso deu a Reyna uma pontada malévola de satisfação.

Infelizmente, porém, o gigante continuava com seu sorriso presunçoso.

Aos pés de Reyna, o cronômetro na flecha marcava 4:42.

— Flechas explosivas são *muito* sensíveis — disse Órion. — Depois que se cravam em um lugar, até o menor movimento pode detoná-las. Eu não ia querer que você perdesse os últimos quatro minutos da sua vida.

Os sentidos de Reyna se aguçaram. Os pégasos, nervosos, batiam os cascos no piso do convés em torno da Atena Partenos. Começava a amanhecer. O vento que soprava da margem trazia um leve aroma de morangos. Deitado ao lado dela no convés, Blackjack tremia e respirava com dificuldade — ainda vivo, mas gravemente ferido.

O coração de Reyna batia tão forte que ela teve medo de seus tímpanos estourarem. Para manter Blackjack vivo, transmitiu sua força a ele. Ela *não ia* deixá-lo morrer.

Reyna queria gritar insultos para o gigante, mas suas primeiras palavras foram surpreendentemente calmas:

— O que aconteceu com minha irmã?

O branco dos dentes de Órion reluziu em seu rosto arruinado.

— Eu adoraria dizer que ela está morta. Adoraria ver a dor no seu rosto. Infelizmente, pelo que sei, sua irmã ainda está viva. Assim como Thalia Grace e aquelas Caçadoras irritantes. Elas me surpreenderam, tenho que admitir. Fui forçado a fugir para o mar. Passei os últimos dias ferido e sentindo dor, curando-me lentamente e construindo um arco novo. Mas não se preocupe, pretora. Você vai morrer primeiro. Sua preciosa estátua será queimada em uma grande fogueira. Depois que Gaia despertar, quando o mundo mortal estiver em ruínas, vou encontrar sua irmã. Vou dizer a ela que você morreu sofrendo. E depois vou matá-la. — Ele sorriu. — Então está tudo certo!

4:04.

Hylla estava viva. Thalia e as Caçadoras ainda continuavam por aí, em algum lugar. Mas nada disso importaria se a missão de Reyna falhasse. O sol nascia no último dia do mundo…

Blackjack começou a respirar com mais dificuldade.

Reyna reuniu sua coragem. O cavalo alado precisava dela. Lorde Pégaso a nomeara Amiga dos Cavalos, e ela não iria decepcioná-lo. Por enquanto ela não podia pensar no mundo inteiro. Tinha que se concentrar no que precisava de atenção imediata.

3:54.

— Então. — Ela encarava Órion com furor no olhar. — Você está ferido e feio, mas não morto. Acho que isso significa que vou precisar da ajuda de um deus para matar você.

Órion deu uma risadinha.

— Infelizmente, os romanos nunca foram muito bons em invocar deuses para ajudá-los. Acho que eles não têm muita consideração por vocês.

Reyna ficou tentada em concordar. Ela havia rezado para a mãe... e fora abençoada com a chegada de um gigante homicida. Um apoio daqueles.

Mas...

Reyna riu.

— Ah, Órion.

O sorriso do gigante vacilou.

— Você tem um senso de humor estranho, garota. Do que está rindo?

— Belona respondeu *sim* a minha oração. Ela não luta minhas batalhas por mim. Não me garante uma vitória fácil. Ela me dá oportunidades de provar meu valor; me dá inimigos fortes e aliados em potencial.

O olho esquerdo de Órion cintilou.

— Quanta baboseira. Você e sua estátua grega preciosa estão prestes a ser destruídas por uma coluna de fogo. Nenhum aliado pode ajudá-la. Sua mãe a abandonou, assim como você abandonou sua legião.

— Mas ela não fez isso — disse Reyna. — Belona não era apenas uma deusa da guerra. Ela não era como sua forma grega, Ênio, uma mera incorporação da carnificina. O templo de Belona era o lugar onde os romanos recebiam os embaixadores estrangeiros. Guerras eram declaradas lá, mas também se negociavam tratados de *paz*. Paz duradoura com base na força.

3:01.

Reyna sacou a adaga.

— Belona me deu a chance de fazer a paz com os gregos e aumentar a força de Roma. Eu aceitei a missão. Se eu morrer, vou morrer defendendo essa causa. Por isso digo que minha mãe *está* comigo hoje. A força dela se somará à minha. Atire sua flecha, Órion. Não vai fazer diferença. Quando eu arremessar esta adaga e perfurar seu coração, você *vai* morrer.

Órion estava de pé sobre as ondas, imóvel, seu rosto uma máscara de concentração. Seu olho bom brilhou cor de âmbar.

— Você está blefando — gritou ele. — Já matei centenas como você: garotas brincando de guerra, fingindo que estão à altura dos gigantes! Não vou lhe proporcionar uma morte rápida, pretora. Vou vê-la queimar, tal como as Caçadoras me queimaram.

2:31.

Blackjack arquejava, batendo as patas no chão. O céu começava a ficar cor-de-rosa. Um vento mais forte arrancou a rede de camuflagem da Atena Partenos, fazendo o tecido prateado voar, tremulando, para longe. A estátua brilhou às primeiras luzes do dia, e Reyna imaginou como a deusa ficaria linda na colina que se erguia acima do acampamento grego.

Isso precisa acontecer, pensou ela, torcendo para que os pégasos sentissem o que ela pretendia fazer. Vocês têm que completar a jornada sem mim.

Reyna fez uma reverência para a Atena Partenos.

— Senhora, foi uma honra escoltá-la.

Órion escarneceu:

— Agora resolveu conversar com estátuas inimigas? Esqueça. Você não tem nem dois minutos de vida.

— Ah, mas eu não vivo de acordo com os *seus* horários, gigante — disse Reyna. — Um romano não espera pela morte. Um romano vai ao encontro dela e a recebe segundo os próprios termos.

Ela arremessou a adaga. Acertou em cheio: bem no meio do peito do gigante.

Órion gritou em agonia. Que belo último som a se ouvir.

Ela puxou para a frente do corpo o manto que vestia e se jogou em cima da flecha explosiva, determinada a proteger Blackjack e os outros pégasos e, com sorte, proteger também os mortais que dormiam no convés inferior. Reyna não tinha ideia se seu corpo seria suficiente para conter a explosão ou se o manto abafaria as chamas, mas aquela era sua melhor chance de salvar seus amigos e a missão.

Ela se retesou inteira, esperando morrer. Sentiu a pressão quando a flecha detonou... mas não foi o que ela esperava. A explosão fez apenas um leve *pop* contra suas costelas, como um balão de aniversário cheio demais. Seu manto ficou desconfortavelmente quente. Nenhuma chama escapou de sob seu corpo.

Por que ela ainda estava viva?

Levante-se, ordenou uma voz em sua cabeça.

Em transe, Reyna obedeceu. Ondas de fumaça escapavam de seu manto. Ela percebeu algo diferente: o tecido roxo brilhava como se a trama tivesse filamentos de ouro imperial. Aos pés de Reyna, parte do chão tinha sido reduzida a um círculo de carvão, mas o manto não estava nem chamuscado.

Aceite meu aegis, *Reyna Ramírez-Arellano*, disse a voz. *Pois hoje você provou ser uma verdadeira heroína do Olimpo.*

Reyna olhava atônita para a Atena Partenos, que brilhava envolvida por uma leve aura.

O *aegis*... Reyna lembrava, de seus anos de estudo, que o termo *aegis* não se aplicava apenas ao escudo de Atena. Significava também a capa da estátua. Segundo a lenda, Atena às vezes cortava pedaços de seu enorme manto e os jogava sobre as estátuas de seus templos ou sobre algum herói que ela escolhesse proteger.

O manto de Reyna, que a garota usava fazia anos, de repente tinha mudado. O tecido havia absorvido a explosão.

Ela tentou dizer alguma coisa, agradecer à deusa, mas a voz não saía. A aura de luz da estátua se extinguiu. O ruído nos ouvidos de Reyna desapareceu. Ela percebeu que Órion ainda gritava de dor, cambaleando pela superfície da água.

— Você errou! — Ele arrancou a adaga do peito e a atirou nas ondas. — Ainda estou vivo!

Ele armou o arco e disparou, mas a cena se desenrolou como que em câmera lenta. Reyna puxou o manto para a frente do corpo. A flecha se despedaçou contra o tecido. Ela então correu na direção da amurada e saltou sobre o gigante.

Era uma distância impossível de se transpor com um salto, mas Reyna sentia uma onda de poder percorrer suas pernas, como se pegasse emprestada a força de sua mãe, Belona — recompensa por toda a força que Reyna emprestara aos outros ao longo dos anos.

Reyna apoiou-se no arco do gigante e o usou para dar impulso, saltando como uma ginasta. Foi parar nas costas de Órion. Ela o agarrou pela cintura com as pernas, depois torceu o manto em uma espécie de corda e a enrolou no pescoço do gigante com toda a sua força.

Ele instintivamente largou o arco. Órion tentou agarrar-se ao tecido cintilante do manto, mas, ao tocá-lo, seus dedos soltaram fumaça e criaram bolhas. Uma fumaça de odor acre e pungente começou a subir de seu pescoço.

Reyna apertou com mais força.

— Isto é por Phoebe — rosnou ela no ouvido do gigante. — Por Kinzie. Por todas as que você matou. Você vai morrer pelas mãos de uma *garota*.

Órion se debatia e lutava, mas a força de vontade de Reyna era inabalável. O poder de Atena impregnava seu manto. Belona a abençoava com força e determinação. Não apenas uma — *duas* deusas poderosas a ajudavam, mas era Reyna quem tinha que terminar de matá-lo.

E ela assim o fez.

O gigante caiu de joelhos e afundou na água. Reyna não o soltou até ele parar de se debater e seu corpo dissolver na espuma do mar. O olho mecânico desapareceu sob as ondas. O arco começou a afundar.

Reyna deixou que a arma dele sumisse na água. Não estava interessada em espólios de guerra, não tinha nenhum desejo de deixar qualquer parte do gigante sobreviver. Assim como a *mania* de seu pai e todos os outros fantasmas cheios de raiva que preenchiam seu passado, Órion não tinha nada para ensinar a ela. Ele merecia ser esquecido.

Além do mais, estava amanhecendo.

Reyna voltou nadando para o iate.

XL

REYNA

Não havia tempo para comemorar a vitória sobre Órion.

O focinho de Blackjack espumava. Suas pernas agitavam-se em espasmos. Do ferimento em seu flanco escorria sangue.

Reyna recorreu à bolsa de suprimentos que ganhara de Phoebe. Primeiro usou um unguento curativo para limpar o ferimento e depois derramou poção de unicórnio sobre a lâmina do canivete de prata.

— Por favor, por favor — murmurava ela para si mesma.

Na verdade, Reyna não tinha ideia do que estava fazendo, mas limpou a ferida da melhor maneira possível e segurou firme o cabo da flecha. Se a ponta fosse farpada e ela a arrancasse, acabaria machucando Blackjack ainda mais. Mas, se estivesse envenenada, não podia deixá-la ali. A garota também não podia empurrá-la para fazê-la sair do outro lado, pois estava cravada bem no meio do corpo do cavalo. Reyna teria que optar pelo menor dos males.

— Isso vai doer, meu amigo — disse ela a Blackjack.

Ele bufou, como se quisesse dizer *Conte uma novidade.*

Usando a adaga, ela fez um talho de cada lado da ferida. E arrancou a flecha. Blackjack emitiu um grito agudo, mas a flecha saiu sem problemas. A ponta não era farpada. Podia estar envenenada, mas não tinha como ela saber. Um problema de cada vez.

Reyna passou um pouco mais de unguento sobre o ferimento e fez um curativo. Então pressionou o local por alguns segundos, contando baixinho. Ao que parecia, o sangramento estava diminuindo.

Ela então derramou poção de unicórnio na boca de Blackjack.

Reyna perdeu a noção do tempo. A pulsação do cavalo ficava cada vez mais estável e firme. Seus olhos já não revelavam dor. Sua respiração se acalmou.

Quando Reyna se levantou, tremia de medo e exaustão, mas Blackjack ainda estava vivo.

— Você vai ficar bem — prometeu ela. — Vou conseguir ajuda no Acampamento Meio-Sangue.

Blackjack fez um ruído incompreensível. Reyna podia jurar que ele tinha tentado dizer *donuts*. Ela só podia estar começando a delirar.

Finalmente percebeu como o céu já havia clareado. A Atena Partenos brilhava ao sol. Guido e os outros cavalos alados batiam com os cascos no convés, impacientes.

— A batalha...

Reyna se virou na direção da praia, mas não viu nenhum sinal de combate. Uma trirreme grega balançava na água preguiçosamente na maré da manhã. As colinas exibiam um verde de aparente tranquilidade.

Por um instante ela pensou que os romanos tivessem desistido de atacar.

Talvez Octavian tivesse caído em si. Talvez Nico e os outros tivessem dissuadido a legião.

Então um brilho laranja iluminou os cumes das colinas. Inúmeros rastros de fogo subiram aos céus. Pareciam dedos em chamas.

Os onagros tinham disparado sua primeira carga.

XLI

PIPER

PIPER NÃO SE SURPREENDEU COM a chegada dos homens-cobra.

Tinha passado a semana inteira pensando naquela vez em que encontrara o bandido Círon, no *Argo II*. Haviam acabado de escapar de uma tartaruga gigante quando ela fez a besteira de dizer: "Estamos protegidos."

No mesmo instante, uma flecha acertou o mastro principal, a poucos centímetros de seu nariz.

Piper havia tirado disso uma lição valiosa: nunca ache que está segura e nunca, nunca tente as Parcas *anunciando* que você acha que está seguro.

E foi por isso que, quando o navio atracou na Baía de Pireu, perto de Atenas, Piper resistiu a uma grande vontade de dar um suspiro de alívio. Claro, eles tinham finalmente alcançado seu destino. Em algum lugar próximo dali — depois dos vários navios de cruzeiro, depois das colinas pontilhadas de casas e prédios —, eles encontrariam a Acrópole. De um jeito ou de outro, a jornada dos sete terminaria aquele dia.

Mas isso não significava que ela podia relaxar. A qualquer instante, uma surpresa terrível podia surgir do nada.

E a surpresa foram três sujeitos com rabo de cobra em vez de pernas.

Piper estava de vigia enquanto os outros se preparavam para o combate — conferindo armas e armaduras, carregando balistas e catapultas — quando avistou os homens-cobra se aproximando pelas docas, rastejando entre multidões de turistas mortais que os ignoravam solenemente.

— Hã... Annabeth? — chamou Piper.

Annabeth e Percy foram até ela.

— Ah, que ótimo — disse Percy. — *Dracaenae*.

Annabeth apertou os olhos.

— Acho que não. Pelo menos são diferentes das que eu já vi. As *dracaenae* têm dois rabos de cobra no lugar das pernas. Esses caras só têm um.

— Verdade — disse Percy. — E a parte de cima do corpo deles também parece mais humana. Não é toda escamosa e verde e tal. E aí, vamos recebê-los na base da conversa ou da luta?

Piper preferia optar pela *luta*. Só conseguia pensar na história que contara a Jason sobre o caçador cherokee que tinha virado cobra por quebrar seu tabu. Aqueles três ali deviam ter comido muita carne de esquilo.

Estranhamente, o que vinha à frente do trio lembrou a Piper seu pai quando deixara a barba crescer para seu papel em *Rei de Esparta*. O homem-cobra vinha com a cabeça bem erguida. Tinha o rosto moreno e cinzelado, os olhos negros como basalto, o cabelo preto cacheado brilhando de gel. Seu tronco era bem musculoso, coberto só por uma clâmide grega — um manto de lã branca que se usava transpassado, preso apenas no ombro. Da cintura para baixo, o estranho tinha um corpo gigante de serpente, com uns dois metros e meio de cauda, que ondulava atrás dele enquanto ele se movia.

Em uma das mãos ele carregava um cajado com uma cintilante joia verde no topo. Na outra, trazia uma travessa coberta com uma redoma de prata, como um prato a ser servido em um jantar grã-fino.

Os dois sujeitos atrás dele pareciam ser guardas. Usavam peitorais de bronze e elmos elaborados, com uma crista de crina de cavalo no topo. A lança que cada um portava tinha uma pedra verde na ponta; o escudo oval tinha gravada uma grande letra K grega, *capa*.

Eles pararam a alguns metros do *Argo II*. O líder da comitiva olhou para cima e observou os semideuses. Sua expressão era intensa, mas inescrutável. Ele podia tanto estar com raiva quanto preocupado, ou mesmo precisando desesperadamente ir ao banheiro.

— Permissão para subir a bordo.

A voz rouca do estranho lembrou a Piper uma navalha sendo passada em um amolador, como na barbearia de seu avô em Oklahoma.

— Quem é você? — perguntou ela.

Ele fixou os olhos negros nela.

— Eu sou Cécrope, o primeiro e eterno rei de Atenas. Gostaria de lhes dar as boas-vindas a minha cidade. — Ele ergueu a travessa coberta. — Trouxe bolo.

Piper olhou de soslaio para os amigos.

— Uma armadilha?

— Provavelmente — disse Annabeth.

— Pelo menos ele trouxe a sobremesa. — Percy sorriu para os homens-cobra. — Bem-vindos a bordo!

Cécrope concordou em deixar seus guardas no convés superior com Buford, a mesa, que os mandou deitar no chão e pagar vinte flexões. Os guardas pareceram encarar aquilo como um desafio.

Enquanto isso, o rei de Atenas foi conduzido ao refeitório para um encontro de apresentações.

— Sente-se, por favor — convidou Jason.

Cécrope torceu o nariz.

— O povo serpente não senta.

— Então continue de pé, por favor — disse Leo.

Ele partiu o bolo e comeu um pedaço antes que Piper tivesse a chance de alertá-lo: poderia estar envenenado, ou não ser comestível para mortais, ou só ruim mesmo.

— Uau! — Ele sorriu. — O povo serpente sabe mesmo fazer um bolo. Tem um gostinho de laranja, com um toque de mel. Só precisava de um pouco de leite.

— O povo serpente não bebe leite — disse Cécrope. — Somos répteis com intolerância à lactose.

— Eu também! — disse Frank. — Quer dizer, tenho intolerância à lactose. Embora eu *possa* ser um réptil às vezes...

— Enfim — interrompeu Hazel. — Rei Cécrope, o que o traz aqui? Como sabia de nossa chegada?

— Sei de tudo o que acontece em Atenas — disse Cécrope. — Sou o fundador da cidade, fui o primeiro rei, nascido desta terra. Fui eu quem julguei a disputa entre Atena e Poseidon, eu que escolhi Atena como patrona da cidade.

— Sem ressentimentos — murmurou Percy.

Annabeth deu uma cotovelada nele.

— Já ouvi falar de você, Cécrope. Você foi o primeiro a oferecer sacrifícios a Atena. Construiu para ela o primeiro santuário na Acrópole.

— Exato. — A resposta de Cécrope soou amarga, como se ele estivesse arrependido da decisão. — Meu povo eram os atenienses *originais*, os *gemini*.

— Gêmeos? Tipo o signo do zodíaco? — perguntou Percy. — Eu sou de Leão.

— Não, seu idiota — disse Leo. — Não é nada disso.

— Vocês dois querem parar com isso? — brigou Hazel. — Acho que ele está querendo dizer *gemini* como *duplo*, metade homem, metade cobra. É esse o nome do povo dele. Ele é um *geminus*, no singular.

— Sim... — Cécrope se inclinou para longe de Hazel como se de algum modo ela o tivesse ofendido. — Milênios atrás, fomos expulsos para o subterrâneo pelos humanos de duas pernas, mas eu conheço os caminhos da cidade melhor do que ninguém. Vim alertá-los. Se tentarem se aproximar da Acrópole pela superfície, vocês serão destruídos.

— Quer dizer... por você? — perguntou Jason, interrompendo sua degustação do bolo.

— Pelos exércitos de Porfírion — disse o rei cobra. — Em volta de toda a Acrópole há grandes armas de cerco... onagros.

— *Mais* onagros? — protestou Frank. — Eles estavam em liquidação ou o quê?

— Os ciclopes — deduziu Hazel. — Eles estão fornecendo onagros tanto para Octavian quanto para os gigantes.

— Como se precisássemos de mais provas de que Octavian está do lado errado — resmungou Percy.

— E essa não é a única ameaça — continuou Cécrope. — O ar está cheio de espíritos da tempestade e grifos. Todos os caminhos para a Acrópole estão sendo patrulhados pelos Nascidos da Terra.

Frank tamborilou os dedos na cúpula que protegia o bolo.

— Então o que faremos? Vamos desistir? Não viemos até aqui para isso.

— Eu lhes ofereço uma alternativa — disse Cécrope. — A passagem subterrânea até a Acrópole. Por Atena, pelos deuses, ajudarei vocês.

Piper sentiu um arrepio na nuca. Ela se lembrou do que a giganta Peribeia lhe dissera em sonho: que os semideuses encontrariam amigos e inimigos em Atenas. Talvez a giganta estivesse falando de Cécrope e seu povo serpente. Mas alguma coisa na voz dele não agradava a Piper, aquele tom de navalha no amolador, como se ele estivesse se preparando para fazer um corte profundo.

— Mas...? — perguntou ela.

Cécrope virou seus insondáveis olhos negros para ela.

— Só um grupo pequeno de semideuses, não mais que três, pode passar despercebido pelos gigantes. Do contrário, eles detectariam a presença de vocês pelo cheiro. Mas nossas passagens subterrâneas podem levá-los direto às ruínas da Acrópole. Lá, vocês poderão neutralizar em segredo as armas de cerco para permitir que o restante da sua tripulação se aproxime. Com sorte, podem pegar os gigantes de surpresa. Assim têm a chance de impedir a cerimônia.

— Cerimônia? — perguntou Leo. — Ah... tipo para despertar Gaia.

— Já começou, agora mesmo — avisou Cécrope. — Não estão sentindo a terra trepidar? Os *gemini* são a melhor chance de vocês.

Piper notou avidez na voz dele. Quase fome.

Percy olhou para os outros ao redor da mesa.

— Alguma objeção?

— Só algumas — disse Jason. — Estamos às portas do inimigo. E você está nos pedindo para nos dividir. Não é assim que as pessoas acabam morrendo nos filmes de terror?

— Além do mais — acrescentou Percy —, Gaia *quer* que cheguemos ao Partenon. Quer que nosso sangue molhe as pedras e todo esse lixo psicopata. Não estaríamos indo direto para as mãos dela?

Os olhos de Annabeth encontraram os de Piper. Em silêncio, ela fez uma pergunta: *O que está achando disso tudo?*

Piper não estava acostumada com aquilo, com Annabeth olhando para ela em busca de conselhos. Desde Esparta elas haviam aprendido que juntas podiam enfrentar problemas de dois modos diferentes. Annabeth via as coisas de forma lógica, o movimento tático, enquanto Piper tinha reações instintivas que eram tudo menos lógicas. Juntas, ou elas resolviam os problemas duas vezes mais rápido, ou confundiam uma à outra completamente.

A oferta de Cécrope fazia sentido. Ou pelo menos parecia a opção menos suicida. Mas Piper tinha certeza de que o rei cobra estava ocultando suas verdadeiras intenções. Ela só não sabia como provar isso...

Então se lembrou de algo que seu pai lhe dissera anos antes: *Seu nome é Piper porque seu avô Tom achou que você teria uma voz poderosa. Você ia aprender todas as canções cherokee, até mesmo a canção da cobra.*

Um mito de uma cultura totalmente diferente, mas lá estava ela, encarando o rei do povo serpente.

Ela começou a cantar "Summertime", uma das músicas preferidas do pai.

Cécrope ficou olhando para ela em deslumbramento. Até começou a balançar o corpo.

No início, a garota sentiu vergonha de estar cantando na frente de todos os seus amigos e de um homem-cobra. Seu pai sempre dissera que Piper tinha uma voz boa, mas ela não gostava de chamar atenção. Não gostava nem de cantar em grupo, em volta da fogueira no acampamento. Agora sua voz era a única a soar no refeitório. Todos ouviam, atônitos.

Quando ela terminou a primeira estrofe, todos ficaram alguns segundos em silêncio.

— Pipes — disse Jason. — Eu não sabia.

— Isso foi lindo — concordou Leo. — Talvez não... você sabe, lindo como *Calipso*, mas mesmo assim...

Piper encarava o rei cobra.

— Quais são suas verdadeiras intenções?

— Enganar vocês — respondeu ele, em transe, ainda balançando o corpo. — Queremos levá-los para os túneis e destruí-los.

— Por quê? — perguntou Piper.

— A Mãe Terra nos prometeu grandes recompensas. Se derramarmos o sangue de vocês sob o Partenon, será suficiente para completar o despertar de Gaia.

— Mas você serve a Atena — insistiu Piper. — Você fundou a cidade.

Cécrope sibilou baixinho:

— E, em troca, a deusa me abandonou. Atena me substituiu por um rei de duas pernas, um *humano*. Levou minhas filhas à loucura; elas pularam para a morte dos penhascos da Acrópole. Os atenienses originais, os *gemini*, foram expulsos para os subterrâneos e esquecidos. Atena, a deusa da sabedoria, nos deu as costas, mas a sabedoria também vem da terra. Somos, fundamentalmente, filhos de Gaia. A Mãe Terra nos prometeu um lugar ao sol no mundo da superfície.

— Gaia está mentindo — disse Piper. — Ela pretende *destruir* o mundo da superfície, e não dá-lo a ninguém.

Cécrope mostrou as presas.

— Então não vamos ficar pior do que estávamos sob o domínio dos traiçoeiros deuses!

Ele ergueu o cajado, mas Piper começou outra estrofe de "Summertime".

Os braços do rei cobra amoleceram; seus olhos ficaram vidrados.

Depois de mais alguns versos, Piper arriscou mais uma pergunta:

— As defesas dos gigantes, a passagem subterrânea até a Acrópole... Até que ponto é verdade o que você nos contou?

— É tudo verdade — respondeu Cécrope. — A Acrópole está, sim, fortemente defendida, como descrevi. Qualquer aproximação pela superfície seria impossível.

— Então você *poderia* nos guiar por seus túneis — disse Piper. — Isso também é verdade?

Cécrope franziu a testa.

— Sim...

— E se você mandasse seu povo *não* nos atacar — prosseguiu ela —, eles obedeceriam?

— Sim, mas... — Cécrope estremeceu. — Sim, eles obedeceriam. Mas só três de vocês poderiam ir sem atrair a atenção dos gigantes.

Uma sombra cobriu os olhos de Annabeth.

— Piper, tentar isso seria loucura. Ele vai nos matar na primeira oportunidade.

— É — concordou o rei cobra. — Só a música dessa garota me controla. Eu a odeio. Por favor, cante mais.

Piper cantou mais um verso para ele.

Leo entrou na dança: pegou duas colheres e começou a batucar na mesa até levar um tapa de Hazel no braço.

— Eu devo ir — disse Hazel. — Se é no subterrâneo.

— Nunca — disse Cécrope. — Uma filha do Mundo Inferior? Meu povo se revoltaria com a sua presença. Nem a melhor música encantada pelo charme seria suficiente para impedi-los de exterminar vocês.

Hazel engoliu em seco.

— Talvez seja melhor eu ficar por aqui mesmo.

— Eu e Percy — sugeriu Annabeth.

— Hum... — Percy ergueu a mão. — Vou levantar o assunto aqui de novo. Isso é exatamente o que Gaia quer, nós dois, nosso sangue molhando as pedras et cetera e tal.

— Eu sei. — Annabeth exibia uma expressão grave no rosto. — Mas é a escolha mais lógica. Os santuários mais antigos da Acrópole são dedicados a Poseidon e Atena. Cécrope, isso não ocultaria nossa aproximação?

— Sim — admitiu o rei cobra. — Seria difícil identificar o... o cheiro de vocês. As ruínas sempre irradiam o poder desses dois deuses.

— E eu — disse Piper ao terminar a música. — Vocês vão precisar de mim para manter nosso amigo aqui na linha.

Jason apertou a mão dela.

— Ainda não suporto a ideia de nos dividirmos.

— Mas é nossa melhor chance — disse Frank. — Eles três entram lá escondidos, neutralizam os onagros e criam uma distração. Aí a gente chega voando e disparando o fogo das balistas.

— Isso — disse Cécrope. — Esse plano pode funcionar. Se eu não matar vocês primeiro.

— Tive uma ideia — disse Annabeth. — Frank, Hazel, Leo... vamos conversar. Piper, pode neutralizar musicalmente nosso amigo aqui?

Piper começou outra música: "Happy Trails", uma canção boba que seu pai cantava para ela antigamente, sempre que voltavam de Oklahoma para Los Angeles. Annabeth, Leo, Frank e Hazel saíram para discutir estratégias.

— Muito bem. — Percy se levantou e estendeu a mão a Jason. — Então nos vemos de novo na Acrópole, cara. É a minha vez de matar alguns gigantes.

XLII

PIPER

O PAI DE PIPER DIZIA que passar pelo aeroporto não contava como visitar uma cidade.

Piper tinha a mesma opinião em relação aos esgotos.

Do porto até a Acrópole, ela não viu nada de Atenas além de túneis escuros e pútridos. Nas docas, os homens-cobra os fizeram descer por um bueiro de ferro, que os levou direto para o covil subterrâneo dos *gemini*. Ali embaixo fedia a peixe podre, mofo e pele de cobra.

Naquela atmosfera, era difícil cantar músicas leves como "Summertime", que falava sobre verão e plantações de algodão e uma vida tranquila, mas Piper continuava. Se parasse por mais que um ou dois minutos, Cécrope e seus guardas começavam a sibilar e a distribuir olhares raivosos.

— Não gosto deste lugar — murmurou Annabeth. — Estes túneis me lembram a vez em que fiquei nos subterrâneos de Roma.

Cécrope soltou uma risada sibilante.

— Nossos domínios são muito mais antigos. *Muito*, muito mais.

Annabeth segurou a mão de Percy, o que deixou Piper triste e desanimada. Como ela queria que Jason estivesse ali ao seu lado. Droga, até Leo serviria… embora talvez ela preferisse não segurar a mão dele: elas tendiam a pegar fogo quando ele ficava nervoso.

A voz de Piper ecoava pelos túneis. À medida que avançavam, mais homens-cobra se juntavam para ouvi-la. Logo estavam sendo seguidos por uma procissão, dezenas de *gemini* rastejando e se balançando ao ritmo da música.

A previsão de seu avô tinha se cumprido. Piper havia aprendido a canção da cobra — que por um acaso era uma composição de George Gershwin de 1935. Até então, Piper tinha até conseguido impedir que o rei cobra mordesse, como na velha história cherokee. Só havia um problema com aquela lenda: o guerreiro que aprendeu a música das cobras teve que sacrificar a esposa em troca do poder. Piper não queria sacrificar ninguém.

O frasco com a cura do médico continuava embrulhado no tecido, guardado em um bolso de seu cinto. Ela não havia tido tempo de conversar com Jason e Leo antes de partir. Só lhe restava torcer para que todos se reencontrassem no topo da colina antes que algum deles precisasse da cura. Se um dos dois morresse e ela não conseguisse alcançá-los...

Apenas continue cantando, disse a si mesma.

Eles atravessaram câmaras de pedra talhadas rusticamente e repletas de ossos. Subiram elevações tão íngremes e escorregadias que mal conseguiam se manter de pé. Em determinado momento, passaram por uma caverna quente do tamanho de uma quadra poliesportiva que estava cheia de ovos de serpente, cobertos por uma camada de filamentos prateados que pareciam uma versão gosmenta daqueles enfeites compridos de árvore de Natal.

Cada vez mais homens-cobra se juntavam à procissão. O barulho que faziam ao se movimentarem rastejando era como um exército de homens enormes arrastando os pés — só que com uma lixa na sola dos sapatos.

Piper se perguntou quantos *gemini* viviam ali embaixo. Centenas, talvez milhares. Tinha a impressão de estar ouvindo as batidas do próprio coração ecoando pelos corredores, e o som ficava cada vez mais alto à medida que eles avançavam. Então se deu conta de que o persistente *tum-tum* estava por toda a volta, ressoando através das rochas e do ar.

Eis que eu desperto. Uma voz de mulher, tão nítida quanto Piper cantando.

— Opa, isso não é bom — disse Annabeth, parando de repente.

— Como o Tártaro — disse Percy com tensão na voz. — Lembra? A batida do coração... Quando ele apareceu...

— Pare — disse Annabeth. — Por favor.

— Desculpe.

À luz de sua espada, o rosto de Percy parecia um vaga-lume gigante, um brilho turvo e momentâneo no escuro.

Gaia fez-se ouvir novamente, desta vez mais alto: *Finalmente.*

A voz de Piper vacilou no meio da música.

Ela foi tomada pelo medo, da mesma forma que tinha acontecido no templo espartano. Mas agora os deuses Fobos e Deimos eram seus velhos amigos. Ela deixou o medo queimar em seu interior como combustível, tornando sua voz ainda mais forte. Ela cantava para o povo serpente, para proteger seus amigos. Por que não também para Gaia?

Por fim, alcançaram o topo de uma subida íngreme, onde o caminho terminava em uma cortina de gosma verde.

Cécrope virou-se para os semideuses.

— A Acrópole fica depois desta camuflagem. Fiquem aqui. Vou ver se o caminho está livre.

— Espere. — Piper virou-se para dirigir-se à multidão de *gemini*. — Há apenas morte na superfície. É melhor para vocês que fiquem aqui nos túneis. Voltem; rápido. Esqueçam que nos viram. Protejam-se.

O medo em sua voz foi canalizado perfeitamente pelo charme. O povo serpente, até os guardas, deu meia-volta e, rastejando, desapareceu na escuridão, deixando ali apenas o rei.

— Cécrope, você está planejando nos trair assim que passar por essa gosma, não? — disse Piper.

— Sim — confirmou ele. — Vou alertar os gigantes. Eles vão destruí-los. — Então ele acrescentou, em um sussurro agressivo: — Por que eu disse isso a vocês?

— Escute a pulsação de Gaia — insistiu Piper. — Você está sentindo a fúria da Mãe Terra, não está?

Cécrope hesitou. A ponta de seu cajado emitiu um brilho suave.

— Sim. Ela está com raiva.

— Ela vai destruir tudo — continuou Piper. — Vai reduzir a Acrópole a uma cratera fumegante. Atenas, sua cidade, será totalmente arrasada, assim como o seu povo. Você acredita em mim, não acredita?

— Eu... sim, acredito.

— Por mais ódio que você sinta dos humanos, dos semideuses, de Atena, nós somos a única chance de deter Gaia. Então você *não* vai nos trair. Para seu próprio bem e o de seu povo, você vai dar uma busca no território para garantir que o caminho está livre. Não vai contar nada aos gigantes. E depois vai voltar.

— É isso... o que vou fazer.

E então Cécrope cruzou a membrana de gosma e desapareceu.

Annabeth balançava a cabeça, impressionada.

— Piper, isso foi incrível.

— Vamos ver se dá certo.

Piper sentou-se no chão de pedra fria. Bem que ela podia descansar enquanto tinha a chance.

Os outros se agacharam ao lado dela. Percy lhe passou um cantil de água. Até tomar o primeiro gole, Piper não tinha se dado conta de como sua garganta estava seca.

— Obrigada.

— Você acha que o charme vai durar?

— Não sei — admitiu ela. — Se Cécrope voltar daqui a dois minutos com um exército de gigantes, é porque não deu certo.

A pulsação de Gaia ecoava através do chão. Estranhamente, isso lembrava a Piper o mar, o estrondo das ondas quebrando nos penhascos de Santa Monica.

O que seu pai estaria fazendo naquele momento? Na Califórnia, devia ser madrugada àquela hora. Talvez ele estivesse dormindo, ou sendo entrevistado em um programa de tevê. Piper gostaria que ele estivesse em seu local preferido: a varanda da sala, contemplando a lua sobre o Pacífico, curtindo um pouco de tranquilidade. Ela queria imaginá-lo feliz e satisfeito naquele momento... caso eles falhassem na missão.

Ela pensou nos amigos do chalé de Afrodite, no Acampamento Meio-Sangue. Pensou nos primos em Oklahoma — o que era estranho, já que nunca tinha passado muito tempo com eles. Nem os conhecia direito; agora se arrependia disso.

Desejou ter aproveitado mais a vida, apreciado mais as coisas. Piper sempre seria grata por sua família a bordo do *Argo II*, mas tinha muitos outros amigos e parentes que desejava poder ver uma última vez.

— Vocês pensam nas suas famílias? — perguntou ela.

Era uma pergunta boba, ainda mais na iminência de uma batalha. Piper deveria estar concentrada na missão, não distraindo os amigos.

Mas eles não a condenaram.

Percy ficou com o olhar perdido. Seu lábio inferior começou a tremer.

— Minha mãe... Eu... eu nunca mais sequer a *vi* desde que Hera me sequestrou. Telefonei para ela do Alasca. Pedi ao treinador Hedge que enviasse a ela algumas cartas minhas. Eu... — A emoção transbordava em sua voz. — Minha mãe é tudo o que eu tenho. Ela e meu padrasto, Paul.

— E Tyson — lembrou-o Annabeth. — E Grover. E...

— Sim, claro — disse Percy. — Obrigado. Agora me sinto bem melhor.

Piper provavelmente não deveria ter rido, mas estava nervosa e melancólica demais para se conter.

— E você, Annabeth?

— Meu pai... minha madrasta e meus meios-irmãos. — Ela virou distraidamente a espada de osso de drakon que tinha no colo. — Depois de tudo que passei no último ano, parece bobagem ficar ressentida com eles por tanto tempo. E a família do meu pai... Fazia anos que eu não pensava neles. Tenho um tio e um primo em Boston.

Percy fez uma expressão de choque.

— Logo você, aí com o seu boné dos Yankees? Você tem família no território dos Red Sox?

Annabeth esboçou um sorriso.

— Eu nunca encontro essa parte da família. Meu pai e meu tio não se dão bem. Alguma rixa antiga. Não sei. As pessoas se afastam por coisas estúpidas.

Piper concordou. Seria bom ter os poderes curativos de Asclépio. Seria bom poder olhar para as pessoas e ver o que as estava machucando, depois receitar umas poções e remédios e assim fazer com que tudo ficasse melhor. Mas devia haver uma razão para Zeus manter Asclépio preso ali naquele templo subterrâneo.

Algumas dores não devem ser eliminadas com tanta facilidade. É necessário lidar com elas, até abraçá-las. Sem a agonia dos últimos meses, Piper nunca teria encontrado suas melhores amigas, Hazel e Annabeth. Nunca teria descoberto a própria coragem. Certamente não teria coragem de cantar para o povo serpente no subsolo de Atenas.

Na entrada do túnel, a membrana verde se abriu.

Piper pegou rapidamente a espada e a ergueu, preparada para uma enxurrada de monstros.

Mas Cécrope surgiu sozinho.

— Tudo certo — disse ele. — Mas andem rápido. A cerimônia está quase no fim.

Passar por uma cortina de catarro foi quase tão divertido quanto Piper tinha imaginado.

Ela saiu do outro lado sentindo como se tivesse acabado de despencar da narina de um gigante. Felizmente, não ficou nenhuma gosma grudada no corpo, mas mesmo assim ela sentia arrepios de nojo.

Os três se viram em um poço fresco e úmido que parecia ser o nível subterrâneo de um templo. Por toda a volta estendia-se um solo irregular que terminava em escuridão. Logo acima de suas cabeças havia uma abertura retangular que dava para o céu. Piper via o alto de paredes e o topo de colunas, mas nenhum monstro... ainda.

A membrana de camuflagem tinha se fechado atrás deles e se fundido ao chão. Piper examinou a área: parecia rocha sólida. Eles não poderiam voltar por onde tinham chegado.

Annabeth passou a mão por algumas marcas no chão, linhas no formato de um pé de galinha irregular, do tamanho de uma pessoa. A área era protuberante e branca, como uma cicatriz na pedra.

— É aqui — disse ela. — Percy, estas são as marcas do tridente de Poseidon.

Percy tocou as ranhuras, hesitante.

— Ele devia estar usando um tridente tamanho GG.

— Foi aqui que ele atingiu a terra — continuou Annabeth. — Onde ele fez surgir uma nascente de água salgada quando disputou com minha mãe para ser patrono de Atenas.

— Então foi aqui que começou a rivalidade — concluiu Percy.

— Foi.

Percy puxou Annabeth para si e a beijou... Um beijo tão demorado que Piper ficou bem constrangida, embora não tenha dito nada. Ela se lembrou da velha regra do chalé de Afrodite: para ser reconhecida como filha da deusa do amor, era preciso partir o coração de alguém. Piper havia decidido, fazia muito tempo, mudar essa regra. Percy e Annabeth eram um exemplo perfeito do motivo: era preciso tornar *completo* o coração de alguém. Esse era um teste muito melhor.

Quando Percy se afastou, Annabeth parecia um peixe tentando desesperadamente respirar.

— A rivalidade termina aqui — disse Percy. — Eu amo você, Sabidinha.

Annabeth deu um leve suspiro, como se alguma coisa dentro de seu peito tivesse derretido.

Percy olhou para Piper.

— Desculpe, eu tive que fazer isso.

Piper sorriu.

— Como uma filha de Afrodite poderia não aprovar? Você é um ótimo namorado.

Annabeth soltou outro suspiro.

— Hã... enfim... Estamos embaixo do Erecteion. É um templo tanto para Atena quanto para Poseidon. O Partenon deve ficar em uma diagonal a sudeste daqui. Vamos ter que dar a volta discretamente e neutralizar o maior número possível de armas de cerco, para abrir uma brecha por onde o *Argo II* possa se aproximar.

— Estamos em plena luz do dia — disse Piper. — Como vamos passar despercebidos?

Annabeth observou o céu.

— Foi por isso que eu, Frank e Hazel montamos um plano. Tomara que... Ah. Vejam.

Uma abelha zumbiu acima deles. Depois, dezenas mais fizeram coro. Elas enxamearam em torno de uma coluna, depois ficaram voando acima da abertura do poço.

— Pessoal, digam oi para Frank — disse Annabeth.

Piper acenou. A nuvem de abelhas foi embora voando.

— Como é que isso funciona? — perguntou Percy. — Tipo... uma abelha é um dedo? Outras duas abelhas são os olhos?

— Não sei — admitiu Annabeth. — Mas ele é nosso mensageiro. Assim que Frank avisar Hazel, ela vai...

— Ahh! — gritou Percy.

Annabeth cobriu a boca com a mão.

O que foi bem esquisito, porque de repente todos eles tinham se transformado em enormes Nascidos da Terra de seis braços.

— A Névoa de Hazel — lembrou Piper, em um tom de voz sério, grave.

Ao olhar para baixo, ela percebeu que também tinha agora um belo corpo de Neandertal: barriga cabeluda, tanguinha, pernas atarracadas e pés enormes. Se ela se concentrasse, conseguia ver seus braços normais, mas, quando os movimentava, via-os tremeluzindo como miragens, separando-se em três pares diferentes de musculosos braços de Nascidos da Terra.

Percy fez uma careta, que ficou ainda pior em seu recém-adquirido rosto feioso.

— Uau, Annabeth... Ainda bem que a gente se beijou *antes* de você se transformar.

— Puxa, muito obrigada. Bom, temos que ir. Vou dar a volta no sentido horário. Piper, você vai no sentido contrário. Percy, você vai pelo meio...

— Esperem — disse Percy. — Estamos indo direto para a armadilha do derramamento de sangue sobre a qual fomos alertados, e vocês querem se dividir *ainda mais*?

— Assim vamos cobrir uma área maior — argumentou Annabeth. — Precisamos correr. Esses cânticos...

Piper não tinha percebido até aquele momento, mas então ela ouviu: um som monótono agourento a distância, como cem empilhadeiras em ponto morto. Ela olhou para o chão e percebeu fragmentos de cascalho vibrando e se movendo na mesma direção, como se estivessem sendo atraídos para o Partenon.

— Certo — disse Piper. — Encontro vocês no trono do gigante.

No início foi fácil.

Havia monstros por toda parte, centenas de ogros, Nascidos da Terra e ciclopes circulando em meio às ruínas, mas a maioria deles estava reunida no Partenon, assistindo à cerimônia em andamento. Piper seguia pelas bordas dos penhascos da Acrópole sem ser perturbada.

Havia três Nascidos da Terra tomando sol sobre as rochas perto do primeiro onagro. Piper foi para perto deles e sorriu.

— Olá.

Antes que eles emitissem qualquer som, ela os matou com a espada. Os três derreteram em montes de escória. Piper então cortou a corda da mola do onagro para neutralizar a arma, depois seguiu em frente.

Agora Piper tinha um objetivo. Causar o maior estrago possível antes que descobrissem a sabotagem.

Ela desviou de uma patrulha de ciclopes. O segundo onagro estava cercado por um grupo de ogros lestrigões, mas Piper conseguiu se aproximar da arma sem levantar suspeitas. Ela derramou um frasco de fogo grego no cesto. Com sorte, assim que tentassem carregar a catapulta, a máquina explodiria na cara deles.

Seguiu em frente. Havia grifos empoleirados na colunata de um templo antigo. Um grupo de *empousai* tinha ido para a sombra de uma arcada e parecia estar cochilando, o cabelo flamejante bruxuleando, tênue, as pernas de metal brilhando. Com sorte, se tivessem que lutar, o calor do sol as deixaria lentas.

Sempre que podia, Piper matava monstros isolados, mas passava direto por grupos maiores. Enquanto isso, a multidão no Partenon aumentava. Os cânticos ficavam mais altos. Piper não conseguia ver o que estava acontecendo no interior das ruínas, só as cabeças de vinte ou trinta gigantes de pé em um círculo, murmurando e balançando o corpo — talvez uma versão monstro de músicas gospel.

Ela sabotou uma terceira arma de cerco cortando as cordas de torção, o que provavelmente daria ao *Argo II* caminho livre para se aproximar pelo norte.

Piper torcia para que Frank estivesse atento ao progresso dela. Quanto tempo o navio levaria para chegar?

De repente, a cantilena parou. Um *BUM* ecoou pela encosta. No Partenon, os gigantes urraram em triunfo. Por toda a volta de Piper chegavam monstros, indo na direção do som.

Aquilo não podia ser boa coisa. Piper se enfiou no meio de um grupo de Nascidos da Terra de cheiro azedo. Subiu os degraus de entrada do templo, depois escalou alguns andaimes de metal para enxergar sobre as cabeças dos gigantes e ciclopes.

A cena nas ruínas quase a fez dar um grito.

Diante do trono de Porfírion, dezenas de gigantes de pé formavam um círculo espaçado, gritando e brandindo suas armas, enquanto dois deles desfilavam em volta da roda, suas presas à mostra. A princesa Peribeia segurava Annabeth pelo pescoço como se a menina fosse um gato feroz. O gigante Encélado tinha Percy preso em sua enorme mão fechada.

Annabeth e Percy lutavam inutilmente. Seus captores os exibiram para a horda vibrante de monstros, depois se viraram para encarar o rei Porfírion, que estava sentado em seu trono improvisado, os olhos brancos reluzindo de maldade.

— Bem na hora! — exclamou o rei dos gigantes. — O sangue do Olimpo, para despertar a Mãe Terra!

XLIII

PIPER

PIPER VIA HORRORIZADA O REI dos gigantes se levantar. De pé, sua altura era quase a mesma das colunas do templo. O rosto dele era exatamente como Piper se lembrava: pele verde como bile, um sorriso perverso e o cabelo cor de alga marinha trançado com espadas e machados tomados de semideuses mortos.

Elevando-se acima de seus prisioneiros, ele os observava se debaterem.

— Eles chegaram exatamente como você previu, Encélado! Parabéns!

O velho inimigo de Piper fez uma reverência; e os ossos trançados chacoalharam em seus *dreadlocks*.

— Foi simples, meu rei.

Os padrões de chamas em sua armadura reluziam. Sua lança queimava, tomada por labaredas arroxeadas. Ele só precisava de uma das mãos para segurar seu prisioneiro.

Apesar de todo o poder de Percy Jackson, apesar de tudo a que ele havia sobrevivido, no fim, o filho de Poseidon estava impotente diante da força bruta do gigante… e da inevitabilidade da profecia.

— Eu sabia que esses dois iam liderar o ataque — prosseguiu Encélado. — Entendo como eles pensam. Atena e Poseidon… Eles eram iguaizinhos a estes garotos! Os dois vieram para cá querendo reclamar para si esta cidade. Sua arrogância foi sua ruína!

Em meio aos gritos da multidão, Piper mal conseguia ouvir os próprios pensamentos, mas ela repetiu mentalmente as palavras de Encélado: *esses dois iam liderar o ataque.* Seu coração acelerou.

Os gigantes esperavam por Percy e Annabeth. Não esperavam por *ela.*

Pela primeira vez, ser Piper McLean, a filha de Afrodite, aquela que ninguém levava a sério, podia lhe dar alguma vantagem.

Annabeth tentou falar, mas a giganta Peribeia a sacudiu pelo pescoço.

— Cale a boca! Nem ouse usar sua lábia contra mim!

A princesa sacou uma faca tão comprida quanto a espada de Piper.

— Deixe-me fazer as honras, pai!

— Espere, filha. — O rei recuou. — O sacrifício deve ser feito corretamente. Toas, algoz das Parcas, aproxime-se!

O gigante cinza e enrugado surgiu arrastando os pés, segurando um cutelo exageradamente grande. Ele fixou os olhos leitosos em Annabeth.

Percy gritou. Do outro lado da Acrópole, a centenas de metros de distância, um gêiser de água jorrou para o céu.

O rei Porfírion riu.

— Vai ter que fazer melhor que isso, filho de Poseidon. A terra aqui é poderosa demais. Nem seu pai seria capaz de invocar mais que uma nascente. Mas não se preocupe. O único líquido necessário hoje é seu sangue!

Piper corria os olhos pelo céu desesperadamente. Onde estava o *Argo II?*

Toas se ajoelhou e, reverentemente, tocou a terra com lâmina de seu cutelo.

— Mãe Gaia… — A voz dele era incrivelmente grave, abalando as ruínas, fazendo os andaimes de metal ressoarem sob os pés de Piper. — Em tempos ancestrais, o sangue se misturou com seu solo para criar vida. Agora, deixe que o sangue desses semideuses retribua o favor. Vamos garantir seu despertar. Nós a saudamos como nossa senhora eterna!

Sem pensar, Piper saltou do andaime. Passou por cima das cabeças dos ciclopes e ogros, aterrissou no pátio do templo e abriu caminho até o círculo dos gigantes. Quando Toas se levantou com o cutelo, Piper atacou com sua espada, decepando a mão de Toas na altura do pulso.

O gigante velho uivou. O cutelo e a mão decepada caíram no chão aos pés de Piper. Ela sentiu seu disfarce de Névoa se esgotar até sua imagem voltar ao normal: uma garota no meio de um exército de gigantes. Sua espada dentada parecia um palito de dente comparada com as armas enormes deles.

— O QUE É ISSO? — urrou Porfírion. — Como essa criatura fraca e inútil ousa nos interromper?

Piper seguiu seu instinto. Atacou.

As vantagens de Piper: ser pequena, rápida e completamente louca. Ela sacou a adaga Katoptris e a lançou em Encélado, torcendo para não acertar Percy por acidente. Então se jogou para o lado sem testemunhar se o acertara ou não, mas, a julgar pelo grito de dor do gigante, ela tinha mirado bem.

Vários gigantes correram ao mesmo tempo na direção dela. Piper escapou entre as pernas deles, deixando que eles batessem suas cabeças.

Ela passou ziguezagueando pela multidão, enfiando a espada em pés de dragão sempre que surgia a oportunidade, gritando "FUJAM! FUJAM DAQUI!", para semear a discórdia.

— NÃO! DETENHAM-NA! — gritou Porfírion. — MATEM-NA!

Uma lança quase a empalou. Piper se esquivou e continuou a correr. *É igual à captura da bandeira*, disse para si mesma. *Só que todos da equipe adversária têm dez metros de altura.*

Uma espada enorme cortou seu caminho. Em comparação a seu treinamento com Hazel, o golpe foi ridiculamente lento. Piper saltou a lâmina e correu em zigue-zague na direção de Annabeth, que ainda se contorcia e esperneava na mão de Peribeia.

Piper *precisava* salvar a amiga.

Infelizmente, porém, a giganta previu seu plano.

— Acho que não, semideusa! — berrou Peribeia. — Esta aqui vai sangrar!

A giganta levantou sua faca.

Piper gritou com o charme:

— ERRE!

Ao mesmo tempo, Annabeth encolheu as pernas para se tornar um alvo menor.

A faca de Peribeia passou por baixo das pernas da filha de Atena e acertou a própria mão da giganta.

— AAAAIIII!

Peribeia soltou Annabeth… viva, mas não intacta. A lâmina abriu um corte feio na parte de trás de sua coxa. Quando a menina rolou para longe, seu sangue molhou a terra.

O sangue do Olimpo, pensou Piper, horrorizada.

Mas ela não podia fazer nada em relação a isso. Precisava ajudar Annabeth.

Piper atacou Peribeia. Sua espada dentada de repente ficou fria como gelo em suas mãos. Surpresa, a giganta olhou para baixo quando a arma do Boreada penetrou em sua barriga. Seu peitoral se cobriu de gelo.

Piper arrancou a espada. A giganta caiu para trás, congelada e soltando vapor branco da ferida, e atingiu o chão com um baque surdo.

— Minha filha!

O rei Porfírion apontou sua lança e atacou.

Mas Percy tinha outras ideias.

Encélado o havia soltado… provavelmente porque estava ocupado demais cambaleando sem rumo com a adaga de Piper enfiada na testa, cheio de icor escorrendo dos olhos.

Percy estava desarmado. Sua espada talvez tivesse sido confiscada ou perdida na luta, mas ele não deixou que isso o detivesse. Enquanto o rei gigante corria na direção de Piper, Percy segurou a ponta da lança de Porfírion, empurrou-a para baixo e a fincou no chão. O próprio impulso do gigante o levantou do chão em uma manobra involuntária de salto com vara, e ele deu uma cambalhota e caiu de costas.

Enquanto isso, Annabeth se arrastava pelo templo. Piper correu até ela e ficou junto à amiga golpeando com a espada de um lado para outro a fim de manter os gigantes afastados. Um vapor azul e frio envolvia sua espada agora.

— Quem quer virar o próximo picolé? — gritou ela, canalizando sua raiva no charme. — Quem quer voltar para o Tártaro?

Fez efeito. Os gigantes ficaram agitados e confusos, olhando para o corpo congelado de Peribeia.

E por que Piper não iria intimidá-los? Afrodite era a olimpiana mais antiga, nascida do mar e do sangue de Urano. Era mais velha que Poseidon e Atena, até mesmo que Zeus. E Piper era sua filha.

Mais que isso, ela era uma McLean. Seu pai tinha vindo de baixo e agora era conhecido no mundo inteiro. Os McLean não recuavam. Como todos os cherokee, eles sabiam resistir ao sofrimento, sabiam como manter o orgulho e, quando necessário, sabiam lutar. E aquela era hora de lutar.

A quinze metros dali, Percy se debruçou sobre o rei gigante, tentando arrancar uma espada das tranças de seu cabelo. Mas Porfírion não estava tão zonzo quanto parecia.

— Tolos!

Porfírion deu um tapa com as costas da mão em Percy como se ele fosse uma mosca irritante. O filho de Poseidon bateu contra uma coluna com um *crec* assustador.

Porfírion ficou de pé.

— Esses semideuses *não podem* nos matar! Eles não têm a ajuda dos deuses. Lembrem-se de quem vocês são!

Os gigantes fecharam o cerco. Havia uma dúzia de lanças apontadas para o peito de Piper.

Annabeth se levantou com dificuldade e pegou a faca de Peribeia, mas mal conseguia se manter de pé, muito menos lutar. Cada gota de seu sangue que pingava no chão borbulhava, passando de vermelho para dourado.

Percy tentou se levantar, mas estava obviamente atordoado. Não conseguiria se defender.

A única opção de Piper era manter os gigantes concentrados nela própria.

— Vamos lá, então! — gritou. — Eu mesma vou destruir todos vocês, se for preciso!

Um cheiro metálico de tempestade preencheu o ar. Todos os pelos nos braços de Piper se arrepiaram.

— A questão é que... — disse uma voz vinda de cima — você não precisa.

O coração de Piper quase saltou do peito. Jason estava parado em cima da colunata mais próxima, a espada brilhando dourada ao sol. Frank estava ao seu lado, com o arco pronto. Hazel viera montada em Arion, que empinava e relinchava em desafio.

Com uma explosão ensurdecedora, um raio branco calcinante caiu do céu, direto através do corpo de Jason, quando ele saltou envolto em sua luz sobre o rei dos gigantes.

XLIV

PIPER

DURANTE OS TRÊS MINUTOS SEGUINTES, a vida foi maravilhosa.

Aconteceu tanta coisa ao mesmo tempo que só um semideus hiperativo e com déficit de atenção poderia acompanhar.

Jason caiu sobre o rei Porfírion com tanta força que o gigante desabou de joelhos, atingido pelo raio e golpeado no pescoço por um gládio de ouro.

Frank disparou uma saraivada de flechas, obrigando os gigantes próximos de Percy a recuar.

O *Argo II* assomava sobre as ruínas, e todas as balistas e catapultas disparavam simultaneamente. Leo devia ter programado as armas com precisão cirúrgica, pois em torno de todo o Partenon erguia-se uma parede de fogo grego crepitante. Embora o fogo não alcançasse o interior do templo, em um segundo a maioria dos monstros menores em volta da construção foi incinerada.

A voz de Leo ribombou pelo alto-falante:

— *RENDAM-SE! VOCÊS ESTÃO CERCADOS POR UMA MÁQUINA DE GUERRA FALANTE MUITO SINISTRA!*

O gigante Encélado gritou, revoltado:

— Valdez!

— *E AÍ, ENCHILADAS?* — rugiu em resposta a voz de Leo. — *BELA ADAGA AÍ NA SUA TESTA.*

— ARGH! — O gigante arrancou a Katoptris da cabeça. — Monstros, destruam aquele navio!

As forças remanescentes fizeram o possível. Um bando de grifos levantou voo para atacar. Festus, a figura de proa, cuspiu fogo e os derrubou do céu, carbonizando-os. Alguns Nascidos da Terra arremessaram uma rajada de pedras, mas uma dezena de esferas de Arquimedes foi lançada das laterais do casco, interceptando as pedras e explodindo-as.

— VISTA ALGUMA COISA! — ordenou Buford.

Hazel esporeou Arion e saltou da colunata, mergulhando na batalha. A queda de doze metros teria quebrado as patas de qualquer outro cavalo, mas Arion tocou o solo já em movimento. Hazel ia de gigante em gigante, golpeando-os com a lâmina de sua *spatha*.

Um pouco atrasados, Cécrope e seu povo serpente resolveram entrar na luta. Em quatro ou cinco pontos em torno das ruínas, o chão se transformou em gosma verde, e dali surgiram *gemini* armados, liderados pelo próprio Cécrope.

— Matem os semideuses! — sibilou ele. — Matem os trapaceiros!

Antes que muitos guerreiros pudessem obedecer, Hazel apontou sua espada para o túnel mais próximo. O chão tremeu. Todas as membranas gosmentas estouraram e os túneis desmoronaram, expelindo nuvens de fumaça. Cécrope olhou ao redor para seu exército, agora reduzido a seis homens-cobra.

— RASTEJAR EM RETIRADA! — ordenou Cécrope.

As flechas de Frank detiveram a tentativa de fuga.

A giganta Peribeia tinha descongelado em uma velocidade alarmante. Ela tentou agarrar Annabeth, mas, mesmo com a perna machucada, a garota conseguia se defender. E com a própria faca da giganta, ela a atacou, e deu início a uma brincadeira de pique mortal em volta do trono.

Percy estava de pé outra vez, com Contracorrente de novo nas mãos. Ainda parecia zonzo. Seu nariz sangrava. Mas ele parecia estar conseguindo se virar contra o velho gigante Toas, que de algum modo tinha recuperado a mão e encontrado seu cutelo.

Piper e Jason estavam de costas um para o outro, enfrentando todo gigante que ousasse se aproximar. Por um instante ela se sentiu em êxtase. Eles estavam vencendo!

Mas logo o elemento surpresa se foi. Os gigantes se recuperaram da confusão.

Frank ficou sem flechas, então se transformou em um rinoceronte e caiu dentro da batalha, mas assim que derrubava os gigantes, eles se levantavam de novo. Seus ferimentos pareciam estar se curando mais rápido.

Peribeia estava se aproximando de Annabeth. Hazel foi derrubada de sua cela a cem quilômetros por hora. Jason invocou outro raio, mas, dessa vez, Porfírion simplesmente o desviou com a ponta de sua lança.

Os gigantes eram maiores, mais fortes e mais numerosos. Não havia como matá-los sem a ajuda dos deuses. E eles não pareciam estar se cansando.

Os seis semideuses foram forçados a formar um círculo defensivo.

Outra rajada de rochas dos Nascidos da Terra acertou o *Argo II*. Dessa vez, Leo não conseguiu reagir rápido o suficiente. Fileiras de remos foram destruídas. O navio estremeceu e adernou no céu.

Então Encélado jogou sua lança flamejante, que perfurou o casco do navio e explodiu em seu interior; labaredas saíram pelas aberturas dos remos. Uma nuvem negra densa e sinistra subiu do convés. O *Argo II* começou a cair.

— Leo! — gritou Jason.

Porfírion riu.

— Vocês, semideuses, não aprenderam nada. Não há deuses para ajudá-los. Nós só precisamos de mais uma coisa para tornar nossa vitória completa.

O rei dos gigantes sorriu com expectativa. Ele parecia estar olhando para Percy Jackson.

Piper olhou para ele. O nariz de Percy ainda estava sangrando. Ele parecia não ter notado que um fio de sangue tinha escorrido por seu rosto e chegado à ponta de seu queixo.

— Percy, cuidado... — tentou dizer Piper, mas pela primeira vez sua voz falhou.

Uma única gota de sangue pingou do queixo de Percy e tocou o chão entre seus pés, onde fervilhou como água em uma frigideira.

O sangue do Olimpo banhou as pedras antigas.

A Acrópole gemeu e estremeceu com o despertar da Mãe Terra.

XLV

NICO

A MENOS DE DEZ QUILÔMETROS do acampamento havia um 4x4 preto, estacionado na praia.

Eles prenderam o barco em uma marina particular. Nico ajudou Dakota e Leila a puxarem Michael Kahale para a terra. O grandalhão continuava semiconsciente, balbuciando ordens e incentivos para um time imaginário de futebol americano, ao que pareceu a Nico: "Vermelho doze. Direita trinta e um. Manda um *snap*!" E então ele caía na gargalhada.

— Vamos deixá-lo aqui — disse Leila. — Só não o amarre. Coitado...

— E o carro? — perguntou Dakota. — As chaves estão no porta-luvas, mas... hã... você sabe dirigir?

Leila franziu a testa.

— Achei que *você* soubesse dirigir. Você já não tem dezessete anos?

— Eu nunca aprendi! — exclamou Dakota. — Estava ocupado.

— Podem deixar comigo — garantiu Nico.

Os dois olharam para ele.

— Mas você tem, tipo, catorze anos — disse Leila.

Nico gostava de ver como os romanos ficavam nervosos perto dele, mesmo sendo mais velhos, maiores e mais experientes em batalha.

— Eu não disse que ia me arriscar ao volante.

Ele se ajoelhou e pôs a mão no chão. Sentiu os túmulos mais próximos, os ossos de humanos enterrados e espalhados por ali, mergulhados no esquecimento. Então procurou mais fundo, estendendo seus sentidos até o Mundo Inferior.

— Jules-Albert. Vamos dar uma volta.

O chão se abriu. Um zumbi em um traje esfarrapado de motorista do século XIX arrastou-se até a superfície. Leila deu um passo para trás. Dakota gritou como uma criancinha.

— Mas o que é *isso*, cara? — protestou Dakota.

— É o meu motorista — explicou Nico. — Jules-Albert terminou em primeiro na corrida Paris-Rouen de 1895, mas não pôde receber o prêmio por causa do alimentador automático do seu carro a vapor.

Leila olhava para ele interrogativamente.

— Do que é que você está falando?

— Ele é uma alma inquieta, sempre à procura de mais uma chance de dirigir — disse Nico. — Tem sido meu motorista fiel nos últimos anos.

— Então você tem um chofer zumbi — disse Leila, incrédula.

— Eu vou na frente.

Nico sentou-se no banco do carona. Os romanos entraram atrás, relutantes.

Jules-Albert tinha uma grande qualidade: era imune a emoções. Podia passar o dia inteiro preso no engarrafamento que não perdia a paciência. Era imune à fúria do trânsito. Podia até dirigir na direção de um grupo de centauros selvagens e passar pelo meio deles sem ficar nervoso.

Os centauros eram diferentes de tudo que Nico já vira. Tinham traseiro de baio, peito e braços peludos cobertos de tatuagens e chifres de touro na testa. Nico duvidava muito que eles conseguissem se misturar com os humanos com a mesma facilidade que Quíron.

Havia pelo menos duzentos deles treinando incansavelmente com espadas e lanças, ou assando carcaças de animais sobre fogueiras (centauros carnívoros... Nico teve um calafrio só de pensar). O acampamento deles ficava do outro lado da estradinha rural que serpenteava em volta do perímetro sudeste do Acampamento Meio-Sangue.

O 4x4 foi abrindo caminho, buzinando quando necessário. De vez em quando um centauro olhava pela janela do motorista, via o zumbi e recuava em choque.

— Pela armadura de Plutão — murmurou Dakota. — Chegaram ainda mais centauros ontem à noite.

— Não os olhe nos olhos — alertou Leila. — Eles encaram isso como um desafio para um duelo mortal.

Nico manteve o olhar fixo à frente enquanto o 4x4 avançava. Seu coração batia forte, mas ele não estava com medo. Estava com raiva. Octavian havia cercado o Acampamento Meio-Sangue de monstros.

Claro, os sentimentos de Nico em relação ao acampamento grego eram bem conflitantes. Sim, ele tinha se sentido rejeitado ali, deslocado, indesejado e ignorado... mas agora que o local estava à beira da destruição, Nico percebia quanto significava para ele. Aquele era o último lar onde ele e Bianca tinham vivido juntos, o único lugar onde haviam se sentido seguros, mesmo que apenas temporariamente.

Fizeram uma curva na estrada. Nico cerrou os punhos: mais monstros... *centenas* mais. Homens com cabeça de cachorro circulavam em matilhas, seus machados de guerra reluzindo à luz das fogueiras dos acampamentos. Mais além, via-se uma tribo de homens de duas cabeças vestidos em trapos e cobertores, como mendigos, e armados com uma coleção variada de fundas, porretes e canos de metal.

— Octavian é um idiota — disse Nico entre dentes. — Ele acha que pode controlar essas criaturas?

— E elas não param de chegar — comentou Leila. — Antes que a gente se dê conta... Bem, veja.

A legião estava em formação de combate na base da Colina Meio-Sangue, as cinco coortes em perfeita ordem, seus estandartes resplandecentes e imponentes. Águias gigantes sobrevoavam-nas em círculos. As armas de cerco, seis onagros dourados do tamanho de casas, estavam posicionadas na retaguarda em um semicírculo espaçado, três em cada flanco. Mas, mesmo com toda essa disciplina impressionante, a Décima Segunda Legião parecia pateticamente pequena, uma mancha de valentia semidivina em um mar de monstros vorazes.

Naquele momento, Nico desejou ainda ter consigo o cetro de Diocleciano, mas dificilmente uma legião de guerreiros mortos conseguiria causar sequer um arranhão naquele exército. Nem o *Argo II* teria muito poder contra aquele tipo de força.

— Preciso neutralizar os onagros — disse Nico. — Não temos muito tempo.

— Você não vai conseguir chegar nem perto — avisou Leila. — Mesmo se convencermos a Quarta e a Quinta inteiras a nos seguir, as outras coortes vão tentar nos deter. E aquelas armas de cerco são operadas pelos seguidores mais leais de Octavian.

— Não vamos nos aproximar pela força — concordou Nico. — Mas sozinho eu posso conseguir. Dakota, Leila... Jules-Albert vai levar vocês até as linhas da legião. Vão, conversem com suas tropas e convençam-nas a seguir sua liderança. Vou precisar de uma distração.

Dakota franziu a testa.

— Tudo bem, mas não vou ferir nenhum de meus camaradas legionários.

— Ninguém está lhe pedindo isso — resmungou Nico. — Mas, se não impedirmos esta guerra, a legião *inteira* vai ser destruída. Você disse que as tribos de monstros se ofendem com qualquer coisa?

— É — disse Dakota. — Tipo, você faz *qualquer* comentário para esses caras de duas cabeças sobre como eles cheiram e... Ah. — Ele sorriu. — Se começarmos uma briga... acidentalmente, é claro...

— Conto com vocês — disse Nico.

Leila franziu a testa.

— Mas como você vai...

— Eu vou pegar um atalho — disse ele.

E desapareceu nas sombras.

Nico achou que estava preparado.

Mas não.

Mesmo depois de três dias e das maravilhosas propriedades curativas da lama gosmenta marrom do treinador Hedge, Nico começou a se dissolver no momento em que mergulhou nas sombras.

Seus braços e suas pernas se vaporizaram. O frio penetrou seu peito. Vozes de espíritos sussurraram em seus ouvidos: *Ajude-nos. Lembre-se de nós. Junte-se a nós.*

Ele não havia percebido quanto tinha dependido de Reyna até ali. Sem a força dela, Nico se sentia tão fraco quanto um bezerrinho recém-nascido, cambaleando perigosamente, prestes a cair a cada passo.

Não, disse ele a si mesmo. *Eu sou Nico di Angelo, filho de Hades.* Eu *controlo as sombras, e não elas que me controlam.*

Ele voltou ao mundo mortal tropegamente, no alto da Colina Meio-Sangue.

Caiu de joelhos, agarrando-se ao pinheiro de Thalia para se apoiar. O Velocino de Ouro não estava mais nos galhos. O dragão guardião havia desaparecido. Talvez tivessem sido levados para um lugar mais seguro, agora que a batalha era iminente. Nico não sabia. Mas, olhando para as forças romanas em posição de combate próximo ao vale, seu ânimo vacilou.

O onagro mais próximo estava cem metros colina abaixo, em uma trincheira protegida com arame farpado, guardado por uma dúzia de semideuses. Estava carregado, pronto para disparar. Um projétil do tamanho de um Honda Civic, revestido por flocos de ouro que cintilavam, repousava no enorme cesto de lançamento.

Com uma certeza fria, Nico entendeu o que Octavian estava tramando. O projétil era uma mistura de carga incendiária com ouro imperial. Mesmo em pequenas quantidades, o ouro imperial era incrivelmente volátil. Exposto a muito calor ou pressão, explodiria com um impacto devastador e, é claro, era mortal tanto para monstros quanto para semideuses. Se aquele onagro acertasse o Acampamento Meio-Sangue, tudo na zona de impacto seria aniquilado — vaporizado pelo calor ou desintegrado pelos estilhaços. E os romanos tinham seis onagros, todos abastecidos com farta munição.

— Isso é maligno — disse Nico.

Ele tentou pensar. Estava amanhecendo. Não tinha a menor condição de neutralizar todas as seis armas antes que o ataque começasse, mesmo que encontrasse forças para viajar nas sombras tantas vezes assim. Se conseguisse mais uma vez, já seria um milagre.

Ele viu a tenda do comando romano, atrás da legião, mais à esquerda. Octavian devia estar lá, tomando seu café da manhã a uma distância segura da luta. Ele não liderava suas tropas em combate. Aquele ser desprezível desejava destruir o acampamento de longe, esperar que a poeira baixasse para só então marchar sobre a área derrotada sem resistência.

Nico sentiu um aperto na garganta, de tanto ódio que sentiu. Ele se concentrou na tenda, visualizando o salto que teria que dar. Se conseguisse assassinar Octavian, quem sabe não resolveria o problema? A ordem para o ataque talvez nunca viesse a ser dada. Ele estava prestes a entrar em ação quando uma voz às suas costas chamou:

— Nico?

Ele se virou de imediato, a espada instantaneamente na mão, quase decapitando Will Solace.

— Abaixe isso! — sussurrou Will. — O que você está fazendo aqui?

Surpreso, Nico ficou sem palavras. Will e dois outros campistas estavam agachados no mato, com binóculos pendurados no pescoço e facas na cintura. Usavam calça jeans e camiseta pretas, o rosto pintado de graxa como tropas de elite.

— *Eu?* — perguntou Nico. — O que *vocês* estão fazendo aí? Querem morrer?

Will fez cara feia.

— Ei, estamos espionando o inimigo. Tomamos precauções.

— Ah, é, se vestiram de preto em pleno nascer do sol. Pintaram o rosto, mas não cobriram essa cabeleira loura. Chamariam menos atenção se estivessem agitando uma bandeira amarela.

As orelhas de Will ficaram vermelhas.

— Lou Ellen nos envolveu em um pouco de Névoa também.

— Oi. — A garota ao lado dele agitou os dedos em saudação. Parecia um pouco envergonhada. — Nico, não é? Ouvi falar muito de você. E este é Cecil, do chalé de Hermes.

Nico se ajoelhou ao lado deles.

— O treinador Hedge conseguiu chegar ao acampamento?

Lou Ellen deu uma risadinha nervosa.

— Já não era sem tempo, né?

Will deu uma cotovelada nela.

— Sim. Hedge está bem. Ele chegou bem a tempo para o nascimento do bebê.

— O bebê! — Nico sorriu, o que fez com que os músculos de seu rosto doessem. Não estava acostumado a fazer essa expressão. — Mellie e a criança estão bem?

— Estão. Um menininho sátiro muito fofinho. — Will deu de ombros. — Mas fui eu que fiz o parto. Você já fez um parto alguma vez?

— Hum… não.

— Eu precisava espairecer. Foi por isso que me ofereci para esta missão. Pelos deuses do Olimpo, minhas mãos estão tremendo até agora. Olhe só!

Will pegou a mão dele. Nico sentiu uma corrente elétrica percorrer sua coluna e tirou a mão rápido.

— Aham — respondeu ele secamente. — Bom, não temos tempo para ficar de conversinha. Os romanos vão atacar ao amanhecer, e eu preciso...

— A gente sabe — disse Will. — Mas, se você pretende viajar nas sombras até aquela tenda, pode esquecer.

Nico o olhou com hostilidade.

— O quê?

Ele esperava que Will ficasse assustado ou desviasse o olhar. Era o que a maioria das pessoas fazia. Mas os olhos azuis de Will permaneceram fixos nos dele, irritantemente determinados.

— O treinador Hedge me contou tudo sobre as suas viagens nas sombras. Você *não pode* fazer isso de novo.

— *Acabei* de fazer isso de novo, Solace. E estou ótimo.

— Não, não está. Eu sou um curandeiro. Senti a escuridão nas suas mãos no mesmo instante em que toquei em você. Mesmo que conseguisse chegar àquela tenda, você não estaria em condições de lutar. Só que você *não* conseguiria chegar lá. Mais um mergulho e você não volta. Você *não* vai viajar nas sombras. Ordens médicas.

— O acampamento está prestes a ser destruído...

— E nós vamos deter os romanos — disse Will. — Mas vamos fazer isso do nosso jeito. Lou Ellen vai usar a Névoa. Vamos dar um jeito de andar por aí discretamente e provocar o máximo de dano possível a esses onagros. *Sem* viagem nas sombras.

— Mas...

— *Não.*

Lou Ellen e Cecil viravam a cabeça de um lado para outro como se estivessem assistindo a uma partida de tênis muito intensa.

Nico deu um suspiro de exasperação. Ele odiava trabalhar em grupo. As pessoas só sabiam tolher seu estilo, deixando-o desconfortável. E Will Solace... Nico reconsiderou a opinião que fazia do filho de Apolo. Ele sempre achara Will um cara tranquilo e despreocupado, mas, aparentemente, o garoto sabia ser teimoso e irritante também.

Nico olhou lá para baixo, para o Acampamento Meio-Sangue, onde o restante dos gregos se preparava para a guerra. Mais além das tropas e das balistas, o lago de canoagem reluzia em um tom rosado às primeiras luzes do amanhecer. Nico se lembrou de quando chegara ao Acampamento Meio-Sangue pela primeira vez, aterrissando bem no carro do sol de Apolo, que tinha virado um ônibus escolar flamejante.

Ele se lembrou de Apolo, sorridente e bronzeado e todo descolado com seus óculos escuros.

Ao vê-lo, Thalia tinha comentado: *Uau, fiquei até com calor!*

Ele é o deus-sol, retrucara Percy.

Não é disso que estou falando.

Por que Nico estava pensando isso naquele momento? A lembrança aleatória o deixou nervoso.

Ele tinha chegado ao Acampamento Meio-Sangue graças a Apolo. Agora, no que provavelmente seria seu último dia no acampamento, estava preso a um filho de Apolo.

— Que seja — disse Nico. — Mas temos que correr. E *eu* digo o que vamos fazer.

— Tudo bem — concordou Will. — Desde que você não me peça para fazer mais partos de bebês sátiros, vamos nos dar muito bem.

XLVI

NICO

ALCANÇARAM O PRIMEIRO ONAGRO JUSTO quando o caos irrompeu na legião.

Gritos se ergueram da Quinta Coorte, na extremidade final das fileiras. Legionários debandavam e largavam seus *pila*. Uma dúzia de centauros avançava correndo através da formação de romanos, gritando e brandindo suas clavas. Uma horda de homens de duas cabeças os seguiu, batendo em tampas de lata de lixo de metal.

— O que está acontecendo lá embaixo? — perguntou Lou Ellen.

— É a nossa chance — disse Nico. — Vamos.

Todos os guardas tinham se amontoado do lado direito do onagro, tentando ver o que acontecia lá embaixo, o que deu a Nico e aos outros caminho livre pela esquerda. Eles passaram despercebidos a pouco mais de um metro do romano mais próximo. Pelo visto, a magia da Névoa de Lou Ellen estava mesmo funcionando.

Eles saltaram a trincheira de arame farpado para alcançar o onagro.

— Trouxe um pouco de fogo grego — sussurrou Cecil.

— Não — disse Nico. — Se provocarmos um estrago muito óbvio, nunca vamos chegar aos outros a tempo. Você consegue recalibrar a mira? Tipo, fazer esta máquina mirar na direção da trajetória dos outros onagros?

Cecil abriu um sorriso malicioso.

— Ah, gostei dessa sua linha de raciocínio. Saiba que eles me mandaram porque estragar as coisas é minha especialidade.

E lá foi ele iniciar os trabalhos. Nico e os outros ficaram vigiando.

Enquanto isso, a Quinta Coorte se digladiava com os homens de duas cabeças. A Quarta chegou para ajudar; as outras três coortes ficaram em suas posições, mas os oficiais estavam com dificuldades para manter a ordem.

— Tudo bem — anunciou Cecil. — Vamos em frente.

Eles seguiram pela encosta até outro onagro.

Dessa vez, a Névoa não funcionou tão bem. Um dos homens que protegiam o onagro gritou:

— Ei!

— Deixem comigo — disse Will.

Ele saiu correndo (a distração mais idiota que Nico podia imaginar), e seis guardas foram em seu encalço.

Os outros romanos partiram para cima de Nico, mas Lou Ellen surgiu da Névoa, gritando:

— Ei, pensem rápido!

Ela jogou para o alto uma bola branca do tamanho de uma maçã, que o romano no centro do grupo pegou instintivamente. Uma explosão se seguiu, fazendo subir no ar uma esfera de seis metros de poeira. Quando a poeira baixou, todos os seis romanos tinham virado leitõezinhos rosados a guinchar.

— Muito bom — disse Nico.

Lou Ellen corou.

— Bem, era a única bola de porco que eu tinha. Por isso, não peçam bis.

— E, hã... — Cecil apontou. — É melhor alguém ajudar Will.

Mesmo com as pesadas armaduras que vestiam, os romanos começavam a se aproximar de Will. Nico xingou e saiu correndo atrás deles.

Se pudesse evitar, ele preferia não matar mais semideuses. E, felizmente, isso não foi necessário. Ele derrubou o romano retardatário, e os outros se viraram. Nico saltou no meio do grupo, chutando-os na virilha, batendo no rosto de todos com a lateral da espada e amassando seus elmos com o cabo. Em dez segundos, todos os romanos estavam no chão gemendo, atordoados.

Will deu um soquinho no ombro de Nico.

— Obrigado pela ajuda. Seis de uma vez não é nada mau.

— *Nada mau?* — Nico olhou com raiva para ele. — Da próxima vez vou deixar pegarem você, Solace.

— Ah, eles nunca iam conseguir me pegar.

Cecil acenou para eles do onagro, avisando que tinha terminado.

Todos seguiram na direção da terceira máquina de cerco.

Nas fileiras da legião, o caos continuava reinando, mas os oficiais começavam a retomar o controle. A Quarta e a Quinta Coortes se reagruparam enquanto a Segunda e a Terceira atuavam como tropa de choque, empurrando centauros, cinocéfalos e homens de duas cabeças de volta para os respectivos acampamentos. A Primeira Coorte permaneceu perto do onagro — perto *demais* para o gosto de Nico —, mas todos pareciam estar prestando atenção em dois oficiais que desfilavam diante deles gritando ordens.

Nico esperava que eles conseguissem chegar sem ser vistos à terceira máquina de cerco. Com mais um onagro sabotado, talvez eles tivessem uma chance.

Infelizmente, porém, os guardas os avistaram a vinte metros de distância. Um deles gritou:

— Ali!

Lou Ellen xingou.

— Eles agora estão *esperando* um ataque. A Névoa não funciona bem contra inimigos alertas. Vamos fugir?

— Não — disse Nico. — Vamos dar a eles o que estão esperando.

Ele estendeu as mãos. O chão em frente aos romanos pareceu explodir, e cinco esqueletos irromperam, arrastando-se para fora da terra. Cecil e Lou Ellen avançaram, para ajudar no ataque. Nico tentou ir também, mas teria caído de cara no chão se Will não o tivesse segurado.

— Seu idiota. — Will passou um braço em torno dele para ajudá-lo a se firmar. — Eu avisei para você não usar mais magia do Mundo Inferior.

— Eu estou bem.

— Cale a boca. Que bem o quê.

Will tirou do bolso um pacote de chiclete.

Nico queria se soltar; odiava contato físico. Mas Will era muito mais forte do que parecia. Nico se viu sustentado por ele, confiando em seu apoio.

— Tome — disse Will.

— Você quer que eu masque chiclete?

— É medicinal. Deve manter você vivo e alerta por mais algumas horas.
Nico enfiou um chiclete na boca.

— Tem gosto de piche e terra.

— Pare de reclamar.

— Ei. — Cecil se aproximou mancando; parecia ter distendido um músculo.
— Vocês dois meio que perderam a luta.

Lou Ellen chegou em seguida, sorrindo. Atrás deles, todos os guardas romanos estavam presos em uma mistura bizarra de cordas e ossos.

— Obrigada pelos esqueletos — disse ela. — Grande truque.

— Que ele *não* vai fazer outra vez — disse Will.

Nico percebeu que ainda estava apoiado em Will. Ele se afastou e se manteve de pé sozinho.

— Eu vou fazer o que for necessário.
Will revirou os olhos.

— Tudo bem, Garoto da Morte. Se você quer se matar...

— *Não* me chame de *Garoto da Morte*!
Lou Ellen limpou a garganta.

— Ei, pessoal...

— LARGUEM AS ARMAS!
Nico se virou. A luta próxima ao terceiro onagro não tinha passado despercebida.
Toda a Primeira Coorte avançava sobre eles, lanças em punho e escudos em posição. Octavian marchava à frente, com um manto roxo sobre a armadura, joias de ouro imperial reluzindo no pescoço e nos braços e, na cabeça, uma coroa de louros, como se já tivesse vencido a batalha. Ao lado dele estava o porta-estandarte da legião, Jacob, levando a águia dourada, e seis imensos cinocéfalos, arreganhando os caninos, suas espadas emitindo um brilho vermelho.

— Ora, ora — disse Octavian —, sabotadores *graeci*. — Ele se virou para seus guerreiros com cabeça de cachorro. — Acabem com eles.

XLVII

NICO

Nico não sabia se queria socar a si mesmo ou Will Solace.

Se não tivesse se distraído discutindo bobagens com o filho de Apolo, nunca teria permitido que o inimigo chegasse tão perto.

Quando os homens com cabeça de cachorro avançaram, Nico ergueu a espada. Ele duvidava que ainda lhe restasse alguma força para vencer, mas antes que pudesse atacá-los, Will soltou um assovio muito alto.

Todos os seis homens-cão largaram as armas, levaram as mãos às orelhas e caíram em agonia.

— Cara. — Cecil abriu a boca para reduzir a pressão nos ouvidos. — Que barulho do Hades! Da próxima vez, avise.

— É ainda pior para os cachorros. — Will deu de ombros. — Um dos meus poucos talentos musicais. Um assovio ultrassônico *horrível*.

Nico não reclamou. Ele avançava com dificuldade entre os homens-cão, cravando neles sua espada. Os monstros se dissolviam em sombras.

Os romanos, entre eles Octavian, estavam sem ação, assombrados com o que viam.

— Minha... minha guarda de elite! — Octavian olhou ao redor em busca de compreensão, de piedade. — Vocês *viram* o que ele fez com a minha guarda de elite?

— Alguns cães precisam ser sacrificados. — Nico deu um passo à frente. — Como você.

Por um belo momento, toda a Primeira Coorte hesitou. Mas então eles voltaram a si e ergueram seus *pila*.

— Vocês serão destruídos! — ameaçou Octavian, em um grito estridente. — Vocês, *graeci*, ficam aí se infiltrando pelo acampamento, sabotando nossas armas, matando nossos homens...

— As armas que vocês estavam prestes a disparar contra nós, você quer dizer — corrigiu Cecil.

— E os homens que estavam prestes a queimar nosso acampamento — completou Lou Ellen.

— Típico dos gregos! — berrou Octavian. — Tentando distorcer as coisas! Pois saibam que não vai funcionar! — Ele apontou para os legionários mais próximos. — Você, você, você e você. Verifiquem todos os onagros. Vejam se estão todos em boas condições. Quero que sejam disparados assim que possível. Vão!

Os quatro romanos saíram correndo.

Nico tentou manter a expressão inalterada.

Por favor, não verifiquem a trajetória de tiro, pensou.

Nico só torcia para que Cecil tivesse feito tudo direito. Uma coisa era sabotar uma arma grande; outra era sabotar de maneira tão sutil que só percebessem quando já fosse tarde demais. Mas se alguém tinha essa habilidade, esse alguém seria um filho de Hermes, o deus das trapaças.

Octavian marchou até Nico. Para seu crédito, o áugure não parecia estar com medo, embora portasse apenas uma adaga. Ele parou tão perto que Nico podia ver as veias injetadas em seus olhos pálidos e vidrados. Seu rosto estava abatido. Seu cabelo era da cor de macarrão cozido demais.

Nico sabia que Octavian era um legado — um descendente de Apolo com muitas gerações de distância do deus. Agora ele não conseguia evitar pensar que Octavian parecia uma versão diluída e doentia de Will Solace, como uma foto que tivesse sido copiada vezes demais. Octavian não tinha nada do que quer que tornava um filho de Apolo especial.

— Então me diga, filho de Plutão — sibilou o áugure —, por que está ajudando os gregos? O que eles já fizeram algum dia por você?

Nico estava louco de vontade de enfiar a espada no peito de Octavian. Vinha sonhando com isso desde que Bryan Lawrence os atacara na Carolina do Sul. Mas, agora que estavam cara a cara, Nico hesitava. Ele não tinha dúvida de que podia matar Octavian antes que a Primeira Coorte interviesse. E não se importava em morrer por conta de seus atos. Valeria a pena.

Mas depois do fim que Bryce tivera, a ideia de matar outro semideus a sangue-frio, mesmo Octavian, não lhe caía bem. Além do mais, não lhe parecia certo condenar Cecil, Lou Ellen e Will a morrer com ele.

Não parece *certo*?, perguntava-se outra parte dele. Desde quando eu me preocupo com o que é certo?

— Estou ajudando os gregos *e* os romanos — disse Nico.

Octavian riu.

— Não tente me enrolar. O que ofereceram a você? Um lugar no acampamento deles? Pois saiba que não vão cumprir o acordo.

— Eu não *quero* um lugar no acampamento deles — respondeu Nico com raiva. — Nem no de vocês. Quando esta guerra terminar, vou deixar os dois acampamentos para sempre.

Will Solace fez um som como se tivesse levado um soco.

— Por que você faria isso?

Nico franziu a testa.

— Não é da sua conta, mas eu não pertenço a nenhum desses lugares. Isso é óbvio. Ninguém me quer. Sou filho de...

— Ah, por favor. — Will deixou transparecer uma raiva que não lhe era usual. — Ninguém no Acampamento Meio-Sangue nunca afastou você. Você tem amigos, ou pelo menos há quem *gostaria* de ser seu amigo. Você é que se afastou. Se tirasse a cabeça dessa sua nuvem de ressentimento pelo menos uma vez na vida...

— Basta! — interrompeu Octavian. — Di Angelo, cubro qualquer oferta que os gregos possam fazer. Sempre achei que você daria um aliado poderoso. Vejo crueldade em você e gosto disso. Posso garantir seu lugar em Nova Roma. Basta que você saia do caminho e deixe os romanos vencerem. O deus Apolo me mostrou o futuro...

— Não! — Will Solace empurrou Nico para o lado e avançou, ficando cara a cara com Octavian. — *Eu* sou filho de Apolo, seu perdedor anêmico. Meu pai não mostrou o futuro a ninguém, porque o poder da profecia não está funcionando. Mas isto... — Ele fez um gesto amplo, indicando a legião reunida, as hordas de exércitos monstruosos espalhadas pela encosta. — Isto *não* é o que Apolo desejaria!

Octavian franziu os lábios.

— É mentira. O deus me disse *pessoalmente* que eu seria lembrado como o salvador de Roma. Vou conduzir a legião à vitória, e vou começar...

Nico sentiu o som antes mesmo de ouvi-lo: *tum-tum-tum*, reverberando pela terra, como as engrenagens gigantes de uma ponte móvel. Todos os onagros dispararam simultaneamente, e seis cometas dourados subiram aos céus.

— ... destruindo os gregos! — concluiu Octavian, em uma exclamação de alegria. — Os dias do Acampamento Meio-Sangue estão contados!

Nico não conseguia pensar em nada mais bonito que um projétil fora de curso. As cargas das três máquinas sabotadas fizeram um desvio para o lado ao serem lançadas, subindo em um arco na direção das cargas disparadas pelos outros três onagros.

As bolas de fogo não colidiram diretamente. Nem precisavam. Assim que os mísseis se aproximaram uns dos outros, todas as seis ogivas detonaram em pleno ar, abrindo uma abóbada de ouro e fogo que queimou o oxigênio do céu.

O calor atingiu com força o rosto de Nico. A grama soltou um chiado. As copas das árvores fumegaram. Mas, quando os fogos de artifício se apagaram, nenhum dano sério resultara da explosão.

Octavian foi o primeiro a reagir. Batendo os pés no chão, ele gritou:

— NÃO, NÃO, NÃO! RECARREGAR!

Ninguém na Primeira Coorte se mexeu. Nico ouviu o som de botas à direita. A Quinta Coorte estava em marcha acelerada na direção deles, liderada por Dakota.

Mais abaixo na encosta, o restante da legião tentava entrar em formação, mas a Segunda, a Terceira e a Quarta Coortes estavam agora cercadas por um mar de monstros em péssimo humor. As forças auxiliares não pareciam satisfeitas com as explosões ocorridas no céu. Sem dúvida esperavam que o Acampamento Meio-Sangue se incendiasse para que pudessem ter semideuses carbonizados para o café da manhã.

— Octavian! — chamou Dakota. — Temos novas ordens.

O olho esquerdo de Octavian se contraía tão violentamente que parecia prestes a explodir.

— Ordens? De quem? Não de mim!

— De Reyna — disse Dakota, alto o suficiente para que todos na Primeira Coorte ouvissem. — Ela ordenou uma retirada.

— Reyna? — Octavian riu, embora parecesse que ninguém tinha entendido a piada. — A fora da lei que eu mandei você prender? A ex-pretora que conspirou para trair o próprio povo com esse *graecus*? — Ele enfiou o dedo no peito de Nico. — Está obedecendo a ordens dela?

A Quinta Coorte assumiu posição de combate atrás de Octavian, encarando desconfortavelmente seus companheiros da Primeira.

Dakota cruzou os braços; determinado, disse:

— Reyna é a pretora até que o Senado vote o contrário.

— Estamos em guerra! — berrou Octavian. — Eu os trouxe à iminência da vitória definitiva, e vocês querem desistir? Primeira Coorte: prenda o centurião Dakota e qualquer um que concorde com ele. Quinta Coorte: lembrem-se do juramento que fizeram a Roma e à legião. Vocês obedecerão a *mim*!

Will Solace interveio:

— Não faça isso, Octavian. Não obrigue seu povo a escolher. Esta é sua última chance.

— *Minha* última chance? — Octavian sorriu, a loucura brilhando em seus olhos. — Eu vou SALVAR ROMA! Agora, romanos, sigam minhas ordens! Prendam Dakota. Prendam essa escória *graeca*. E recarreguem os onagros!

Nico não sabia o que os romanos teriam feito se tivessem sido deixados para decidir segundo a própria consciência.

Mas ele não contara com os gregos.

Naquele momento, todo o exército do Acampamento Meio-Sangue surgiu no topo da Colina Meio-Sangue. Clarisse La Rue vinha à frente, em uma biga vermelha puxada por cavalos de metal. Cem semideuses a seguiam, com duas vezes esse número de sátiros e espíritos da natureza, liderados por Grover Underwood. Tyson avançava pesadamente, ao lado de outros seis ciclopes. Quíron vinha no modo garanhão branco completo, o arco a postos.

Era uma visão impressionante, mas Nico só conseguia pensar: *Não. Agora, não.*

Clarisse gritou:

— Romanos, vocês investiram contra nosso Acampamento! Retirem-se, ou serão destruídos!

Octavian virou-se para suas tropas.

— Viram? Era tudo um plano! Eles nos dividiram para poder lançar um ataque-surpresa. Legião, *cuneum formate*! ATACAR!

XLVIII

NICO

Nico queria gritar *Ei, vocês! Parem já com isso! Tipo JÁ!*

Mas ele sabia que não ia adiantar nada. Depois de semanas de espera, agonia e raiva acumulada, gregos e romanos queriam sangue. Tentar impedir a batalha naquele momento seria como tentar impedir uma inundação depois do rompimento de uma represa.

E então Will Solace salvou o dia.

Ele botou os dedos na boca e deu um assovio ainda mais horrível que o último. Vários gregos largaram suas espadas. Uma onda varreu as fileiras romanas como se toda a Primeira Coorte estivesse tremendo.

— NÃO SEJAM IDIOTAS! — gritou Will. — VEJAM!

Ele apontou para o norte, e Nico abriu um sorriso de orelha a orelha. Porque, afinal, *existia* algo mais bonito que um projétil fora de curso: a Atena Partenos reluzindo ao amanhecer, em pleno ar, suspensa pelos cabrestos de seis cavalos alados. Águias romanas voavam em círculos acima dela, mas não atacaram. Algumas até chegaram a se aproximar, segurar os cabos e ajudar a carregar a estátua.

Nico ficou preocupado por não ver Blackjack, mas lá estava Reyna Ramírez-Arellano, montada em Guido, a espada erguida bem alto. Seu manto roxo cintilava de um modo estranho à luz do sol.

Sob o olhar fixo e atônito dos dois exércitos, a estátua de doze metros de altura, toda em ouro e marfim, se aproximava para aterrissar.

— SEMIDEUSES GREGOS! — A voz de Reyna ribombou como se fosse projetada pela própria estátua, como se a Atena Partenos tivesse se transformado em um grande alto-falante, daqueles usados em shows. — Eis sua estátua mais sagrada, a Atena Partenos, que foi levada injustamente pelos romanos. Eu a devolvo a vocês agora, como um gesto de paz!

A estátua pousou no topo da colina, a cerca de cinco metros do pinheiro de Thalia. Imediatamente, uma luz dourada começou a irradiar pelo chão, descendo pelo vale do Acampamento Meio-Sangue e alcançando as fileiras romanas. Nico sentiu o calor penetrando seus ossos, uma sensação reconfortante e de paz como ele não sentia desde... nem se lembrava. Uma voz dentro dele parecia sussurrar: *Você não está sozinho. Você faz parte da família olimpiana. Os deuses não o abandonaram.*

— Romanos! — continuou Reyna. — Faço isto pelo bem da legião, pelo bem de Roma. Precisamos nos unir a nossos irmãos gregos!

— Escutem o que ela diz! — bradou Nico, adiantando-se.

Ele não sabia por que tinha falado aquilo. Por que o ouviriam? Ele não tinha crédito com nenhum dos dois lados. Era o pior orador, o pior embaixador de todos.

Mas, mesmo assim, Nico foi avançando entre as linhas de combate, a espada negra na mão.

— Reyna arriscou a vida por todos vocês! Trouxemos essa estátua do outro lado do mundo, um grego e um romano trabalhando juntos, porque *precisamos* unir forças. Gaia está despertando. Se não nos unirmos...

VOCÊS MORRERÃO.

A voz abalou a terra. A sensação de paz e segurança que invadira Nico desapareceu no mesmo instante. Um vento varreu a encosta da colina. O próprio solo se tornou fluido e grudento, e a grama começou a se agarrar às botas de Nico.

UM GESTO INÚTIL.

Nico sentiu como se estivesse pisando na garganta da deusa — como se toda a extensão de Long Island ressonasse com as cordas vocais dela.

MAS VOCÊS PODEM MORRER JUNTOS, SE ISSO OS CONSOLA.

— Não... — Octavian recuou, cambaleando. — Não, não...

Ele entrou em pânico e saiu correndo, abrindo caminho entre as próprias tropas.

— CERRAR FILEIRAS! — gritou Reyna.

Gregos e romanos se juntaram e ficaram ombro a ombro enquanto, em toda a volta deles, a terra tremia.

As tropas auxiliares de Octavian avançaram e cercaram os semideuses. Os dois acampamentos reunidos eram um ponto minúsculo em um mar de monstros. A resistência final seria ali na Colina Meio-Sangue, tendo na Atena Partenos o ponto de mobilização das tropas.

Mesmo ali, no entanto, eles estavam em território inimigo. Porque Gaia *era* a terra, e a terra tinha despertado.

XLIX

JASON

JASON TINHA OUVIDO FALAR SOBRE a vida de uma pessoa passar diante de seus olhos.

Mas ele não imaginou que seria daquele jeito.

De pé com os amigos em um círculo defensivo, cercado por gigantes, depois olhando para algo impossível no céu... Jason viu a si mesmo, muito claramente, cinquenta anos no futuro.

Ele estava sentado em uma cadeira de balanço no pórtico de uma casa no litoral da Califórnia. Piper servia limonada. O cabelo dela era grisalho. Rugas profundas marcavam os cantos de seus olhos, mas ela ainda estava bonita como sempre. Com os netos sentados aos seus pés, Jason tentava explicar a eles o que tinha acontecido naquele dia em Atenas.

Não, é sério, dizia ele. *Éramos só seis semideuses no chão, e mais um em um navio em chamas acima da Acrópole. Estávamos cercados por gigantes de dez metros de altura prestes a nos matar. Aí o céu se abriu, e os deuses desceram!*

Vovô, diziam as crianças, *você é muito mentiroso.*

Não estou mentindo!, protestava ele. *Os deuses do Olimpo desceram dos céus em suas bigas ao som de clarins e com espadas em chamas. E seu bisavô, o rei dos deuses, liderava o ataque, com uma lança de eletricidade pura crepitando na mão!*

Seus netos riam dele. E Piper olhava para ele e ria, como quem dizia *Será que você acreditaria se não tivesse estado lá?*

Mas Jason *estava* lá. Ele olhou para o alto quando as nuvens se abriram acima da Acrópole, e quase duvidou dos óculos de grau que Asclépio tinha dado a ele. Em vez de céus azuis, ele viu um espaço negro pontilhado de estrelas, com os palácios do Monte Olimpo brilhando prateados e dourados ao fundo. E um exército de deuses desceu lá do alto.

Era muita coisa para processar. E provavelmente foi melhor para sua saúde não ver tudo. Só mais tarde Jason conseguiria se lembrar de detalhes isolados.

Havia Júpiter em tamanho gigante — não, aquele era *Zeus*, sua forma original — entrando na batalha com uma biga dourada e um raio do tamanho de um poste crepitando na mão. Quatro cavalos feitos de vento puxavam a biga, todos mudando da forma equina para a humana a todo momento, tentando escapar. Por uma fração de segundo, um deles assumiu a imagem sombria de Bóreas. Outro usava a coroa de fogo e vapor de Noto. Um terceiro exibia o sorriso presunçoso e preguiçoso de Zéfiro. Zeus tinha amarrado e selado os quatro deuses do vento.

No fundo do *Argo II*, as portas de vidro do porão se abriram. A deusa Nice saiu de lá, livre de sua rede de bronze. Ela abriu as asas douradas e voou para o lado de Zeus, assumindo seu lugar de direito como condutora de sua biga.

— MINHA MENTE ESTÁ CURADA! — gritou ela. — VITÓRIA AOS DEUSES!

Hera vinha à esquerda de Zeus. Sua biga era puxada por pavões enormes com uma plumagem multicolorida tão brilhante que deixou Jason tonto.

Ares gritava de alegria enquanto descia estrondosamente montado em um cavalo que cuspia fogo. Sua lança brilhava, vermelha.

No último segundo, antes que os deuses chegassem ao Partenon, eles desapareceram, como se tivessem saltado pelo hiperespaço. As bigas sumiram. De repente, Jason e seus amigos viram-se cercados pelos olimpianos, agora em tamanho humano, pequenos perto dos gigantes, mas reluzindo de poder.

Jason gritou e atacou Porfírion.

Seus amigos se juntaram à carnificina.

A luta tomou todo o Partenon e se espalhou pela Acrópole. Pelo canto do olho, Jason viu Annabeth lutando contra Encélado. Ao lado dela havia uma mulher de cabelo preto comprido e armadura dourada sobre uma túnica branca.

A deusa enfiou a lança no gigante, depois ergueu o escudo com a assustadora imagem em bronze de Medusa. Juntas, Atena e Annabeth fizeram Encélado recuar até o andaime de metal mais próximo, que então desmoronou sobre ele.

Do outro lado do templo, Frank Zhang e o deus Ares se lançaram contra uma falange inteira de gigantes, Ares com a lança e o escudo, Frank (na forma de um elefante africano) com a tromba e as patas. O deus da guerra ria, golpeava e estripava como uma criança destruindo *piñatas*.

Hazel corria pelo campo de batalha montada em Arion, desaparecendo na Névoa sempre que um gigante se aproximava, para em seguida reaparecer atrás dele e golpeá-lo nas costas. A deusa Hécate seguia em seu rastro, ateando fogo a seus inimigos com duas tochas flamejantes. Jason não viu Hades, mas sempre que um gigante caía, o chão se abria e o engolia por inteiro.

Percy combatia os gigantes gêmeos, Oto e Efialtes, tendo a seu lado um homem barbado com um tridente e uma camisa havaiana berrante. Os gigantes gêmeos cambalearam. O tridente de Poseidon se transformou em uma mangueira de incêndio, e, com um jato ultrapoderoso na forma de cavalos selvagens, o deus lançou os gigantes para fora do Partenon.

Piper talvez fosse a mais impressionante. Ela duelava com a giganta Peribeia, espada contra espada. Apesar de sua adversária ser cinco vezes maior, Piper parecia estar se saindo bem. A deusa Afrodite flutuava em torno delas em uma pequena nuvem branca, jogando pétalas de rosa nos olhos da giganta e dizendo palavras de estímulo para Piper:

— Ótimo, querida. Isso, muito bem. Acerte-a de novo!

Sempre que Peribeia tentava atacar, pombas surgiam do nada e acertavam a cara da giganta.

Quanto a Leo, ele corria pelo convés do *Argo II* disparando balistas, jogando martelos na cabeça dos gigantes e incinerando suas túnicas. Atrás dele, ao timão, um sujeito barbado e musculoso de macacão de mecânico mexia nos controles, tentando furiosamente evitar que o barco caísse.

A imagem mais estranha era o velho gigante Toas, que estava sendo surrado até a morte por três velhas com maças de latão, as Parcas, armadas para a guerra. Jason achou que não havia nada no mundo mais assustador do que uma gangue de vovós armadas com porretes.

Ele percebeu todas essas coisas e mais uma dezena de outros confrontos em andamento, mas a maior parte de sua atenção estava concentrada no inimigo à sua frente, Porfírion, o rei dos gigantes, e no deus que lutava ao seu lado, Zeus.

Meu pai, pensou Jason, sem conseguir acreditar.

Porfírion não deu a ele muita oportunidade de saborear o momento. O gigante usou sua lança em um turbilhão de estocadas, giros e cortes. Ficar vivo era o máximo que Jason podia fazer.

Mesmo assim... a presença de Zeus era tranquilizadoramente familiar. Apesar de Jason nunca ter conhecido pessoalmente o pai, ele se lembrou de todos os seus momentos mais felizes: seu piquenique de aniversário com Piper em Roma; o dia em que Lupa lhe mostrara o Acampamento Júpiter pela primeira vez; as brincadeiras de esconde-esconde com Thalia na casa deles, quando era pequeno; uma tarde na praia quando sua mãe o pegara, o beijara e lhe mostrara uma tempestade que se aproximava. *Nunca tema uma tempestade, Jason. É seu pai dizendo que o ama.*

Zeus tinha cheiro de chuva e vento fresco. Ele fazia o ar queimar de energia. De perto, seu raio parecia uma vara de bronze de um metro afiada nas duas pontas, com lâminas de energia se projetando dos dois lados de maneira a formar uma lança de eletricidade branca. Com um golpe, ele bloqueou o caminho do gigante, e Porfírion caiu em seu trono improvisado, que desmoronou sob seu peso.

— Não há trono para você — disse Zeus com raiva. — Nem aqui, nem *nunca*.

— Você *não pode* nos impedir! — gritou o gigante. — Já está *feito*! A Mãe Terra despertou!

Em resposta, Zeus explodiu o trono. O rei dos gigantes voou de costas para fora do templo, e Jason correu até ele, com o pai logo atrás.

Eles encurralaram Porfírion na beira da colina, com a Atenas moderna inteira abaixo deles. O raio tinha derretido todas as armas no cabelo do gigante. Bronze celestial derretido escorria por seus *dreadlocks* como caramelo. Sua pele soltava fumaça e estava cheia de bolhas.

Porfírion rosnou de raiva e ergueu sua lança.

— Sua causa está perdida, Zeus. Mesmo se me derrotar, a Mãe Terra vai simplesmente me trazer de volta outra vez!

— Então talvez — disse Zeus — você não deva morrer nos braços de Gaia. Jason, meu filho...

Jason nunca tinha se sentido tão bem, tão *reconhecido*, como ao ouvir o pai dizer seu nome. Foi como no inverno anterior, no Acampamento Meio-Sangue, quando suas lembranças finalmente voltaram. Por fim, Jason entendeu outro nível de sua existência, uma parte de sua identidade que antes estivera nublada.

Agora ele não tinha dúvida: era filho de Júpiter, o deus do céu. Ele era o filho de seu pai.

Jason avançou.

Porfírion golpeava alucinadamente com a lança, mas Jason a cortou ao meio com seu gládio. Então cravou a espada no peitoral do gigante, depois invocou os ventos e lançou Porfírion no precipício.

Enquanto o gigante caía gritando, Zeus apontou seu raio. Um arco de puro calor branco desintegrou Porfírion em pleno ar. Suas cinzas desceram lentamente em uma nuvem delicada que cobriu de poeira o topo das oliveiras na encosta da Acrópole.

Zeus virou-se para Jason. Seu raio se apagou, e ele prendeu a vara de bronze celestial no cinto. Os olhos do deus eram cinza e tempestuosos. Seu cabelo e sua barba grisalhos pareciam nuvens. Jason achou estranho que o senhor do universo, o rei do Olimpo, fosse apenas alguns centímetros mais alto que ele.

— Meu filho. — Zeus segurou o ombro de Jason. — Há tanta coisa que eu gostaria de dizer a você.

O deus respirou fundo, fazendo o ar crepitar e os óculos de Jason embaçarem.

— Infelizmente, como rei dos deuses, não posso demonstrar favoritismos. Quando nos unirmos aos outros olimpianos, não vou poder elogiá-lo tanto quanto eu gostaria, nem lhe dar o crédito que você merece.

— Eu não quero elogios — disse Jason, com a voz trêmula. — Só um pouco de tempo juntos já seria bom. Quer dizer, eu nem conheço você.

O olhar de Zeus estava tão distante quanto a camada de ozônio.

— Estou sempre com você, Jason. Acompanhei seu progresso com orgulho, mas nunca vai ser possível sermos... — Ele fez um gesto como se estivesse tentando pegar a palavra certa no ar. *Próximos. Normais. Verdadeiros pai e filho.* — Desde seu nascimento você foi destinado a ser de Hera, para apaziguar sua ira. Até seu nome, Jason, foi escolha dela. Você não pediu por isso. Eu não queria isso. Mas quando eu o entreguei a ela... não tinha ideia do homem que você iria se tornar. Você foi formado por sua jornada, que o tornou bom e grandioso. O que quer que aconteça quando voltarmos ao Partenon, saiba que eu *não* considero você responsável. Você provou ser um verdadeiro herói.

As emoções de Jason estavam uma confusão em seu peito.

— O que quer dizer com... *o que quer que aconteça?*

— O pior ainda está por vir — avisou Zeus. — E alguém deve levar a culpa pelo que aconteceu. Venha.

L

JASON

NÃO SOBROU NADA DOS GIGANTES além de pilhas de pó, algumas lanças e um punhado de *dreadlocks* em chamas.

O *Argo II* ainda estava no ar, mas por pouco, atracado no topo do Partenon. Quase todos os remos tinham sido arrancados ou estavam emaranhados. Saía fumaça de várias rachaduras no casco. As velas estavam pontilhadas de furos em chamas.

Leo tinha um aspecto quase tão ruim quanto o barco. Ele estava no meio do templo junto dos outros membros da tripulação, o rosto coberto de fuligem e as roupas flamejando.

Os deuses se dispersaram em um semicírculo quando Zeus se aproximou. Nenhum deles parecia muito satisfeito com a vitória.

Apolo e Ártemis estavam juntos à sombra de uma coluna, como se estivessem tentando se esconder. Hera e Poseidon discutiam intensamente com uma deusa que vestia uma túnica verde e dourada, talvez Deméter. Nice tentou botar uma coroa de louros na cabeça de Hécate, mas a deusa da magia a afastou. Hermes se aproximou discretamente de Atena, tentando passar o braço em torno dela, mas Atena virou o escudo Aegis na direção dele, e Hermes se afastou, aborrecido.

O único olimpiano que parecia de bom humor era Ares, que ria e fingia cortar um inimigo enquanto Frank escutava, com expressão educada mas constrangida.

— Irmãos — começou Zeus —, estamos curados graças ao trabalho destes semideuses. A Atena Partenos, que antigamente ficava neste templo, agora está no Acampamento Meio-Sangue. Ela uniu nossa descendência e, com isso, nossos aspectos.

— Senhor Zeus — disse Piper tomando a palavra. — Reyna está bem? E Nico e o treinador Hedge?

Jason quase não podia acreditar que Piper estivesse preocupada com Reyna, mas ficou satisfeito com isso.

Zeus franziu as sobrancelhas cor de nuvem.

— Eles foram bem-sucedidos em sua missão. E, até o momento, estão vivos. Se estão *bem* ou não...

— Ainda há trabalho a ser feito — interrompeu a rainha Hera. Ela abriu os braços como se quisesse um abraço coletivo. — Mas, meus heróis... vocês triunfaram sobre os gigantes, como eu sabia que fariam. Meu plano foi lindamente bem-sucedido.

Zeus virou-se para a esposa. Um trovão abalou a Acrópole.

— Hera, não *ouse* ficar com o crédito! Você causou *pelo menos* tantos problemas quanto resolveu!

A rainha dos céus ficou lívida.

— Meu marido, certamente você agora vê... que esse era o único modo.

— Nunca há apenas *um* modo! — berrou Zeus. — É por isso que há *três* Parcas, não uma. Correto?

Junto aos destroços do trono do rei dos gigantes, as três velhas assentiram em silêncio. Jason percebeu que os outros deuses preferiram ficar bem longe das Parcas e de suas reluzentes maças de latão.

— Por favor, meu marido. — Hera tentou sorrir, mas estava tão nitidamente amedrontada que Jason quase sentiu pena dela. — Eu só fiz o que...

— Silêncio! — interrompeu-a Zeus. — Você desobedeceu às minhas ordens. Mesmo assim... reconheço que teve boas intenções. O valor destes sete heróis provou que você não agiu de forma completamente ignorante.

Hera pareceu querer discutir, mas manteve a boca fechada.

— Apolo, entretanto... — Zeus olhou para as sombras onde estavam os gêmeos. — Meu filho, venha cá.

Apolo avançou bem devagar, como se estivesse caminhando para a forca. Chegava a ser enervante quanto ele parecia um semideus adolescente: cerca de dezessete anos, usando calça jeans e camiseta do Acampamento Meio-Sangue, com um arco no ombro e uma espada presa no cinto. Com o cabelo louro despenteado e os olhos azuis, podia ser irmão de Jason tanto pelo lado mortal quanto pelo divino.

Jason se perguntou se o deus tinha assumido aquela forma para não chamar atenção ou para inspirar piedade no pai. O medo no rosto de Apolo com certeza parecia real, e também muito humano.

As três Parcas cercaram o deus, as mãos enrugadas erguidas.

— Você me desafiou duas vezes — disse Zeus.

Apolo umedeceu os lábios.

— Meu... meu senhor...

— Você não cumpriu com seus deveres. Você sucumbiu à lisonja e à vaidade. Você encorajou seu filho, Octavian, a seguir um caminho perigoso, e revelou prematuramente uma profecia que *ainda* pode destruir a todos.

— Mas...

— Basta! — interrompeu Zeus. — Depois conversaremos sobre sua punição. Por enquanto, você vai esperar no Olimpo.

Zeus agitou a mão.

Apolo se transformou em uma nuvem de purpurina. As Parcas giraram em torno dele para então se dissolverem no ar, e o redemoinho de purpurina subiu para o céu.

— O que vai acontecer com Apolo? — perguntou Jason.

Os deuses olharam para ele, mas Jason não ligou. Depois de conhecer Zeus pessoalmente, ele sentia certa simpatia por Apolo.

— Não é da sua conta — disse Zeus. — Temos outros problemas com que nos preocupar.

Um silêncio insuportável se abateu sobre o Partenon.

Não parecia certo simplesmente deixar o assunto para depois. Jason não via a razão de apenas Apolo ser castigado.

Alguém deve levar a culpa, dissera Zeus.

Mas por quê?

— Pai — disse Jason —, eu jurei cultuar todos os deuses. Prometi a Cimopoleia que, quando esta guerra terminasse, nenhum deus ficaria sem um templo nos acampamentos.

Zeus franziu a testa.

— Está bem. Mas... Cimo quem?

Poseidon pigarreou, cobrindo a boca com a mão.

— Ela é uma das minhas.

— O que estou dizendo — continuou Jason — é que culpar uns aos outros não vai resolver nada. Foi assim que começou a rixa entre gregos e romanos.

O ar ficou perigosamente ionizado. O couro cabeludo de Jason formigou.

Ele percebeu que estava se arriscando a sofrer a ira do pai. Podia ser transformado em purpurina ou jogado para longe da Acrópole. Ele conhecera Zeus havia cinco minutos e tinha causado uma boa impressão. Agora estava jogando isso fora.

Um bom romano ficaria calado.

Jason continuou:

— Apolo não foi o problema. Castigá-lo pelo despertar de Gaia é... — ele queria dizer *burrice*, mas se segurou — não seria sábio.

— Não seria sábio... — A voz de Zeus era quase um sussurro. — Diante de todos os deuses, você diz que eu *não sou sábio*.

Os amigos de Jason observavam, totalmente alertas. Percy parecia pronto para interferir e se juntar a ele.

Então Ártemis saiu das sombras:

— Pai, esse herói lutou muito e por muito tempo pela nossa causa. Seus nervos estão abalados. Devemos levar isso em conta.

Jason ia protestar, mas Ártemis o impediu com um olhar. A expressão dela mandava uma mensagem tão clara que era como se estivesse falando com ele mentalmente. *Obrigada, semideus. Mas não abuse. Vou conversar com Zeus quando ele estiver mais calmo.*

— E sem dúvida, pai — prosseguiu a deusa —, como o senhor observou, devemos nos ater a nossos problemas mais urgentes.

— Gaia — reforçou Annabeth, nitidamente ansiosa para mudar de assunto. — Ela despertou, não foi?

Zeus virou-se para ela. Em volta de Jason, as moléculas do ar pararam de vibrar. Seu crânio parecia ter acabado de sair do micro-ondas.

— Isso mesmo — disse Zeus. — O sangue do Olimpo foi derramado. Ela está totalmente consciente.

— Ah, qual é! — reclamou Percy. — Eu sangro um pouquinho pelo nariz e acordo a terra inteira? Isso não é justo!

Atena pôs Aegis no ombro.

— Reclamar de injustiça é como culpar alguém, Percy Jackson: não faz bem a ninguém. — Ela lançou um olhar de aprovação para Jason. — Agora vocês têm que se apressar. Gaia está se preparando para destruir seu acampamento.

Poseidon se apoiou em seu tridente.

— Desta vez, Atena tem razão.

— *Desta vez?* — protestou Atena.

— Por que Gaia voltaria ao acampamento? — perguntou Leo. — Percy sangrou aqui.

— Cara — disse Percy —, primeiro de tudo, você ouviu Atena: não culpe meu nariz. Segundo: Gaia é a *terra*. Ela pode aparecer onde quiser. Além do mais, ela nos *contou* que ia fazer isso. Disse que a primeira coisa em sua lista era destruir nosso acampamento. A pergunta é: como vamos impedi-la?

Frank olhou para Zeus.

— Hã... senhor, Sua Majestade, vocês não podem simplesmente ir lá com a gente? Vocês têm as bigas e os poderes mágicos e tudo o mais.

— Isso! — disse Hazel. — Nós derrotamos os gigantes juntos em dois segundos. Vamos todos até lá...

— Não — disse Zeus, secamente.

— Não? — perguntou Jason. — Mas, pai...

Os olhos de Zeus cintilaram de poder, e Jason percebeu que tinha levado o pai ao limite naquele dia... e talvez pelos séculos seguintes.

— Esse é o problema com as profecias — resmungou Zeus. — Quando Apolo permitiu que a Profecia dos Sete fosse pronunciada, e quando Hera tomou a decisão de interpretar suas palavras, as Parcas teceram o futuro de uma maneira que ele tinha apenas determinado número de resultados, determinado número de soluções. Vocês sete, os semideuses, estão destinados a derrotar Gaia. Nós, deuses, *não podemos*.

— Não entendo — disse Piper. — Qual é o sentido em vocês serem deuses se precisam contar com a ajuda de simples mortais para fazerem o que querem?

Todos os deuses trocaram olhares sombrios. Entretanto, Afrodite riu com carinho e beijou a filha.

— Piper, querida, você não acha que *nós* nos fazemos essa pergunta há milhares de anos? Mas é isso o que nos une, o que nos torna eternos. Precisamos de vocês, mortais, tanto quanto vocês precisam de nós. Por mais irritante que isso seja, é a verdade.

Frank se remexia, desconfortável, como se sentisse falta de ser um elefante.

— Então como podemos chegar ao Acampamento Meio-Sangue a tempo de salvá-lo? Levamos meses para vir até a Grécia.

— Os ventos — disse Jason. — Pai, você pode fazer com que os ventos mandem nosso navio de volta?

Zeus fechou a cara.

— Eu podia mandá-los de volta a Long Island com um tapa.

— Hã… isso foi uma piada, uma ameaça ou…?

— Não — disse Zeus. — Estou falando bem literalmente. Eu podia dar um tapa em seu barco e mandá-lo de volta para o Acampamento Meio-Sangue, mas a força envolvida nisso…

Perto do trono em ruínas do gigante, o deus desgrenhado com macacão de mecânico balançou a cabeça.

— O meu menino Leo construiu um bom navio, mas o *Argo II* não vai suportar tamanha força. Vai se desfazer assim que chegar, talvez antes.

Leo ajeitou seu cinto de ferramentas.

— O *Argo II* aguenta. Ele só precisa ficar inteiro até chegarmos em casa. Depois, podemos abandonar o navio.

— É perigoso — alertou Hefesto. — Talvez até fatal.

A deusa Nice girava uma coroa de louros no dedo.

— A vitória é sempre arriscada. E muitas vezes exige um sacrifício. Leo Valdez e eu já discutimos isso.

Ela olhou diretamente para Leo.

Jason não gostou nada daquilo. Ele se lembrou da expressão grave de Asclépio quando o médico examinou Leo. *Minha nossa. Ah, estou vendo…* Jason sabia o que eles precisavam fazer para derrotar Gaia. Conhecia os riscos. Mas ele queria correr esses riscos sozinho, não jogá-los sobre Leo.

Piper está com a cura do médico, disse ele a si mesmo. *Ela vai cuidar de nós dois.*

— Leo, do que Nice está falando? — perguntou Annabeth.

Leo fez pouco caso da pergunta com um aceno.

— O de sempre. Vitória. Sacrifício. Blá-blá-blá. Não importa. Nós podemos fazer isso, gente. Nós *temos* que fazer isso.

Jason foi tomado por um medo súbito. Zeus estava certo sobre uma coisa: o pior ainda estava por vir.

Quando tiver que escolher, dissera Noto, o Vento Sul, *entre tempestade ou fogo, não entre em pânico.*

Jason tomou a decisão:

— Leo tem razão. Todos a bordo para uma última viagem.

LI

JASON

Uma despedida calorosa era pedir demais.

A última visão que Jason teve do pai foi Zeus com trinta metros de altura segurando o *Argo II* pela proa. Ele gritou: *SEGUREM FIRME!*

Então jogou o barco para o alto e bateu nele no ar como um jogador de vôlei dando um saque.

Se Jason não estivesse preso ao mastro com um dos cintos de segurança de vinte pontos de Leo, teria se desintegrado. Do jeito que foi, seu estômago tentou ficar para trás, na Grécia, e todo o ar foi sugado de seus pulmões.

O céu ficou negro. O navio chacoalhava e rangia. Rachaduras se espalharam pelo convés como se Jason estivesse sobre gelo fino, e, com um estrondo sônico, o *Argo II* saiu em alta velocidade das nuvens.

— Jason! — gritou Leo. — Depressa!

Mesmo sentindo os dedos como se fossem plástico derretido, ele conseguiu soltar as correias.

Leo estava preso ao painel de controle, tentando desesperadamente estabilizar o navio enquanto eles mergulhavam em queda livre. As velas estavam em chamas. Festus crepitava em alarme. Uma catapulta se soltou e subiu no ar. A força centrífuga arremessou os escudos presos às amuradas como se fossem *frisbees* de metal.

Rachaduras maiores se abriram no convés enquanto Jason cambaleava na direção do porão, usando os ventos para se manter de pé.

Se ele não conseguisse chegar até os outros...

Então a portinhola se abriu. Frank e Hazel saíram com dificuldade por ali, puxando a corda que eles tinham amarrado no mastro. Piper, Annabeth e Percy surgiram logo depois, todos parecendo desorientados.

— Vão! — berrou Leo. — Vão, vão, vão!

Pela primeira vez, o tom de Leo estava mortalmente sério.

Eles haviam discutido o plano de evacuação, mas aquele tapa para o outro lado do mundo tinha deixado a mente de Jason lenta. A julgar pela expressão dos outros, eles não estavam em condições muito melhores.

Buford os salvou. A mesa veio chacoalhando pelo convés com seu Hedge holográfico gritando:

— VAMOS! MEXAM-SE! PAREM COM ISSO!

Então o tampo da mesa se abriu em hélices de helicóptero, e Buford alçou voo.

Frank mudou de forma. Em vez de um semideus atordoado, ele agora era um dragão cinza atordoado. Hazel subiu em suas costas. Frank agarrou Percy e Annabeth com as patas da frente, depois abriu as asas e saiu voando.

Jason segurou Piper pela cintura, pronto para levantar voo, mas cometeu o erro de olhar para baixo. O que viu foi um caleidoscópio giratório de céu, terra, céu, terra. O chão estava ficando terrivelmente próximo.

— Leo, você não vai conseguir! — gritou Jason. — Venha com a gente.

— Não! Saiam daqui!

— Leo! — pediu Piper. — Por favor...

— Poupe o charme, Pipes! Eu já disse que tenho um plano. Agora sumam!

Jason deu uma última olhada no navio que se desfazia.

O *Argo II* tinha sido a casa deles por muito tempo. Agora o estavam abandonando para sempre, e deixando um amigo para trás.

Jason odiava aquilo, mas viu a determinação nos olhos de Leo. Tal como no encontro com seu pai, Zeus, não havia tempo para uma despedida adequada.

Jason domou os ventos, e ele e Piper se lançaram aos céus.

* * *

A situação lá no chão não era menos caótica.

Enquanto caíam, Jason viu um enorme exército de monstros espalhado pelos montes — cinocéfalos, homens de duas cabeças, centauros selvagens, ogros e outros cujos nomes ele nem sabia —, cercando dois pequenos grupos de semideuses. No alto da Colina Meio-Sangue, a principal força do Acampamento Meio-Sangue estava reunida aos pés da Atena Partenos junto com a Primeira e a Quinta Coortes, agrupadas em torno da águia dourada da legião. As outras três coortes romanas estavam em formação defensiva a centenas de metros de distância e pareciam estar recebendo a pior parte do ataque.

Águias gigantes rodearam Jason, piando com urgência, como se aguardassem ordens.

Frank, o dragão cinza, e seus passageiros voavam ao seu lado.

— Hazel! — gritou Jason. — Aquelas três coortes estão com sérios problemas! Se elas não conseguirem se juntar ao restante dos semideuses...

— Estou vendo! — disse Hazel. — Vamos lá, Frank!

O dragão Frank deu uma guinada para a esquerda, com Annabeth gritando em uma de suas garras:

— Vamos pegá-los!

E Percy, na outra garra, berrando:

— Eu odeio voar!

Piper e Jason seguiram bruscamente para a direita, rumo ao topo da Colina Meio-Sangue.

Jason se animou quando viu Nico di Angelo na linha de frente ao lado dos gregos, abrindo caminho com sua espada em meio a uma multidão de homens de duas cabeças. A poucos metros dele, Reyna, com a espada em punho, estava montada em um novo pégaso. Ela gritava ordens para a legião, e os romanos lhe obedeciam sem questionar, como se ela nunca tivesse se afastado deles.

Jason não viu Octavian em lugar algum. Ótimo. Ele também não viu nenhuma colossal deusa da terra devastando o mundo. Melhor ainda. Talvez Gaia tivesse despertado, dado uma olhada no mundo moderno e resolvido voltar a dormir. Jason desejou que eles pudessem ter tal sorte, mas duvidava disso.

Quando ele e Piper pousaram na colina, com as espadas desembainhadas, os gregos e romanos deram vivas.

— Já estava na hora! — gritou Reyna. — Que bom que você conseguiu se juntar a nós!

Surpreso, Jason percebeu que ela se dirigia a Piper, não a ele.

Piper sorriu.

— Tivemos que matar uns gigantes!

— Excelente! — Reyna devolveu o sorriso. — Agora pode se servir de alguns bárbaros.

— Ora, obrigada!

As duas partiram para a batalha lado a lado.

Nico cumprimentou Jason com um aceno de cabeça como se eles tivessem se visto apenas cinco minutos antes, depois voltou a transformar homens de duas cabeças em cadáveres sem cabeça.

— Chegaram bem na hora. Onde está o navio?

Jason apontou. O *Argo II* despencou pelo céu em uma bola de fogo; pedaços dos mastros, do casco e armamentos caíam em chamas. Jason não sabia como mesmo o Leo à prova de fogo poderia sobreviver àquilo, mas ele precisava ter esperança.

— Pelos deuses — disse Nico. — Está todo mundo bem?

— Leo… — A emoção era perceptível na voz de Jason. — Ele disse que tinha um plano.

O cometa desapareceu atrás das montanhas. Jason esperou, com apreensão, o som de uma explosão, mas não ouviu nada em meio ao clamor da batalha.

Nico o encarou.

— Ele vai ficar bem.

— Com certeza.

— Mas por via das dúvidas… Por Leo.

— Por Leo — concordou Jason.

E eles se lançaram juntos no meio da batalha.

A raiva de Jason deu a ele forças renovadas. Os gregos e romanos aos poucos forçavam os inimigos a recuar. Centauros selvagens caíam. Homens com cabeça de lobo uivavam ao serem golpeados com espadas e transformados em pó.

Mais monstros continuavam a aparecer: *karpoi*, espíritos dos grãos, que subiam da grama em turbilhão, grifos que mergulhavam do céu e formas humanoides de barro que lembravam a Jason bonecos de massa de modelar malvados.

— São fantasmas com carapaças de terra! — alertou Nico. — Não deixem que acertem vocês!

Obviamente, Gaia tinha guardado alguns truques na manga.

Em determinado momento, Will Solace, líder do chalé de Apolo, correu até Nico e disse alguma coisa em seu ouvido. Em meio aos gritos e ao ruído das espadas, Jason não conseguiu distinguir as palavras.

— Preciso ir! — disse Nico.

Ele não entendeu direito, mas assentiu, e Will e Nico foram correndo para o meio do confronto.

No momento seguinte, Jason se viu cercado por um grupo de filhos de Hermes que apareceram ali sem nenhum motivo aparente.

Connor Stoll sorriu.

— E aí, Grace?

— Tudo bem — disse Jason. — E você?

Connor se esquivou da clava de um ogro e enfiou a espada em um espírito dos grãos, que explodiu em uma nuvem de trigo.

— É, não posso reclamar. Um dia como outro qualquer.

— *Eiaculare flammas!* — berrou Reyna.

Uma saraivada de flechas incendiárias traçou um arco acima da parede de escudos da legião e destruiu um pelotão de ogros. As fileiras romanas avançaram, empalaram centauros e passaram por cima de ogros feridos com suas botas com ponta de bronze.

De algum ponto na base da colina, Jason ouviu Frank berrar em latim:

— *Repellere equites!*

Um enorme bando de centauros disparou em pânico enquanto os soldados das outras três coortes da legião avançavam em formação perfeita, suas lanças reluzindo com sangue de monstros. Frank marchava à frente deles. No flanco esquerdo, montada em Arion, Hazel estava radiante de orgulho.

— *Ave*, pretor Zhang! — saudou Reyna.

— *Ave*, pretora Ramírez-Arellano! — disse Frank. — Vamos lá. Legião, FORMAÇÃO ÚNICA!

Os romanos deram vivas, e as cinco coortes se uniram em uma máquina mortífera maciça. Frank apontou a espada para a frente, e, do estandarte da águia dourada, raios dourados se lançaram sobre o inimigo, fritando várias centenas de monstros.

— Legião, *cuneum formate*! — gritou Reyna. — Avançar!

Jason ouviu mais gritos de comemoração a sua direita quando Percy e Annabeth se juntaram às forças do Acampamento Meio-Sangue.

— Gregos! — gritou Percy. — Vamos... hã... matar uns monstros aí!

Eles gritaram como loucos e atacaram.

Jason sorriu. Ele adorava os gregos. Eles não tinham nenhuma organização, mas compensavam com entusiasmo.

Jason estava com um bom pressentimento em relação àquela batalha, exceto por duas grandes perguntas: onde estava Leo? E onde estava Gaia?

Infelizmente, a segunda resposta veio primeiro.

Sob seus pés, a terra começou a ondular como se a Colina Meio-Sangue tivesse se transformado em um colchão de água gigante. Semideuses tombaram. Ogros escorregaram. Centauros caíram de cara na grama.

DESPERTA, trovejou uma voz em torno deles.

A cem metros de distância, no topo de um monte, a grama e a terra se ergueram em um redemoinho como se fosse a broca de uma furadeira gigante. A coluna de terra ficou mais espessa e se transformou em uma figura feminina de seis metros de altura usando um vestido de folhas de grama, com pele branca como quartzo e cabelo castanho emaranhado como raízes de árvore.

— *Tolinhos.* — Gaia, a Mãe Terra, abriu seus olhos verdes. — *A magia fraca dessa estátua não pode me deter.*

Enquanto ela dizia isso, Jason entendeu por que Gaia não tinha aparecido até então. A Atena Partenos estava protegendo os semideuses, contendo a ira da terra, mas nem o poder de Atena podia durar tanto contra uma deusa primordial.

Um medo tão palpável quanto uma frente fria passou por todos os semideuses.

— Mantenham-se firmes! — gritou Piper com o charme. — Gregos e romanos: juntos, nós podemos vencê-la!

Gaia riu. Ela abriu os braços, e a terra foi atraída em sua direção: árvores se inclinando, o leito de rocha rangendo, o solo se movendo em ondas. Jason se elevou com o vento, mas, a sua volta, monstros e semideuses começaram a afundar na terra. Um dos onagros de Octavian tombou e desapareceu na encosta da colina.

— *A terra inteira é meu corpo* — trovejou Gaia. — *Como podem lutar contra a deusa da...*

TUUUUMP!

Com um reluzir de bronze, Gaia foi varrida da encosta, arrancada dali pelas garras de um dragão de metal de cinquenta toneladas.

Festus, renascido, subiu aos céus com as asas reluzentes, cuspindo fogo em triunfo. Enquanto subia, a pessoa montada em suas costas ficava cada vez menor e mais difícil de identificar, mas o sorriso de Leo era inconfundível.

— Pipes! Jason! — gritou ele, olhando para baixo. — Vocês não vêm? A batalha é aqui em cima!

LII

JASON

Assim que Gaia decolou, o chão se solidificou.

Semideuses pararam de afundar, apesar de muitos ainda estarem enterrados até a cintura. Infelizmente, os monstros pareciam se desenterrar mais depressa. Eles atacaram os exércitos gregos e romanos, tirando vantagem da desorganização dos semideuses.

Jason abraçou Piper pela cintura. Ele estava prestes a levantar voo quando Percy gritou:

— Espere! Frank pode nos levar lá para cima! Podemos…

— Não, cara — disse Jason. — Eles precisam de você aqui. Ainda tem monstros para serem derrotados. Além disso, a profecia…

— Ele tem razão. — Frank segurou o braço de Percy. — Você precisa deixar que eles façam isso, Percy. É como a missão de Annabeth em Roma. Ou a de Hazel nas Portas da Morte. Temos que confiar neles.

Percy obviamente não gostou, mas, naquele instante, uma onda de monstros avançou sobre as forças gregas.

— Ei! Estamos com problemas aqui! — gritou Annabeth.

Percy correu para ajudá-la.

Frank e Hazel se viraram para Jason e ergueram os braços fazendo a saudação romana, depois foram reagrupar a legião.

Jason e Piper subiram em espiral com o vento.

— Eu tenho a cura — murmurou Piper como um mantra. — Vai ficar tudo bem. Eu tenho a cura.

Jason percebeu que de algum modo ela tinha perdido a espada, mas ele duvidava que isso fosse fazer alguma diferença. Contra Gaia, uma espada não era nada. Tudo agora se resumia a fogo e tempestade... e um terceiro poder, o charme de Piper, que os manteria juntos. No inverno anterior, Piper tinha tornado o poder de Gaia mais lento na Casa dos Lobos, ajudando a libertar Hera de uma cela feita de terra. Agora ela teria uma tarefa ainda maior.

Enquanto subiam, Jason reuniu o vento e as nuvens ao seu redor. O céu respondeu com uma velocidade espantosa. Logo eles estavam no olho de um redemoinho de tempestade. Raios queimavam seus olhos. Trovões faziam seus pés vibrarem.

Bem acima deles, Festus lutava com a deusa da terra. Gaia ficava se desintegrando, tentando voltar para o chão, mas os ventos a mantinham no ar. Festus lançava chamas sobre ela, o que parecia forçá-la a continuar na forma sólida. Enquanto isso, das costas do dragão, Leo também lançava chamas sobre a deusa e a cobria de insultos:

— Sujismunda! Cara de lama! ESSA É PELA MINHA MÃE, ESPE-RANZA VALDEZ!

Leo estava totalmente envolto em chamas. A chuva que caía no ar tempestuoso apenas fervilhava e evaporava em volta dele.

Jason foi direto na direção deles.

Gaia se transformou em areia branca e fina, mas Jason invocou um esquadrão de *venti* que rodopiou em volta dela, prendendo-a em um casulo de vento.

Gaia reagiu. Quando não estava se desintegrando, atacava com explosões de pedra e terra das quais Jason mal conseguia se defender. Controlar a tempestade, conter Gaia e manter a si mesmo e a Piper no ar... Jason nunca tinha feito nada tão difícil assim. Ele se sentia coberto de pesos de chumbo, tentando nadar apenas com as pernas enquanto segurava um carro na cabeça. Mas ele *precisava* manter Gaia longe da terra.

Esse era o segredo sobre o qual Leia tinha dado uma pista quando eles conversaram no fundo do mar.

Muito tempo atrás, Urano, o deus do céu, foi enganado por Gaia e os titãs para descer à terra, onde o prenderam ao chão para que não pudesse escapar. Só assim — Urano com seus poderes enfraquecidos por estar distante de seu território — eles conseguiram matá-lo.

Agora, Jason, Leo e Piper tinham que inverter essa situação. Precisavam manter Gaia longe de sua fonte de poder, a terra, e enfraquecê-la até que ela pudesse ser derrotada.

Eles subiram juntos. Festus rangeu e estalou com o esforço, mas continuou a ganhar altitude. Jason ainda não entendia como Leo tinha conseguido refazer o dragão. Então se lembrou de todas as horas que Leo passara trabalhando dentro do casco do navio nas últimas semanas. O garoto devia estar planejando aquilo havia muito tempo, construindo um corpo novo para Festus usando a própria estrutura do navio.

No fundo, ele devia saber que o *Argo II* ia acabar sendo destruído. Um navio se transformando em dragão... Jason achou aquilo tão impressionante quanto aquela vez em Quebec em que o dragão se transformara em mala.

Entretanto, tinha acontecido, e Jason ficou animado ao ver seu velho amigo novamente em ação.

— *VOCÊS NÃO PODEM ME DERROTAR!* — Gaia se desfez em areia, só para ser atingida por mais chamas. Seu corpo derreteu em um bloco de vidro, se estilhaçou e depois voltou a tomar forma humana. — *EU SOU ETERNA!*

— Eternamente chata! — berrou Leo, e fez com que Festus fosse ainda mais alto.

Jason e Piper subiram com eles.

— Me leve para mais perto — pediu Piper, ansiosa. — Preciso estar perto dela.

— Piper, as chamas e os estilhaços...

— Eu sei.

Jason se aproximou até chegarem ao lado de Gaia. Os ventos envolviam a deusa, mantendo-a sólida, mas era tudo o que Jason podia fazer para conter as explosões de areia e solo. Os olhos dela eram de um verde profundo, como se toda a natureza tivesse sido condensada em algumas poças de matéria orgânica.

— *CRIANÇAS TOLAS!*

Terremotos e deslizamentos de terra em miniatura contorciam o rosto de Gaia.

— Você está tão cansada — disse Piper para a deusa, sua voz irradiando bondade e compaixão. — Eras de sofrimento e decepção pesam sobre você.

— *QUIETA!*

O poder da raiva de Gaia era tão grande que Jason perdeu momentaneamente o controle do vento. Ele teria mergulhado em queda livre se não fosse por Festus, que segurou ambos — ele e Piper — com sua outra pata enorme.

Surpreendentemente, Piper não perdeu a concentração.

— Milênios de tristeza — continuou ela. — Seu marido, Urano, era violento. Seus netos, os deuses, expulsaram seus filhos amados, os titãs. Seus outros filhos, os ciclopes e os centímanos, foram jogados no Tártaro. Você está cansada de tanta tristeza.

— *MENTIRAS!*

Gaia se desfez em um furacão de terra e grama, mas sua essência parecia se agitar mais lentamente.

Se eles subissem mais, o ar ficaria rarefeito demais para respirar. Jason ficaria muito fraco para controlá-lo. A fala de Piper sobre exaustão também o afetava, minando sua força, fazendo com que sentisse o corpo pesado.

— O que você quer — continuou Piper —, mais que a vitória, mais que vingança... você quer *descansar*. Você está tão abatida, tão absurdamente cansada dos mortais e imortais ingratos...

— *EU... NÃO FALE POR MIM... VOCÊ NÃO PODE...*

— Você só quer uma coisa — disse Piper em tom tranquilizador, sua voz ressonando pelos ossos de Jason. — Uma palavra. Você quer permissão para fechar os olhos e esquecer todos os seus problemas. Você... quer... DORMIR.

Gaia se solidificou em forma humana. Sua cabeça pendia, seus olhos estavam fechados e seu corpo pendia inerte nas garras de Festus.

Infelizmente, Jason começou a apagar também.

O vento estava diminuindo. A tempestade se dissipou. Pontos escuros dançavam na visão dele.

— Leo! — Piper não estava conseguindo respirar. — Só temos alguns segundos. — O charme não vai...

— Eu sei! — Leo parecia *feito* de fogo. Chamas queimavam sob sua pele, iluminando seu crânio. Festus fumegava e brilhava, suas garras queimando através da camisa de Jason. — Não posso segurar o fogo por muito mais tempo. Eu vou vaporizá-la. Não se preocupem. Vocês dois precisam ir embora.

— Não! — gritou Jason. — Temos que ficar com você. Piper tem a cura. Leo, você não pode...

— Ei. — Leo sorriu, o que em meio às chamas dava nervoso, pois seus dentes pareciam feitos de prata derretida. — Eu disse a vocês que tinha um plano. Quando vão confiar em mim? E por falar nisso... eu amo vocês.

A pata de Festus se abriu, e Piper e Jason caíram.

Jason não teve forças para impedir. Ele se agarrou a Piper enquanto ela gritava o nome de Leo, e eles mergulharam em direção à terra.

Festus se transformou em uma bola de fogo indistinta no céu, um segundo sol, cada vez menor e mais quente. Então Jason viu pelo canto do olho um cometa flamejante subir do solo com um som agudo, como um grito. Pouco antes de Jason apagar, o cometa interceptou a bola de fogo acima deles.

A explosão deixou o céu inteiro dourado.

LIII

NICO

Nico já havia presenciado muitas formas de morte. Achava que mais nada poderia surpreendê-lo.

Mas estava enganado.

No meio da batalha, Will Solace correu até ele e disse uma palavra em seu ouvido:

— Octavian.

Toda a sua atenção se voltou para isso. Ele havia hesitado quando tivera a chance de matar Octavian, mas nunca ia deixar aquele sujeitinho desprezível escapar impune.

— Onde ele está?

— Venha — disse Will. — Depressa.

Nico se virou para Jason, que lutava ao seu lado, e avisou:

— Preciso ir!

Então ele se embrenhou no caos, seguindo Will. Passaram por Tyson e seus ciclopes, que berravam "Cachorro mau! Cachorro mau!" enquanto golpeavam as cabeças dos cinocéfalos. Grover Underwood e um grupo de sátiros dançavam ao redor com suas flautas de Pã, tocando harmonias tão dissonantes que os fantasmas com carapaças de terra se despedaçavam. Travis Stoll passou correndo, discutindo com o irmão:

— *Como assim* nós instalamos as minas terrestres na colina errada?

Nico e Will tinham descido metade da encosta quando o chão começou a tremer. Como todo mundo, monstros ou semideuses, eles ficaram paralisados de choque. Diante de seus olhos, uma coluna de terra explodiu em um turbilhão no alto da colina seguinte, e Gaia se ergueu em toda a sua glória.

Então algo grande e de bronze cruzou o céu.

TUUUUMP!

O dragão de bronze Festus apanhou a Mãe Terra e saiu voando com ela.

— Mas o que... como...? — balbuciou Nico.

— Não sei — disse Will. — Mas, quanto a *isso*, não há muito o que a gente possa fazer. Temos outros problemas.

Will correu na direção do onagro mais próximo. Quando chegaram mais perto, Nico viu Octavian reajustando furiosamente os controles de mira da máquina. O braço de lançamento já estava posicionado com uma carga completa de ouro imperial e explosivos. O áugure corria de um lado para outro, tropeçando em engrenagens e estacas de fixação, se enrolando com as cordas. De vez em quando olhava para Festus, lá no alto.

— Octavian! — gritou Nico.

O áugure se virou, depois recuou acuado contra a grande esfera de munição. Seu belo manto roxo prendeu na corda do gatilho, mas Octavian não percebeu. Da carga escapavam fios de fumaça, que contornavam sinuosamente seu corpo, como se atraídos pelas joias de ouro imperial que ele usava nos braços e no pescoço e pela coroa de louros de ouro que ornava seu cabelo.

— Ah, entendi! — O riso de Octavian foi seco e consideravelmente insano. — Tentando roubar minha glória, hein? Não, não, filho de Plutão. Eu sou o salvador de Roma, como me foi prometido!

Will levantou as mãos como se tentasse aplacá-lo.

— Octavian, afaste-se desse onagro. É perigoso.

— Claro que é! Vou derrotar Gaia com esta máquina!

Pelo canto do olho, Nico viu Jason Grace disparar rumo ao céu com Piper nos braços, voando direto na direção de Festus.

Nuvens de tempestade se acumulavam em volta do filho de Júpiter, girando e formando um furacão. Um trovão ribombou.

— Está vendo!? — exclamou Octavian. Agora o ouro em seu corpo definitivamente soltava fumaça, atraído pela carga da catapulta como se ela fosse um ímã gigante. — Os deuses aprovam meus atos!

— É Jason que está criando esta tempestade — disse Nico. — Se você disparar o onagro, vai matá-lo, e a Piper, e...

— Ótimo! — gritou Octavian. — Eles são traidores mesmo! Todos traidores!

— Por favor, me escute — tentou Will novamente. — Apolo *não* desejaria isso. Além do mais, seu manto está...

— Você não sabe de nada, *graecus*! — Octavian levou a mão à alavanca de disparo. — Preciso agir antes que eles subam ainda mais. Só um onagro assim pode acertar esse tiro. Eu vou, sozinho, fazer...

— Centurião — chamou uma voz atrás dele.

Era Michael Kahale, que surgira de trás da máquina de cerco. Ele exibia na testa um enorme galo vermelho, resultado do golpe de Tyson que o havia deixado inconsciente. Michael cambaleava. Mas, sabe-se lá como, tinha conseguido vir desde a praia até ali, e no caminho ainda arranjara uma espada e um escudo.

— Michael! — exclamou Octavian, em um gritinho de alegria. — Excelente! Proteja-me enquanto eu disparo este onagro. Depois vamos juntos matar esses *graeci*!

Michael Kahale observou a cena à sua frente: o manto de Octavian emaranhado nas cordas de torção do onagro, suas joias soltando fumaça devido à proximidade com a munição de ouro imperial. Ele olhou para o dragão, agora bem alto no céu, cercado por anéis de nuvens de tempestade — como os círculos de um alvo de arco e flecha. Então fechou a cara para Nico.

Nico ergueu a espada.

Era óbvio que Michael Kahale alertaria Octavian para que se afastasse do onagro. Era óbvio que atacaria.

— Tem certeza, Octavian? — perguntou o filho de Vênus.

— Tenho!

— Certeza absoluta?

— Sim, seu idiota! Serei lembrado como o salvador de Roma. Agora mantenha esses garotos longe enquanto eu destruo Gaia.

— Octavian, não — implorou Will. — Não podemos permitir que você...

— Will — interveio Nico —, não podemos impedi-lo.

Will Solace olhou para ele sem acreditar, mas Nico se lembrou das palavras que ouvira do pai na Capela dos Ossos: *Algumas mortes não podem ser evitadas.*

Os olhos de Octavian brilhavam.

— Isso mesmo, filho de Plutão. Você não tem condições de me impedir! Esse é o meu destino! Kahale, fique de guarda!

— Como quiser. — Michael se colocou em frente à máquina, entre Octavian e os dois semideuses gregos. — Centurião, faça o que deve fazer.

Octavian se virou para fazer o disparo.

— Um amigo fiel até o fim.

Nico estava entre a cruz e a espada. Se o tiro do onagro seguisse a mira original... se acertasse o dragão Festus, Nico seria cúmplice da morte ou do ferimento dos próprios amigos... Mas ele ficou onde estava. Decidiu, pela primeira vez, confiar na sabedoria do pai. *Algumas mortes não* devem *ser evitadas.*

— Adeus, Gaia! — gritou Octavian. — Adeus, Jason Grace, seu traidor!

Octavian cortou o cabo de liberação do braço lançador com sua adaga de áugure.

E desapareceu.

O braço da catapulta se projetou para o alto mais rápido do que os olhos de Nico conseguiam acompanhar, lançando Octavian com a munição. O grito do áugure foi diminuindo até Octavian se tornar uma mera parte do cometa flamejante que subia velozmente na direção do céu.

— Adeus, Octavian — disse Michael Kahale.

Ele olhou para Will e Nico pela última vez, um olhar feroz, como se estivesse desafiando os dois a falar. Depois lhes deu as costas e se afastou, caminhando com dificuldade.

Nico podia ter vivido com o fim de Octavian.

Podia até ter dito *Já vai tarde.*

Mas ficou apreensivo ao ver o cometa continuar a ganhar altura até desaparecer nas nuvens de tempestade, e o céu explodir em uma abóbada de fogo.

LIV

NICO

No DIA SEGUINTE, NÃO HAVIA muitas respostas.

Depois da explosão, Piper e Jason, em queda livre e inconscientes, foram apanhados em pleno ar por águias gigantes e levados para um local seguro, mas Leo desapareceu. O chalé de Hefesto inteiro fez buscas no vale e encontrou restos do casco destruído do *Argo II*, mas nenhum sinal nem do dragão Festus nem de seu mestre.

Todos os monstros foram destruídos ou expulsos. As baixas gregas e romanas foram muitas, mas nem de perto tão numerosas quanto poderiam ter sido.

À noite, os sátiros e as ninfas desapareceram na mata para uma reunião do Conselho dos Anciãos de Casco Fendido. Pela manhã, Grover Underwood reapareceu para anunciar que eles não podiam sentir a presença da Mãe Terra. A natureza estava mais ou menos de volta ao normal. Aparentemente, o plano de Jason, Piper e Leo tinha funcionado. Gaia havia sido separada de sua fonte de poder, levada a dormir pelo charme de Piper e depois desintegrada pela explosão combinada do fogo de Leo e do cometa improvisado de Octavian.

Imortais não morriam, mas agora Gaia seria como seu marido, Urano. A terra continuaria a funcionar normalmente, assim como o céu, mas agora o poder de Gaia estava tão disperso que nunca mais poderia voltar a formar uma consciência.

Ou pelo menos assim eles esperavam...

Octavian seria lembrado por ter salvado Roma ao se lançar ao céu em uma bola de chamas mortal. Mas Leo Valdez é quem havia feito o *verdadeiro* sacrifício.

A celebração da vitória no acampamento foi embotada pelo pesar — não só por Leo, mas também pelos muitos outros que morreram em batalha. Semideuses envoltos em mortalhas, gregos e romanos, foram queimados na fogueira do acampamento. Quíron pediu a Nico que cuidasse dos ritos funerários.

O garoto concordou imediatamente. Era bom ter a oportunidade de homenagear os mortos. Ele nem se incomodou com as centenas de espectadores.

A parte mais difícil veio depois, quando Nico e os seis semideuses do *Argo II* se encontraram no pórtico da Casa Grande.

Jason estava cabisbaixo. Até seus óculos pareciam melancólicos.

— Era para estarmos lá. Podíamos ter ajudado Leo.

— Não é justo — concordou Piper, secando as lágrimas. — Tanto trabalho para conseguir essa cura do médico, e para *nada*.

Hazel irrompeu no choro.

— Piper, pegue a cura.

Surpresa, Piper levou a mão ao bolso do cinto e pegou o embrulho. Quando o abriu, porém, estava vazio.

Todos os olhos se viraram para Hazel.

— Como? — perguntou Annabeth.

Frank passou o braço em torno de Hazel.

— Em Delos, Leo implorou para que o ajudássemos.

Em meio às lágrimas, Hazel explicou que tinha trocado a cura do médico por uma ilusão, um truque da Névoa, para que Leo pudesse ficar com o frasco de verdade. Frank contou a eles sobre o plano de Leo: destruir Gaia quando ela estivesse enfraquecida com uma enorme explosão de fogo. Depois da conversa com Nice e Apolo, Leo estava convencido de que uma explosão desse tipo seria capaz de aniquilar qualquer mortal em um raio de quinhentos metros, por isso sabia que teria que se afastar de todo mundo.

— Ele queria fazer isso sozinho — disse Frank. — Achava que havia uma chance mínima de sobreviver ao fogo, por ser filho de Hefesto, mas se houvesse outra pessoa junto... Ele disse que Hazel e eu, como romanos, entenderíamos a ideia de sacrifício. Mas que vocês nunca aceitariam.

No início, os outros demonstraram raiva, como se fossem começar a gritar e jogar objetos na parede, mas, à medida que Frank e Hazel falavam, a fúria do grupo pareceu se dissipar. Era difícil ficar com raiva de Frank e Hazel quando os dois estavam chorando. Além disso... aquilo era exatamente o tipo de plano sorrateiro, perverso e ridiculamente irritante e nobre que Leo Valdez faria.

Por fim, Piper emitiu um som que ficava entre um soluço de choro e um riso.

— Se ele estivesse aqui agora, eu *mataria* aquele garoto. Como ele pretendia tomar a cura? Ele estava *sozinho*!

— Talvez ele tenha encontrado um jeito — disse Percy. — Estamos falando de Leo. Ele pode voltar a qualquer minuto. Aí faremos fila para estrangulá-lo.

Nico e Hazel trocaram olhares. Os dois sabiam que isso não ia acontecer, mas não disseram nada.

No dia seguinte, o segundo desde a batalha, romanos e gregos trabalhavam lado a lado para limpar a zona de guerra e cuidar dos feridos. Blackjack se recuperava muito bem do ferimento. Guido tinha decidido adotar Reyna como sua humana. Muito a contragosto, Lou Ellen concordou em transformar seus leitõezinhos de estimação em romanos outra vez.

Will Solace não falava com Nico desde aquele momento junto ao onagro, no dia da batalha em si. O filho de Apolo passava a maior parte do tempo na enfermaria, mas sempre que Nico o via correndo pelo acampamento para buscar mais material médico ou visitar algum semideus ferido em seu chalé, sentia uma pontada estranha de melancolia. Sem dúvida Will Solace agora o via como um monstro, por ter deixado Octavian se matar.

Os romanos tinham se instalado provisoriamente perto dos campos de morango, onde insistiram em montar seu acampamento militar padrão. Os gregos foram ajudá-los a erguer os muros de terra e cavar os fossos. Nico nunca tinha visto nada mais estranho e, ao mesmo tempo, tão legal. Dakota compartilhava seu refresco açucarado com os campistas do chalé de Dioniso; os filhos de Hermes e Mercúrio riam, contavam histórias e roubavam descaradamente coisas de praticamente todo mundo; Reyna, Annabeth e Piper eram agora um trio inseparável, circulando pelo acampamento para verificar o andamento dos reparos; Quíron, acompanhado por Frank e Hazel, inspecionava as tropas romanas e as elogiava por sua bravura.

Quando chegou a noite, o clima geral tinha melhorado um pouco. O salão de refeições nunca havia ficado tão lotado. Os romanos foram recebidos como velhos amigos. O treinador Hedge circulava entre os semideuses, exultante com o filho recém-nascido no colo, dizendo:

— Ei, querem conhecer o Chuck? Este é o meu garoto, Chuck!

As meninas de Afrodite e Atena ficavam todas bobas em torno do pequeno bebê sátiro enfezado que agitava os punhos gorduchos, esperneava os casquinhos e balia:

— Béééééé! Béééééé!

Clarisse, que tinha sido escolhida como madrinha do menino, seguia atrás do treinador como um guarda-costas, volta e meia murmurando:

— Ok, ok, deem um pouco de espaço para a criança.

Na hora dos anúncios e informes, Quíron se adiantou e ergueu seu cálice.

— De toda tragédia — começou ele — surge força nova. Hoje, agradecemos aos deuses por esta vitória. Aos deuses!

Todos os semideuses brindaram, mas o entusiasmo que demonstravam parecia desbotado. Nico compreendia aquele sentimento: *Salvamos os deuses de novo e agora devemos agradecer a eles?*

Então Quíron acrescentou:

— E aos novos amigos!

— AOS NOVOS AMIGOS!

Centenas de vozes de semideuses ecoaram pelas colinas.

Em torno da fogueira, ninguém tirava os olhos das estrelas, como se esperassem que Leo voltasse em uma espécie de surpresa de última hora. Quem sabe ele não surgisse no céu, pulasse das costas de Festus e começasse a contar piadas infames? Mas não aconteceu.

Depois de algumas canções, Reyna e Frank foram chamados à frente para receberem uma retumbante salva de palmas, tanto de gregos quanto de romanos. No alto da Colina Meio-Sangue, a Atena Partenos reluzia ainda mais sob o luar, como se sinalizasse *Tudo deu certo no final*.

— Amanhã — disse Reyna —, nós, romanos, voltaremos para casa. Agradecemos pela hospitalidade, ainda mais considerando que quase matamos vocês...

— *Nós* é que quase matamos vocês — corrigiu Annabeth.

— Sei.

Uuuuuuuhhhhhhh, fez a multidão em uma só voz, em zombaria. Então todos começaram a rir e a se empurrar. Até Nico teve que abrir um sorriso.

— Enfim — disse Frank, assumindo a palavra. — Reyna e eu concordamos que isso marca uma nova era de amizade entre os acampamentos.

Reyna deu um tapinha nas costas dele.

— Isso mesmo. Por centenas de anos os deuses tentaram nos separar, para evitar que entrássemos em guerra. Mas existe uma forma melhor de se manter a paz: pela cooperação.

Piper se levantou do meio da plateia.

— Tem certeza de que sua mãe é a deusa da *guerra*?

— Tenho, McLean — disse Reyna. — Ainda pretendo lutar *muitas* batalhas. Mas, a partir de agora, vamos fazer isso *juntos*!

Muitos aplausos.

Frank levantou a mão, pedindo silêncio.

— Todos vocês serão bem-vindos no Acampamento Júpiter. Fizemos um acordo com Quíron, de um intercâmbio livre entre os acampamentos: visitas nos fins de semana, programas de treinamento e, é claro, ajuda de emergência em casos de necessidade...

— E quanto a festas? — perguntou Dakota.

— Isso mesmo! Festas! — exclamou Connor Stoll, em apoio.

Reyna abriu os braços.

— Mas isso a gente nem precisa falar. Nós, romanos, inventamos as festas.

Mais um grande *Uuuuuuuhhhhhhh*.

— Bom, obrigada — concluiu Reyna. — A todos vocês. Nós podíamos ter escolhido ódio e guerra. Em vez disso, encontramos aceitação e amizade.

Então Reyna fez algo tão inesperado que Nico mais tarde achou que tinha sido apenas um sonho. Ela foi até Nico, que, como sempre, estava parado um tanto afastado do grupo, nas sombras. Reyna o pegou pela mão e o puxou carinhosamente para a luz da fogueira.

— Nós tínhamos um lar — disse ela. — Agora, temos dois.

E deu um forte abraço em Nico. A multidão deu vivas e aplaudiu em grande balbúrdia. Pela primeira vez Nico não teve vontade de se afastar. Ele afundou o rosto no ombro de Reyna e tentou segurar as lágrimas.

LV

NICO

Naquela noite, Nico dormiu no chalé de Hades.

Ele nunca havia tido vontade de se instalar ali, mas agora dividia o local com Hazel, o que fazia toda a diferença.

Viver novamente com uma irmã o deixava feliz, mesmo que fosse apenas por alguns dias — e mesmo com Hazel insistindo em dividir o chalé com lençóis para ter mais privacidade no seu lado do quarto, de forma que o lugar ficava parecendo uma área de quarentena.

Pouco antes do toque de recolher, Frank chegou para visitar Hazel. Os dois passaram alguns minutos conversando aos sussurros.

Nico tentou ignorá-los. Ficou se espreguiçando em seu beliche, que mais parecia um caixão: todo em mogno polido com barras de latão na cabeceira, além de travesseiros e cobertores de veludo em tom vermelho-sangue. Nico não tinha acompanhado a construção daquele chalé. Se tivesse, *nunca* teria sugerido aquelas camas. Pelo visto alguém ali achava que os filhos de Hades eram vampiros, não semideuses.

Então Frank bateu na parede junto à cama de Nico.

Nico ergueu o olhar. Frank agora estava muito alto. Parecia tão... *romano*.

— Ei — disse Frank. — Vamos partir pela manhã. Eu só queria agradecer.

Nico ergueu o corpo.

— Você se saiu muito bem, Frank. Foi uma honra.

Frank sorriu.

— Sinceramente, estou meio surpreso por ter sobrevivido. Toda aquela coisa de graveto mágico...

Nico assentiu. Hazel tinha contado a ele sobre o pedaço de lenha que controlava a linha da vida de Frank. Nico entendeu como um bom sinal o fato de que agora Frank conseguisse falar abertamente sobre o assunto.

— Não posso ver o futuro — disse Nico —, mas geralmente sei quando as pessoas estão perto da morte. Você não está. Não sei quando aquele pedaço de lenha vai terminar de queimar. Chega um momento em que a lenha acaba para *todos* nós. Mas vai demorar, pretor Zhang. Você e Hazel... vocês ainda têm muitas aventuras a viver. Estão apenas começando. Cuide bem da minha irmã, ouviu?

Hazel se aproximou de Frank e entrelaçou a mão na dele.

— Não venha ameaçar meu namorado, hein!

Era algo bom de se ver, os dois tão à vontade juntos. Mas Nico sentiu também uma pontada no coração; uma dor fantasma, como um velho ferimento de guerra latejando por conta do frio.

— Não tem por que ameaçar Frank. Ele é um cara legal. Ou um urso legal. Ou um buldogue legal. Ou...

— Ah, pare com isso. — Hazel ria. Ela deu um beijo em Frank. — Vejo você de manhã.

— Ok. Nico... Tem certeza de que não vem com a gente? Você sempre vai ter um lugar em Nova Roma.

— Obrigado, pretor. Reyna me disse o mesmo. Mas... não.

— Espero ver você de novo.

— Ah, vai me ver sim — prometeu Nico. — Vou ser padrinho do casamento de vocês, não é?

— Hum...

Frank ficou sem graça, limpou a garganta e foi embora, esbarrando no batente da porta ao sair.

Hazel cruzou os braços.

— Você *tinha* que provocá-lo com isso.

Ela se sentou na cama do irmão. Durante um tempo os dois apenas ficaram ali, em um silêncio confortável... Irmãos, filhos do passado, filhos do Mundo Inferior.

— Vou sentir saudade de você — disse Nico.

Ela inclinou o corpo para apoiar a cabeça no ombro dele.

— E eu de você, meu irmão. Você *vai* me visitar.

Ele deu um tapinha na nova medalha de oficial que brilhava na camisa dela.

— Centuriã da Quinta Coorte. Parabéns. Não existe nenhuma regra contra centuriões namorarem pretores?

— Shhh. — Fez Hazel. — Vai dar muito trabalho fazer a legião voltar a entrar em forma, consertar os estragos que Octavian causou. Regras de namoro vão ser o menor dos meus problemas.

— Você cresceu muito. Não é a mesma menina que eu levei para o Acampamento Júpiter. Seu poder com a Névoa, sua confiança...

— Tudo graças a você.

— Não. Conseguir uma segunda chance é uma coisa; o difícil é fazê-la valer a pena.

Assim que disse isso, Nico percebeu que podia estar falando também de si mesmo. Mas decidiu guardar para si essa observação.

Hazel deu um suspiro.

— Uma segunda chance. Eu só queria que...

Ela não precisou concluir seu pensamento. Fazia dois dias que o desaparecimento de Leo vinha pairando como uma nuvem sobre todo o acampamento. Hazel e Nico evitaram se juntar ao coro de especulações sobre o que tinha acontecido com ele.

— Você sentiu a morte dele, não sentiu? — perguntou Hazel, em uma voz tímida. Seus olhos estavam marejados.

— Sim — admitiu Nico. — Mas não sei. Alguma coisa dessa vez foi... diferente.

— É impossível que ele tenha conseguido usar a cura do médico. Não sobrou nada daquela explosão, não tem como. Eu achei... achei que estivesse ajudando Leo. Estraguei tudo.

— Não. *Não* é sua culpa.

Mas Nico não estava pronto nem para perdoar a si próprio. Havia passado as últimas quarenta e oito horas revendo a cena com Octavian junto à catapulta, sem saber se havia feito mesmo a coisa certa. Talvez o projétil, com seu poder explosivo, tivesse ajudado a destruir Gaia. Ou talvez tivesse custado desnecessariamente a vida de Leo Valdez.

— Eu só queria que Leo não tivesse morrido sozinho — murmurou Hazel. — Não tinha ninguém com ele, ninguém para dar a ele aquela cura. Não temos nem um corpo para enterrar...

Ela não conseguiu continuar. Nico a abraçou.

Hazel chorou nos braços dele. Até que, por fim, dormiu de exaustão. Nico a ajeitou ali na própria cama e lhe deu um beijo na testa. Depois foi até o santuário de Hades, uma mesinha no canto decorada com ossos e joias.

— Para tudo há uma primeira vez — disse ele.

Então se ajoelhou e rezou em silêncio pela orientação do pai.

LVI

NICO

Ao amanhecer, ele ainda estava acordado quando alguém bateu insistentemente na porta.

Ao atender e ver diante de si um rosto com cabelo louro, por uma fração de segundo achou que fosse Will Solace. Quando percebeu que era Jason, ficou decepcionado. Então sentiu raiva de si mesmo por se sentir daquele jeito.

Ele não falava com Will desde a batalha. Os filhos de Apolo ficaram ocupados demais com os feridos. Além disso, provavelmente Will o culpava pelo que tinha acontecido com Octavian. E por que não culparia? Nico tinha basicamente deixado… aquilo acontecer. Assassinato por consenso. Um suicídio medonho. Àquela altura, Will Solace já tinha percebido como Nico di Angelo era assustador e revoltante. Nico não ligava para o que ele pensava, é claro, mas…

— Está tudo bem? — perguntou Jason. — Você parece…

— Estou bem — respondeu Nico secamente. Depois continuou, em um tom mais suave: — Se veio falar com Hazel, ela ainda está dormindo.

Jason emitiu um *Ah* mudo e fez um gesto para que Nico fosse com ele até lá fora.

Nico saiu ao sol, piscando e desorientado. *Argh…* Talvez o sujeito que havia projetado o chalé estivesse certo sobre os filhos de Hades serem vampiros. Ele *não* era muito afeito às manhãs.

Jason parecia ter dormido tão mal quanto Nico. Seu cabelo estava lambido de um lado, os óculos novos apoiados meio tortos sobre o nariz. Nico teve que se conter para não estender a mão e ajeitá-los ele próprio.

Jason apontou para os campos de morango. Perto dali, os romanos desmontavam acampamento.

— Foi estranho vê-los ali esses dias. Agora vai ser estranho *não* vê-los.

— Você se arrepende por não ir com eles? — perguntou Nico.

Jason deu um meio sorriso.

— Um pouco. Mas vou transitar bastante entre os dois acampamentos. Tenho que erguer alguns santuários.

— Eu soube. O Senado deve eleger você *pontifex maximus*.

Jason deu de ombros.

— Não ligo muito para esse título. O que me interessa é garantir que os deuses sejam lembrados. Não quero que eles continuem a lutar por ciúmes ou que descontem suas frustrações em cima de semideuses.

— São deuses — disse Nico. — É a natureza deles.

— Talvez; mas posso tentar torná-los melhores. Leo diria que estou agindo como um mecânico, fazendo manutenção preventiva.

Nico sentiu a tristeza de Jason como uma tempestade se aproximando.

— Você sabe que não tinha como impedir Leo. Não poderia ter feito nada de diferente. Ele sabia o que precisava acontecer.

— É… acho que sim. Mas não temos como afirmar se ele ainda…

— Ele morreu — disse Nico. — Sinto muito. Bem que eu queria lhe dizer o contrário, mas eu *senti* a morte dele.

Jason ficou com o olhar perdido.

Nico se sentiu culpado por destruir suas esperanças. Até ficou tentado a mencionar que também tinha suas dúvidas… que a morte de Leo lhe provocara uma sensação *diferente*, quase como se a alma dele tivesse aberto um novo caminho para o Mundo Inferior, algo que envolvesse muitas engrenagens, alavancas e pistões a vapor.

Ainda assim, Nico tinha certeza de que Leo Valdez havia morrido. E morte era morte. Não seria justo dar falsas esperanças a Jason.

Ao longe, os romanos recolhiam seus equipamentos e barracas e transportavam tudo morro acima. Do outro lado, pelo que Nico ouvira, havia uma frota de utilitários pretos à espera, nos quais a legião cruzaria os Estados Unidos até a Califórnia. Seria uma viagem de carro interessante, pensou Nico, imaginando toda a Décima Segunda Legião na fila do drive-thru do Burger King, ou algum monstro desavisado aterrorizando um semideus qualquer no Kansas só para se ver cercado por várias dezenas de 4x4 cheios de romanos fortemente armados.

— Sabia que a harpia Ella vai com eles? — disse Jason. — Ela e Tyson. Até Rachel Elizabeth Dare. Eles vão trabalhar juntos para tentar reconstituir os livros sibilinos.

— Isso vai ser interessante.

— Pode levar anos — disse Jason. — Mas com a voz de Delfos extinta...

— Rachel continua sem conseguir ver o futuro?

— Aham. O que será que aconteceu com Apolo em Atenas? Talvez Ártemis consiga fazer Zeus repensar sua decisão, e aí o poder da profecia volte a funcionar. Mas, por enquanto, os livros sibilinos podem ser o único jeito de obtermos orientação para nossas missões.

— Pessoalmente — disse Nico —, acho que eu poderia ficar sem profecias e missões por um tempo.

— Tem razão. — Jason ajeitou os óculos. — Olhe, Nico, eu queria falar com você porque... Eu sei o que você disse lá no palácio de Austro. Sei que já recusou um lugar no Acampamento Júpiter. Eu... sei que provavelmente não vou conseguir fazer você mudar de ideia e convencê-lo a continuar conosco, mas tenho que...

— Eu vou ficar.

Jason ficou apenas olhando para ele por alguns instantes.

— O quê?

— No Acampamento Meio-Sangue. O chalé de Hades precisa de um conselheiro-chefe. E você viu a decoração? É horrível. Vou ter que reformar isso aqui. E alguém precisa fazer direito os ritos funerários, já que os semideuses insistem em morrer como heróis.

— Isso é... é fantástico! Cara! — Jason abriu os braços para um abraço, mas parou no meio do movimento. — Tudo bem. Nada de contato físico. Desculpe.

Nico resmungou:

— Acho que podemos abrir uma exceção.

Então Jason o abraçou com tanta força que Nico teve medo de que quebrasse suas costelas.

— Ah, cara — disse Jason. — Espere só até eu contar para Piper. Ei, como eu também estou sozinho no meu chalé, você e eu podemos comer à mesma mesa no refeitório. Podemos também formar uma dupla para os jogos de capturar a bandeira e para os concursos de canto, e...

— Você está me assustando... Quer que eu mude de ideia, é *isso*?

— Desculpe. Desculpe. Como quiser, Nico. É só que fiquei contente.

O engraçado era que Nico sentia que era sincero.

Nico por acaso olhou na direção dos outros chalés e avistou alguém acenando para ele. Will Solace estava à porta do chalé de Apolo, com uma expressão séria no rosto. Ele apontou para o chão aos seus pés, como quem diz *Você. Venha cá. Agora.*

— Jason, você me dá licença?

— E aí, por onde você andou? — perguntou Will.

Ele usava um avental verde de cirurgião, calça jeans e chinelo. Esses trajes não deviam fazer parte do protocolo hospitalar.

— Como assim?

— Não saio da enfermaria há, tipo, dois dias. Você nem passou aqui. Não se ofereceu para ajudar.

— Eu... o quê? Por que vocês iam querer um filho de Hades no mesmo ambiente com pessoas que estão tentando se curar? Por que *alguém* ia querer algo assim?

— Você não pode ajudar um amigo? Talvez cortar ataduras? Ou me trazer um refrigerante, alguma coisa para comer? Quem sabe um simples *Tudo bem por aí, Will?*. Acha que para mim não seria bom ver um rosto amigo?

— O quê?... *Meu* rosto?

As palavras simplesmente não faziam sentido juntas: *Rosto amigo. Nico di Angelo.*

— Você é tão complicado — observou Will. — Espero que tenha parado com aquela besteira de ir embora do Acampamento Meio-Sangue.

— Eu... pois é. Sim. Quer dizer, eu vou ficar.

— Bom. Então você pode ser complicado, mas não é um idiota.

— E você ainda fala comigo desse jeito? Não sabe que eu posso invocar zumbis e esqueletos e...?

— No momento você não pode invocar nem um osso de galinha sem virar uma poça de escuridão, Di Angelo. Já falei, chega dessas coisas do Mundo Inferior. Ordens médicas. Você me deve pelo menos três dias de repouso na enfermaria. Começando *agora*.

Nico sentiu um arrepio de felicidade, como se centenas de borboletas-esqueleto ressuscitassem em seu estômago.

— Três dias? É... acho que dá.

— Ótimo. Ah, e...

Um *Uhuul!* alto cortou o ar.

Perto do local da fogueira, no centro da área comum, Percy exibia um sorriso enorme para alguma coisa que Annabeth tinha acabado de lhe contar. Annabeth ria e lhe dava tapinhas no braço.

— Já volto — disse Nico a Will. — Juro pelo Rio Estige e tudo.

Ele foi até Percy e Annabeth, que ainda riam como alucinados.

— E aí, cara — disse Percy ao vê-lo. — Annabeth acabou de me dar uma boa notícia. Desculpe se exagerei na comemoração.

— Vamos passar nosso último ano do ensino médio juntos — explicou Annabeth. — Aqui em Nova York. E depois da formatura...

— Faculdade em Nova Roma! — Percy fez um gesto no ar como se estivesse tocando uma buzina de caminhão. — Quatro anos sem monstros para enfrentar, sem batalhas, sem profecias estúpidas. Só Annabeth e eu, estudando para ter um diploma, frequentando cafés, curtindo a Califórnia...

— E depois... — Annabeth beijou Percy no rosto. — Bem, Reyna e Frank disseram que podemos morar em Nova Roma pelo tempo que quisermos.

— Isso é ótimo — disse Nico. Ele ficou um pouco surpreso ao perceber que achava mesmo ótimo. — Eu também vou ficar aqui, no Acampamento Meio-Sangue.

— Que máximo! — exclamou Percy.

Nico observou o rosto dele, seus olhos verdes da cor do mar, o sorriso, o cabelo preto bagunçado. Por algum motivo, Percy Jackson agora parecia aos olhos de

Nico um garoto normal, não uma figura mítica. Não alguém a idolatrar ou por quem se apaixonar.

— Então — disse Nico. — Como vamos passar pelo menos um ano nos esbarrando aqui no acampamento, acho que é melhor eu esclarecer umas coisas.

O sorriso de Percy vacilou.

— Como assim?

— Por muito tempo eu fui a fim de você. Só queria que você soubesse.

Percy olhou para Nico. Depois para Annabeth, como se quisesse confirmar que tinha ouvido direito. Depois de novo para Nico.

— Você...

— É — disse Nico. — Você é uma pessoa sensacional. Mas eu superei isso. Estou feliz por vocês.

— Você... então quer dizer...

— Isso mesmo.

Os olhos cinza de Annabeth começaram a brilhar. Ela deu um sorrisinho para Nico.

— Espere — disse Percy. — Então você quer dizer...

— Isso mesmo — repetiu Nico. — Mas relaxe. Já passou. Quer dizer, agora eu entendo... você é bonito, mas não faz meu tipo.

— Não faço seu tipo... Espere. Então...

— A gente se vê por aí, Percy — disse Nico. — Annabeth.

Ela levantou a mão para um high-five.

Nico bateu. Depois voltou pelo gramado até onde Will Solace o esperava.

LVII

PIPER

PIPER BEM QUE GOSTARIA DE poder usar o charme para fazer a si mesma dormir.

Aquilo podia ter funcionado com Gaia, mas Piper mal conseguira pregar os olhos nas últimas duas noites.

Os dias eram ótimos. Ela adorava passar o tempo com Lacy e Mitchell e os outros filhos de Afrodite. Até sua segunda em comando, a chata Drew Tanaka, parecia aliviada, provavelmente porque podia deixar Piper cuidando das coisas e assim ter mais tempo para fofocar e fazer tratamentos de beleza no chalé.

Piper se mantinha ocupada ajudando Reyna e Annabeth a coordenar gregos e romanos. Para surpresa de Piper, as duas garotas valorizavam suas habilidades como intermediária para apaziguar qualquer conflito — que não eram muitos, mas Piper conseguiu devolver alguns elmos romanos que tinham misteriosamente ido parar na loja do acampamento. Ela também evitou uma briga entre os filhos de Marte e os filhos de Ares sobre a melhor maneira de matar uma hidra.

Na manhã prevista para a partida dos romanos, Piper estava sentada no cais do lago de canoagem, tentando aplacar as náiades. Algumas delas achavam que os romanos eram tão bonitos que elas também queriam partir para o Acampamento Júpiter. As náiades exigiam um aquário gigante e portátil para viajarem para o oeste. Piper havia concluído as negociações quando Reyna a encontrou.

A pretora sentou-se ao lado dela no cais.

— Muito trabalho?

Piper soprou uma mecha de cabelo de sobre os olhos.

— Náiades podem ser difíceis, mas acho que chegamos a um acordo. Se elas ainda quiserem ir quando o verão acabar, aí vamos acertar os detalhes. Mas as náiades… hum… geralmente esquecem as coisas em cerca de cinco segundos.

Reyna passou a ponta dos dedos pela água.

— Às vezes eu queria esquecer as coisas rápido assim.

Piper observou o rosto da pretora. Reyna era uma semideusa que não parecia ter mudado durante a guerra contra os gigantes… pelo menos, não por fora. Ela ainda tinha o mesmo olhar forte e determinado, o mesmo rosto bonito e imponente. Usava sua armadura e seu manto roxo com a mesma naturalidade com que a maioria das pessoas usa short e camiseta.

Piper não conseguia entender como alguém conseguia suportar tanta dor, aguentar tanta responsabilidade sem fraquejar. Ela se perguntou se Reyna alguma vez já tivera alguém com quem pudesse se abrir.

— Você fez tanto… — disse Piper. — Pelos dois acampamentos. Sem você, nada disso teria sido possível.

— Todos nós tivemos um papel.

— Claro. Mas você… Eu só queria que você tivesse recebido mais crédito.

Reyna deu uma risada gentil.

— Obrigada, Piper. Mas eu não quero atenção. Você entende como é isso, não é?

Piper entendia. As duas eram muito diferentes, mas ela compreendia o desejo de não querer atrair atenção. Piper desejara o anonimato sua vida inteira, por causa da fama do pai, os paparazzi, as fotos e as histórias escandalosas na imprensa. Ela conhecia tanta gente que dizia: *Ah, eu quero ser famoso! Seria maravilhoso!* Mas essas pessoas não tinham ideia de como era na realidade. Ela vira o preço que era cobrado de seu pai. Piper não queria saber de nada daquilo.

Ela também podia entender a atração do estilo de vida romano: se misturar, fazer parte da equipe, trabalhar como uma peça de uma máquina bem-lubrificada. Mas mesmo assim Reyna tinha subido até o topo. Ela não podia ficar escondida.

— O poder da sua mãe… Você pode emprestar sua força para os outros?

Reyna contraiu os lábios.

— Nico lhe contou?

— Não. Eu apenas senti isso, observando você liderar a legião. Isso deve deixá-la esgotada. Como... como você recupera essa força?

— Quando eu recuperá-la, conto a você.

Ela disse isso como brincadeira, mas Piper sentiu a tristeza por trás das palavras.

— Você é sempre bem-vinda aqui. Se precisar descansar, se afastar... E agora você tem Frank, que pode assumir mais responsabilidades por um período. Ia lhe fazer bem tirar algum tempo para você, sem ter que atuar como pretora.

Os olhos de Reyna encontraram os dela, como se estivessem tentando avaliar a seriedade da oferta.

— Eu teria que cantar aquela música esquisita sobre como a vovó veste a armadura?

— Não, a menos que você queira muito. Mas talvez tenhamos que deixá-la de fora da captura da bandeira. Tenho a sensação de que você poderia encarar o acampamento inteiro sozinha e ainda nos derrotar.

Reyna deu um sorriso malicioso.

— Vou pensar na sua oferta. Obrigada.

Reyna ajeitou sua adaga, e, por um momento, Piper pensou na Katoptris, que agora estava trancada em seu baú no chalé. Desde Atenas, quando usara a arma para atingir o gigante Encélado, as visões tinham parado completamente.

— Será que... — disse Reyna. — Você é filha de Vênus. Quer dizer, de Afrodite. Talvez... talvez você consiga explicar uma coisa que sua mãe me disse.

— Estou honrada. Vou tentar, mas tenho que avisá-la: minha mãe não faz sentido para *mim* na maioria das vezes.

— Uma vez, em Charleston, Vênus me contou uma coisa. Ela disse: *Você não vai encontrar amor onde deseja ou espera. Nenhum semideus vai curar seu coração.* Eu... eu já pensei sobre isso por...

A emoção a fez ficar sem palavras.

Piper lutou contra a vontade de encontrar a mãe e socá-la. Ela *odiava* como Afrodite podia complicar a vida de uma pessoa apenas com uma conversa rápida.

— Reyna, não sei o que ela quis dizer, mas sei de uma coisa: você é uma pessoa incrível. Tem alguém aí fora para você. Talvez não seja um semideus. Talvez seja um mortal, ou... eu não sei. Mas, quando tiver que ser, será. E até lá, ei, você tem seus amigos. Muitos amigos, gregos e romanos. Como você é a fonte da força de todo mundo, às vezes pode esquecer que *você* também precisa buscar força nos outros. Eu estou aqui para o que precisar.

Reyna olhou para a outra margem do lago.

— Piper McLean, você tem jeito com as palavras.

— Não estou usando o charme, juro.

— Não é necessário. — Reyna estendeu a mão. — Tenho a sensação de que vamos nos ver outra vez.

Elas apertaram as mãos, e, depois que Reyna foi embora, Piper soube que a outra tinha razão. Elas iam tornar a se ver, porque Reyna não era mais uma rival, não era mais uma estranha nem uma inimiga em potencial. Ela era uma amiga. Era família.

Naquela noite, o acampamento pareceu vazio sem os romanos. Piper já sentia saudade de Hazel. Sentia falta do ranger do *Argo II* e das constelações que o abajur projetava no teto de sua cabine no navio.

Deitada em seu beliche no chalé 10, ela se sentia tão inquieta que sabia que não ia conseguir dormir. Não parava de pensar em Leo. Repassava mentalmente, várias vezes, a luta contra Gaia, tentando descobrir como podia ter falhado tanto com Leo.

Por volta das duas da madrugada, ela desistiu de tentar dormir. Sentou-se na cama e olhou pela janela. O luar deixava a floresta prateada. A brisa trazia os cheiros da maresia e das plantações de morango. Ela não podia acreditar que apenas alguns dias antes a Mãe Terra havia despertado e quase destruído tudo o que Piper amava. Aquela noite parecia tão pacífica... tão normal.

Toc, toc, toc.

Piper quase bateu com a cabeça no beliche de cima. Jason estava do outro lado da janela, batendo no vidro. Ele sorria.

— Venha.

— O que está fazendo aqui? — sussurrou ela. — Já passou do horário de recolher. As harpias da patrulha vão *destroçar* você!

— Venha logo.

Com o coração acelerado, ela segurou a mão dele e saiu pela janela. Ele a levou até o chalé 1, e eles entraram. Lá dentro, a estátua enorme do Zeus Hippie reluzia à luz fraca.

— Jason, o que exatamente...?

— Veja. — Ele apontou para uma das colunas de mármore que circundavam a câmara. Atrás dela, quase escondidos contra a parede, havia degraus de ferro: uma escada. — Não posso acreditar que não percebi isso antes. Espere só até ver!

Ele começou a subir. Piper não sabia por que se sentia tão nervosa, mas suas mãos tremiam. Ela o seguiu. No alto, Jason abriu uma portinhola.

Eles saíram em uma área plana com vista para o norte, ao lado do teto abobadado. O Estreito de Long Island se estendia até o horizonte. Eles estavam em um ponto tão alto, e em ângulo tal, que ninguém lá embaixo tinha a menor possibilidade de enxergá-los. As harpias da patrulha nunca voavam àquela altura.

— Veja.

Jason apontou para as estrelas, que pareciam uma explosão de diamantes no céu, joias mais bonitas do que até Hazel Levesque poderia invocar.

— Lindo. — Piper se aconchegou em Jason, que a envolveu com o braço. — Mas você não vai arranjar problemas por isso?

— E daí?

Piper riu baixinho.

— *Quem* é você?

Ele se virou. Seus óculos reluziam em um tom bronze pálido sob as estrelas.

— Jason Grace. É um prazer conhecê-la.

Ele a beijou, e... tudo bem, eles já haviam se beijado antes. Mas aquele beijo foi diferente. Piper se sentiu como uma torradeira. Todas as suas resistências ficaram vermelhas de calor. Se esquentassem mais, ela ia começar a cheirar a pão queimado.

Jason se afastou apenas o suficiente para olhá-la nos olhos.

— Aquela noite na Escola da Vida Selvagem, nosso primeiro beijo sob as estrelas...

— A lembrança — disse Piper. — Aquele que nunca aconteceu.

— Bem... agora é de verdade. — Ele fez o gesto para se proteger do mal, o mesmo que tinha usado para libertar o fantasma da mãe, e o lançou para o céu. — A partir de agora, estamos escrevendo nossa própria história, com um novo começo. E acabamos de dar nosso primeiro beijo.

— Tenho medo de dizer isso depois de apenas um beijo — disse Piper. — Mas, pelos deuses do Olimpo, eu amo você.

— Também amo você, Pipes.

Ela não queria estragar o momento, mas não conseguia parar de pensar em Leo, e em como ele nunca poderia ter um novo começo.

Jason deve ter percebido algo em sua expressão.

— Ei — disse ele. — Leo está bem.

— Como você pode acreditar nisso? Ele não tinha a cura. Nico *confirmou* que ele morreu.

— Uma vez você despertou um dragão só com a voz — lembrou-a Jason. — Você *acreditou* que o dragão deveria estar vivo, certo?

— Certo, mas...

— Temos que acreditar em Leo. Ele não ia morrer assim tão fácil. Ele é um cara durão.

— É verdade. — Piper tentou acalmar o coração. — Então nós acreditamos. Leo *tem* que estar vivo.

— Lembra-se daquela vez em Detroit, quando ele esmagou Ma Gasket com um motor?

— Ou aqueles anões em Bolonha. Leo acabou com eles com explosivos caseiros, feitos de pasta de dente.

— McManeiro — disse Jason.

— Bad boy supremo — lembrou Piper.

— Chefe Leo, o especialista em tacos de tofu.

Eles riram e ficaram relembrando histórias sobre Leo Valdez, seu melhor amigo. Ficaram no telhado até amanhecer, e Piper começou a acreditar que eles *podiam* ter um novo começo. Talvez fosse até possível contar uma história diferente, em que Leo ainda estivesse por aí. Em algum lugar...

LVIII

LEO

LEO ESTAVA MORTO.

Ele tinha certeza absoluta. Só não entendia por que *doía* tanto. Ele sentia como se cada célula de seu corpo tivesse explodido. Agora, sua consciência estava aprisionada em um pedaço carbonizado de semideus morto. A náusea era pior do que qualquer enjoo que já sentira em uma viagem de carro. Ele não conseguia se mexer. Não conseguia ver nem ouvir. Só conseguia sentir dor.

Ele começou a entrar em pânico, pensando que talvez aquilo fosse seu castigo eterno.

Então alguém conectou cabos de bateria em seu cérebro e deu partida em sua vida.

Ele encheu os pulmões de ar e ergueu o corpo.

A primeira coisa que sentiu foi o vento no rosto, depois uma dor calcinante no braço direito. Ele ainda estava montado em Festus. Seus olhos voltaram a funcionar, e ele percebeu a grande agulha hipodérmica sendo retirada de seu antebraço. A seringa vazia vibrou, emitiu um zunido e se recolheu para o interior de um painel no pescoço de Festus.

— Obrigado, parceiro. — Leo gemeu. — Cara, morrer é horrível. Mas a cura do médico? Esse troço é *pior*.

Festus estalou e chacoalhou em código Morse.

— Não, cara, é brincadeira — disse Leo. — Estou feliz por estar vivo. E, sim, eu amo você também. Você foi fantástico.

Um ronronar metálico atravessou todo o corpo do dragão.

Vamos às prioridades: Leo examinou o dragão à procura de sinais de dano. As asas de Festus estavam funcionando bem, apesar de a esquerda estar toda perfurada por disparos. O metal do pescoço estava parcialmente fundido, derretido pela explosão, mas o dragão não parecia prestes a cair.

Leo tentou se lembrar do que acontecera. Ele tinha quase certeza de ter derrotado Gaia, mas não fazia ideia de como estavam seus amigos no Acampamento Meio-Sangue. Com sorte, Jason e Piper haviam escapado da explosão. Leo tinha uma lembrança estranha de um míssil lançado em sua direção gritando como uma garotinha... Que diabos tinha sido aquilo?

Quando aterrissasse, teria que verificar a barriga de Festus. Os danos mais sérios provavelmente estariam nessa área, onde o dragão lutara corajosamente contra Gaia enquanto eles incineravam a lama que havia nela. Não tinha como saber havia quanto tempo Festus estava no ar. Eles precisavam descer logo.

O que levantou uma questão: onde estavam?

Abaixo, havia uma camada branca de nuvens. O sol brilhava diretamente acima deles, em um céu azul límpido. Então devia ser cerca de meio-dia... Mas de que dia? Quanto tempo Leo tinha ficado morto?

Ele abriu o painel de controle no pescoço de Festus. O astrolábio vibrava, e o cristal pulsava como um coração de neon. Leo verificou a bússola e o GPS, e um sorriso se abriu em seu rosto.

— Festus, boas notícias! — gritou. — As leituras do nosso sistema de navegação estão *completamente* embaralhadas!

Festus respondeu com um rangido metálico.

— É! Vamos descer! Vamos para baixo dessas nuvens e talvez...

O dragão mergulhou tão depressa que o ar foi sugado dos pulmões de Leo.

Atravessaram a camada branca e lá, abaixo deles, estava uma ilha verde isolada em um vasto mar azul.

Leo comemorou tão alto que provavelmente foi ouvido lá na China.

— É! QUEM MORREU? QUEM VOLTOU? QUEM É O GRANDE McDA HORA AGORA, PESSOAL? AÊÊÊÊÊÊ!

Eles desceram em espiral na direção de Ogígia, o vento quente batendo no cabelo de Leo. Ele se deu conta de que suas roupas estavam em farrapos, apesar de terem sido tecidas com magia. Seus braços estavam cobertos por uma fina camada de fuligem, como se ele tivesse acabado de morrer em um incêndio devastador... coisa que, é claro, de fato acontecera.

Mas ele não conseguia se preocupar com nada disso.

Ela estava ali na praia, de calça jeans e blusa branca, com o cabelo âmbar penteado para trás.

Festus abriu as asas e aterrissou desajeitadamente. Uma de suas pernas devia estar quebrada. O dragão tombou para o lado e jogou Leo de cara na areia.

Uma chegada nada heroica.

Leo cuspiu um pedaço de alga. Festus se arrastou pela praia, fazendo ruídos metálicos que significavam: *Ai, ui, ai.*

Leo olhou para cima. Calipso estava parada na frente dele, os braços cruzados e as sobrancelhas arqueadas.

— Você está atrasado — anunciou ela.

Seus olhos brilhavam.

— Desculpe, flor do dia — disse Leo. — O trânsito estava de matar.

— Você está coberto de fuligem — observou ela. — E conseguiu acabar com as roupas que fiz para você, que eram impossíveis de destruir.

— Bem, você sabe... — Leo deu de ombros. Ele sentia como se alguém tivesse jogado cem bolas de gude dentro de seu peito. — Fazer o impossível é comigo mesmo.

Ela lhe ofereceu a mão e o ajudou a se levantar. Eles ficaram cara a cara enquanto ela observava sua aparência. Calipso cheirava a canela. Será que ela sempre tivera aquela pequena pinta perto do olho esquerdo? Leo queria muito tocá-la.

Ela torceu o nariz.

— Você está fedendo...

— Eu sei. Cheiro de morto. Provavelmente porque eu morri. *Um juramento a manter com um alento final* e tudo, mas agora estou bem...

Ela o interrompeu com um beijo.

As bolas de gude não paravam de se mover dentro dele. Leo estava tão feliz que teve que fazer um esforço consciente para não entrar em chamas.

Quando ela finalmente o soltou, seu rosto estava coberto de fuligem. Mas ela não pareceu se incomodar. Calipso passou o polegar pela bochecha dele.

— Leo Valdez — disse ela.

Mais nada, só o nome dele, como se fosse algo mágico.

— Sou eu — disse ele, com a voz rouca. — Então, hum… você quer deixar esta ilha?

Calipso deu um passo para trás. Ela ergueu a mão, e os ventos ficaram mais fortes. Seus criados invisíveis trouxeram duas malas e as puseram aos seus pés.

— De onde você tirou essa ideia?

Leo sorriu.

— Fez as malas para uma viagem longa, hein?

— Eu não tenho planos de voltar. — Calipso olhou para trás, na direção da trilha que levava a seu jardim e à caverna onde morava. — Para onde você vai me levar, Leo?

— Primeiro, para algum lugar onde eu possa consertar meu dragão — decidiu ele. — E depois… para onde você quiser. Por quanto tempo eu fiquei longe?

— O tempo é uma coisa complicada em Ogígia — disse Calipso. — Pareceu uma eternidade.

Leo sentiu uma ponta de dúvida. Ele esperava que seus amigos estivessem bem. Esperava que não tivessem se passado cem anos enquanto ele voava morto por aí e Festus procurava Ogígia.

Ele teria que descobrir. Precisava avisar a Jason, Piper e os outros que ele estava bem. Mas naquele momento não podia pensar nisso. Calipso era uma prioridade.

— Quando deixar Ogígia — disse ele —, você continua imortal, ou o quê?

— Não faço ideia.

— E não se importa?

— Nem um pouco.

— Então, tudo bem! — Ele se virou para seu dragão. — Parceiro, pronto para mais um voo sem destino definido?

Festus cuspiu fogo e começou a andar cambaleante.

— Então vamos decolar sem planos — disse Calipso. — Sem ideia de para onde vamos nem de que problemas nos esperam fora desta ilha. Muitas perguntas e nenhuma resposta concreta?

Leo levantou as mãos.

— É assim que eu voo, flor do dia. Quer que eu leve suas malas?

— Claro.

Cinco minutos depois, com os braços de Calipso ao redor de sua cintura, Leo fez Festus levantar voo. O dragão de bronze abriu as asas, e eles partiram para o desconhecido.

Glossário

Acrópole antiga cidadela de Atenas, na Grécia, onde estão localizados os templos mais antigos dos deuses

Actáion caçador que viu Ártemis tomando banho. Ela ficou com tanta raiva por um mortal tê-la visto nua que o transformou em um veado

Ad acien "assumir posição de batalha" em latim

Afrodite deusa grega do amor e da beleza. Era casada com Hefesto, mas amava Ares, o deus da guerra. Forma romana: Vênus

Afros professor de música e poesia em um acampamento submarino para sereias e tritões. É um dos meios-irmãos de Quíron

Alcioneu o mais velho dos gigantes nascidos de Gaia, destinado a combater Plutão

ânfora jarro de vinho feito de cerâmica

Antínoo líder dos pretendentes à mão da rainha Penélope, esposa de Odisseu, o qual o matou com uma flechada no pescoço

Apolo deus grego do sol, da profecia, da música e da cura; filho de Zeus e gêmeo de Ártemis. Forma romana: Apolo

Áquilo deus romano do Vento Norte. Forma grega: Bóreas

Ares deus grego da guerra; filho de Zeus e Hera e meio-irmão de Atena. Forma romana: Marte

Ártemis deusa grega da natureza e da caça; filha de Zeus e Hera e gêmea de Apolo. Forma romana: Diana

Asclepeion hospital e escola de medicina na Grécia Antiga

Asclépio deus da cura; filho de Apolo. Seu templo era o centro médico da Grécia Antiga. Forma romana: Esculápio

Glossário / 422

Asdrúbal de Cartago rei da Cartago Antiga, na atual Tunísia, de 530 a 510 AEC. Foi eleito "rei" onze vezes e agraciado com o triunfo quatro vezes, sendo o único cartaginês a receber tal honra

Atena deusa grega da sabedoria. Forma romana: Minerva

Augusto fundador do Império Romano e seu primeiro imperador. Governou de 27 AEC até sua morte, em 14 EC.

Ave Romae "Avante, romanos!" em latim

Baco deus romano do vinho e da orgia. Forma grega: Dioniso

Banastre Tarleton general britânico na Guerra de Independência; ficou famoso durante a Batalha de Waxhaw pelo assassinato das tropas continentais já rendidas

Barrachina restaurante em San Juan, Porto Rico, onde foi criada a piña colada

Belona deusa romana da guerra

bifurcum "partes íntimas" em latim

Bitos professor de luta no acampamento submarino para sereias e tritões; meio-irmão de Quíron

Bóreas deus grego do Vento Norte. Forma romana: Áquilo

Briareu irmão mais velho dos titãs e ciclopes; filho de Gaia e Urano. O último centímano vivo

Calipso deusa ninfa da ilha mítica Ogígia; filha do titã Atlas. Deteve o herói Odisseu por muitos anos

Campo de Marte área pública na Roma Antiga; também o nome do campo de treinamento no Acampamento Júpiter

Casa de Hades local no Mundo Inferior onde Hades, deus grego da morte, e sua esposa, Perséfone, reinam sobre as almas dos mortos; também é o nome de um antigo templo em Épiro, na Grécia

Caverna de Nêstor local onde Hermes escondeu o gado roubado de Apolo

Cécrope líder dos *gemini*, os homens-cobra. Foi o fundador de Atenas e julgou a disputa entre Atena e Poseidon. Escolheu Atena como patrona da cidade e foi o primeiro a erguer um templo para a deusa

423 / Glossário

centímanos filhos de Gaia e Urano, são criaturas com cem mãos e cinquenta rostos; irmãos mais velhos dos ciclopes e deuses primordiais das tempestades violentas

cêrcopes anões com aparência de chimpanzé que roubam coisas brilhantes e criam o caos

Ceres deusa romana da agricultura. Forma grega: Deméter

Ceto antiga deusa dos monstros e das criaturas marinhas; filha de Pontos e Gaia, irmã de Fórcis

ciclope membro de uma raça primordial de gigantes que tem um único olho no meio da testa

Cimopoleia deusa grega menor responsável pelas tempestades violentas; ninfa e filha de Poseidon e esposa de Briareu, um centímano

cinocéfalo monstro com cabeça de cachorro

Circe feiticeira grega que transformou a tripulação de Odisseu em porcos

Clítio gigante criado por Gaia para absorver a magia de Hécate e derrotá-la

coquí nome comum a várias espécies de pequenos sapos nativos de Porto Rico

Cronos o mais jovem dos doze titãs; filho de Urano e Gaia e pai de Zeus. Matou o pai por desejo de sua mãe. Titã senhor da agricultura e das colheitas, da justiça e do tempo. Forma romana: Saturno

cuneum formate manobra militar romana na qual a infantaria forma uma cunha para penetrar nas linhas inimigas

Cupido deus romano do amor. Forma grega: Eros

Damásen gigante filho de Tártaro e Gaia. Criado para se opor a Ares; condenado ao Tártaro por matar um drakon que estava destruindo suas terras

Deimos medo; gêmeo de Fobos (pânico) e filho de Ares e Afrodite

Delos ilha na Grécia onde nasceram Apolo e Ártemis

Deméter deusa grega da agricultura; filha dos titãs Reia e Cronos. Forma romana: Ceres

Diana deusa romana da natureza e da caça. Forma grega: Ártemis

Glossário / 424

Diocleciano último grande imperador pagão e primeiro a se aposentar pacificamente; semideus (filho de Júpiter). Segundo a lenda, seu cetro era capaz de convocar um exército de mortos

Dioniso deus grego do vinho e da orgia; filho de Zeus. Forma romana: Baco

dracaena **(pl.:** *dracaenae***)** mulheres reptilianas com caudas de serpente no lugar das pernas

Efialtes gigante criado por Gaia para destruir o deus Dioniso/Baco; gêmeo de Oto

eiaculare flammas "lançar flechas incendiárias" em latim

Encélado gigante criado por Gaia para se opor à deusa Atena

Éolo deus de todos os ventos

Epidauro cidade no litoral grego onde ficava o templo do deus médico Asclépio

Épiro região que é o atual noroeste da Grécia; local em que fica a Casa de Hades

Erecteion templo de Atena e Poseidon em Atenas

Eros deus grego do amor. Forma romana: Cupido

espartanos cidadãos da cidade grega de Esparta; soldados da Esparta Antiga, especialmente de sua famosa infantaria

espresso café forte feito com vapor pressurizado e grãos torrados e bem moídos

Estreito de Corinto canal navegável que liga o Golfo de Corinto ao Golfo Sarônico, no Mar Egeu

Eurímaco um dos pretendentes da esposa de Odisseu, a rainha Penélope

Évora cidade portuguesa parcialmente cercada por muralhas medievais e com muitos monumentos históricos, entre eles um templo romano

filia romana "filha de Roma" em latim

Filipe da Macedônia governou o reino grego da Macedônia de 359 AEC até seu assassinato, em 336 AEC. Pai de Alexandre, o Grande, e de Filipe III

Fobos pânico; gêmeo de Deimos (medo) e filho de Ares e Afrodite

Fórcis deus primordial dos perigos do mar; filho de Gaia e irmão-marido de Ceto

425 / Glossário

frigidário ambiente com água fria em um banho romano

Fúrias deusas romanas da vingança. Normalmente caracterizadas como três irmãs: Alectó, Tisifone e Megera; filhas de Gaia e Urano. Vivem no Mundo Inferior atormentando os mortos julgados culpados. Forma grega: Erínias

Gaia deusa grega da terra; mãe dos titãs, gigantes, ciclopes e outros monstros. Forma romana: Terra

Gaius Vitellius Reticulus membro da legião romana quando ela foi criada e médico militar no tempo de Júlio César; atualmente é um Lar (espírito) no Acampamento Júpiter

geminus (**pl.:** *gemini*) os homens-cobra; os atenienses originais

Hades deus grego da morte e das riquezas. Forma romana: Plutão

Hebe deusa grega da juventude; filha de Zeus e Hera. Forma romana: Juventa

Hécate deusa da magia e das encruzilhadas; controla a Névoa; filha dos titãs Perses e Astéria

Hefesto deus grego do fogo, do artesanato e dos ferreiros; filho de Zeus e Hera, casado com Afrodite. Forma romana: Vulcano

Hera deusa grega do casamento; esposa e irmã de Zeus. Forma romana: Juno

Hermes deus grego dos viajantes; guia dos espíritos dos mortos; deus da comunicação. Forma romana: Mercúrio

Hígia deusa da saúde, da limpeza e do saneamento; filha de Asclépio, deus da medicina

Hípias tirano de Atenas que, após deposto, se aliou aos persas contra o próprio povo

Hipnos deus grego do sono. Forma romana: Somnus

hipódromo estádio oval para corridas de cavalos e bigas na Grécia Antiga

Hipólito gigante criado para derrotar Hermes

Invídia deusa romana da vingança. Forma grega: Nêmesis

Íris deusa do arco-íris e mensageira dos deuses

Iro velho que faz pequenos serviços para os pretendentes da esposa de Odisseu, a rainha Penélope, em troca de restos de comida

Ítaca ilha grega onde se localiza o palácio de Odisseu, no qual o herói grego teve que se livrar dos pretendentes de sua rainha após a Guerra de Troia

Jano deus dos portais, princípios e transições. Descrito como tendo dois rostos, porque olha para o futuro e para o passado

Juno deusa romana das mulheres, do casamento e da fertilidade; irmã e esposa de Júpiter; mãe de Marte. Forma grega: Hera

Júpiter rei romano dos deuses, também chamado de Júpiter Optimus Maximus (o melhor e o maior). Forma grega: Zeus

Juventa deusa romana da juventude; filha de Zeus e Hera. Forma grega: Hebe

Licáon um rei da Arcádia que testou a onisciência de Zeus servindo-lhe um assado que era feito da carne de um hóspede seu. Zeus o puniu transformando-o em lobo

Lupa loba romana sagrada que amamentou os bebês gêmeos Rômulo e Remo

makhai espíritos da batalha

mania espírito grego da loucura

manticore criatura com cabeça humana, corpo de leão e cauda de escorpião

Marte deus romano da guerra; também chamado de Marte Ultor. Patrono do império; pai divino de Rômulo e Remo. Forma grega: Ares

Medusa sacerdotisa que Atena transformou em górgona quando a flagrou com o deus Poseidon no templo de Atena. Medusa tem cobras no lugar de cabelo e transforma em pedra as pessoas que olham para seu rosto

Mercúrio mensageiro romano dos deuses; deus do comércio, dos negócios e do lucro. Forma grega: Hermes

Mérope uma das sete plêiades, filhas do titã Atlas

Mimas gigante criado para ser o algoz de Hefesto

Minerva deusa romana da sabedoria. Forma grega: Atena

mofongo prato à base de banana-da-terra frita, típico de Porto Rico

Mykonos ilha grega que faz parte das Cíclades; localizada entre Tinos, Siros, Paros e Naxos

Nascidos da Terra monstros de seis braços que vestem apenas uma tanga; também conhecidos como "gegenes"

Nêmesis deusa grega da vingança. Forma romana: Invídia

nereidas cinquenta espíritos femininos do mar; protetoras dos marinheiros e pescadores e zeladoras das riquezas dos oceanos

Netuno deus romano dos mares. Forma grega: Poseidon

Nice deusa grega da força, da velocidade e da vitória. Forma romana: Vitória

Nix deusa da noite; um dos primeiros deuses elementais antigos a nascer

numina montanum deuses romanos da montanha. Forma grega: *ourae*

Odisseu lendário rei grego de Ítaca e herói do poema épico de Homero *A Odisseia*. Forma romana: Ulisses

ogro lestrigão monstro gigante canibal do extremo norte

Olímpia o mais antigo e provavelmente mais famoso santuário da Grécia; onde se originaram os Jogos Olímpicos. Localizado na região oeste do Peloponeso

onagro arma de cerco gigante

Oráculo de Delfos porta-voz das profecias de Apolo. O atual oráculo é Rachel Elizabeth Dare

Orbem formate! a esse comando, legionários romanos assumiam uma formação em círculo, com arqueiros posicionados no centro e atrás para atuarem como força de apoio

Orco deus da punição eterna no Mundo Inferior e dos juramentos quebrados

Órion caçador gigante que se tornou o companheiro mais valoroso e leal de Ártemis. Em um acesso de ciúme, Apolo levou Órion à loucura despertando nele uma extrema sede de sangue, até que o gigante foi morto por um escorpião. Triste, Ártemis transformou seu adorado caçador em constelação, para honrar sua memória

Glossário / 428

Oto gigante criado por Gaia especificamente para destruir o deus Dioniso/Baco; irmão gêmeo de Efialtes

ourae "deuses da montanha" em grego. Forma romana: *numina montanum*

panadería "padaria" em espanhol

Parcas, as Três na mitologia grega, mesmo antes da existência dos deuses havia as Parcas: Cloto, que tece o fio da vida; Láguesis, a medidora, que determina a duração de uma vida; e Átropos, que corta o fio da vida com sua tesoura

Partenon templo na Acrópole de Atenas, na Grécia, dedicado à deusa Atena. Sua construção começou em 447 AEC, quando o Império Ateniense estava no auge de seu poder

Pégaso cavalo alado divino, gerado por Poseidon em seu papel de deus-cavalo e nascido da górgona Medusa; irmão de Crisaor

Pelopion monumento funerário a Pêlops; localizado em Olímpia, na Grécia

Peloponeso grande península e região geográfica no sul da Grécia, separada da parte norte do país pelo Golfo de Corinto

Pêlops segundo o mito grego, filho de Tântalo e neto de Zeus. Quando menino, seu pai o cortou em pedaços, o cozinhou e o serviu em um banquete para os deuses, que, no entanto, perceberam o ardil e lhe restituíram a vida

Penélope rainha de Ítaca e esposa de Odisseu. Durante os vinte anos de ausência do marido, permaneceu fiel a ele, dispensando cem arrogantes pretendentes

Pequeno Tibre rio que cruza o Acampamento Júpiter. Corre com tanto poder quanto o Rio Tibre original, em Roma, embora não seja tão grande, e pode lavar das pessoas as bênçãos gregas

Peribeia uma giganta; filha mais nova de Porfírion, rei dos gigantes

Pilo cidade em Messênia, no Peloponeso, Grécia

Píton serpente monstruosa a que Gaia incumbiu de guardar o Oráculo de Delfos

Plutão deus romano da morte e das riquezas. Forma grega: Hades

Polibotes gigante filho de Gaia, a Mãe Terra; nascido para matar Poseidon

429 / Glossário

Pompeia em 79 EC, essa cidade romana perto da moderna Nápoles foi destruída por uma erupção do Monte Vesúvio, que a cobriu de cinzas e matou milhares de pessoas

pontifex maximus sumo sacerdote dos deuses romanos

Porfírion rei dos gigantes na mitologia greco-romana

Poseidon deus grego do mar; filho dos titãs Cronos e Reia, irmão de Zeus e Hades. Forma romana: Netuno

propileu portal de entrada para o território de um templo

Quione deusa grega da neve; filha de Bóreas

Quios quinta maior das ilhas gregas, no Mar Egeu, ao longo da costa oeste da Turquia

reciário gladiador romano que lutava com uma rede com pesos e um tridente

Repellere equites "repelir a cavalaria" em latim; formação em quadrado usada pela infantaria romana para se defender da cavalaria

Rio Flegetonte rio de fogo que corre dos domínios de Hades para o Tártaro. Ele mantém os maus vivos para que suportem mais tormentos nos Campos de Punição

Rômulo e Remo filhos gêmeos de Marte e da sacerdotisa Reia Sílvia que foram atirados no Rio Tibre por seu pai humano, Amúlio. Resgatados e criados por uma loba, fundaram Roma quando alcançaram a idade adulta

Somnus deus romano do sono. Forma grega: Hipnos

Spes deusa da esperança; a Festa de Spes, o Banquete da Esperança, cai no dia primeiro de agosto

Tártaro marido de Gaia; espírito do abismo; na mitologia grega, pai dos gigantes. É também a região mais profunda do Mundo Inferior

Término deus romano das fronteiras e dos marcos

Terra deusa romana do planeta Terra. Forma grega: Gaia

titãs poderosas deidades gregas, descendentes de Gaia e Urano. Governaram durante a Era de Ouro e foram derrubados por deuses mais jovens, os olimpianos

Toas gigante criado para matar as Três Parcas

Glossário / 430

Ulisses forma romana de Odisseu

Urano pai dos titãs; deus do céu. Os titãs o derrotaram chamando-o à terra. Eles o afastaram de seu território, o emboscaram, o prenderam e o esquartejaram

Vênus deusa romana do amor e da beleza. Era casada com Vulcano, mas amava Marte, o deus da guerra. Forma grega: Afrodite

Vitória deusa romana da força, da velocidade e da vitória. Forma grega: Nice

Vulcano deus romano do fogo, do artesanato e dos ferreiros. Filho de Júpiter e Juno, casado com Vênus. Forma grega: Hefesto

Zeus deus grego do céu; rei dos deuses. Forma romana: Júpiter

Zoë Doce-Amarga filha de Atlas que foi exilada e, posteriormente, juntou-se às Caçadoras de Ártemis, tornando-se a tenente da deusa

Não perca a próxima série de Rick Riordan:

Magnus Chase e os deuses de Asgard

Livro 1

A ESPADA DO VERÃO

1ª edição	OUTUBRO DE 2014
reimpressão	JUNHO DE 2025
impressão	LIS
papel de miolo	PÓLEN NATURAL 70 G/M²
papel de capa	CARTÃO SUPREMO ALTA ALVURA 250 G/M²
tipografia	ADOBE CASLON PRO